Leben lassen

Eva Rossmann

Leben lassen

Ein Mira-Valensky-Krimi

Folio Verlag

ISBN 978-3-8

Lektorat: Eva Maria Widmair

Grafische Gestaltung: Dall'O & Freunde
Druckvorbereitung: Graphic Line, Bozen
Printed in Austria

ISBN 978-3-85256-496-8

www.folioverlag.com

[1.]

Da sitzen wir alle im Halbdunkel. Ein paar von den Klugen, mehr von denen, die sich für klug halten, einige von den Prominenten und auch welche, die Erfolg haben. Auf der Bühne ein Moderator, der viel und zu lange und selbstverliebt redet, so als ginge es nur um ihn. Literaturgala im Festsaal des Wiener Rathauses. Kaum ein Unterschied zu anderen Galas. Hier könnten auch abendlich verkleidete Installateure oder Gastronomen sitzen und auf eine Auszeichnung hoffen. Ich versuche dem zu folgen, was auf der Bühne passiert. Preisverleihung für die besten Jungendbücher. Sieben weitere Preiskategorien drohen. Ich nehme noch ein Mini-Salzstangerl aus dem Brotkorb und bestreiche es mit der längst zu weich gewordenen Butter. Ein weiß gedeckter runder Tisch neben dem andern. Acht Menschen um jeden. Mein Nachbar deutet auf die Weinflasche im Kühler. Ich nicke. Er ist Autor, hat er mir zugeflüstert. Selbst wenn ich schon einmal ein Buch von ihm gelesen haben sollte: Schwierig, einen zu erkennen, der sonst als Name auf einem Buchumschlag in Erscheinung tritt. Soll er nur nachschenken, das Beste, was ich momentan tun kann, ist trinken und dösen.

Ich bekomme ja keinen Preis. Ich bin bloß hier, weil ich an einem Buch mitarbeite. „Weis.heiten". Ausgerechnet. Weis, Fernsehguru und Psychotherapeut mit eigenem Beratungszentrum, will seine gesammelten Weisheiten veröffentlichen. Ich bin keine Freundin von Heilslehren und esoterischen Welterklärungen, aber ich sollte ja ursprünglich auch nur Ungenauigkeiten korrigieren und etwas journalistischen Pep in den Text bringen. Das Ganze ist sehr gut bezahlt. Auch eine Chefreporterin vom „Magazin" kann ab und zu etwas extra brauchen. Weis sitzt am selben Tisch wie ich. Wie immer ganz in Weiß, zur leichteren Wiedererkennbarkeit wahrscheinlich. Wenigstens trägt er hier keine seiner

Roben wie im Weis.Zentrum, sondern einen weißen Leinenanzug. An sich ist er eher unscheinbar: kaum eins achtzig groß, schlank, fliehendes Kinn, Anfang fünfzig. Das Glänzendste an ihm ist seine spiegelblanke Glatze. Hat er wirklich keine Haare mehr oder rasiert er sich täglich gründlich den Kopf, weil es irgendwie zu seinem Image passt? Wo sonst noch ist er rasiert? Will ich eigentlich gar nicht wissen. Ich werde müde und schließe die Augen. Hat der Typ wirklich meditative Kräfte? Meditativ ist nicht gleichbedeutend mit einschläfernd, Mira. Müde machen das Dunkel im großen, festlichen Saal und dieser öde Moderator. Eigentlich managt er ja einen deutschen Privatsender, aber aus irgendeinem Grund glaubt er besser zu sein als die Showmaster und Witzereißer, die er bezahlt. Was ja an sich gar nicht so schwer wäre. Er ist geborener Österreicher. Ich wundere mich immer wieder, dass Leute wie er in Deutschland für charmant und clever gehalten werden. Heute Abend haben wir ihn am Hals. Neben Weis sitzt Ida Moylen. In etwa so alt wie ich, schlank, halblange dunkle Haare, schwarzes Kleid mit etwas zu viel Spitze, große, bunte Ohrgehänge aus Halbedelsteinen. In ihrem Verlag wird Weis' neues Buch erscheinen. Ich bin mir nicht sicher, aber ich glaube, die beiden haben etwas miteinander. Dass eine Frau wie sie etwas an diesem weißen Gefühlsschaumschläger finden kann? Andererseits: Ihr Yom-Verlag gibt in erster Linie Lebenshilfebücher und Esoterisches heraus. Das verbindet wohl.

Den Typen am Nebentisch kenne ich. Einer der bekannteren Autoren, so einer, der auch immer wieder im „Magazin" vorkommt. Mit einem neuen „Erfolgsbuch", oder auch wenn er mit anderen bekannten Menschen einen Berg erklimmt oder mit einem Starkoch kocht. Promi-Autor eben. Er sieht so betont gelassen drein, dass man seine Anspannung förmlich riechen kann. Er ist für die Hauptkategorie „Literarische Neuerscheinung des Jahres" nominiert. Pro Kategorie werden zehn Autoren nominiert, drei Preise gibt es und nur der erste zählt. Wer will schon hinter einem Kollegen gereiht sein? Außerdem: Nur beim ersten Preis gibt es Medienecho, noch mehr Bekanntheit und – hoffentlich – noch mehr verkaufte Bücher. Da hängt schon was dran. Und die persönliche Eitelkeit sowieso. Ich hab zu Beginn gleich viele falsche Begrüßungsbussibussis gesehen wie bei anderen Galas, wahrscheinlich haben sie alle von der Oscar-Nacht gelernt, selbst in Klein Wien. Nur dass im Literaturbetrieb auch die meisten Männer einander küssen. Weis lächelt milde. Ich glaube, diesen Gesichtsausdruck hat er sich anoperieren lassen. Er ändert sich so gut wie nie. Ich hätte ihn zu gerne einmal schlafend gesehen. Da drüben zwei Krimiautorinnen in knallrotem Outfit. Formsprengend, lästere ich lautlos. Ich habe die beiden vor einiger Zeit für eine Reportage über Krimis und kriminelle Realität interviewt. Der Busen der einen scheint ihren Nachbarn förmlich anzuspringen. Ein aggressives Doppel-Dings. Am meisten Glamour hat noch der Saal. Hohes Kreuzrippengewölbe mit prächtigen, aber leider viel zu stark gedimmten Leuchtern, hohe Flügeltüren, konservierter Prunk vergangener Tage. Der Bürgermeister ist auch da, immerhin einer der wenigen Politiker, die nachweislich lesen können. An seinem Tisch eine bekannte Soubrette. Sie übt das Gewerbe schon einige Jahrzehnte aus, bekannt ist sie allerdings weniger ihrer Stimme wegen als durch ihre Dauerpräsenz auf Galas jeglicher Art.

Ich spüre einen Blick im Rücken und drehe mich um. Es ist eine Frau, die vom Tisch hinter unserem herüberstarrt. Teuer frisierte blonde Haare, weiße Jacke, die aussieht wie von einem Designer. Sollte ich sie kennen? Dann wird mir klar, dass der Blick nicht mich angeht, sondern Weis. Vielleicht auch Ida Moylen. Weis ist durch seine seltsame TV-Show ziemlich bekannt. Wohl eine Verehrerin. Daher vielleicht auch die weiße Jacke. Weiß, um ihm zu gefallen. Jetzt lobt der Moderator Hans Glück, einen der Autoren, die mein Mann Oskar spöttisch in die Kategorie „Weltberühmt in Österreich" reiht. Die Lippen des Promi-Autors am Nebentisch werden schmal und schmäler. Er hüstelt und schenkt sich nach. Sollte er gewinnen, wird er schon betrunken sein. Die wichtigste Preiskategorie kommt am Ende der Veranstaltung. Und danach, wenn es wahr ist, endlich etwas zu essen, ich werde bis dahin verhungert sein. Die beiden Krimiautorinnen in Rot sind aufgestanden und wallen Richtung Flügeltüre und von dort wahrscheinlich die Treppe hinunter ins Freie. Nur dort darf noch geraucht werden. Irgendwann einmal werden sie uns die Messer verbieten, murmle ich im Halbdunkel. Sind doch lebensgefährlich, für uns selbst und für andere.

Auch Weis steht auf. Ich spähe zum Tisch hinter unserem und sehe, dass der Hals der Frau mit der weißen Jacke immer länger wird. Sie fummelt an ihrer Tasche herum. Wird sie ihm folgen? Mit einem Mal kommt mir die Gala weniger öd vor. Man muss bloß die Menschen beobachten, da spielt sich immer etwas ab. Ida Moylen war schneller. Sie folgt Weis im Abstand von einigen Metern. Ihr Gesichtsausdruck ist irgendwie angespannt. Wenn Weis tatsächlich so viele Verehrerinnen hat, will sie ihn wohl lieber unter Kontrolle halten. Weder sie noch Weis haben mir zugenickt, als sie den Tisch verlassen haben. Es ist so, als nähmen sie mich gar nicht wahr. Ich höre einen Stuhl hinter mir. Jetzt ist auch die Blonde mit der weißen Jacke aufgestanden. Ich überlege, mich dem Tross anzuschließen und zu beobachten, was da außerhalb des Festsaales passiert. Vielleicht ein Duell um Weis? Geschmäcker sind verschieden. Von mir aus können sie ihn haben. Alle.

Der Moderator verkündet die Preisträger der Kategorie „Kochbuch". Sieh an, ein Freund von mir hat gewonnen. Eigentlich der einzige Gastronomiejournalist, den ich in Österreich ernst nehmen kann. Ich bleibe sitzen und klatsche. Nur aus dem Augenwinkel sehe ich, dass jetzt auch ein Mann vom Tisch der Frau in Weiß aufgestanden ist. Ihr Mann? Ich grinse. Das wird ja immer besser. Mira, vielleicht geht bloß wieder einmal die Fantasie mit dir durch und die vier plagt nichts anderes als der Druck ihrer Blase. Ich sehe dem Mann nach. Er kommt mir bekannt vor. Auch ein Autor? Schlank, weißhaarig, schwarze Cordjacke, schwarzes Poloshirt. Wo habe ich ihn bloß schon gesehen?

Die zweite Kochbuch-Preisträgerin stammelt etwas von „Genuss ohne Reue", der „Kraft der Karotte" und „mens sana in corpus sana". Ich hab Latein in der Schule nie gemocht, hätte stattdessen viel lieber Italienisch gelernt, aber dass es nicht „corpus sana", sondern „corpore sano" heißt, weiß selbst ich. Vielleicht machen zu viele Karotten doch keinen besonders gesunden Geist. Noch immer ist viel verstohlene Bewegung im Saal, wer kann, verschwindet kurz oder steht auf, um mit jemandem an einem anderen Tisch zu flüstern.

Weis ist der Erste, der zurückkommt. Jetzt nickt er mir huldvoll zu. Ich gähne. Als Zweiter kommt der Mann vom Nebentisch. Was ist mit den beiden Frauen? Krieg der Konkurrentinnen? Liegen die beiden erschossen in der Damentoilette, rauchende perlmuttbesetzte Revolver neben sich? Der Moderator kündigt eine kurze Musikbrücke an. Auch das noch. Ich sehe die Verlegerin durch eine der Flügeltüren kommen. Beinahe gleichzeitig tritt die Frau in der weißen Jacke durch eine Tür auf der Schmalseite des Festsaales. Auch ihre Hose ist weiß und ihre Figur, ich muss es zugeben, tadellos. Abstand zwischen den beiden Frauen mindestens dreißig Meter. Der Moderator verlässt die Bühne und nimmt an einem runden Tisch am Bühnenrand Platz. Sein Nachbar klopft ihm anerkennend auf die Schulter. Er gehört zur Wien-Mafia, da kennt jeder jeden, sie verteilen Kontakte und Positionen wie Zuckerl, und keiner, der eine Karriere als Politiker, Beamter, Manager oder Künstler anstrebt, sollte sich gegen sie stellen. Alles ganz legal, natürlich. Jetzt setzt die Musik ein. Jazzstandards, interpretiert von einer finanziell verkraftbaren Formation. Es könnte schlimmer sein. Ich klappe die Augen zu, klappe sie wieder auf und nehme noch einen Schluck Wein. Mir scheint, als würde die Unruhe im Saal steigen. Ich sehe, dass an einem Tisch nahe einer Flügeltür alle aufstehen und rasch aus dem Saal gehen. Die Musik verdient wohl weniger Höflichkeit als der deutsch-österreichische Privatfernsehmanagermoderator. Ein Mann eilt nach vorne, kein dezentes Schleichen im Halbdunkel, da ist einer mit einem Ziel und einem Auftrag unterwegs, kurz glaube ich an einen Skandal, an jemanden, der gleich die Bühne erstürmt und protestiert, etwas fordert, vielleicht gar eine literarisch-revolutionäre Aktion startet. Doch dann bremst er ab, beugt sich sichtlich aufgeregt zum Moderator, der schon auf seinen nächsten Auftritt wartet. Tuscheln. Langer Hals bei denen, die mit am Tisch sitzen. Der Moderator ist aufgestanden. Er nickt. Er klettert auf die Bühne, er winkt der Musik. Die setzt abrupter ab, als zu erwarten war. Stille. Jetzt hat der Privatfernsehmanager die volle Aufmerksamkeit des Publikums. Zum ersten Mal an diesem Abend. Er räuspert sich.

„Ich muss Sie bitten, den Saal und das Gebäude zu verlassen."

Alle starren ihn an, keiner steht auf.

„Es hat ... eine Drohung gegeben. In Zeiten wie diesen darf man nichts unbeachtet lassen, auch wenn es ein ... Scherz sein dürfte. Es besteht kein Grund ..."

Die ersten Menschen sind aufgesprungen, zwei Sessel fallen um.

„... kein Grund zur Panik, gehen Sie ruhig zu den Ausgängen und verlassen Sie ..."

Jetzt ist der ganze Saal in Bewegung. Ich stehe, suche nach der nächsten Türe. Alle Ausgänge scheinen schon jetzt verstopft zu sein. Wie sind die ganzen Menschen so schnell dorthin gekommen? Trampeln wie von einer aufgeschreckten Herde, die ein herannahendes Erdbeben spürt, keiner schreit, kaum einer spricht. Drohung. Was für eine Drohung? Bombe? Wo? Wann? Hier riecht es eigenartig. Ich versuche, flach zu atmen. Giftgas. Mira, behalte die Nerven. Das sind die Brenner für das Buffet. Blitze. Blitzlichter der Fotografen, die im Saal waren.

„… verlassen Sie das Gebäude und halten Sie sich an die Anweisungen der Sicherheitskräfte. Ihnen kann nichts …“

Ein Mann stöhnt auf. Erste Schreie, plötzlich scheinen alle zu schreien, raus hier, oder gibt es kein Entkommen mehr? Ich dränge zu einer der Flügeltüren, bekomme einen Stoß, sehe weiter vorne Menschen fallen, niedergetrampelt vom Kulturbetrieb in Panik.

„… nichts passieren!“ Dann springt auch unser Moderator von der Bühne und rennt.

Ich sehe mich um. Weis steht noch beim Tisch, den Kopf hoch erhoben, wie fasziniert vom Chaos, er lächelt nicht mehr. Der schlanke weißhaarige Mann vom Nebentisch macht einige Schritte nach vorne, stoppt, geht wieder zum Tisch, an dem längst keiner mehr ist. Weis starrt ihn an. Der schlanke Mann starrt zurück. Ein Kamerateam filmt, während es mit den anderen nach draußen drängt. Die Verlegerin Moylen ist schon nahe bei einem der Ausgänge. Bevor die Menschenmenge sie frisst, ruft sie Weis etwas zu, die Arme in seine Richtung gestreckt, Szenen wie auf der Titanic vor dem Untergang.

Der Bürgermeister ist auf die Bühne geklettert. „Ich bitte Sie, ruhig zu bleiben. Drängen Sie nicht. Die Ausgänge sind groß genug. Bleiben Sie bitte eine Sekunde stehen und gehen Sie erst dann weiter.“

Bilde ich mir das Zittern in seiner Stimme bloß ein? Tatsächlich scheint er zu erreichen, dass die meisten kurz innehalten. Dann ein Schrei bei einem der seitlichen Ausgänge und schon hat die Panik wieder gewonnen. Rufen und Stoßen und Rempeln und Fallen. Ich muss raus. Ich bin ohnehin schon bei den Letzten.

„Um zu zeigen, dass keine Gefahr besteht, bleibe ich hier, bis Sie alle den Saal verlassen haben“, sagt der Bürgermeister.

Drei Männer kommen auf die Bühne, er wehrt sich ein wenig, das Mikrofon fällt mit lautem Scheppern und Krachen auf das verwaiste Schlagzeug. Eine Frau in smaragdgrünem Hosenanzug wirft sich zu Boden, glaubt wohl an eine Explosion. Andere drücken noch stärker gegen jene, die vor ihnen stehen und den Weg nach draußen blockieren. Stöhnen. Der Bürgermeister wird von der Bühne gezogen. Kidnapping? Sie nehmen ihn in die Mitte. Securityleute. Sie eilen nicht zu den Flügeltüren, sondern auf das Buffet zu. Vielleicht ist alles nur inszeniert, und wie in einem Slapstickfilm fallen der Bürgermeister und seine Sicherheitsleute nun über das vorbereitete Essen her. Mira, du spinnst. Du musst dich retten. Vielleicht gibt es einen anderen Ausgang, einen, den nur die Leute aus dem Rathaus kennen. Ich renne auf die Bürgermeistertruppe zu, auch ein paar andere sind auf die neue Fluchtmöglichkeit gekommen. „Dort geht es raus“, keucht der Bürgermeister.

Wir rennen durch einen kleinen Saal. Vollkommen leer, kein Mensch, seltsam. Surreale Flucht durch lange, schmale Gänge, Türen, die weit weniger prunkvoll sind als jene des Festsaals, Stiegen hinunter, die denen in durchschnittlichen grauen Amtsgebäuden gleichen, wir stehen vor einer hohen braunen Tür. Gleich sind wir draußen. Die Tür ist versperrt. Die Securitymänner sehen einander gehetzt an.

„Den Schlüssel bitte“, sagt einer zum Bürgermeister.

Der schüttelt den Kopf und schnaubt. „Was bin ich denn? Der Hausmeister?“

Stiegen wieder hinauf, wieder Gänge entlang. Nur unser Keuchen. Unsere Schritte. Noch immer keine Detonation. Giftgas hört man nicht, Mira. Stiegen wieder hinunter. Ich bekomme kaum noch Luft. Pfeile verweisen auf Toiletten und auf Garderoben und auf die Bibliothek im Rathaus, wieder Treppen und wieder eine Tür und die ist offen, und wir sind im Rathaushof. Rennende Menschen in Abendgarderobe, man hat alle Ausgänge geöffnet, wir nehmen den, der von der Feststiege am weitesten entfernt ist, stehen schließlich auf der Straße.

Auch wenn hier nicht viele der Literaturgalaflüchtlinge sind: Ein Kamerateam wartet bereits auf den Bürgermeister, dazu drei Fotografen und ein paar Reporter. Mir fällt ein, dass ja auch ich Journalistin bin, ich hätte den Bürgermeister wohl schon auf unserer Flucht durch die Gänge interviewen sollen. Hätte ich? Jedenfalls hab ich nicht daran gedacht. Basta. Gut so. Der Bürgermeister hat einen roten Kopf. Er keucht. Ist eben kein Spitzensportler. Er sieht sich beunruhigt um, so als würde jetzt, wo alle draußen sind, sein Rathaus jeden Moment in die Luft fliegen. Einer seiner Sekretäre drängt sich zu ihm. Der Bürgermeister schiebt ihn weg.

„Ich muss zu den Leuten“, sagt er und geht, flankiert von Sekretär und Securitymännern, am Rathaus entlang, eilig, die Fotografen neben sich, vor sich.

„Hat es in letzter Zeit öfter Drohungen gegeben?“, ruft eine Reporterin.

„Kennen Sie den Wortlaut der Drohung?“, fragt ein Journalist.

„Handelt es sich um eine Bombe?“, will die Fernsehredakteurin wissen.

Der Bürgermeister beantwortet keine der Fragen, er eilt weiter. „Drüben“, sagt er bloß. Wir hetzen die hintere Längsseite des Rathauses entlang, wieder ums Eck, und da sind sie: die Büchermenschen, die Literaturleute, die Galabesucher. Beschienen vom Licht der Straßenlaternen und einiger Fernsehscheinwerfer. Warum gehen sie nicht heim? Sie stehen und starren hinauf zum Rathaus, als würden sie auf ein lange versprochenes Feuerwerk warten. Die Polizei hält sie in einiger Entfernung vom Eingang, aber hinein will sowieso keiner. Sie füllen auch die angrenzende Bartensteingasse. Ich höre, wie einer sagt: „Es soll Tote geben.“ Ein anderer: „Es soll eine kleine Bombe geben. Die große zünden sie dann unter den Schaulustigen.“ Er sieht sich gehetzt um. „Das machen sie oft.“ Und trotzdem. Auch er geht nicht. Der Bürgermeister steht breitbeinig da, die Journalisten vor sich. Jetzt redet er. Ich renne hin.

„... nicht mehr Informationen als Sie“, höre ich.

„Wo hat der Attentäter angerufen?“

„Bei der Polizei, soviel ich weiß.“

„Werden Sie wieder ins Rathaus zurückgehen?“

„Glauben Sie, dass ich mein Büro auf die Straße verlagere?“

„Jetzt gleich?“

„Natürlich nicht. Ich bin kein Idiot.“

„Haben Sie eine Ahnung, wer die Attentäter sein könnten?“

„Nein. Dann wäre es dazu nicht gekommen.“

„Man spricht von radikalislamischen Terroristen.“

„Von denen redet man immer. Jetzt muss ermittelt werden.“ Der Bürgermeister sieht hinauf zum Rathaus, die Fotografen drücken wie besessen ab.

„Herr Bürgermeister, können Sie bitte noch einmal so hinaufschauen? Ein bisschen weiter nach links bitte, dann haben wir den Eingang noch mit drauf!“

Der Bürgermeister bewegt sich pflichtschuldig nach links, blickt nach oben. Erst als alle Kameras mehrfach geblitzt haben, faucht er: „So ein Blödsinn. Ich hab wirklich Wichtigeres zu tun.“

Einige Krankenwagen kommen mit Blaulicht, sie rasen zum hinteren Ausgang. Ein paar Journalisten sprinten los. Der Bürgermeister zieht sein Mobiltelefon aus der Tasche. Wen ruft er an? Den Polizeipräsidenten? Seine Frau? Dann renne auch ich zu den Krankenwagen. Vielleicht will ich bloß weg von hier, wo die vielen Menschen und die vielen

Gerüchte sind. Ich komme zu spät. Die Verletzten wurden in Windeseile verladen, man redet von einigen Toten, man zählt neun Rettungswagen. Die Polizei schirmt, so gut es geht, ab. Ich trabe wieder zurück Richtung Bartensteingasse. Ich habe überlebt. Bisher. Was, wenn die Bombe wirklich erst kommt? Wenn sie in irgendeinem dieser parkenden Autos versteckt ist?

Ein Kamerateam interviewt den Moderator und TV-Manager. Ich schaue genauer hin und grinse. Es ist ein Team seines eigenen Senders. Ein anderes Kamerateam hat Weis vor dem Mikrofon. Ich will nicht hören, was er sagt. Sicher etwas über innere Ruhe und solchen Unsinn. Weis-Punkt-heiten. Idiotische Mode, Wörter durch Punkte zu zerhacken und zu glauben, dass daraus Bedeutsames entsteht. Bomben-Punkt-Leger. Panik-Punkt-Macher. Klug-Punkt-Schwätzer. Welcher Mensch mit halbwegs funktionierendem Instinkt bleibt cool, wenn gleich eine Bombe hochgehen kann? Man muss Weis allerdings zugestehen, dass er im Saal tatsächlich ruhig gewirkt hat. Zumindest war er nicht in offener Panik wie die meisten anderen. Wer war der Mann am Tisch hinter unserem? Ich schaue mich um, entdecke den Autor, der in der Hauptkategorie „Neuerscheinung des Jahres“ nominiert war und so angestrengt entspannt dreingesehen hat. Was fragt man einen, der gerade von einer Literaturgala geflohen ist?

„Glauben Sie, dass die Drohung mit den Literaturpreisen zu tun hat?“

„Sie meinen Rache, weil jemand keinen Preis bekommt? So wichtig ist der Preis nicht. Und noch weiß ja keiner, wer ihn bekommen hätte.“

„Trauen Sie einem Autor eine derartige Drohung zu?“

„Es gibt so gut wie nichts, was Menschen nicht zuzutrauen wäre.“

„Kann es sein, dass man ganz informell doch schon gewusst hat, wer ausgezeichnet wird?“

„Sicher nicht, dann wären weniger Autoren da gewesen.“

„Sie meinen, wer leer ausgeht ...“

„... muss ja nicht unbedingt zusehen, wie andere einen Preis bekommen.“ Der Autor blickt zum Rathaus. „Was wäre wohl, wenn es in die Luft flöge ...“

„Wir würden um unser Leben rennen“, erwidere ich.

„Und zu viele würden in den nächsten Jahren darüber schreiben.“

Wir grinsen einander an, verhalten, um keinen schlechten Eindruck zu machen. Der Typ ist gar nicht so übel. Ich entdecke einen der

Fotografen des „Magazin“, winke ihn her. Der Autor lässt sich ablichten, auch schon egal und jedenfalls gut für seine Medienpräsenz. Die beiden Krimiautorinnen stehen in einer Gruppe von Menschen, zwei rote Feuerbälle, Literaturbomben aus Fleisch. Die eine erklärt gerade, wie Antiterroreinsätze der Polizei funktionieren, sie habe das für ein Buch recherchiert. Ich schnappe mir die andere.

„Hat da die Realität den Kriminalroman überholt?“, frage ich.

Sie sieht mich an. „Das macht sie doch ständig.“

„Gehst du mit essen?“, fragt einer aus der Gruppe meine rote Krimibombe. Sie nickt. Schön langsam verläuft sich die Menge. Den meisten ist nichts passiert. Man hat viel zu erzählen, man kehrt zum Alltag zurück und kann bald kaum noch glauben, dass man gemeinsam mit Hunderten anderen in Panik war. Dass bei der gemeinsamen Flucht Menschen niedergetrampelt, verletzt, getötet wurden. Von der Masse. Von ihnen. Acht Kamerateams zähle ich inzwischen. Und neben den uniformierten Polizisten scheint es jetzt eine Reihe von Beamten in Zivil zu geben. Ich kann auch morgen mit jemandem von der Einsatzleitung sprechen. Das „Magazin“ ist eine Wochenzeitung, die nächste Ausgabe erscheint erst in vier Tagen. Was wird bis dahin passieren? Was werden wir dann wissen? Ich sehe auf die Uhr. Erst halb zehn. Seit dem Alarm ist nicht viel mehr als eine Stunde vergangen. Den Bürgermeister sehe ich nicht mehr. Ob er ins Rathaus zurück ist? Unwahrscheinlich. Irgendwo gibt es eine Krisensitzung, ganz sicher. Die gibt es immer. Und im Rathaus sind wohl noch Bombenexperten am Werk. Was für ein Job. Ein ganzes Rathaus nach einer Bombe zu durchsuchen.

Hinter mir sagt einer: „Da steckt die Al Kaida dahinter. Es gibt heuer gleich ein paar Bücher, die sich mit dem Islam beschäftigen. Das wollen die nicht.“

Oder ein beleidigter Autor. Oder ein Verrückter. Es wird Zeit, dass ich heimgehe. Heim zu Oskar. Ich bin plötzlich sehr müde. Was wäre gewesen, wenn ich versucht hätte, den Saal durch eine der Flügeltüren zu verlassen? Hätten sie dann mich niedergetreten? Wären sie über mich drübergetrampelt? Oder wäre ich bei denen gewesen, die in Panik gedrängt und gestoßen haben?

Seit einigen Monaten wohne ich ständig bei Oskar. Das ewige Hin und Her zwischen unseren beiden Wohnungen ist mir auf die Nerven gegangen. Und seine Wohnung hat jedenfalls Vorteile. Einer davon ist, dass sie im 1. Bezirk liegt. Höchstens zwanzig Minuten zu Fuß vom

Rathaus. Mit Dachterrasse, groß, hell. Ein erfolgreicher Wirtschaftsanwalt kann sich so etwas leisten. Trotzdem würde ich mich heute lieber die fünf Stockwerke zu meiner weit weniger noblen Altbauwohnung hinaufschleppen, vertraute Höhle, zur Ruhe kommen, nachdenken, vielleicht auch einige Ideen in den Laptop tippen. – Und allein sein? Ich hätte Gismo bei mir. Meine Schildpattkatze: Mit ihr habe ich die bisher längste Beziehung meines Lebens. Von den Eltern einmal abgesehen. Jetzt steht meine Wohnung leer. Ich will sie nicht verkaufen. Ab und zu übernachten Freunde von außerhalb dort. Und Vesnas Putzunternehmen hält sie sauber. Vesna. Ich sollte meine Freundin anrufen. Nachdem Vesna Krajner die österreichische Staatsbürgerschaft bekommen hatte, wollte sie eigentlich ein Detektivbüro aufmachen. Nur die verzopfte Detektivordnung hat sie daran gehindert. Jetzt betreibt sie ihre Nachforschungen eben nebenbei. Und offiziell eine Reinigungsfirma. „Sauber! Reinigungsarbeiten aller Art". Sie wäre wohl nicht aus dem Rathaus gerannt. Sie hätte sich versteckt und die Bombenentschärfer beobachtet. Oder doch nicht? Vesna ist mutig, aber auch vernünftig. Und als in Bosnien Krieg war, ist sie mit ihren zwei kleinen Kindern nach Österreich geflohen.

„Was ist los?", fragt Vesna anstelle einer Begrüßung.

Ich gehe mit dem Telefon am Ohr am Burgtheater vorbei. Hier sind nur wenige Menschen auf der Straße, aber immer wieder gibt es welche, die tuscheln und zum Rathaus hinüberstarren. Neugotischer Bau, hoch und mächtig und jetzt in der Nacht dezent beleuchtet. Als könnte er durch nichts erschüttert werden.

„Es hat einen Bombenalarm gegeben", antworte ich.

„Das weiß ich", kommt es ungeduldig zurück. „War schon in den Nachrichten."

„Es dürfte sich um falschen Alarm gehandelt haben."

„Aber um echte Drohung", erwidert Vesna.

Da ist was dran. „Ist es wahr, dass es in der Panik Tote gegeben hat?", frage ich.

„Du willst von mir wissen? In Nachrichten haben sie von Verletzten geredet. Die berichten direkt vom Rathaus. Bist du nicht dort?"

„Nicht mehr. Das nächste ‚Magazin' kommt erst in vier Tagen heraus, außerdem ist ein Fotograf dort."

„Bist du in Ordnung, Mira Valensky?" Das klingt jetzt eindeutig besorgt.

„Ja. Klar." Aber vielleicht sitzt der Schock doch tiefer, als ich gedacht habe. Was wäre gewesen, wenn eine Bombe hochgegangen wäre? Was ist, wenn sie noch hochgeht? Ich trabe am Burggarten entlang Richtung Graben. Grüne Büsche hinter hohen Gittern. Was man alles einsperren muss. Ich hätte mit dem „Magazin" telefonieren müssen. Kann ich ja noch. Der Bereitschaftsredakteur hat sicher mitbekommen, was passiert ist. Niemand kann davon ausgehen, dass ich auf der Gala war.

„Wenn es keine echte Bombe war, dann war es jemand aus der Buchbranche", überlegt Vesna.

„Warum?"

„Sind Schreibtischtäter, oder?"

„Und wenn es ein Verrückter war?", will ich wissen.

„Das schließt sich nicht aus. Du musst schon irgendwie verrückt sein, um so was zu machen."

„Und wenn es wirklich eine Bombe war?"

Vesna seufzt. „Dann wäre Rathaus schon in die Luft geflogen."

„Sie haben gleich wieder von internationalem Terror geredet", erzähle ich.

„Das ist auch eine Möglichkeit. Das ist jetzt immer Möglichkeit."

„Nicht in Wien, nicht im Rathaus", widerspreche ich.

„Ich habe nichts gegen Moslems, habe ich mit ihnen gelebt in Bosnien, oft hast du gar nicht gewusst, wer zu welcher Religion gehört, die meisten sind nicht mehr gläubig. Ist wie da. Aber Fanatiker gibt es. Ich bin nicht naiv wie du", antwortet meine Freundin.

Herzlichen Dank auch. „Ich muss noch mit der Redaktion telefonieren."

„Jetzt bist du beleidigt, wollte ich nicht, glaube ja auch eher an einen Buchmensch."

„Ich bin nur müde. Ich weiß nicht. Seltsam ist so etwas schon." Ich denke an die Schreie und das Drängen, und wie schnell jede Form von Höflichkeit und Rücksichtnahme verschwindet, wenn es ums eigene Leben zu gehen scheint.

„Wir hören uns morgen, Mira Valensky. Trink großen irischen Whiskey und dann schlafe gut."

Ich telefoniere kurz mit der Redaktion, kein Problem, man habe bereits zwei Leute vor Ort. Ich kann morgen zusammenschreiben, was ich erlebt habe. Nicht schlecht für einen Bericht, live dabei gewesen zu sein. Auch wenn er ein wenig spät erscheint. Meine Kurzinterviews habe ich mit dem Mobiltelefon mitgeschnitten. Ich gehe schneller. Mir ist kalt in meiner dünnen schwarzen Samtjacke, ich zittere. Ist es wirklich die Kälte? Was sonst. Ich sehne mich nach Oskar. Seltsam, dass er sich noch nicht gemeldet hat. Er ist einer, der regelmäßig die Fernsehnachrichten aufdreht. Eigentlich wollte er daheim sein. Ich sollte doch noch heute Abend alles in den Laptop schreiben. Wahrscheinlich die beste Art, mit dem Erlebten umzugehen. Ich schließe die Haustür auf, rufe den Lift. Zu meiner Altbauwohnung gibt es nach wie vor keinen Aufzug. Zu wenige Mieter und Eigentümer, die ihn mitfinanzieren würden. – Der Bürgermeister als Kapitän auf dem sinkenden Schiff. Sie haben ihm das Mikrofon weggenommen. Der Krach, mit dem es zu Boden ging. Wie viele aufgeschrien haben. Ich sperre die Wohnungstür auf und denke erst im Vorzimmer daran, dass ich üblicherweise zur Ankündigung läute. Nicht weil ich hier nicht zu Hause wäre. Oskar tut es auch. Ich hab es von ihm übernommen. Eine subtile Form von Höflichkeit, auch seinen Ehepartner nicht zu überfallen.

Ich trabe in den großen, offenen Raum, Wohnzimmer und Arbeitszimmer und Esszimmer und Küche in einem. Oskar sitzt am Tisch. Er ist nicht allein. Neben ihm sitzt eine junge Frau mit blonden kurz geschnittenen Haaren. Die beiden lachen. Es ist erst etwas nach zehn. Vor Mitternacht hat er mich sicher nicht zurückerwartet. Sie drehen sich ertappt zu mir um.

„Hallo“, sage ich und versuche, souverän zu wirken.

Oskar steht auf und räuspert sich. „Hallo. Das ist Carmen. Meine … Tochter.“

[2.]

Ich sehe irritiert von Oskar zu dieser Carmen und wieder zurück.

„Hallo“, sagt Carmen und versucht ein Lächeln. Sie ist ausgesprochen attraktiv. Schlank und blond, Mitte zwanzig.

„Ich hab’s nicht gewusst“, sagt Oskar und sieht mich seltsam ausdruckslos an.

Irgendwie ist das alles zu viel für mich. Im Hirn ein Vakuum.

„Dann unterhaltet euch mal schön“, sage ich und weiß nicht, was ich glauben soll. Dass Oskar wirklich eine Tochter hat? Plötzlich? Ohne etwas davon gewusst zu haben? Oder hat er bloß nicht gewusst, dass sie auftaucht? Warum hat er mir nie davon erzählt? Was weiß ich sonst noch nicht über ihn? Ich trotte zum Schlafzimmer. Ich hab für heute einfach genug. Keine Kraft mehr. Bombe daheim. Wann kennt man jemanden wirklich? Mein Oskar hat eine Tochter. Wenn es stimmt. Und was, wenn ihm in der Sekunde nur nichts Besseres eingefallen ist? Vielleicht ist sie eine neue Konzipientin? Ich stelle mich unter die Dusche. Es nützt nichts. Gedanken wie in Zeitlupe. Bilder. Weis, wie er mitten im Chaos steht und ausnahmsweise nicht lächelt. Der erste Schrei. Tier in Todesnot. Getrampel. Carmens „Hallo“. Die blutroten Krimiautorinnen. Das beleuchtete Rathaus vom Burgtheater aus. Hundert Meter ist es hoch. Carmen ist groß. Größer als ich. Oskar ist eins fünfundneunzig. Die Butter auf den runden Tischen im Rathaussaal ist inzwischen sicher zur Gänze geschmolzen. Butterfettpfützen. Was passiert mit dem Buffet? Es wird alles stehen geblieben sein wie nach einem Giftgasangriff. Wie heißt die Bombe, die nur Leben, aber keine Materie vernichtet? Ich steige aus der Dusche, will mich abtrocknen. Ich bemerke, dass ich noch meinen Hosenanzug anhabe. Ich kichere. Ich kann nicht aufhören zu lachen. Ich lebe, was soll’s? Oskar wird gleich kommen und mir alles erklären. Ich werfe die nassen Sachen in die Waschmaschine. Sie werden den Schleudergang schon überleben. Jeden schleudert es einmal. Und was, wenn es wirklich ein Giftgasangriff war? So etwas ist lautlos. Nichts dringt nach außen. Außerirdische. Oder doch international gelenkte Terroristen? Ich klettere ins Bett. In unser gutes breites Bett, ziehe die Decke bis zum Kopf. Ich werde schlafen. Ich hab keinen Whiskey getrunken, ich hab Vesna versprochen, einen irischen Whiskey zu trinken, Jameson, meinen Lieblingswhiskey. Im Schlafzimmer gibt es keinen. Ich will nicht nach draußen. Ich bin nicht schön und nicht Mitte zwanzig. Ich bin nicht einmal blond. Ich bin einem Bombenangriff entgangen. Nein. Ich bin einer Drohung entgangen. Kann man einer Drohung entgehen? Kann man eben nicht, das ist ja das Problem. Gleich wird Oskar da sein und mich trösten. Mir ist kalt.

Ein Lichtblitz. Ich schreie auf. Gerade war ich in einer U-Bahn, rund um mich blonde Frauen mit Sonnenbrille. Die Bombe. Jetzt ist sie hochgegangen. Atombombe. Lichtblitz und dann nichts mehr. Jemand drückt mich zu Boden. Ich versuche ihn abzuschütteln.

„Mira", flüstert Oskar beruhigend, „du hast schlecht geträumt."

Ich blinzle, öffne die Augen. Der Lichtblitz. Sonne, die ins Zimmer scheint. Oskar muss die Rollos hochgezogen haben. Ich klappe die Augen wieder zu. Was ich alles geträumt habe.

„Ich hatte wirklich keine Ahnung von Carmen", flüstert Oskar und hält mich dabei fest.

Augen auf. War also doch kein Traum.

„Im Rathaus war gestern Bombenalarm", sage ich. Oskar starrt mich an. Er hat nichts davon mitbekommen.

„Carmen war da, ich habe nicht ..."

Ich erzähle ihm in Kurzfassung, was passiert ist.

„Und ich hab dich einfach schlafen gehen lassen", murmelt er und wiegt mich hin und her wie ein kleines Kind. Tut gut, sehr gut. Trotzdem hab ich den Eindruck, er ist nicht ganz bei der Sache.

„Carmen?", frage ich.

„Sie ist plötzlich vor der Tür gestanden. Ich war mit ihrer Mutter nur kurz befreundet, ein paar Monate, ich bin gerade mit dem Studium fertig geworden, sie hat noch studiert. Am Tag nach meiner Promotion hat sie mir gesagt, dass sie einen anderen hat. Es hat mich nicht besonders getroffen. Ich hatte so viele Pläne damals. Sie lebt mit ihrem Mann in der Schweiz, er dürfte ziemlich vermögend sein."

„Und woher willst du wissen, dass das Kind wirklich von dir ist?"

„Sie hat geglaubt, es ist von dem anderen. Er hat sie sitzen lassen und behauptet, das Kind sei nicht von ihm. Sie hat einen Vaterschaftstest machen lassen. Das Kind war wirklich nicht von ihm. Und außer uns beiden gab es keine Männer in ihrem Leben, zumindest im fraglichen Zeitraum."

„Das hat dir Carmen alles erzählt?"

Oskar nickt. „Ihre Mutter hat ihr Bescheid gesagt, als sie fünfundzwanzig geworden ist. Jetzt ist sie sechsundzwanzig und ist gekommen, um ihren leiblichen Vater zu sehen."

Ich klettere aus dem Bett. „Wohl nicht einfach, überraschend Vater zu werden."

Oskar grinst schief. „Kann man so sagen. Ich muss trotzdem dringend weg. Verhandlungstag. Die fragen nicht, was sonst noch los ist in deinem Leben. – Geht es dir gut? Kommst du zurecht?"

Ich nicke. „Und wo ist Carmen?"

„In einem Hotel, sie ist schon seit einigen Tagen in Wien. Ist wohl auch nicht so leicht, plötzlich einen neuen Vater zu treffen."

„Sie ist ziemlich hübsch", murmle ich.

„Nicht wahr?", erwidert mein Oskar und ich habe den Eindruck, da schwingt Vaterstolz mit. Wünscht sich nicht jeder ein Kind? Hm. Ich nicht. Und schon gar nicht eines, das sechsundzwanzig, attraktiv und die Tochter von Oskar ist. Obwohl: Wenn sie jünger sind, machen sie noch mehr Umstände. Wickeln, füttern, alles das.

„Was murmelst du vor dich hin?", will Oskar wissen.

Ich schüttle den Kopf und versuche ein Lächeln. „Ich muss in die Redaktion. Und das ziemlich flott."

Noch ein Vorteil von Oskars Wohnung: Sie liegt in Gehweite von der Redaktion. Wenn ich rasch gehe, brauche ich eine Viertelstunde und ich kann mir überdies einreden, etwas für meine Fitness zu tun. Heute freilich hoffe ich vor allem, dass mir das Gehen zu klareren Gedanken verhilft. Die Redaktionssitzung ist erst um elf, ich habe also noch Zeit genug, alle Pressemeldungen zur Bombendrohung nachzulesen. Das „Blatt", die größte, wenn auch nicht gerade seriöseste Zeitung des Landes, hat sicher mutiert und noch in der Nacht eine neue Ausgabe auf den Markt geworfen. Ich komme an einem Zeitungsstand vorbei. Auf der ersten Seite des „Blatt“ steht in dicken schwarzen Lettern: „Horror im Wiener Rathaus“, und darunter, kaum kleiner: „Terror in Österreich!“ Ich kann mir nicht vorstellen, dass die vom „Blatt“ viel mehr wissen als ich. Natürlich, sie sind dran geblieben und nicht schlafen gegangen. Ist wohl keine von ihnen der erwachsenen Tochter ihres Mannes begegnet. Geht auch schwer, dort gibt es fast nur männliche Mitarbeiter. Und eine Frau, die behaupten kann, sie habe bis zum heutigen Tag nicht gewusst, eine inzwischen sechsundzwanzigjährige Tochter zu haben, die gibt es nicht. Schon wieder ein Vorteil für die Männer. Sie können von solchen Familienverhältnissen spät oder auch gar nie erfahren.

Ich gehe in unseren Turm aus Beton und Glas, an der Fassade der Werbespruch: „Lesen Sie das!“ Auch nicht eben zurückhaltend, das „Magazin“. Aber im Vergleich zum „Blatt“ ordentlicher Journalismus. Was noch nicht viel sagt. Ich nicke Uschi an der Rezeption zu, bemerke erstaunt, dass es jetzt auch hellgrünen Nagellack gibt, eile zum Lift. Je weniger Leute mich ansprechen, desto besser. Die meisten werden nicht wissen, dass ich auf der Gala war. Ich muss erst nachlesen, meine Gedanken ordnen, endlich die Eindrücke des gestrigen Abends niederschreiben. Ich steige aus dem Lift.

„Wo hast du gesteckt?“, fragt mich Klaus. Er ist seit mehr als einem Jahr Chefredakteur, zuvor war er ein bekannter TV-Journalist. Nach anfänglichen Schwierigkeiten verstehe ich mich ganz gut mit ihm. Viel besser jedenfalls als mit seinem Vorgänger.

„Ich … war daheim. Es ist erst neun.“ Eigentlich gibt es keinen Grund, sich zu rechtfertigen.

„Du warst auf der Gala, was weißt du?“

„Es sind zwei Leute von der Chronik gekommen, und der diensthabende Fotograf war sowieso gleich da“, murmle ich. Es klingt wie eine Entschuldigung. Mist.

„Du bist wirklich heimgefahren? Wir dachten, du recherchierst. Du hattest irgendeinen Draht und bist deshalb vom Rathausplatz verschwunden.“ Er sieht mich vorwurfsvoll an.

Könnte ich nicht so etwas behaupten? Ich hebe mein Kinn. „Ich war privat dort. Ich hab einige Interviews gemacht. Dann bin ich gegangen.“

„Du bist Chefreporterin. Und das ist die größte Story seit Monaten.“

„Es war … falscher Alarm“, rechtfertige ich mich matt.

„Es war zumindest eine ernst zu nehmende Drohung. Es hat zehn Verletzte gegeben. Einer ringt mit dem Tod."

Ich seufze. „Wir haben noch drei Tage bis Redaktionsschluss. Ich werde recherchieren. Natürlich werde ich das."

„Wie bist du übrigens rausgekommen? Dir ist nichts passiert, oder?"

Ich schüttle den Kopf. „Mit dem Bürgermeister und einigen anderen. Die Securityleute haben uns gelotst. Dort war kein Gedränge, nur enorm viele Gänge und Stiegen. Ich hatte keine Ahnung, wie weitläufig das Rathaus ist."

Der Chefredakteur sieht zufrieden aus. „Na das ist ja schon was. Ich wusste es doch. Du hast mit ihm auf der Flucht gesprochen?"

Ich schüttle den Kopf. „Bitte lass mir eine Stunde Zeit. Wenn man mittendrin ist, sieht man weniger, als man glaubt. Ich muss nachlesen. Und meine Gedanken sammeln."

„Wir haben die Redaktionssitzung vorverlegt. Sie geht in zehn Minuten los. Ich hab dir eine SMS geschickt."

Ich ziehe mein Mobiltelefon aus der großen Umhängetasche. Ich habe nicht auf neue Nachrichten geachtet. Da ist sie. „Okay", sage ich und trabe durch das Großraumbüro hin zu meiner durch Grünpflanzen abgeschirmten Ecke. Es ist völlig klar: Alle, die bereits da sind, wissen, dass ich im Rathaus war. Im „Horror" vom Rathaus. Ich schiebe zwei Riesenphilodendronblätter zur Seite, lasse mich auf meinen Schreibtischsessel fallen, starte endlich den Computer. Während er hochfährt, denke ich immer wieder an Carmen. Und an ihre Mutter. Mit der Oskar vor siebenundzwanzig Jahren zusammen war. Sie hat ihn verlassen. Vielleicht hat er mehr darunter gelitten, als er zugibt? Ob sie auch so hübsch ist wie ihre Tochter? Oskar wird heuer fünfzig. Damals war er also dreiundzwanzig. Und gerade fertig mit dem Studium. Die Society-Soubrette hat einen Nasenbeinbruch erlitten, lese ich. Sie empfängt bereits Journalisten. Eh klar. Die würde noch auf ihrem Sterbebett Journalisten empfangen. Genau das ist ihr Job. Nasenkorrektur auf Krankenschein, der Eingriff wird sie nicht schrecken, sie war sicher schon oft genug unter dem Messer. Mira, sei nicht so böse, nur weil man böse zu dir ist. – Wer ist böse zu dir? Unsinn. Der Chef eines Verlages, der auf Heimatbücher spezialisiert ist, hat innere Verletzungen unbestimmten Grades erlitten. „Er ringt mit dem Tod", kann ich in den Agenturmeldungen lesen. Der Attentäter habe von einem nicht registrierten Wertkartentelefon aus angerufen. – Ist einer ein Attentäter, auch wenn er bloß mit einem Attentat droht? Der Wortlaut der Drohung wurde noch nicht veröffentlicht. Man spekuliert über den Akzent des Anrufers, und ob er überhaupt einen gehabt hat. Die Stimme sei jedenfalls hinreichend verzerrt gewesen. Weiß heute schon jedes Kind, dass Stimmanalysen sonst ziemlich einfach sind. Sieht man jede Woche im Fernsehen. Die rechte Opposition kritisiert, dass das Wiener Rathaus vor lauter Fremdenfreundlichkeit auf die einfachsten Sicherheitsmaßnahmen vergessen habe. Wie sichert man sich gegen einen Anruf? Angeblich sind in der Nähe des Rathauses verschleierte Frauen gesehen worden. Das kommt in Wien vor, wenn auch nicht sehr häufig. Was hätte man tun sollen? Sie als grundsätzlich verdächtig festnehmen?

Ich klicke zurück zu den ersten Meldungen von gestern Abend. Foto vom Bürgermeister mit dem Mikro in der Hand, die Tische vor ihm sind bereits leer. Er sieht aus wie ein unglücklicher Alleinunterhalter, dem das Publikum davongelaufen ist.

„Überlebt?“, fragt eine Stimme.

Ich zucke zusammen. Droch. Chef des Politikressorts, einer der wenigen wirklich angesehenen Journalisten des „Magazin“. Seit Jahrzehnten im Rollstuhl. Hat etwas mit einem Kriegsberichterstattereinsatz in Vietnam zu tun. Die Details kennen wenige. Mir hat er sie in einer schwachen Stunde erzählt. Er hat wenige schwache Stunden, und wenn, würde er es nicht zugeben. Ich mag ihn. Auch wenn wir über beinahe alles im Leben unterschiedlicher Ansicht sind. Ihm kann ich vertrauen. Was mehr kann man von einem Menschen sagen? „Oskar hat eine Tochter“, sage ich, statt über die Bombendrohung zu reden.

„Wie hast du es rausgefunden?“, fragt er und rollt näher.

„Sie war in seiner Wohnung. Gestern Abend. Er hat bis dahin auch nichts von ihr gewusst. Sagt er.“

„Glaubst du ihm?“

„Eigentlich ja. Aber das ist nicht das Problem.“

Droch versucht, verständnisvoll zu nicken. Er tätschelt meine Hand. Offen liebevolle Gesten sind bei ihm selten. Gleich beginne ich zu weinen.

„In ein paar Minuten ist Redaktionssitzung“, sagt er. „Vergiss die Tochter. Das Rathaus wäre beinahe in die Luft geflogen.“

Ich schlucke und versuche ein Grinsen und stehe auf. „Ist es aber nicht. Du glaubst sicher auch an Terroristen?“ Ich hab noch eine andere Idee. „Was, wenn es mit der Wirtschaftskrise zu tun hat? Irgendein

Verleger, der vor der Pleite steht und die Schuld dem Literaturbetrieb gibt?"

„Pass auf, dass nicht wieder einmal die Fantasie mit dir durchgeht. Mit Spekulation ist es da nicht getan." Dann grinst Droch zurück. „Vielleicht wollte irgendein Autor endlich wissen, was Action ist."

„Typisch, dass Sie dort waren", sagt der Chronikchef, als ich das Sitzungszimmer betrete. Es klingt so, als hätte ich die Panik ausgelöst. Die Ressortleiter sind schon um den großen ovalen Tisch versammelt. Ich versuche, nicht wütend zu werden. Ich kann den Typen nicht ausstehen. Ich sehe aus dem Fenster. Wien im Sonnenlicht. Ausblick über die Innenstadt. Das Rathaus ist zu weit weg.

„Typisch, dass Sie nicht dort waren", erwidere ich und habe ein paar Lacher auf meiner Seite. So obenauf bleibe ich allerdings nicht. Ich muss mich rechtfertigen, warum ich nicht mehr Interviews gemacht habe, während der Flucht mit dem Bürgermeister keine Fotos geschossen habe, mit ihm nur ein paar Worte gewechselt habe. Der Chefredakteur schlägt vor, unsere gemeinsame Flucht durch die Gänge des Rathauses zu bringen. Man könne die leeren Gänge nachfotografieren, vielleicht mit mir, gehetzt, Angst in den Augen. Ich sehe den Chefredakteur empört an. „Wir stellen keine Fotos! Ich dachte, du wärst an seriösem ..."

Er fällt mir ins Wort. „Seriös heißt nicht langweilig. Wir sind hinterher. Die anderen haben drei Tage Vorsprung."

„Wir bringen die Hintergründe", kontere ich.

„Welche Hintergründe? Du bist doch heimgegangen."

Das hat gesessen. „Ich recherchiere", antworte ich wütend. Den Tränen nahe. Ich weiß nicht, was das heute ist. Es wären Tränen der Wut. Selbstverständlich. Aber auch nicht gut. Nicht professionell. Der Chronikchef mustert mich spöttisch.

„Lasst sie in Ruh", sagt Droch. Alle sehen ihn erstaunt an. Sehr selten, dass er sich in solche Dispute einmischt. Und auch wenn wir uns mögen, in Sitzungen hat er mir kaum geholfen, er meint, das könne ich ganz gut selber. Seine Art von angewandtem Feminismus, hat er einmal gespottet. „Wir haben ja wirklich noch Zeit", sagt er jetzt.

Ich schlucke. „Der Wortlaut der Drohung: er kam in keiner Agenturmeldung. Kennt man ihn tatsächlich nicht?"

„Wir kennen ihn nicht", antwortet der Chronikchef. „Wir hätten zwar eine Reporterin vor Ort gehabt, aber die hat den Bürgermeister nicht gefragt."

Ich sehe ihn an. So cool wie möglich. „Ich habe ihn gefragt, als wir über die Stufen gehetzt sind und nicht gewusst haben, ob gleich eine Bombe hochgeht. Er hat ihn auch nicht gekannt." Sie werden nie erfahren, dass ich bloß hinter ihm und seinen Leuten hergekeucht bin. „Also: Weiß man inzwischen mehr?", frage ich. Einige Ressortchefs schütteln den Kopf. „Ich werde es herausfinden", sage ich und denke gleichzeitig, dass ich übergeschnappt sein muss.

Der Chefredakteur seufzt. „Du solltest auf alle Fälle ein Interview mit diesem Guru, mit Weis machen. Er war kurz in den Spätnachrichten. Die Leute sehnen sich nach einem, der ihnen alles erklärt. Und du hast ja den perfekten Draht zu ihm."

Moment mal, der Chefredakteur selber war es, der mir den Auftrag vermittelt hat. Aber vielleicht besser, das in dieser Runde nicht breitzutreten. Es gab schon genug spöttische Bemerkungen, als durchgesickert ist, dass ich das Buch dieses weißen Heilsverkünders redigiere. Wenn die wüssten, dass ich anstelle eines mehr oder weniger fertigen Textes einen Haufen ungeordneter Aufsätze, Zeitungsausschnitte, Fotos (natürlich alle mit Weis im Mittelpunkt: Weis im Fernsehstudio, Weis spricht vor Managern, Weis meditiert auf einem Hügel, Weis lächelt einer Jüngerin zu) und Notizen bekommen habe, selbst der Chronikchef hätte mit mir Erbarmen. Aber egal, jetzt ist das Buch so gut wie fertig und ich bin froh, dass ich nur im Kleingedruckten genannt werde. „Weis.heiten". Auf so einen Titel muss man erst einmal kommen.

„Ich werde mit ihm sprechen", sage ich erschöpft. „Er war gestern übrigens einer der wenigen, die nicht die Nerven verloren haben."

„Dein Guru eben", spottet Droch und fast bin ich beruhigt, dass er zu seinem üblichen Tonfall zurückgefunden hat.

„‚Mein' Guru sicher nicht", erwidere ich.

Ich sitze am Schreibtisch und tippe endlich in den Computer, was ich gestern erlebt habe. Wie seltsam sich schon jetzt die Bilder verwischen. Angsterfüllte Gesichter und unsere Flucht durch die Gänge, und Weis, der dasteht und alles beobachtet. Wie ist er aus dem Rathaus gekommen? Gemeinsam mit den anderen? Ich hoffe, ihn hat schlussendlich doch auch noch die Panik gepackt. Anruf am Mobiltelefon. Vesna.

„Du weißt Neues?", fragt sie.

„Nicht viel. Eigentlich nichts.“

„Du willst nicht reden, habe ich recht?“

„Verdammt, ich weiß wirklich nichts. Und was geht es dich an? Du hast ein Reinigungsunternehmen!“

„Oh, oh“, antwortet Vesna, „wer hat dich so ärgerlich gemacht?“

„Alle verlangen von mir, dass ich mehr weiß. Und jetzt hab ich sogar noch ein Interview mit Weis am Hals.“

„Wir sollten uns treffen. Vielleicht mir fällt etwas ein.“

Eine gute Idee. Eine beinahe rettende Idee. Und wenn uns nichts einfällt, dann essen wir einfach gemischte Vorspeisen bei unserem Lieblingstürken gleich ums Eck bei der Redaktion. Wahrscheinlich bin ich deshalb so schlecht drauf, weil gestern das Abendessen ausgefallen ist. Und das heutige Frühstück auch.

„Momentan kann ich nicht“, antwortet Vesna auf meinen Vorschlag. „Ich muss zum Lauftraining. Will ich nicht auslassen. Aber danach …“

„Danach muss ich zu Weis.“ Ich sage es schroffer, als ich wollte. Nicht einmal das klappt heute, nicht einmal Essen und Überlegen mit Vesna.

„Ich denke nach, Mira Valensky, und wenn du Zeit hast, wir sehen uns. Ich erkunde in der Zwischenzeit Stimmung. Bei den Menschen in Wien. Auch Läufer reden über Bombenalarm.“

„Okay“, murmle ich. „Sorry.“ Ich sollte ihr von Carmen erzählen, Vesnas praktischer Verstand könnte meine Gedanken aufräumen. Aber Vesna hat das Gespräch bereits beendet. Lauftraining. Auch eine Möglichkeit, mit der Midlife-Crisis umzugehen. Vesna war immer gut in Form, das mache das Putzen, war sie überzeugt. Aber seit sie mehr managt als putzt, hat sie Angst um ihre Figur. Und außerdem brauche sie eine neue Herausforderung, hat sie befunden. Also hat sie etwas trainiert, ist beim heurigen Wiener City Marathon gestartet und hat sich geärgert, dass sie erst mit dem letzten Drittel ins Ziel gekommen ist. Ich fände es ja schon sensationell, diese Strecke überhaupt zu schaffen, aber Vesna kann ganz schön ehrgeizig sein. Jetzt trainiert sie für den Marathon im nächsten Jahr und will dann deutlich weiter vorne liegen. Ich seufze und wähle die Nummer von Weis.

Weis will sich für mich Zeit nehmen, aber erst am Nachmittag. Ich kann mit dem Aufschub leben. Außerdem weiß er ohnehin nicht mehr über die Bombendrohung als ich. Er wird sie nur ausreichend breittreten, von allen Seiten beleuchten, mit Lebenshilfe oder dem, was er dafür hält, unterfüttern und vor allem sich selbst in der Bombe spiegeln. Was eignet sich besser zur Selbstdarstellung als eine Katastrophe? Ich kann mir schon vorstellen, wie er diesen Samstag in seiner Fernsehshow auftritt. Milde lächelnd, als habe nur er verhindert, dass die Bombe hochgegangen ist. Er wird uns den Terror und die Krise erklären und etwas von innerer Stärke erzählen und vielleicht gemeinsam mit seinen Zuschauern meditieren. Er auf seinem weißen Hocker im Fernsehstudio, die Zuschauer auf der Fernsehcouch. Das Bedürfnis vieler Menschen nach einer Schmalspurerleuchtung in zwanzig Minuten ist hoch. Die haben auch kein Problem, wenn so eine Show „Guru" heißt. Führer. Hört das nie auf, dass sich die Menschen nach einem Führer sehnen? Und warum sind, wenn es sich nicht um politische, sondern um geistige Führer handelt, gerade so viele Frauen zu begeistern? Weil sie die spirituelleren Menschen sind? Na ja. Vielleicht. Ich starre auf meinen Grünpflanzendschungel. Frauen lassen viel zu. Manchmal viel zu viel. Sieh es positiv, Mira. Es gibt Frauen, die wenigstens noch nach dem bisschen Mehr, das wir Glück nennen, suchen. Während Männer lieber das vierte Bier trinken, als sich auf so etwas Kompliziertes wie Sinnsuche einzulassen. Sie haben es wohl nicht besser gelernt. Keine Verallgemeinerungen, Mira. „Die" Frauen gibt es ebenso wenig wie „die" Männer. Wie Carmens Mutter wohl ist? Eine toughe Geschäftsfrau? Angeblich hat sie reich geheiratet. Eine unterbeschäftigte Ehegattin mit Verdauungsproblemen auf der Suche nach dem Sinn des Lebens? Weis hat seinen Sinn wohl gefunden. Bekannt zu sein, gefragt zu werden und damit jede Menge Geld zu machen. Zu einfach. Das ist auch zu einfach, Mira. Ich arbeite bei einer Wochenzeitung für ein Massenpublikum. Ich muss vereinfachen. Und ganz abgesehen davon: Ich persönlich mag weder Bier noch Gurus. Ich sollte mich auf Praktisches konzentrieren. Wer kann mehr wissen über die Bombendrohung – und mir etwas darüber erzählen? Einer unserer jungen Reporter wartet gemeinsam mit vielen anderen Journalisten vor dem Polizeipräsidium auf Informationen. Ich muss einen besseren Weg finden. Bisher weiß man bloß, dass eine „Sondereinheit Bombenalarm" gebildet wurde. Mit dabei Zuckerbrot, Chef der Mordkommission 1, seit Jahrzehnten Freund von Droch, aber ebenso stur wie er und nicht bereit, mit mir mehr zusammenzuarbeiten, als sein muss. Die beiden gehen einmal in der Woche zusammen essen und reden dabei angeblich nie über irgendetwas Berufliches. Wer es glaubt. Zumindest dringt nichts nach außen und mir erzählen sie schon gar nichts. Mit dabei ist aber auch Verhofen, aufgehender Stern am Kriminalhimmel, Jurist, jahrelang bei der UNO und jetzt nach Wien heimgekehrt. Als wir uns letztes Mal begegnet sind, hatte ich beinahe den Eindruck, er schwärmt ein wenig für mich. Sicher Unsinn. Aber doch ein nettes Gefühl. Er ist immerhin einige Jahre jünger als ich. Vielleicht trifft er sich mit mir. Mira, er ist ein Profi. Er wird nichts erzählen, was nicht an die Öffentlichkeit soll. Außerdem kann ich ihn wohl schlecht anrufen und sagen, dass ich ihn fragen möchte, was genau der Anrufer gesagt hat, woher der Anruf gekommen ist, ob es Bekennerschreiben gibt, ob man sonst eine Spur ... Aber wenn ich so tue, als wüsste ich etwas? Weiß ich irgendetwas, das bei den Ermittlungen helfen könnte? Nicht mehr als die anderen cirka fünfhundert Menschen, die auf der Gala waren. Ich schließe die Augen. Ich denke nach. Und Carmen taucht auf. Ich schüttle den Kopf, öffne die Augen, schließe sie wieder, konzentriere mich auf die Gala, wie hat sie begonnen? Wer hat sich wann wohin gesetzt? Die Blicke der Frau in Weiß vom Nebentisch. Und dann Carmen und Oskar. Verdammt, die gehören da nicht hin. Sie sehen einander ähnlich. Gar kein Zweifel. Auch Carmen ist groß, nur dass sie schlank ist. Mein Oskar ist eins fünfundneunzig. Aber ist er „mein“ Oskar? Ich glaube ohnehin nicht, dass man einen anderen Menschen besitzen kann, als Besitz sehen darf. Jetzt hat er eine Tochter. Was bedeutet das? Was bedeutet das für uns zwei? Gala. Zurück zur Gala. Ich kann nicht klären, was das für uns bedeutet. Es war ziemlich dunkel auf der Gala. Der langatmige Moderator. Und was ist, wenn ich Verhofen einfach anrufe und sage, ich weiß zwar nicht, ob ich etwas Besonderes weiß, aber ich möchte zur Aufklärung beitragen, ich möchte mithelfen, den Möchtegernattentäter zu finden. Immerhin war ich am Ort des Geschehens. Ich habe journalistisches Gespür. Und ich habe Erfahrung, was Kriminalfälle angeht. Ob ihm das reicht? Ob er nicht sofort vermutet, dass ich ihn aushorchen möchte?

Tut er nicht. Und wenn, ist es ihm nicht so wichtig. Wir treffen uns in einem Café an der Ringstraße. Am späten Vormittag ist da nicht viel los, einige ältere Männer spielen Schach, sie nehmen mich nicht einmal wahr. Zwei Frauen in ähnlichem Alter trinken Kaffee. Ich sehe mich nach Verhofen um. Mein Personengedächtnis ist im Allgemeinen eine Katastrophe, doch an ihn erinnere ich mich. Nicht besonders groß, eher untersetzt, aber nicht dick, kurze dunkle Haare. Kein Adonis und trotzdem ganz attraktiv. Markantes Gesicht. In seiner Studentenzeit war er Zehnkämpfer, hat er mir erzählt. Na gut. In meiner Schulzeit war ich auch sportlich. Einer der besten Wege, um dem Unterricht zu entkommen. Verhofen ist bereits da. Er hat sich für den Tisch im hintersten Eck entschieden. Wohl besser, niemand weiß von unserem Treffen. Aber die Gefahr, dass uns hier jemand entdeckt, ist ohnehin nicht groß. Als er mich sieht, springt er auf. Ein Polizist mit klassischen Manieren. Was es nicht alles gibt. Wir geben einander die Hand, lächeln. Das kommt schon vor, dass die Chemie stimmt. Bei uns ist es so. Wir bestellen beide Cappuccino und ich erzähle kurz, wie ich zur Einladung für die Gala gekommen bin. Verhofen verzieht ein wenig den Mund. „Keine Sorge, privat hab ich es nicht so mit Gurus", beruhige ich ihn.

„Ich hatte einmal eine Freundin", erzählt Verhofen, als würden wir uns schon sehr lange und sehr gut kennen, „die war ganz versessen auf exotische Heilmethoden, dabei war sie eigentlich gar nie krank. Einen Monat hat sie um Termine bei einem vietnamesischen Arzt gefleht, im nächsten Monat war der out, dafür hat das mit den Chakras angefangen. Irgendwas muss da dauernd geöffnet werden. Herz oder Hirn oder Hals oder Ähnliches. Hat etwas mit alter indischer Medizin zu tun. Dann hat ihr einer gesagt, dass sie kein Salz essen darf. Und der Nächste oder Übernächste hat behauptet, sie muss viel Salz essen, aber es darf nur vom Himalaya sein. Sie hat alles brav gemacht, und die offensichtlichen Widersprüche ihrer diversen Lehrer, Ärzte und Therapeuten haben sie nicht im Geringsten irritiert. Dabei war sie alles andere als dumm."

„Wenn's hilft", erwidere ich großzügig. „Vielleicht wäre irgendeine dieser Methoden geeignet, der Erinnerung auf die Sprünge zu helfen." Ich will die Kurve zurück zum Rathaussaal kriegen. „Ich tue mich ganz schön schwer, zu beschreiben, was ich gestern gesehen und erlebt habe."

Jetzt sieht mich Verhofen doch etwas misstrauisch an. „Im Allgemeinen können Sie sich ziemlich gut ausdrücken."

„Mag schon sein, aber in dem Fall war ich zu sehr mittendrin, mir fehlen die Zusammenhänge, ich kann Dinge, die ich wahrgenommen habe, nicht einordnen. Und da könnten Sie mir vielleicht helfen. – Und ich Ihnen", setze ich rasch hinzu. „Was denken Sie über den Bombenalarm?"

„Ist das jetzt zum Veröffentlichen gedacht?"

„Das wird kein Interview, das verspreche ich. Ich brauche einen Profi, mit dem ich reden kann. Was dabei herauskommt ... Ich gebe Ihnen den Artikel einfach und Sie können dann sagen, ob er für Sie passt."

Verhofen kratzt sich nachdenklich am Kinn. Er hat sich sichtlich seit gestern nicht rasiert. Sieht bei ihm ganz attraktiv aus, so ein Zweitagebart. War wohl eine lange Nacht. Krisensitzungen, Besprechungen. „Also, das ist jetzt nur meine Idee: Was, wenn ein Autor doch schon vorher gewusst hat, dass er keinen Preis bekommt?"

Die Idee hatte ich auch schon. Trotzdem sage ich: „Angeblich hatte keiner eine Ahnung, wer die Preise bekommt. Außer der Jury. Und die hat erst am Nachmittag entschieden." Der angespannt entspannte Autor vom Nebentisch fällt mir ein. Sein schmaler Mund, als der Moderator diesen Hans Glück über den grünen Klee gelobt hat. Aber beim Interview, das ich danach auf der Straße mit ihm gemacht habe, war er dann ziemlich locker. Und sogar witzig.

„Wenn man nur wüsste, was er genau gesagt hat ...", murmle ich. Versuchen wird man es ja noch dürfen.

Verhofen schweigt.

„Sie wissen es?"

Verhofen nickt. „Es ist nicht weiter bedeutsam."

„Und warum wurde es dann noch nicht veröffentlicht?"

„Weil man in dieser Situation vorsichtig sein will. Außerdem, nehme ich an, wird es ohnehin bald bekannt werden. Irgendeiner aus eurer Branche bekommt immer etwas mit."

Ich sehe ihn bittend an. Er seufzt.

„Also. Er hat gesagt: ‚Man muss es sprengen. In einer halben Stunde geht die ganze Literatur in die Luft.‘"

Hatte es da doch einer gezielt auf die Literatur und ihre Protagonisten abgesehen? Muss nicht sein. „Hatte er einen Akzent? Wie hat er gesprochen?"

Verhofen zuckt mit den Schultern. „Er hat die Stimme verfälscht. Es wird dauern, bis man mehr weiß. Er dürfte mit einem leichten Akzent geredet haben, aber es lässt sich noch nicht klar sagen, ob es wirklich so war, und wenn, ob er nur versucht hat, einen Akzent vorzutäuschen, oder ob er versucht hat, bestmöglich Deutsch zu sprechen."

„Welches Deutsch?"

„Sie kennen sich aber gut aus. Hochdeutsch. Die Experten meinen trotzdem, die Aussprache sei eher österreichisch gewesen. Einiges weist darauf hin, dass der Text zuvor aufgenommen und dann übers Mobiltelefon abgespielt wurde."

„Dann könnte man zumindest ausschließen, dass der Täter im Affekt gehandelt hat", überlege ich. „Also kein beleidigter Autor, der zu Beginn der Gala erfahren hat, dass er keinen Preis bekommt, sein Wertkartentelefon nimmt und Panik verbreitet."

„Wohl eher nicht. Oder er war schnell. Vielleicht hat er den Text auf ein Diktiergerät aufgenommen und das dann übers Mobiltelefon abgespielt, da braucht man nicht viel Vorbereitungszeit. Was wir aber vor allem versuchen herauszufinden: Wer hat den Saal vor dem Alarm, vor der Panik verlassen?"

Ich überlege. „Da war die ganze Zeit über Bewegung. Die Gala war eher langweilig. Beinahe jeder ist zwischendurch einmal aufgestanden. An meinem Tisch sicher Weis, sicher Ida Moylen, sicher der Autor, der neben mir gesessen ist, und auch ich."

„Aber sie sind alle wiedergekommen, oder?"

Ich nicke. „Sie meinen ... der Attentäter hat sich nicht der Gefahr einer Massenpanik ausgesetzt? Die zwei Krimiautorinnen in Rot, ich kann die Namen recherchieren, die waren draußen. Und mit ihnen sicher zwanzig, dreißig andere." Ich überlege weiter. Wenn sich Verhofen dafür so interessiert, dann bedeutet das, dass sie den Täter unter den Galabesuchern vermuten. „Stimmt es, dass der Anruf aus dem Rathaus gekommen ist?", frage ich.

Verhofen sieht mich bittend an. Er hat mir ohnehin schon viel mehr gesagt, als ich von Zuckerbrot jemals erfahren könnte.

„Sie müssen es mir nicht sagen. Es reicht, wenn Sie nicken. Ist der Anruf aus dem Rathaus gekommen?", murmle ich.

„So genau kann man das nicht lokalisieren. Aber in etwa stimmt es. Der Anrufer kann allerdings auch in der Nähe des Rathauses gewesen sein."

Ich nicke. „Wenn mir irgendetwas dazu einfällt, dann erfahren Sie es."

„Über das ‚Magazin'?", lächelt Verhofen. Dann läutet sein Telefon. Seine Antworten sind kurz. „Nein." Und: „Ja." Und: „Nein." Und: „Natürlich." Und: „Ich bin in fünf Minuten da." Und: „Hab nur einen starken Kaffee gebraucht. Da reicht der im Präsidium nicht."

„Über mich", antworte ich und Verhofen sieht mich einen Augenblick verblüfft an. Offenbar war er in Gedanken schon anderswo. „Sie hören es von mir persönlich. Und niemand erfährt etwas von unserem Treffen. Nicht einmal Droch."

Wenig später hole ich mein Auto aus der Tiefgarage. Oskar hat mir einen Stellplatz geschenkt, er kostet monatlich in etwa so viel, wie Vesna für ihr Büro und ihre Wohnung zusammen bezahlt. Daran hat auch die Wirtschaftskrise noch nichts geändert. Allerdings gibt es seit Jahren zum ersten Mal überhaupt freie Stellplätze zu mieten. Es wäre klüger, meinen Allrad-Honda zu verkaufen, aber irgendwie ist er ein Stück eingebildete Unabhängigkeit, die ich nicht aufgeben möchte. Wahrscheinlich braucht jede und jeder einen Therapeuten, wenn schon keinen Guru. Ich auch mit meinen ewigen Abhängigkeitsängsten. Ich kann Weis förmlich hören: „Wer sich vor Abhängigkeit fürchtet, ist zu schwach, um sie zuzulassen." Brrr. Jedenfalls bin ich auf dem Weg zu ihm und da ist ein Auto sehr nützlich. Das Weis.Zentrum liegt am äußersten Stadtrand von Wien, in einer Heurigengegend auf einer Anhöhe mit wunderbarem Ausblick über die Stadt. Einen schöneren habe ich nur auf einem Hügel im südlichen Weinviertel erlebt. Es ist Monate her, dass ich bei meiner Freundin Eva war. Ihr gehört der Wein, der auf jenem Hügel wächst. Ich seufze und nehme mir vor, sie so rasch wie möglich zu besuchen.

Ohne Auto wäre es eine Weltreise zum Weis.Zentrum. Aber die zahlreichen Jüngerinnen und die wenigen Jünger, die dorthin pilgern, haben ohnehin eines. Das sind keine Menschen, die die Annehmlichkeiten des Konsumlebens verachten, keine alternativen Tagträumer, sie wollen nur noch mehr. Und das suchen sie bei Guru Weis. Stopp. Ich werde mich Weis und seinem Zentrum vorurteilsfrei nähern und vergessen, was für Schaumgewäsch in seinem Buch steht. Es ist fertig. Ich bekomme vom Yom-Verlag nur noch die Druckfahnen zur Durchsicht.

Da: Das weiße Schild mit der schlichten schwarzen Schrift: „Weis.Zentrum". Nicht das erste Mal, dass ich die schmale Einfahrt beinahe verpasst hätte. Ich halte auf dem großen geschotterten Parkplatz. Hier war einmal ein Heurigenlokal. Weis hat den Parkplatz gelassen, das Haus freilich abgerissen. Ich gehe zwischen Rosen und Weinreben einige Schritte bergauf, und da steht es: das Weis.Zentrum. Gebäude aus Glas. Es spiegelt die Sonne, als stamme es von ihr. Und dass einige der Innenwände aus japanischem Reispapier sind, lässt es nur noch durchscheinender, fragiler, wie eine Seifenblase von Haus, ein Luftgespinst erscheinen. In der wie immer geöffneten Eingangstür bewegt sich ein indisches Glockenspiel im Wind. Weis nimmt von überall, was gut wirkt. Es ist Berger, der mir entgegenkommt. Ich freue mich. Jan Berger ist Psychologe und so etwas wie die rechte Hand von Weis. Ruhig, bescheiden, im Vergleich zu Weis und dessen großen Gesten angenehm zurückhaltend. Weis bezeichnet ihn gerne als „den Handwerker" von ihnen beiden. Was meint dann er zu sein? Wohl der Künstler. Jan Berger will wissen, was gestern geschehen ist.

„Hat Weis noch nichts erzählt?", frage ich.

Berger schüttelt den Kopf. „Er gibt seit heute früh Interviews. Das jetzt ist die erste ... Klientin, die er empfangen hat." Er deutet hinüber zum sogenannten Begegnungsraum. Weis, gekleidet in einen bodenlangen weißen Kaftan, und eine gut angezogene Frau um die fünfzig sitzen einander auf weißen Hockern gegenüber. Sie scheint zu sprechen, er scheint nichts zu sagen. Erstaunlich, wie schalldicht Glas sein kann. Ein eigenartiges Gefühl: Man sieht alles, aber hört nichts.

„Er nennt sie ‚Jüngerinnen', nicht wahr?"

Berger wiegt den Kopf. „Sie mögen es. Aus irgendeinem Grund mögen sie es. Sonst würde er es nicht tun."

„Katholisch kann keine von denen sein", murmle ich.

Berger lächelt. „Stimmt nicht. Es gibt einige, die sind gläubig. Aber offenbar gibt ihnen die Kirche nicht genug."

Meine Mutter wäre empört, das weiß ich. Jesus hatte Jünger – und auch Jüngerinnen, selbst wenn das die Amtskirche nicht so gerne hört –, aber sonst keiner. Sie sucht sich ihre spirituellen Erlebnisse lieber auf Katholisch. Es gibt ja auch dort zwischen Medjugorje und Lourdes genug Angebote für solche, die lieber das Erleuchtende als das Einleuchtende mögen. Ich erzähle Berger kurz von dem, was gestern passiert ist. Je mehr ich darüber rede, desto seltsamer kommt es mir vor, dass ich den Bombenalarm tatsächlich miterlebt haben soll.

„Sie sollten mit Zerwolf reden. Der war gestern auch dort." Dann schüttelt Berger den Kopf. „Wie dumm von mir. Er redet ja nicht."

„Der war auch dort?" Und im selben Moment weiß ich, wer der schlanke weißhaarige Mann am Tisch hinter uns war. Was für ein mieses Personengedächtnis ich doch habe. Weis und Zerwolf. Wie lange sie einander wohl angestarrt haben? Wer ist zuerst davongelaufen? Ein Guru und ein Philosoph. Zerwolf ist seit Jahren Einsiedler mitten in

Wien. Irgendwann hat er aufgehört zu sprechen. Ich kann mich noch an die Zeit davor erinnern. Man hat ihn zu allem befragt, er hatte auf vieles eine Antwort, und hatte er keine, so hat er es zugegeben. „Ein großer Denker“, haben viele gesagt. Er hatte sogar eine eigene Fernsehsendung. Manchen war er zu präsent. Manchen war er zu populistisch, zu vereinfachend, gerade einigen seiner Philosophenkollegen. Jedenfalls ist Zerwolf Kult. Vor allem seit er schweigt. Ab und zu stellt er einige neue Gedanken auf seine Homepage. Die druckt dann sogar das „Magazin“ ab. Und einmal im Jahr spricht er. Da versammeln sich vor seinem Haus Tausende Anhänger. Seit zwei, drei Jahren wird das, was er sagt, auf riesigen Vidiwalls übertragen. Er ist so etwas wie ein modernes Orakel geworden, auch unter dem Jahr pilgern Menschen zu ihm. Nur dass er dafür nicht wie Weis Inserate schalten und eine Menge Unsinn erzählen muss. Wie der Philosoph wirklich heißt, weiß wahrscheinlich keiner mehr. Zerwolf. Das regt die Fantasie an. Einsamkeit und Kraft.

„Kennen Sie ihn? Was macht er auf einer Gala?“, frage ich.

Berger lächelt. „Keine Ahnung, ich kenne ihn nicht persönlich. Leider. Seine Bücher halte ich für herausragend, auch wenn sie sicher nicht der Grund sind, warum er so viele Fans hat. Zu schwierig. Eine Art Fortschreibung des Existenzialismus. Weis kennt ihn. Er hat ihn gesehen. Er hat es mir erzählt.“

Warum haben die beiden einander angestarrt?

Die Frau im „Begegnungsraum“ redet noch immer, Weis lächelt sie milde an. Jetzt steht sie auf, du liebe Güte, sie will ihm die Hand küssen. Weis entzieht sie ihr, er hat also doch noch gewisse Schamgrenzen, er schüttelt verzeihend den Kopf und hebt die Hände. Seine Hände verharren einige Zentimeter von ihrem Kopf entfernt, dann einige Zentimeter von ihrer Brust entfernt. Er kniet nieder, seine Hände verharren einige Zentimeter von ihren Füßen entfernt. Jetzt sagt er etwas und sieht sie an. Wohl: „Gehe hin in Frieden.“ Oder etwas ähnlich Halbreligiöses. Er bleibt im Raum, lässt sich wieder nieder, scheint zu meditieren. Anstrengend, wenn man immer unter Beobachtung ist. Mir geht schon das Großraumbüro unserer Redaktion auf die Nerven, zum Glück kann ich mich hinter meinem Grünpflanzendschungel verschanzen. Die Frau kommt auf Berger zu, sie strahlt.

„Geht’s Ihnen gut?“, fragt Berger.

Sie strahlt weiter. „Wir haben in innerer Verbundenheit geschwiegen.“ Dafür hat sie aber recht intensiv die Lippen bewegt. Gucci-

Tasche, eng anliegende weiße Armani-Jeans, reinweiße Turnschuhe mit goldenen und silbernen Glitzersteinchen, sicher auch eine teure Marke. Ich mache den Mund auf, mache ihn dann wieder zu. Gestern auf der Gala hat sie eine weiße Designerjacke getragen. Die Frau schwebt förmlich hinaus. Eigentlich in Ordnung, wenn jemandem eine Sitzung mit Weis so guttut. Trotzdem sage ich zu Berger: „Wird jetzt wohl Mode, das Schweigen, was?"

„Es ist eine der Lieblingstechniken von Weis."

„Ist ja auch praktisch, wenn man nicht so viel sagen muss."

Berger schüttelt den Kopf. „Manchmal ganz schön anstrengend, nichts zu sagen."

„Kann es sein, dass Weis das mit dem Schweigen von Zerwolf abgeschaut hat?"

Berger zeichnet mit seinem Zeigefinger Kringel auf die Glastischplatte. „Lässt sich Schweigen klauen?"

Weis' Jüngerin kommt zurück. Aufgeregt. „Ich habe völlig vergessen zu zahlen! Nicht dass Sie glauben, ich wollte einfach so davon..."

Dann sieht sie mich erstaunt an und runzelt die Stirn. „Haben wir uns nicht gestern ..."

Ich nicke. „Sie waren mit Zerwolf dort, nicht wahr?"

Sie schüttelt den Kopf. „Er saß bloß zufällig an meinem Tisch. Ich kannte ihn nicht. Er hat übrigens auch gestern nicht gesprochen. Und Sie ... sind eine Anhängerin unseres Meisters?"

Im ersten Moment weiß ich nicht, wen sie mit „unserem Meister" meint, aber dann wird mir klar, dass es nur Weis sein kann. Ich schüttle den Kopf. „Ich redigiere bloß sein nächstes Buch."

Ihr Blick wird etwas freundlicher. Ich kann nicht anders, ich muss sie fragen: „Hat eigentlich nur Weis geschwiegen oder haben auch Sie geschwiegen?"

Sie sieht mich an. „Wir beide ... das heißt, zuerst wir beide ... dann habe ich geredet und er hat weiter geschwiegen. Es geht um die innere Verbindung, verstehen Sie?"

„Kommen Sie bitte mit, Frau Dasch", sagt Berger zu ihr und führt sie ins Büro. Sie verschwinden hinter einer japanischen Reispapierwand. Ich sehe ihre Silhouetten und die Umrisse eines Schreibtischs. Sie zieht eine Geldtasche aus ihrer Gucci-Tasche.

Jemand berührt mich an der Schulter, ganz leicht nur, Geisterhand. Ich zucke zusammen, fahre herum. Weis. Er lächelt milde wie immer. Wenn er sich den Gesichtsausdruck nicht hat anoperieren lassen, ist er vielleicht auf Drogen. Aber was wirkt so? Haschisch mit einer Spur Lachgas?

„Kommen Sie mit", sagt Weis und weist mir den Weg zum Begegnungsraum. Er lässt sich auf dem weißen Hocker nieder, sein Gewand wirft dekorative Falten. Seine Weis.Zentrum-Roben werden bei dem Schneider gefertigt, der sonst für unseren Kardinal arbeitet, hat er mir erzählt. Er scheint ziemlich stolz darauf zu sein. Und wer macht seine weißen Ziegenleder-Slipper? Ein Ziegenhirte und Schuster in Sardinien, der sonst dem Papst liefert? Ich versuche meine langen Beine irgendwie zu falten. Die Jüngerin vor mir hatte sich für einen Schneidersitz entschieden, so gelenkig bin ich nicht.

„Haben Sie keinen Fotografen mit?", lächelt Weis.

„Wir haben genug Bilder von Ihnen im Archiv", antworte ich ruppig. Er soll ruhig merken, dass ich nicht aus reiner Begeisterung da bin.

„Dann lassen Sie uns einmal nachdenken, was uns gestern im Rathaus begegnet ist", sagt Weis und schließt die Augen.

Moment mal, dieses Meditationsgetue kann er sich bei mir abschminken. Ich will schon etwas in diese Richtung sagen, da beginnt er zu reden. Langsam, mit noch immer geschlossenen Augen.

„Wir saßen am selben Tisch. Ich fühle eine Mischung aus Spannung und Abspannung, nicht Entspannung, Abspannung, wenn Sie verstehen."

Ich unterbreche ihn. „Haben Sie irgendetwas Außergewöhnliches bemerkt?"

„So fragt die Polizei", antwortet er, klappt die Augen auf und sieht mich beleidigt an. „Mir begegnet in jedem Moment Außergewöhnliches, aber es ist wohl nicht das, was Sie oder eben die Polizei darunter verstehen würden."

„Sie sind mehrmals vom Tisch aufgestanden", beharre ich auf Konkretem. „Wo waren Sie? Wen haben Sie getroffen?"

Weis sieht mich an. „Auch Sie sind aufgestanden. Ich glaube, einmal."

„Ich war auf der Toilette."

„Auch ich habe diesen Ort aufgesucht."

„Mehrmals? Irgendwas nicht in Ordnung mit der Verdauung?" Sorry, er geht mir auf die Nerven.

Lächeln. „Sie sollten sich überlegen, woher Ihre Aggressivität kommt, das habe ich mir schon öfter gedacht. Also: Ich war einmal auf der Toilette, ein anderes Mal habe ich einen Rundgang gemacht, Menschen begrüßt, ich war vor der Türe, auch im Seitengang, wenn ich mich recht erinnere. – Sie sollten mich fragen, warum es passiert ist und wieso Menschen auf eine Drohung derart panisch reagieren."

Um denselben Schmus zu hören wie die Journalisten vor mir? Sicher nicht. „Nach Ihnen ist Frau Moylen aufgestanden, nach ihr die Jüngerin, die gerade bei Ihnen war, danach Zerwolf. Was war das? Ein konspiratives Treffen?"

Weis sieht mich belustigt an. „Wie soll ich wissen, wer nach mir aufgestanden ist? Ich war ja nicht mehr dort. Nein, soviel ich mich erinnern kann, habe ich keinen der drei getroffen. Ich pflege mich im Übrigen auch nicht auf Damentoiletten herumzutreiben. Reden wir über die Bombe. Meine Zeit ist begrenzt."

Ich seufze. „Wem im Umfeld der Literaturgala trauen Sie die Tat zu?"

„Jedem. Natürlich. Jeder ist zu etwas ... Besonderem fähig."

„Besonderem? Das war eine Bombendrohung."

„Sie wissen, dass ich Wertungen ablehne. Ob etwas gut oder böse ist, erkennt jeder, der rein und weise ist, in sich selbst. Niemand braucht meine Wertungen. Ich bin nur der Führer auf dem Weg. Die Panik gestern Abend hat leider gezeigt, wie wenige diese innere Ruhe haben. Terror und Krise können uns nur etwas anhaben, wenn wir es zulassen."

„Wenn also eine Bombe hochgeht, dann brauchen wir nur weise und rein genug sein, um uns nicht aufzuregen, und die Bombe verpufft."

„Sie wird verpuffen, sie wird höchstens ein momentanes Ereignis sein."

„Und wir verpuffen mit ihr und sind vergangene Ereignisse", kontere ich.

Weis schüttelt den Kopf. „Sie wollen mich nicht verstehen."

Kann sein. „Sie sind stehen geblieben und nicht mit den anderen zu den Ausgängen gerannt. Warum?"

„Weil ich eben diese Ruhe gefunden habe. Was verpufft schon, wenn ein Leben verpufft? Viel wichtiger ist es doch, die Angst nicht zuzulassen. Sonst wächst sie und befällt immer mehr Menschen. So entstehen Krisen. Wir haben es in unserer Macht, die Krise nicht mächtig werden zu lassen. Das trifft im Übrigen auch auf die Wirtschaftskrise zu."

„Ich kenne Ihr Manuskript. – Nicht nur Sie sind stehen geblieben. Am Nebentisch stand Zerwolf. Sie haben einander angestarrt. Warum?"

Der Guru lächelt mit schmalen Lippen. „Wohl weil er sich nicht gefreut hat, mich dort zu sehen. Ich weiß so einiges über ihn, das eine Geschichte im ‚Magazin' wert wäre. Ihr Chefredakteur wird demnächst …"

Ich unterbreche ihn. „Wer ist eigentlich zuerst gegangen? Sie oder Zerwolf?"

„Ich gebe zu, unsere Blicke haben sich kurz gekreuzt. Danach habe ich nicht mehr auf ihn geachtet. Seine Zeit ist vorbei. Er. Er ist vor mir gegangen."

„Und wie sind Sie dann rausgekommen?", will ich wissen.

Jetzt sieht er eindeutig genervt drein. „Ich habe gewartet, bis kein Gedränge mehr war. Dann habe ich den Saal ganz ruhig durch die nächstliegende Flügeltür verlassen."

„Die Sicherheitsleute werden Sie gezwungen haben."

„Da waren keine mehr, die waren alle auf der Flucht."

„Und wenn eine Bombe hochgegangen wäre?"

Er hebt seine Hände. Sie sind schmal und zugegebenermaßen außergewöhnlich schön, auch sehr gepflegt. „Sie ist nicht hochgegangen."

Langsam komme ich mir dumm vor. Kann es sein, dass der Typ recht hat? Irgendwie hat er mich eingewickelt.

„Ich werde übrigens dem Buch noch ein Kapitel hinzufügen", sagt der Guru mit deutlich geschäftlicherer Stimme. „Meine Gedanken über den internationalen Terror. Und wie wir ihn besiegen."

„Das Buch soll in zwei Wochen in Druck gehen. Steht so etwas nicht ohnehin im Kapitel ‚Krisen.Kraft'?" In einem der nervtötendsten Kapitel, füge ich in Gedanken hinzu. Weis, der Unabhängigkeit von Geld und äußerem Erfolg predigt und selbst damit Kohle macht.

„Für dieses Kapitel brauche ich Sie ohnehin nicht. Ich habe es sozusagen fertig. Im Kopf. Was ich bloß von Ihnen will, sind Fotos vom gestrigen Abend. Die besten, die Sie auftreiben können. Die Flucht, die unnötige Panik, vielleicht gibt es auch eines, das mich zeigt. Und meine Ruhe."

„Glauben Sie, dass die Bombendrohung tatsächlich etwas mit dem internationalen Terror zu tun hat?"

„Ist das wichtig? Sie hat mit der Bereitschaft zur Angst vor dem Terror zu tun. Abgesehen davon, das können Sie auch ruhig im ‚Magazin‘ schreiben: Ich kann mir sehr wohl vorstellen, dass irgendwelche fehlgeleiteten Extremisten hinter der Drohung stecken. In Büchern steckt viel Kraft, vielleicht eine Kraft, die sie hassen.“

„Ich habe wenig Zeit, um nach Bildern zu suchen.“

„Sie haben einen Vertrag mit mir. Und Sie werden nach Seiten bezahlt. Also bekommen Sie durch das Kapitel entsprechend mehr, obwohl Sie sehr wenig Arbeit damit haben.“ Das klingt jetzt gar nicht nach abgeklärtem Guru. Und sein Lächeln wirkt wie festgefroren.

Weis blickt auf die Uhr, unsere „Begegnung“ ist vorbei. „Beinahe hätte ich die Zeit übersehen. Ich soll in einer halben Stunde den neuen Vorstand eines bedeutenden Industrieunternehmens empfangen.“

„Ich dachte, zu Ihnen kommen fast nur Frauen.“

Weis erhebt sich wie schwerelos von dem bösartig-unbequemen Hocker, ich drehe das Aufnahmegerät ab und rapple mich hoch. Das linke Bein ist eingeschlafen. Auch das noch.

„Ich sage nur so viel: Ich stelle mich freudig der Aufgabe, die Vorstandsmitglieder zueinander zu führen. In eine produktive Harmonie. Das ist in Zeiten wie diesen so wichtig wie noch nie.“

„Und wie stehen Sie eigentlich zu Krisengewinnern?“, sage ich. „Dem Reinen ist alles rein?“ In Gedanken füge ich hinzu: Hauptsache, es kommt was rein. Aber das sage ich dann doch nicht. Weis tut jedenfalls so, als hätte er auch die ersten beiden Sätze nicht gehört. Er verschwindet in sein Büro aus Glas mit dem Schreibtisch aus Glas und dem durchsichtigen Computerbildschirmgehäuse auf dem Tisch.

[3.]

Ich streife um das Rathaus herum. So als würde mir gleich der Täter begegnen und ich ihn wie selbstverständlich erkennen. Ich sehe jedem ins Gesicht. Und ich habe den Eindruck, auch mir sehen mehr Menschen als sonst ins Gesicht. Nicht nur ich überlege, wer mit der Bombe gedroht haben könnte. Passanten, die davon gelesen haben. Galagäste, die die Panik miterlebt haben. Polizei in Zivil. Mich können sie jedenfalls als Verdächtige ausschließen. Ich bin eine Frau. Und zum wenigen, was man über den Anrufer sagen kann, gehört: Es hat sich eindeutig um eine männliche Stimme gehandelt.

Der Eingang zum Rathaus in der Bartensteingasse ist heute gut gesichert. Üblicherweise kann hier jeder ein und aus gehen, Amtstermine wahrnehmen oder einfach den hübschen Innenhof bewundern. Von dicken Mauern umgeben und trotzdem einladend offen. Ich finde zu viel Glas so verdächtig wie Menschen, die sagen: „Ich habe nichts zu verbergen!“ Jeder hat etwas zu verbergen. Heute bewachen Männer mit Maschinenpistolen im Anschlag den Eingang. Ich fühle mich von ihnen nicht beschützt, sondern bedroht. Wie leicht so eine Waffe losgehen kann. Und was, wenn einer der Typen durchknallt, weil er drei Tage lang schlecht gegessen hat? Was, wenn einer glaubt den Bombenleger zu sehen? Meine Handtasche ist groß, da ginge so einiges hinein. Zum Glück muss ich nicht ins Innere des Rathauses, ich warte auf Vesna. Ich sollte die Taxifahrer befragen, zumindest die, die hier regelmäßig stehen. Aber das hat die Polizei wohl längst getan. Ob mir Verhofen davon erzählen würde? Alles erzählt er mir sicher auch nicht. Ich muss aufpassen, dass ich ihn mit meiner Story fürs „Magazin“ nicht in Schwierigkeiten bringe.

Vesna eilt vom Rathauspark her auf mich zu. Sie war immer schlank, muskulös. Seit sie läuft, ist sie noch schlanker geworden. Man sieht ihr nie im Leben an, dass sie im nächsten Jahr fünfzig wird. Jeans, Turnschuhe, T-Shirt, elastischer Schritt.

„Du weißt schon mehr, Mira Valensky?“, fragt sie anstelle einer Begrüßung. Mich häufig mit Vor- und Nachnamen anzureden, hat sie aus der Zeit, in der ich ihr das Du-Wort angetragen habe, sie es aber seltsam fand, dass eine Putzfrau und ihre Arbeitgeberin Du zueinander sagen. Keine Frage von Bescheidenheit, sondern ihr Stil. Das war mir damals schon klar. Und ihr eigenständiger Stil gehört nach wie vor zu den vielen Gründen, warum ich sie so mag.

„Nicht wirklich. Weis wird seinem Buch noch ein Kapitel hinzufügen. ‚Die Bedrohung – Vom Terror in unseren Köpfen‘.“ Er hat mir den Titel, noch während ich ins Stadtzentrum gefahren bin, via SMS geschickt. Offenbar ist er auch noch stolz darauf.

„Und was, wenn er es war?“, grinst Vesna. Sie kann ihn nicht ausstehen. Ich habe sie einmal zu einem Treffen mitgenommen, sie wollte den Fernsehguru live erleben. Hat ihr schnell gereicht. Vesna mit ihrem praktischen Verstand und der lächelnde Schaumschläger – das geht einfach nicht zusammen.

„Wäre zu schön“, erwidere ich.

Vesna nickt. „Ich habe überlegt. Kommt kaum jemals vor, dass Terroristen nur mit Bombe drohen. Entweder sie geht gleich hoch oder es gibt zumindest Bekennerschreiben, wahrscheinlich auch weitere Drohungen. Macht sonst keinen Sinn für sie. Gibt es kein Bekennerschreiben, oder?“

„Ich glaube, nicht. Ich hab mich mit jemand von der Sondereinheit getroffen, der hat nichts davon erzählt.“

„Neue Polizeikontakte?“, Vesna zieht mich weiter. „Gehen wir einfach hier um das Rathaus ein bisschen spazieren.“

„Verhofen. Ich denke, ich hab dir von ihm erzählt.“

„Der für die UNO in Krisengebieten Polizei ausgebildet hat?“

Ich nicke. „Zerwolf war übrigens auch auf der Gala.“

Ich setze schon zu einer Erklärung an, wer das ist, als mich Vesna unterbricht: „Wolfgang Zermatt. Der geht auf eine Gala?“

„Woher kennst du ihn? Woher weißt du, wie er wirklich heißt?“

Vesna lächelt. „Kenne ich eben viele Menschen.“

„Sag nicht, dass deine Firma bei ihm putzt.“

„Leider nein, aber Valentin und er haben gemeinsam studiert. Sie waren sogar Freunde. Als Zerwolf das letzte Mal gesprochen hat, hat mir Valentin davon erzählt. Wolfgang war der beste von allen Philosophiestudenten. Und konsequent und wissensgierig, hat er einige Professoren fast zur Verzweiflung getrieben. Jeder hat gesagt, der wird ein großer Philosoph und ein wichtiger Lehrer, aber dann hat er alles anders gemacht."

„Wenn Valentin ihn anruft: Meinst du, er spricht mit uns?" Das wäre etwas fürs „Magazin": ein Interview mit dem schweigenden Philosophen.

Vesna zuckt mit den Schultern. „Kann er sicher probieren."

„Wie geht's Valentin überhaupt? Ich hab ihn schon lange nicht mehr gesehen. Alles in Ordnung?"

„Ist viel unterwegs, aber ist alles in Ordnung. Nur: Er will dauernd heiraten. Ich finde, Menschen wie wir brauchen das nicht."

Ich grinse. Vesna hat Valentin bei Recherchen rund um die Fernsehshow „MillionenKochen" kennengelernt. Er hat das Format entwickelt und verkauft die Rechte in viele Länder. Er produziert die Show noch immer mit großem Erfolg. Zu Beginn hat sich Vesna Sorgen gemacht, ob das gut gehen kann: eine Putzfrau und ein erfolgreicher Produzent. Jetzt passt es ihr nicht, dass er sie heiraten will.

Vesna ruft Valentin an, er verspricht, gleich mit Zerwolf zu reden. Wie sein Studienfreund reagieren werde, sei freilich unklar. Als er ihn das letzte Mal angerufen habe, sei er zwar drangegangen, habe aber einfach nichts gesagt.

Valentin und Zerwolf haben gemeinsam studiert. Der eine Philosoph verstummt, der andere erfindet und produziert Fernsehshows. Da fällt mir ein: Auch ich hab etwas, mit dem ich Vesna überraschen kann.

„Oskar hat eine Tochter."

Vesna bleibt abrupt stehen. „Seit wann?", sagt sie dann.

„Seit 26 Jahren. Er sagt, er hat selbst nichts davon gewusst."

„Und glaubst du ihm?"

Nach Droch fragt auch sie mich das. „Irgendwie schon."

„Was will sie jetzt von Oskar?"

„Ich weiß es nicht, sie wollte wohl ihren leiblichen Vater kennenlernen."

„Der Geld hat", setzt Vesna hinzu.

„Das dürfte nicht das Thema sein. Ihre Mutter scheint in der Schweiz ziemlich gut zu leben, sagt Oskar."

„Und was ist dann das Problem?"

Wenn ich das nur so genau wüsste. Mein Mobiltelefon läutet. Leo aus der Redaktion. Es gibt nur spärliche Informationen von der Polizei. Jedenfalls dürfte der Kleinverleger über den Berg sein. Ob sein rechtes Bein zu retten sei, stehe allerdings noch nicht fest. Beinahe totgetrampelt von einer Horde Literaten und ihren Freunden. Die Soubrette halte im Krankenhaus Hof, erzählt Leo unterdessen weiter. Ich habe nichts dagegen, dass jemand anderer vom „Magazin" sie interviewt. Im unwahrscheinlichen Fall, dass gerade sie etwas Besonderes bemerkt hat, kann man mich ja verständigen.

Auch Vesnas Telefon läutet.

„Valentin hat Zerwolf eine E-Mail geschickt", sagt sie wenig später. „Er meint, wir sollten einfach zu ihm fahren. Mit Antwort kann man nicht rechnen, nicht auf seine Mail und nicht auf unsere Fragen."

Das Haus unweit der Mariahilfer Straße gehört zu den vielen, die zwar alt, aber dennoch nicht schön sind. Irgendwann zu Beginn des zwanzigsten Jahrhunderts erbaut, hochgezogen, um der rasch wachsenden Stadtbevölkerung Unterkunft zu geben. Schmucklose graue Fassade. Das Schönste daran ist, dass es an einen großen quadratischen Park grenzt.

„Wenn so viele hören wollen, was er sagt, wenn er was sagt, dann hat er Wohnung gut gewählt", sagt Vesna.

Es gibt tatsächlich ein Türschild mit „Zerwolf". Ich drücke auf den Klingelknopf. Rechne nicht mit einer Antwort.

„Bei Zerwolf", sagt eine Frauenstimme.

„Mira Valensky und Vesna Krajner. Valentin Freytag hat eine E-Mail geschickt, dass wir kommen."

„Kein Problem, kommen Sie rauf."

Das klingt nicht nach Einsiedler, auch nicht nach verstummtem Philosophen.

Kein Lift. Wir steigen die Stufen nach oben. War ich ja früher gewohnt. Jetzt keuche ich. Vesna atmet nicht einmal schneller. Ich sollte auch zu joggen beginnen. Wir lesen die Türschilder. Durchschnittsnamen an Wiener Durchschnittswohnungen. Da. „Zerwolf". So als ob das sein richtiger Nachname wäre. Die Tür geht auf, noch bevor wir läuten können. Die junge Frau, die vor uns steht, muss uns durch den Türspion beobachtet haben. Oder war mein Keuchen gar so laut?

„Ich bin Angelika, seine Assistentin", sagt sie und streckt uns die Hand entgegen. Pummelige Frau, Mitte zwanzig, wohl so alt wie

Carmen, rote Locken. „Die E-Mail von Valentin Freytag ist angekommen. Sie können gerne mit Zerwolf reden. Nur, ich denke, Sie wissen ja: Er wird nicht antworten."

„Warum eigentlich nicht?", frage ich.

„Er hat irgendwann einmal festgestellt, dass zu viel gesprochen wird. Und dass das vom Denken abhält. Er findet, er hat schon genug geredet. Er hat die Konsequenz dort gezogen, wo er sie ziehen kann: bei sich selbst."

Vesna schaut die junge Frau skeptisch an. „Vielleicht ihm ist nichts mehr eingefallen? Er war dauernd im Fernsehen, oder? Was kostet es, wenn wir mit ihm reden?"

Angelika reißt die Augen auf. „Nichts. Das kostet natürlich nichts. Lesen Sie seine Bücher. – Ihm fällt schon etwas ein. Eine ganze Menge. Sonst wäre ich nicht da. Ich studiere Philosophie. Er sucht sich seine Assistenten immer unter den Studenten."

„Unter Studentinnen", präzisiert Vesna.

Zeit, einzulenken. Ich räuspere mich. „Weis, ich weiß nicht, ob Ihnen der Name was sagt, dieser Guru, kennt Zerwolf. Nach dem Bombenalarm sind beide an ihrem Tisch geblieben und haben einander angestarrt."

Jetzt werden Angelikas Augen schmal. „Dieser Scharlatan? Natürlich kennt er ihn. Jeder kennt Zerwolf."

„Haben Sie eine Idee, warum die beiden einander angestarrt haben?"

Angelika lächelt. „Wahrscheinlich hat Weis ihn nicht auf einer Gala vermutet. Ich war selbst überrascht, dass er hingegangen ist. Aber Zerwolf hat ihn sicher nicht angestarrt. Er hat wohl bloß zurückgeschaut, wenn Sie verstehen, was ich meine."

„Auch Weis liebt es, seine Jüngerinnen anzuschweigen", sage ich.

„Das ist ja wohl etwas ganz anderes", kontert Zerwolfs Assistentin. „Zerwolf hat keine ‚Jüngerinnen', er kann auch nichts dafür, dass er Fans hat, die auf jedes Wort von ihm warten. Zerwolf spricht nicht, weil er es nicht will, das ist alles. Weis sagt nichts, weil es wohl am einfachsten ist, seine seltsamen Verehrerinnen anzuschweigen. Er hat Zerwolfs Idee geklaut und missbraucht sie. Man sollte ihn klagen."

„Schweigen darf wohl jeder", meint Vesna. „Auch wenn mit Scharlatan haben Sie recht."

„War Zerwolf deswegen vielleicht sauer auf Weis?", fällt mir ein.

„Der ist unter seinem Niveau“, sagt Angelika und wirkt gar nicht glücklich, dass sie uns Zugang zum großen Philosophen versprochen hat. Ob er immer schwarz gekleidet ist? Quasi das Gegenstück zu Weis in Weiß? Er hat gestern ziemlich attraktiv ausgesehen, gar nicht wie ein Einsiedler. Seine Bücher sollen eine Fortschreibung des Existenzialismus sein. Waren die Existenzialisten nicht schwarz gekleidet? So eine Art frühe Philosophen-Gruftis?

Aber schwarz ist nur die Ledercouch, auf der Zerwolf sitzt. Er trägt Jeans und ein rotes, etwas verwaschenes Sweatshirt. Das Zimmer ist nicht einmal besonders unaufgeräumt. Ein Schreibtisch, ein Laptop, einige Bücher auf dem Schreibtisch, auf der Couch einige Zeitungen. Viele Bücherregale. Zerwolf deutet auf zwei Stühle und lächelt freundlich. Dann erinnere ich mich daran, dass wir ja reden dürfen, auch wenn er nicht spricht.

„Schöne Grüße von Valentin Freytag“, beginne ich das Gespräch und starte mein Aufnahmegerät. „Vesna ist seine Freundin, er hat gesagt, wir sollen einfach herfahren, auch wenn wir keine Antwort erwarten dürfen.“

Sein Lächeln wird intensiver. Es wirkt freilich ganz anders als jenes von Weis, es ist eines, das von den Augen her kommt. Ich erzähle, wer ich bin, und dass ich an einer Story über die Bombendrohung schreibe und dass wir uns gestern auf der Gala begegnet sind. Ein neuer Ausdruck in seinem Gesicht. Interesse. „Warum waren Sie gestern auf der Gala?“, frage ich. „Das passt doch nicht ganz zu Ihnen, oder?“

Er sieht uns an, scheint zu denken. Oder hört er uns gar nicht zu? Den Eindruck macht er eigentlich nicht. Vielleicht nickt er wenigstens mit dem Kopf.

„Wollten Sie jemanden unterstützen, der für einen Preis nominiert war?“

Keinerlei Kopfbewegung. Dass er selbst nicht nominiert war, habe ich inzwischen recherchiert.

„Sie sind sehr lange im Saal geblieben. Haben Sie irgendetwas gesehen, was über das allgemeine Chaos hinausging?“

War da ein ganz leichtes Nicken oder habe ich mir das bloß eingebildet?

„Wenn Sie etwas haben gesehen, dann müssen Sie es sagen. Zumindest der Polizei“, fährt Vesna ungeduldig dazwischen.

Sein Lächeln scheint bedauernd zu sein, aber wer, verdammt noch einmal, kann schon wirklich im Gesicht eines anderen Menschen lesen?

„Haben Sie irgendeine Idee, wer es getan haben könnte?“, hake ich nach. „Ich sage Ihnen etwas, das ich auch nur informell erfahren habe: Der Anruf ist aus dem Rathaus oder zumindest aus der Umgebung des Rathauses gekommen.“

„Interessiert Sie nicht, was? Kann sein, dass Sie Leben auch nicht interessiert? Das von anderen? Kann sein, dass Sie selbst Anrufer waren?“ Vesna ist sichtlich genervt.

Zerwolf richtet sich ein wenig auf und schlägt das linke Bein über das rechte. Hat das etwas zu bedeuten? Was soll das bedeuten, Mira? Er hält uns zum Narren. – Stopp. Wir waren vorbereitet, dass er nicht sprechen würde. Dass er mit niemandem spricht.

„Glauben Sie an die Terror-Variante? Dass das wirklich ein Anschlag der Al Kaida oder einer ähnlichen Terrororganisation gewesen sein könnte?“

Er scheint tief in Gedanken.

Ich probiere es ganz anders. Seine Assistentin hält Weis für einen Scharlatan. Vielleicht kann er ihn auch nicht leiden. „Weis, der Guru: Sie haben einander nach dem Bombenalarm angestarrt.“

Keine Reaktion. Meine Güte, hat der sich unter Kontrolle. Ich räuspere mich. Ganz schön schwer, immer weiterzureden, wenn einer nichts sagt. „Warum sind Sie so lange im Saal geblieben?“

Nichts.

„Wann werden Sie wieder reden?“, frage ich, der Verzweiflung nahe, und muss plötzlich lachen. Eine nahezu philosophische Frage. In dem Moment, in dem er antworten würde, hätte sich die Frage erledigt. Was ist das? Dialektik? Ich sollte mich in solchen Dingen besser auskennen. „Blöde Frage, ich weiß“, füge ich hinzu, und jetzt lächelt er ganz deutlich.

„Trotzdem“, sage ich weiter, „noch ein paar Fragen.“ Ich feuere sie jetzt einfach der Reihe nach ab: „Wie sind Sie rausgekommen? Kennen Sie den Bürgermeister? Werden Sie später etwas zu den Bombendrohungen sagen? Oder auf Ihrer Homepage veröffentlichen? Kennen Sie die blonde Frau in Weiß, die mit Ihnen am Tisch gesessen ist? Halten Sie Weis für einen Scharlatan? Ist Carmen wirklich die Tochter von Oskar, und was, wenn ja?“ Ich klopfe mir auf den Mund. Die letzte Frage ist mir einfach so herausgerutscht.

Zerwolf sieht mich interessiert an.

„Na ja“, sage ich lahm. „Da ist mir etwas Privates dazwischengeraten.“

„Ist sinnlos, mit ihm zu sprechen“, faucht Vesna. Sie kann mit dem Schweiger sichtlich schlechter umgehen als ich.

„Wenn Sie ... irgendetwas sagen möchten ... oder mir eine E-Mail schicken ...“ Ich krame in meiner Tasche, fische eine Visitenkarte heraus und komme mir dumm vor. „Ich danke Ihnen, dass Sie sich Zeit genommen haben. Ich hoffe ... es geht Ihnen gut. War ja doch eine ziemliche Aufregung gestern Abend, oder?“ Bevor ich mich endgültig in ein Schlamassel rede, gehe ich zur Tür. „Also auf Wiedersehen. Hoffe ich. Und danke.“

Er steht auf und hebt die Hand. Oje. Jetzt kommt sie. Die segnende Geste. Aber er winkt nur ganz leicht. Dann setzt er sich wieder hin.

„Das ist alles nur Masche“, knurrt Vesna, nachdem sie die Tür geschlossen hat. „Der Typ weiß etwas. Der hat Grund, dass er nicht redet.“

Ich sehe mich nach der Assistentin um. Zum Glück scheint sie anderswo zu sein. „Vielleicht will er sich wirklich der allgemeinen Geschwätzigkeit entziehen“, murmle ich.

„Wenig reden ist gut, gar nicht reden ist verdächtig“, meint Vesna.

Was mache ich mit diesem einseitigen Interview? Ich kann doch nicht einfach die Fragen aneinanderreihen? Warum eigentlich nicht. Anstelle einer Antwort steht einfach immer nur „Zerwolf: “

Hinter dem Namen – eben nichts. Die Assistentin kommt mit einer Tasse aus einem Nebenraum. Offenbar gehört es auch zu ihren Aufgaben, für den Philosophen Tee oder Kaffee zu kochen.

„Ich werde die Fragen, die ich ihm gestellt habe, abdrucken“, sage ich zu ihr. Angelika nickt. „Kein Problem. Was Sie damit tun, ist ihm egal. Solange Sie keine Antworten erfinden. Es ist übrigens nicht so, dass er jeden in sein Arbeitszimmer lässt. Sie sind die Ersten seit Wochen.“

„Wovon lebt er eigentlich?“, will ich wissen. „Philosophische Bücher haben wahrscheinlich keine enorm hohe Auflage.“

„Zwei seiner Bücher sind in etliche Sprachen übersetzt, da kommt schon etwas zusammen. Er braucht nicht viel. Zu viel zu haben hindere nur am Denken.“

„Immer nur Wichtiges denken ...“, murmle ich.

Seine Assistentin lächelt. „Er denkt wie jeder Mensch nicht nur Wichtiges. Und er isst auch. Er geht sogar joggen. Dabei braucht er ja nicht zu reden. Er ist kein klassischer Einsiedler, keine Ahnung, wer das aufgebracht hat."

„Ab und zu er geht sogar auf Galas", fügt Vesna hinzu.

In der Redaktion schreibe ich das seltsamste Interview meines Lebens. Sieht gar nicht schlecht aus. Lässt viel Raum für Fantasie und Interpretation, wenn der Platz für die Antworten auf meine Fragen leer bleibt. Morgen ist Redaktionsschluss. Verhofen habe ich eine E-Mail mit dem Haupttext der Reportage geschickt. Ich habe darin den Wortlaut des Drohanrufes zitiert und auch geschrieben, dass der Anruf aus der Nähe des Rathauses gekommen ist. Kann gut sein, dass das ohnehin morgen schon in einer Tageszeitung steht, es gibt einige Kriminalreporter, die ziemlich gute Kontakte zu Polizeistellen haben. Wenn Verhofen nicht zustimmt, werde ich die Passagen rausnehmen. Hab ich ihm versprochen. Aber ich halte mir die Daumen, dass es nicht so sein wird. Sollte mich jemand fragen, woher ich die Infos habe, dann werde ich etwas von „Rathausumgebung" murmeln, es gibt sicher zwei, drei Leute aus dem Umfeld des Bürgermeisters, die in die Ermittlungen einbezogen sind. Noch etwas fällt mir ein: Die Literaturpreise. Wer hat sie eigentlich bekommen? Darüber hat noch niemand geschrieben. Wann werden sie vergeben? Wo? Ich rufe beim Hauptverband des Buchhandels an, werde zweimal verbunden und die Geschäftsführerin wundert sich mit mir, dass bisher erst ein Journalist einer Literaturzeitschrift, die irgendwann nächsten Monat erscheinen wird, danach gefragt hat.

„Nicht einmal die Autoren?"

„Nicht einmal die", antwortet sie. Und: Kein Problem, natürlich könne ich eine Liste der Preisträger haben. Man werde von einem zweiten Versuch, die Preise in festlichem Rahmen zu verleihen, absehen. Zu viel Aufregung, zu viele Sicherheitsvorschriften. Wie schade, dass der Abend so geendet sei.

„Sind Sie eigentlich in die Ermittlungen eingebunden?", will ich wissen.

„Wir waren nur Mitveranstalter. Sie haben mich befragt. Das war's. Und sie wollten die Listen mit den Preisträgern."

„Eigentlich entgehen dem Hauptpreisträger eine Menge Publicity und Werbung, wenn ihm der Preis ohne öffentliches Trara überreicht wird", überlege ich.

„Da ist schon was dran", antwortet die Geschäftsführerin. „Aber ich hoffe, es geht keinem in erster Linie um Publicity, wenn er so einen Preis bekommt."

„Glauben Sie?"

„Was weiß man schon? Auch unser Geschäft hat eine Menge mit Geld und Marktwirtschaft zu tun. Aber eben zum Glück nicht nur."

Sie verspricht, mir die Liste in der nächsten Stunde zu mailen.

Was zuerst kommt, ist eine Rundmail des Chronikchefs. Er weist darauf hin, dass „der Aspekt des internationalen Terrors" in der Story um die Bombendrohung „auf keinen Fall zu kurz kommen" dürfe. „Ganz abgesehen von dem Fakt, dass er nirgendwo auszuschließen ist, sind wir unseren Lesern schuldig, das zu berichten, was sie in besonderem Maß interessiert." Lieben Dank auch, Herr Kollege. Ihm hat der Chefredakteur nur die Randaspekte der Story überlassen: Interview mit der Soubrette und so. Jetzt versucht er auf diesem Weg, Einfluss zu nehmen. Mächtig wird der Terror erst, wenn wir die Angst zulassen, hat Weis gesagt. Das ist Geschwätz, sicher. Terror gibt es und es ist klar, dass man sich fürchtet. Aber: Was ist mit jenen, die die Angst schüren um ihrer eigenen Interessen willen? Medien – weil Angst Auflage macht. Politiker – weil Angst viele zu denen treibt, die nach Law and Order rufen, nach mehr Polizei und Einschränkungen für alle, die auch nur ein bisschen anders sind. Sie machen den Terror mächtiger. Ich seufze. Alles eine Gratwanderung. Natürlich kommt in meiner Story die Überlegung vor, dass es sich um internationale Terroristen gehandelt haben könnte – aber eben nur als Möglichkeit. Ich kann es mir irgendwie nicht vorstellen. Ich überlege einen Gegenangriff via E-Mail, lasse es dann aber bleiben, zu viel Beachtung für den Chronikchef. Ich werde früher als geplant heimgehen und warten, was über Nacht passiert. Bis morgen Mittag habe ich Zeit. Wie wäre es, wenn ich wieder einmal für Oskar koche? Bin in letzter Zeit wenig dazu gekommen. Oder für Oskar und Carmen? Damit er sieht, dass ich kein Problem mit ihr habe? Vielleicht wäre das auch eine gute Möglichkeit, etwas mehr von ihr zu erfahren. Und darüber, was sie in Wien eigentlich will. Und wann sie wieder heim in die Schweiz fährt.

Ich überlege. Keine Ahnung, was die junge Schweizerin isst. Vielleicht ist sie Vegetarierin? Und wenn? Dann kriegt sie eben die Beilagen, und das Fleisch bleibt uns. Hm. Üblicherweise ist mir selbst gar nicht so nach viel Fleisch. Also Fisch. Und schnell muss es gehen, es ist schon später Nachmittag.

Ich wuchte zwei schwere Taschen aus dem Lift. Wenn ich schon einkaufen gehe, ist es gut, auch gleich die Grundvorräte aufzustocken. Ich sperre auf, Gismo rennt mir entgegen, das heißt, sie rennt in erster Linie den beiden Einkaufstaschen entgegen. An einer richtet sie sich auf, es folgt einer ihrer berühmten Kampfschreie. Sie hat die schwarzen Oliven gerochen. Sie sind in einer Plastikdose und die Plastikdose steckt in einem verknoteten Plastiksack, wie sie da Oliven riechen kann, wird mir immer ein Rätsel bleiben. Ich stelle die Taschen ab, und bevor sie sich kopfüber in die eine hineinstürzen kann, fische ich die Dose mit den Oliven heraus, öffne sie und nehme eine. Es gelingt mir nicht, sie auf den Boden zu legen, Gismo schnellt nach oben und stiehlt mir die Olive aus der Hand. Ich kenne keine Katze außer ihr, die wild auf Oliven ist. Sie maunzt nach mehr und ich stelle die kleine Plastikdose einfach auf den Vorzimmerboden. Jetzt hab ich für einige Minuten Ruhe.

Lauwarmer Gemüsesalat mit Entenbrust
Karamellisierte Zwiebelcreme mit geräucherten Austern
Paradeiser-Couscous mit weißem Wels
Papaya mit Chilischokolade

Das, was ich für das Menü brauche, räume ich erst gar nicht weg. Noch ein Plus von Oskars Wohnung: Seine Küche ist deutlich größer als meine. – Warum suche ich immer wieder nach Pluspunkten für seine Wohnung? Nicht nachdenken, kochen. Es ist ab und zu sehr schön, nicht zu denken, Herr Zerwolf. Oskar war von der Idee mit dem Menü begeistert, Carmen hat sofort zugesagt. Ich muss mich ja nicht an der Konversation beteiligen. Wenn sie mir auf die Nerven geht, kann ich in die Küche verschwinden. Okay, nicht zu viel denken. Als Erstes brate ich in Oskars schwerer Gusseisenpfanne die Entenbrust an. Intensiv auf der Hautseite, kurz auf der Fleischseite. Danach mit einem Schuss Cognac ablöschen, ein bisschen Fleur de Sel darüber und im Rohr bei siebzig Grad bis zum Servieren ziehen lassen.

Hoffentlich hat Verhofen nichts dagegen, dass ich den Wortlaut der Bombendrohung abdrucke. „Man muss es sprengen. In einer halben

Stunde geht die ganze Literatur in die Luft.“ Wirkt so, als hätte da jemand etwas gegen Literatur. Warum? Weil er sich selbst als verkanntes Genie sieht? Was muss man sprengen? Ich wasche sehr dünnen grünen Spargel, Zuckererbsen, Kirschparadeiser. Die kleinen türkischen Gurken schäle ich und viertle sie der Länge nach. Noch fast keine Kerne drin, da muss man nichts wegschneiden. Jetzt nur noch den Spargel in fünf Zentimeter lange Stücke schneiden, das Gemüse wird später in reichlich Olivenöl kurz im Wok sautiert, ein paar frische Kräuter dazu, Salz, Pfeffer, Zitronensaft, darüber dann Scheiben von der dünn geschnittenen Entenbrust, und fertig ist der erste Gang. Und falls Carmen doch Vegetarierin ist, wird sie den Gemüsesalat eben ohne Entenbrust essen.

Was ist eigentlich mit dem Buffet auf der Rathausgala passiert? Um ans Buffet zu kommen, hat jedenfalls keiner mit Bomben gedroht. In Wien kann man sehr gut essen, ich frage mich seit Jahren, warum dann die meisten Buffets, gerade die im Rathaus, so mittelprächtig sind. Wahrscheinlich eine Frage der Kosten. Und wenn man sich ansieht, wie jedes Buffet gestürmt wird, dann kann man leicht zur Erkenntnis kommen, dass es aufgeweichte gebackene Truthahnstücke und matschiges Gemüse auch tun. Vor Kurzem habe ich allerdings gehört, dass sich einer unserer Küchenzampanos der Rathausbuffets annehmen soll. Ich kann nur hoffen, dass es etwas nützt.

Ich habe weiße Gemüsezwiebeln gekauft. Die sind milder und ein wenig süßlich. Ich schneide sie in große Würfel, röste sie in etwas Butter an, eine großzügige Handvoll Kristallzucker dazu, weiterrösten, bis der Zucker braun wird. Eine kleine Chilischote dazu. So wird man gleich sehen, ob Carmen Scharfes mag, zu scharf mache ich es in diesem Fall ohnehin nicht. Mit Martini Extra Dry ablöschen, etwas Wasser, Salz und eine Prise Vegeta dazu. Jetzt sollen die Zwiebeln auf ganz kleiner Flamme weich kochen. Vor dem Anrichten werden sie püriert, abgeschmeckt, ein paar Tropfen vom guten echten Balsamico Tradizionale darüber, die geräucherten Austern kommen einfach aus der Dose und basta. Alles muss man nicht selbst machen.

Ich hätte auf die E-Mail mit der Liste der Literaturpreisträger warten sollen. Seit einiger Zeit funktioniert es nicht, dass ich die Redaktionsmails von zu Hause aus abrufen kann. Ich muss das endlich mit dem Servicetechniker besprechen. Vielleicht gibt die Liste Aufschluss über mögliche Täter. Was, wenn ein Buch gewonnen hat, das sich kritisch mit dem Islam oder islamistischen Strömungen auseinandersetzt? Hm. Ob man das schon am Titel erkennt? Dafür müsste ich mir die Bücher wohl erst ansehen. Ich lese gern, ich habe schon als Kind viel gelesen, doch in letzter Zeit schlafe ich beim Lesen andauernd ein. Ich bräuchte Urlaub. Einige Tage im Veneto. Oder gleich weiter weg. Mit zehn Büchern in die Karibik. Ich denke mit Sehnsucht an St. Jacobs zurück. Und was dort nicht so schön war, habe ich in der Zwischenzeit fast vergessen. Die Tote im Pool. Kommt zum Glück nicht auf jeder Reise vor.

Ich schneide die länglichen San-Marzano-Paradeiser in Scheiben, zu peinlich, erst Oskar hat mir beigebracht, wie sie wirklich heißen. Ich war viele Jahre der festen Überzeugung, sie heißen „pelati". Mein Italienisch ist mehr als stümperhaft, und dass „pelati" einfach „geschält" bedeutet, darauf bin ich nicht gekommen. Vielleicht bin ich zu wenig gebildet, um mich mit einem Philosophen zu beschäftigen: wenn ich nicht einmal den Unterschied zwischen einer Tomatensorte und dem italienischen Ausdruck für „geschält" kenne? Na ja, für den Guru reicht mein Hirn allemal. Etwas Olivenöl, viel Knoblauch in Scheiben, nur ganz kurz anwärmen. Bevor er bitter wird, die Paradeiserscheiben dazu. Ein paar Minuten kochen, zur Seite geben. Der Couscous und das frische Basilikum kommen erst dazu, bevor ich den Gang anrichte. Den Fisch teile ich in drei gleich große Stücke, dann schneide ich die Haut mit einem scharfen Messer alle halben Zentimeter ein, so zieht sich die Fischhaut beim Braten nicht zusammen. Ich zupfe ein paar Gräten, das meiste, was Filet genannt wird, hat dennoch irgendwo Gräten. Den Wels mit Zitronensaft beträufeln und wieder ab mit ihm in den Kühlschrank. Ich sehe auf die Uhr. Oskar wird gleich kommen. Und als wenn ich es gespürt hätte: Es läutet, der Schlüssel dreht sich im Schloss und Oskar ist da. Er kommt direkt in die Küche, küsst mich auf die Schläfe und meint: „Mhmmm, riecht das gut."

Er verschwindet, aber ich habe die Papaya noch nicht einmal fertig geschält, ist er schon wieder da. Oskar hat das Hemd gegen ein blaues Polo getauscht, anders als sonst trägt er aber nicht seine alte, abgetragene Heim-Jeans, sondern hat die gerichtstaugliche Hose angelassen. Gar so vertraut ist er ja doch nicht mit Carmen. Vielleicht will er bei seiner erwachsenen Tochter auch Eindruck machen. Er holt einen Weinviertel DAC aus dem Kühlschrank und schenkt uns beiden ein. „Was wird das?", fragt er und deutet auf die Papaya.

„Papaya mit Chilischokolade." Und erst wie ich es ausspreche, wird mir klar, dass ich gleich in zwei Gerichten Chili habe. Ein Test für Carmen?? Ach was, ich mag Chili, und Oskar mag es auch scharf. Außerdem habe ich gelesen, dass man von scharfen Gerichten weniger zunimmt. Angeblich verbrennt die Chilischärfe Kalorien, ich will es jedenfalls gerne glauben. Ich halbiere die Papaya, entkerne sie, schneide sie in zehn Spalten. Da die meisten der Papayas, die man bei uns bekommt, nicht reif genug sind, röste ich die Spalten kurz in etwas Butter und Öl an. Das hilft, das Aroma zu heben. Den Trick hat mir Manninger, gelobter Koch und guter Freund, beigebracht. Letztes Jahr in Moskau hat er noch viel mehr für mich getan ... Ich nehme einen Schluck vom Weinviertel DAC und sehe, dass sich Oskar bereits das zweite Glas einschenkt. Es ist nicht zum ersten Mal, dass ich bemerke, wie schnell Oskar trinkt. Er ist groß und mit seinen etwas mehr als hundert Kilo verträgt er auch einiges, trotzdem: Er trinkt zu viel. Seine Art, mit Stress und Druck umzugehen? Macht ihm Carmen Stress? Oder bin ich es, die ihm Stress macht, weil er nicht einschätzen kann, wie ich auf sie reagiere?

„Wird sicher ein netter Abend", sage ich, um ihn zu beruhigen. Er lächelt, nickt und nimmt noch einen großen Schluck. Ich lege die Papayaspalten auf große Teller. Dann zerteile ich achtzigprozentige Schokolade, gebe sie in einen Topf, etwas Kokosrum dazu, etwas Chilipulver. Nicht viel. Nicht zu viel. Ich will wirklich, dass es ein schöner Abend wird. Ich werde mit dem Gedanken umgehen lernen, dass Oskar eine attraktive, sechsundzwanzigjährige Tochter hat. Geschmolzen wird die Schokolade erst vor dem Anrichten.

Es wird tatsächlich ein netter Abend, jedenfalls ein recht netter. Oskar hat eindeutig mehr Stress mit der Situation als ich, und das gibt mir, ich muss es zugeben, Auftrieb. Carmen ist keine Vegetarierin. Ich hab im Allgemeinen auch nichts gegen Vegetarier. Aber natürlich hätte es sich gegen sie verwenden lassen, wenn es denn hätte sein müssen. Es stellt sich überdies heraus, dass sie ausgesprochen gerne scharf isst. – Ob es für so etwas ein Gen gibt? Unsinn. Ich esse auch gerne scharf und bin nicht mit Oskar blutsverwandt.

Carmen erzählt von ihrer Zeit in einem internationalen Internat in der Nähe von St. Moritz. Der Mann ihrer Mutter muss also wirklich genug Geld haben. Ich gehe, um den Hauptgang fertig zu machen.

Paradeiser aufwärmen, einen Schuss vom DAC dazu. Oje. Der ist leer. Ich überlege. Ich hab bei den Kochvorbereitungen ein Glas getrunken. Den Rest muss Oskar ... Oder hab ich doch zwei Gläser getrunken? Na ja. Irgendwie ein Ausnahmeabend. Ich gehe zurück zum Tisch, der Riesling, den wir gerade trinken, ist auch nicht übel. Oskar und Carmen lachen. Reden sie freier, wenn ich nicht dabei bin? Nicht denken, kochen. Vielleicht ist das mein Programm zur Stress- und Lebensbewältigung. Einfach zu kochen und sonst an nichts zu denken. Nicht dass das immer gelingen würde ... Fast wären die Paradeiser angebrannt. Schnell Riesling dazu, wieder raus mit der Flasche, viel frisches Basilikum in feine Streifen schneiden, jetzt kocht die Paradeisersauce wieder, etwas Salz dazu, sparsam Couscous einrühren, wieder aufkochen, Basilikum dazu, durchrühren, zudecken und am Herdrand quellen lassen. Das geht wirklich, beinahe ohne zu denken. Dafür hab ich vergessen, die schwere Pfanne vorzuwärmen. Ein bisschen Hirn einschalten schadet wohl doch nicht, nicht einmal beim Kochen. Öl in die Pfanne, die Fischfilets auf der Hautseite in etwas Mehl tauchen, rasch anbraten.

Ob Zerwolf gerne isst? Vielleicht sollte ich ihn einmal einladen. Beim Essen braucht er ja nicht zu reden. Lebt er aus Überzeugung so, wie er lebt, oder steckt da irgendeine Absicht dahinter? Was macht die Polizei mit einem, der nie spricht? Fällt das unter „Verweigerung der Zeugenaussage“? Wohl doch. Aber würden sie den berühmten Philosophen deswegen bestrafen oder gar hinter Gitter bringen? Der Wels ist an der Oberseite noch glasig, ich wende ihn und drehe die Flamme ab. Die schwere Pfanne hält genug Hitze, damit er nachziehen kann und trotzdem nicht ganz durch und strohig wird. Der Couscous hat sich inzwischen mit der Paradeisersauce vollgesogen, ich gebe die Masse in die Mitte großer Teller, darauf das Fischfilet, einige Körner Fleur de Sel, eine Limettenscheibe und fertig.

„... ich will aber weder etwas mit Politik zu tun haben, noch möchte ich Lehrerin werden“, sagt Carmen gerade. „Vielleicht hätte ich Rechtswissenschaften studieren sollen ...“ Oskar tätschelt ihr die Hand. Wohlstandskind, denke ich, weiß nur, was es nicht will. Dann stelle ich die Teller ab und Oskar muss ihre Hand loslassen.

„Weißer Wels auf Paradeiser-Couscous“, sage ich. Beide geben sich begeistert und ich versuche es zu glauben. Schmeckt ja wirklich nicht schlecht. Erst vor dem Dessert erfahre ich, dass Carmen vor Kurzem zwei

Studien abgeschlossen hat: Politikwissenschaften und Italienisch. Und ich muss zugeben, dass mich das gar nicht so freut, wie es wahrscheinlich sollte. Ist wohl doch nicht nur so ein Wohlstandsgürkchen, sonst wäre sie mehr auf Partys als in Hörsälen unterwegs gewesen.

„Es gibt in Wien ein interessantes Postgraduate Studium", erzählt Carmen. „Internationales Umweltmanagement. Ich finde, es ist höchste Zeit, sich mehr mit der Umwelt zu beschäftigen. Und ich denke, ein Job in diesem Bereich würde mir gefallen." Wie bitte? Sie will nach Wien ziehen? Womöglich zu Oskar? Und ich? Ich habe immer noch meine alte Wohnung. Stopp, Mira. Davon war keine Rede. Die jungen Leute sind heute einfach selbstständiger. – Die „jungen Leute": Und was bin dann ich? Alt? Ich gehe in die Küche, drehe die Flamme so klein wie möglich, gebe zur Schokolade noch einmal eine kräftige Prise Chilipulver. Jetzt will ich wissen, ob sie nur so getan hat, als ob sie gerne scharf isst. Ich rühre die Schokolade, bis sie geschmolzen ist. Ich koste. Ja, das ist jetzt ordentlich scharf. Wer sich nur anbiedern will, steigt hier aus. Ich gieße die Chilischokolade großzügig über die Papayaspalten, gebe auf jeden Teller eine Kugel Papayaeis, darauf ein Minzeblatt und fertig ist mein Spezialdessert.

Oskar hat eine Trockenbeerenauslese von Eva Berthold aufgemacht. Wunderbar duftender Welschriesling mit hohen Zuckergraden, aber auch knackiger Säure. Ich lasse mir Zeit, bevor ich vom Papayadessert koste. Weis sollte ich so etwas einmal vorsetzen. Seine Speiseempfehlungen sind so, dass ich Gähnkrämpfe kriege. Alles mild, ununterbrochen soll entschlackt und gereinigt werden, wer das nicht schafft, dem werden Kuren samt Einlauf empfohlen, Milch und Honig und natürlich kein Alkohol, Getreidebreie, nichts Rohes außer Blattsalat, alles gedämpft statt knusprig gebraten, so wenig Salz wie möglich. Kann sein, dass so eine Ernährung gesund ist, glücklich macht sie mich jedenfalls nicht. Carmen kostet, kaut, nimmt etwas vom Eis. Ich belauere sie so unauffällig wie möglich. „Wahnsinn, ist das gut", ruft sie dann. „Und siehst du, das ist es, was ich wirklich unter pikant verstehe. In Indien hab ich einmal …"

Oskar stöhnt auf. „Mira, das ist aber mörderisch scharf." Er wirft mir einen prüfenden Blick zu. Ich nehme einen vollen Löffel. „Ja, gut, nicht?", sage ich möglichst harmlos und merke, wie sich auf meiner Stirn große Schweißtropfen bilden.

„Das war doch Absicht", sagt Oskar, als die Tür eine Stunde später hinter Carmen ins Schloss gefallen ist.

Ich schüttle den Kopf. „Hab nur etwas zu viel vom Chilipulver erwischt. Hatte total vergessen, dass ich schon beim Vorbereiten davon in den Topf gegeben habe. – Glaubst du wirklich, dass Carmen nach Wien zieht?"

Oskar wackelt mit dem Kopf. „Willst du auch einen Grappa?"

Ich nicke. Oskar schenkt uns beiden ein, und das nicht zu knapp.

„Hältst du das für eine gute Idee mit dem Postgraduate?", will ich wissen.

„Das muss sie schon selbst entscheiden. Bisher hat sie ja auch ohne mich entschieden."

„Und was, wenn ihr der Mann ihrer Mutter das Geld gestrichen hat und jetzt du drankommen sollst?"

Oskar nimmt einen großen Schluck. „Du meinst, sie ist zu mir gekommen, damit ich ihr nächstes Studium finanziere?"

„Nicht so direkt", murmle ich.

Oskar wird nicht wütend. Er denkt nach, dann sagt er langsam: „Daran hab ich auch schon gedacht. Wobei ich kein Problem habe, ihr das zu finanzieren. Aber wenn sie nur deswegen gekommen ist …"

Ich stehe auf und umarme ihn von hinten samt der Sessellehne. „Vielleicht solltest du einfach einmal mit ihrer Mutter telefonieren?"

„Das ist vielleicht gar keine so schlechte Idee", lächelt Oskar.

Seine frühere Freundin. Ich bin mir mit einem Mal nicht mehr so sicher, ob das wirklich eine gute Idee ist.

[4.]

Ich bin auf dem Weg in die Redaktion, als mich Verhofen anruft.

„Was haben Sie sich dabei gedacht, mir den Text Ihrer nächsten Reportage als E-Mail zu schicken?“, ruft er, als ich gerade die Rotenturmstraße hinuntertrabe.

„Wir haben das doch vereinbart“, erinnere ich ihn.

„Aber doch nicht als E-Mail! Ist Ihnen eigentlich bewusst, wie einfach der gesamte E-Mail-Verkehr zu überwachen ist?“

„Ich hab die Mail an Ihre Privatadresse geschickt.“

Verhofen seufzt. „Im letzten parlamentarischen Untersuchungsausschuss haben E-Mails aus dem Innenministerium eine große Rolle gespielt, ich glaube nicht, dass es sich nur um solche von Dienstadressen gehandelt hat.“

„Na so brisant war der Inhalt auch wieder nicht“, versuche ich ihn zu beruhigen. Sieht so aus, als hätte jemand Verhofen vor Kontakten zur Presse und im Speziellen zu mir gewarnt.

„Vielleicht haben Sie recht. Zumindest jetzt nicht mehr. Aber allein dass Sie mir Ihre Reportage vorab als Mail schicken, lässt den Schluss zu, dass wir uns getroffen haben.“

Nicht inhaltlich? Jetzt nicht mehr? Ich ahne Übles. „Das ‚Blatt‘ …“, beginne ich.

„Nein, ausnahmsweise nicht das ‚Blatt‘, dafür gleich zwei andere Tageszeitungen: sie haben heute den Wortlaut der Drohung abgedruckt.“

Mist. Mein kleiner Vorsprung ist dahin. „Und von wo aus angerufen wurde, wissen sie auch?“

„Nein, das nicht.“

„Kann ich es schreiben?“

Verhofen seufzt. „Durch die E-Mail kann das jetzt für mich sehr … unangenehme Folgen haben."

„Dann lasse ich es bleiben. Das hab ich Ihnen versprochen."

„Wirklich?", kommt es ungläubig zurück.

„Ja." Ich muss dringend etwas anderes finden. Die Preisträgerlisten. Hoffentlich hat der Buchhandelsverband sie geschickt.

„Schreiben Sie es", sagt Verhofen. „Wer weiß, in welcher Zeitung es morgen ohnehin steht. Und: Wir können ja immer noch sagen, Sie hätten die Informationen von jemand anderem bekommen und haben mir den Text nur zum Gegencheck geschickt."

„Darüber sollten wir lieber nicht am Mobiltelefon reden", gebe ich zu bedenken.

Verhofen lacht. „Das ist ziemlich unbedenklich, glauben Sie mir. Es wird viel weniger abgehört, als alle denken, und aus dem Umstand, dass unsere beiden Nummern auf einer Telefonliste aufscheinen, kann in einem Fall wie diesem keiner etwas Böses ableiten."

„Danke", sage ich. „Ich melde mich." Ich eile über die Donaukanalbrücke. Frühverkehr, Lärm, Abgase. Ich blicke sehnsüchtig hinunter aufs Wasser. Es ist sonnig. Ich will zur Donau. In Ruhe einen Campari trinken und so tun, als wäre ich hier auf Urlaub. Allein der Gedanke lässt mich aufleben. Okay, ein Teil meiner Informationen ist inzwischen allgemein bekannt. Der andere Teil ist es – zumindest bis jetzt – noch nicht. Mal sehen, ob sich etwas aus den Gewinnerlisten ableiten lässt.

Die E-Mail muss gleich, nachdem ich gestern die Redaktion verlassen habe, gekommen sein. War mir nicht klar, dass man beim E-Mail-Verschicken vorsichtiger sein sollte als beim Telefonieren. Ich öffne das Attachment. Die Liste mit den Preisträgern. Einige Autoren kenne ich, sogar eine meiner Lieblingsautorinnen ist dabei, ein paar der heuer ausgezeichneten Bücher habe ich gelesen. Von anderen wiederum habe ich noch nie gehört. Also gut: Zuerst einmal die Frage, ob eines der Bücher oder einer der Preisträger in besonderem Maß mit dem Islam, mit Krisenherden, Krieg, mit extremen Positionen zu tun haben könnte. Auf den ersten Blick nicht. Ein alternder Mann, der sich sicher nicht dafür hält, schreibt einen Roman über einen alternden Mann. Das scheint Mode zu sein. Eine ehemalige Fernsehmoderatorin schreibt ein Lebenshilfebuch. Zwar irgendwie krass, aber auch nicht extrem in dem Zusammenhang, der mich interessiert. Im angeblich besten Krimi des Jahres ermitteln zwei Frauen. Oje, weit an der Realität vorbei. Der

Autor, mit dem ich nach der Rathausevakuierung gesprochen habe, hat den zweiten Preis bekommen. Familiensaga. Ich wünsche ihm, dass es sich nicht um seine Familie handelt, sonst hat er die nächsten Monate eine Menge Schwierigkeiten am Hals. Verwandte haben es nicht so gerne, wenn sie in einem Buch vorkommen. Aha. Hans Glück, der Typ, von dem der langweilige Moderator auf der Bühne so geschwärmt hat, ist leer ausgegangen. Ich habe ein Buch von ihm gelesen und es weder besonders gut geschrieben noch spannend erzählt gefunden. Befindlichkeitsgeschwätz. Wer will schon wissen, wie es einer Kunstfigur geht, die deutlich an den Autor selber erinnert? Ich will ihn mir weder beim Onanieren noch auf seinem Trip durch eine ausgestorbene Stadt vorstellen. Ist einfach nicht interessant. Wenn Hans Glück allerdings ähnlich eitel ist wie seine Buchfigur, dann hält er es schlecht aus, bei den Preisen übergangen worden zu sein. Aber macht einen ein verpasster Preis zum Bombendroher? Ganz abgesehen davon, dass Hans Glück vorzeitig Bescheid gewusst haben müsste, dass er keinen Preis kriegt. Und wenn er es tatsächlich gewusst hat? Vielleicht braucht er Stoff für seinen nächsten Roman. Ich werde versuchen, ein Interview mit ihm zu bekommen. Vor allem aber brauche ich Platz, um die Liste abzudrucken.

Ein Gesicht hinter dem Grünpflanzendschungel. Ich kann es im Gegenlicht zuerst nicht ausnehmen. Feindlicher oder freundlicher Indianer? Der Chefredakteur. Für gewöhnlich freundlicher Indianer.

„Würde es dir etwas ausmachen, wenn du mir den Text der Reportage rüberschickst? Nur zum Durchsehen, falls mich jemand etwas fragt." Ihm ist nicht ganz wohl bei der Bitte, es ist bei uns nicht üblich, Reportagen vorab zu lesen. Außer es handelt sich um die Titelstory. Oder soll der Bombenalarm doch noch Blattaufmacher werden?

Ich lächle. „Ich wollte ohnehin mit dir reden, ich brauche mehr Platz. Ich hab die Liste mit den Preisträgern der Buchgala. Ich würde gern noch mit einem, der eher überraschend leer ausgegangen ist, ein Interview machen."

„Wer ist es?", fragt der Chefredakteur und zieht wenig später die Luft durch die Nase. „Hans Glück. Damit hat er wohl nicht gerechnet."

„Weißt du, wie der wirklich heißt?", frage ich.

Chefredakteur Klaus schüttelt den Kopf. „Keine Ahnung."

„Ich schicke dir alle bereits fertigen Teile der Reportage. Bekomme ich mehr Platz?"

Klaus starrt in meinen Philodendron. „Es ist ziemlich spät dafür. Aber wir machen die Story zum Aufmacher. Die Wirtschaftskrise haben wir ohnehin schon hundertmal rauf und runter gespielt. Du kriegst mehr Platz."

Drei Stunden habe ich noch. Mit der Titelseite selbst muss ich mich nicht beschäftigen, das ist Sache der Chefredaktion. Gut so. Ich hab genug zu tun. Dieser Autor kann nie im Leben wirklich Hans Glück heißen. Ich google mich durchs Internet. Er kommt überall als Hans Glück vor, auch in Interviews wird er so genannt. Ich hab eine Idee. Ich kenne jemanden. Angesehene Fernsehkulturredakteurin. Als sie sechzig wurde, haben sie sie trotzdem sofort in Pension geschickt. So macht man das jetzt eben. Dabei kenne ich welche in der Führungsebene des Senders, die sehen viel älter aus.

Fünf Minuten später habe ich Mobiltelefonnummer und Adresse des Autors. Er heißt tatsächlich Hans Glück, er hat den Familiennamen seiner Frau angenommen, ledig hieß er Schmerwaldner. Und da soll noch einer sagen, die Gleichstellung von Frauen bringe den Männern nichts. Er ist bereit, mich zu einem kurzen Interview zu treffen. Summerstage, In-Lokal am Donaukanal, geht in Ordnung. Ich will gerade lossausen, als Klaus noch einmal kommt.

„Wo hast du die Beschreibung der Flucht mit dem Bürgermeister?", fragt er.

„Ich ... ich dachte nicht, dass ich die tatsächlich bringen soll", antworte ich lahm. Es ist mir irgendwie peinlich, daraus etwas zu machen. Sie haben mich mitgenommen, wir alle waren in einer Ausnahmesituation, so etwas muss man nicht veröffentlichen. „Ich müsste ihn zumindest fragen", füge ich hinzu.

Klaus seufzt. „Ich kläre das."

Jetzt habe ich noch weniger Zeit. Und wer ist nicht im vereinbarten Lokal am Donaukanal? Dieser Hans Glück. Es sind noch nicht viele Leute da. Ich kann ihn nicht übersehen. Ich schaue auf die Uhr. Ich muss noch mit dem Bürgermeister oder zumindest seinem Pressechef reden. Ich muss zwei Teile der Story schreiben. Und dann lässt mich dieser Typ warten. Fünf Minuten noch, dann gehe ich. Telefon.

„Du hast einen Fünfminutentermin mit dem Bürgermeister. In exakt einer Stunde. Der Pressetyp wollte nicht selbst entscheiden. Mach ihm klar, dass er gut bei der Geschichte wegkommt. Und bei uns vorzukommen schadet im Allgemeinen nicht." Und schon hat Klaus wieder aufgelegt. Wird immer mehr zum klassischen Chefredakteur. Leider. Oder werde ich immer störrischer? Ich sehe einen mittelgroßen Mann näher kommen. Die Silhouette könnte passen. Er lässt sich Zeit. Jeans. T-Shirt mit der Aufschrift „GURU". Ausgerechnet. Wenn man da nicht Verfolgungswahn kriegt. Er ist es.

„Ich hab leider nur fünfzehn Minuten Zeit", sage ich nach der kurzen Begrüßung. Ich kann nicht anders, ich muss immer auf sein Shirt starren.

„Ist was?", sagt er.

„GURU", antworte ich.

Er grinst. „Warum nicht? Ist eine Modemarke. Eine ziemlich teure sogar."

„Sie haben als einer der aussichtsreichsten Kandidaten für den diesjährigen Literaturpreis gegolten", komme ich zur Sache.

„Für welchen Literaturpreis?", antwortet er lässig. „Es gibt eine Menge Literaturpreise."

„Na für den auf der Literaturgala."

„Und?"

Er scheint die Preisträgerliste nicht zu kennen. Er kann das natürlich auch bloß vortäuschen.

„Waren Sie dort?", frage ich.

„Lesen Sie keine Zeitungen? Ich hab dem ‚Falter' ein großes Interview gegeben. Ging irgendwie um Panik. Im Speziellen und im Allgemeinen."

„Sie haben keinen Preis bekommen, nicht einmal den dritten", erwidere ich. Der Typ ist ganz schön überheblich. Bei dem ist keine Rücksichtnahme nötig.

„Woher wollen Sie das wissen? Ich wäre verständigt worden."

„Wahrscheinlich nur, wenn Sie einen der Preise gewonnen hätten."

„Und was soll das bedeuten? Was interessiert Sie daran, dass ich keinen Preis gemacht habe? Glauben Sie vielleicht, ich hab deswegen gedroht, das Rathaus in die Luft zu blasen?" Er lacht. Es klingt gar nicht lustig.

„Haben Sie es bereits im Vorhinein erfahren? Kann ja sein ... Gerade wenn ein so bekannter Autor wie Sie leer ausgeht ..."

Er sieht mich spöttisch an. „Und wenn? Wissen Sie, dass in einem meiner Romane eine sehr ähnliche Szene vorkommt? Ein enttäuschter

Liebhaber droht damit, das Burgtheater zu sprengen. Was werden Sie daraus schließen?"

„Sie verwechseln mich", sage ich so ruhig wie möglich. „Ich bin nicht von der Polizei."

„Und wer hat dann eigentlich gewonnen?", will der glücklose Hans wissen.

Ich nenne den Namen und er meint: „Das wär wirklich ein Grund, den Literaturbetrieb in die Luft zu jagen."

Jedenfalls ein guter Satz. Ich werde ihn bringen. Und ob. Zwist und Neid im Literaturbetrieb. Zwar nicht so reißerisch wie internationaler Terror, aber auch nicht schlecht. „Ob Ihnen auf der Gala irgendetwas Besonderes aufgefallen ist, brauche ich Sie wohl nicht zu fragen, oder?"

Er sieht mich spöttisch an: „Mir ist aufgefallen, dass dort viel zu viele Journalisten waren, die gierig nach einer Story gesucht haben, für die sie kein Buch lesen müssen."

Ich lächle und sehe auf die Uhr. „Herzlichen Dank." Ich zahle im Gehen, und als ich mich noch einmal umdrehe, sehe ich, wie er hektisch telefoniert. Will er herausfinden, wie viel ich tatsächlich weiß? Wahrscheinlicher ist, dass er zu klären versucht, ob es wahr ist, dass er keinen Preis bekommen hat.

Rathaus. Vor dem Eingang noch immer zwei Männer mit Maschinenpistole im Anschlag. Vielleicht wäre es besser gewesen, die Bombendrohung einfach zu ignorieren. Wir hätten uns eine Menge erspart. Verletzte und Aufgeregte und Beleidigte und diese Schwerbewaffneten. Und was, wenn es die Bombe doch gegeben hätte? Genau von diesem Gedanken leben Attentäter. Einen Bombenalarm zu ignorieren hieße, selbstherrlich über Menschenleben zu entscheiden. – Der Portier, wahrscheinlich ist auch er von einem Sicherheitsdienst, überprüft meinen Ausweis genau, dann bekomme ich einen Begleiter mit, der mich zum Bürgermeisterbüro führt. Er trägt seine Waffe wenigstens nicht offen, aber ich bemerke die Ausbuchtung an der braunen Jacke. Vorzimmer, bitte durch, Bürgermeisterzimmer. Ich kenne den imposanten Raum von diversen Hand-Shake-Terminen. Hier empfängt der Wiener Stadtchef seine Gäste und lässt Journalistinnen wie mich daran teilhaben. Ich atme durch. Ich will es nicht, aber ich soll ihm klarmachen, dass unsere gemeinsame Flucht dringend im „Magazin" beschrieben werden muss.

Der Bürgermeister kommt mir entgegen und reicht mir mit einem Lächeln die Hand. So als wäre ich die Bürgermeisterin von St. Petersburg und rund um uns wären Pressefotografen. Seit er mitbekommen hat, dass ich gerne koche und mit dem Koch Manninger befreundet bin, habe ich bei ihm einen großen Pluspunkt. Er isst gerne. Und er trinkt gerne. Man kann alles Mögliche an seiner Politik kritisieren, aber er ist wenigstens keines dieser stromlinienförmigen Meinungsforschungsprodukte.

„Noch einmal danke, dass ich mit Ihnen auf anderem Weg aus dem Rathaussaal gekommen bin", beginne ich. Warum „noch einmal"? Eigentlich hab ich mich noch gar nicht dafür bedankt.

„Ist doch selbstverständlich. Wenn er nicht so kompliziert wäre, hätte ich den Weg durch das Mikrofon gebrüllt", erwidert er.

Okay, los. Du hast nicht viel Zeit. „Wäre es für Sie in Ordnung, wenn ich unsere Flucht im ‚Magazin' schildere?"

Er sieht mich an. „Das war es, was Sie mich fragen wollten?"

Ich sehe ihn an und disponiere um: „Gibt es etwas anderes, was ich Sie fragen sollte? Gibt es Neues?"

Der Bürgermeister schüttelt den Kopf und sieht aus wie ein Seehund ohne Fisch. „Leider. Mir wäre wohler, wir wüssten, wer es war. Ich wundere mich nur ... dass Sie mich fragen ..."

„Journalistische Sorgfalt. Dankbarkeit. Suchen Sie sich etwas aus. Ich hab es irgendwie nicht als öffentlich betrachtet."

Er runzelt die Stirn: „‚Angst im Blick des Bürgermeisters ... gemeinsam taumeln wir die Stufen nach unten ...' Wird das so etwas?"

Ich grinse. „Wäre ich dann da? Sie sollten Romane schreiben."

„Vielleicht tue ich das, wenn ich in Pension gehe. Wissen Sie übrigens, dass mir Weis eine Art öffentliches Therapiegespräch angeboten hat?"

„Wie bitte?"

„Er hat gemeint, das wäre gut, um die negative Energie aus dem Rathaus zu bringen. Sie kennen ihn, oder? Er ist auf der Gala mit Ihnen an einem Tisch gesessen." Das Personengedächtnis des Bürgermeisters ist legendär. Wohl eine gute Voraussetzung für dieses Amt.

„Ich ... kenne ihn nicht wirklich gut. Ich überarbeite ein Buch, das er herausbringen will ... Ansonsten ..."

Der Bürgermeister schweigt. Wenn jetzt schon Politiker schweigen ...

„Werden Sie es machen? Dieses Therapiegespräch?", frage ich. Ich muss es fragen, ich arbeite an einer Story.

Er schüttelt den Kopf. „Ist mir doch zu ... abgehoben ... wenn Sie verstehen, was ich meine."

„Verstehe ich sehr gut", sage ich eilig und wechsle das Thema: „Haben Sie einen Verdacht? Können Sie sich vorstellen, dass es jemand aus der Literaturclique gewesen ist?"

Er geht im Raum auf und ab. „Ich hab nicht einmal in alle nominierten Bücher hineingeschaut, geschweige denn sie gelesen. Die Krise. Der Wahlkampf."

„Was halten Sie von Hans Glück?", frage ich dann.

„Als Täter?", lächelt er.

„Als Autor", antworte ich.

„Überschätzt", sagt er.

„Und als Täter?"

„Hieße wohl auch, ihn zu überschätzen. Ich hab mir die Liste angesehen. Er hat keinen Preis gewonnen, nicht wahr?"

Ich sehe ihn erstaunt an.

„Auch ein Bürgermeister kann ein wenig recherchieren. Also: Schreiben Sie von unserer Flucht und sehen Sie zu, dass die Fantasie nicht mit Ihnen durchgeht."

Ich nicke und bin entlassen. Wie viel tut der Bürgermeister, um in Medien vorzukommen? Ich winke seiner Sekretärin zu. Na einen falschen Bombenalarm wird er dafür nicht auslösen. Und der Rest, der gehört wohl mit zu seiner Jobbeschreibung.

Die nächsten zwei Stunden habe ich keine Zeit, an etwas anderes als an meine Story zu denken. Hans Glück, der meint, dass der Preis für seinen Kollegen schon ein Argument wäre, den Literaturbetrieb zu sprengen. Der will bloß in die Schlagzeilen. Kann er haben. Meine Flucht mit dem Bürgermeister. Irgendwie hat er es geschafft, dass er in meiner Story besser als gut wegkommt. Aber warum auch nicht, er hat sich entsprechend verhalten. Und das mit dem fehlenden Schlüssel, und wie er dann sagt: „Was bin ich? Der Hausmeister?", gibt dem Ganzen sogar noch eine witzige Note.

Eine Stunde nach dem eigentlichen Redaktionsschluss ist alles fertig. Ändern kann man freilich noch bis morgen Vormittag. Unwahrscheinlich, dass es notwendig sein wird. Klaus kommt, ich habe ihm einen Teil der Reportage nach dem anderen auf seinen Computer geschickt. Droch kommt. Er hat die Titelseite gebastelt. Der Chronikchef kommt nicht, er ist beleidigt. Er hätte auch nicht mehr in den kleinen Raum vor meinem Grünpflanzendschungel gepasst.

„Gar nicht so übel dafür, dass wir so wenig wissen", sagt der Chefredakteur.

Ich bin müde. Und stolz auf die Story. Ich habe aus wenigem viel gemacht, und das, ohne die übliche Terror-Hysterie zu verbreiten. Droch klopft mir auf die Schulter. „Wir sollten essen gehen", sagt er. „Hast du dir verdient." Und zum Chefredakteur: „Kommen Sie mit?" Ich freue mich. Nicht nur über das Lob, so etwas ist bei Droch selten, sondern auch darüber, dass sich die beiden schön langsam besser zu verstehen scheinen. Droch ist mir näher, natürlich, aber ich mag auch den Chefredakteur. Zumindest meistens. Und jetzt besonders. Denn jetzt ist die Story draußen, und was in der nächsten Woche von mir verlangt wird, liegt noch in weiter Ferne. Irgendwann während des hektischen Schreibens habe ich das SMS-Signal meines Mobiltelefons gehört. Jetzt sehe ich nach. Es stammt von Weis. „Ich erwarte Ihre Fotos. Noch heute."

Mist. Die Sekretärin vom Yom-Verlag hatte mir vor ein paar Stunden eine E-Mail geschickt, dass sie die Fotos umgehend brauchen. Ich hab das nicht so ernst genommen. Okay, es ist der letzte Akt, dann ist das Kapitel Guru Weis für mich abgeschlossen. Zumindest was meine Mitarbeit am Buch angeht.

„Was ist?", fragt Droch.

Ich seufze. „Geht ihr zwei essen. Ich kann nicht, ich muss für Weis Fotos von der Panik im Rathaus zusammensuchen, sein neues letztes Kapitel ..."

„Selbst schuld", sagt Droch und grinst spöttisch.

„Ja", erwidere ich und starre den Chefredakteur an. Der hat mir das eingebrockt. Recht gut bezahlt, das schon. Dann fällt mir ein: „Woher kennst du Weis eigentlich?"

Klaus lächelt. „Er ist im selben Golfklub wie ich."

Doppelschlag. Klaus spielt Golf. Und der Guru spielt Golf. Woran soll man sich noch halten in dieser Welt?

„Du kannst Fotos aus unserer Redaktion nehmen, er muss sie freilich zahlen", sagt Klaus.

Nur leider gibt es da nicht viele. Wir haben für unsere Story teilweise auf Agenturbilder zurückgegriffen. Die wenigen Fotografen, die auf der

Gala waren, um für diverse Gesellschaftsspalten und Kulturseiten zu fotografieren, haben ein gutes Geschäft gemacht.

Es ist schon dunkel, als ich mit einer Auswahl von Fotos beim Weis.Zentrum eintreffe. Kein Auto auf dem Parkplatz. Seltsam, ich weiß nicht einmal, ob Weis ein Auto hat. Passt zu einem Guru nicht wirklich. Andererseits: Er ist keiner, der Verzicht predigt. Damit ließe sich auch nicht so viel verdienen. Ich marschiere den Weg nach oben, rund um mich springen Lichter an, Bodenlampen mit Bewegungsmeldern, wie erschrockene überdimensionale Leuchtkäfer. Im Weis.Zentrum brennt nur ein schwaches Licht. Es scheint von dort zu kommen, wo Weis' Arbeitszimmer ist. Das mit dem durchsichtigen Computermonitor. Wie weit kann man Styling treiben? Die Tür steht offen, er sperre nie zu, behauptet Weis. Wahrscheinlich ist sein Glashaus gut versichert.

Seltsam, wenn tagsüber alles transparent ist. Am Abend ändert sich das. Das, was im Dunkel liegt, wirkt kompakt, Glaswände werden zu schwarzen Schattenwänden. Der Lichtpunkt der Lampe erleuchtet nur wenig. Ha, das wäre ein Titel für einen philosophischen Roman: „Der Lichtpunkt der Lampe erleuchtet nur wenig." Spinn nicht, Mira. Weiter. Ich traue Weis zu, dass er irgendwo im Dunkel hockt und mich beobachtet. Es ist Neumond. Wie bestellt. Von den paar Heurigen rundum hat noch keiner geöffnet. Frühling. Ein erstaunlich warmer Frühling. Die Straßenlaternen sind von hier aus nicht zu sehen. Man ahnt sie bloß, dunkelgrauer Schimmer im Nachtschwarz. Meine Augen werden sich an die Dunkelheit gewöhnen. Soll ich rufen? Mein Herz klopft. Den Gefallen tue ich ihm nicht, er würde merken, dass mir das Ganze unheimlich ist. Und was, wenn er der Drohanrufer war? Wenn er vermutet, dass ich zu viel weiß? Ich gehe auf den Lichtpunkt zu. Niemand da. Jetzt rufe ich doch. „Hallo?" Es klingt wie gepiepst. Keine Antwort. Ich werde wütend. Der Typ hat mich herkommen lassen und ist einfach verschwunden. Direkt im Licht liegt ein Zettel. Ja, super, danke. „Bin im Kino" oder so etwas.

Ich lese. Blockbuchstaben. „TOTALES RECYCLING". Davon hat er immer wieder gesprochen, so heißt sogar ein Kapitel seines Buches. Er hat gepredigt, dass man sich recyceln müsse, um glücklich und eins mit sich selbst und der Welt zu werden. Innerlich und äußerlich. Daher auch die basenorientierten Entschlackungskuren, die Darmreinigung, die Leberreinigung und all das Zeug. „FRANZISKA DASCH" steht darunter. Ein Erinnerungszettel? Hat er dieser Franziska das totale Recycling verordnet? Die Arme. Moment mal: Hat Berger nicht gestern die Blonde in Weiß so angesprochen? „Kommen Sie bitte mit, Frau Dasch." Ja. Das könnte passen. Aber sicher bin ich mir nicht. Kann ich mir nie sein, bei meinem Namensgedächtnis. Meine Fantasie ist größer als meine Merkfähigkeit. Hm. Vielleicht ganz gut für eine Journalistin bei einem mittelseriösen Wochenmagazin. Da steht noch eine Adresse. Ihre Adresse? Wohl kaum. „RECYCLINGWERKE ALSPHA, SEYRING". Dort wird er sie wohl kaum recyceln wollen. – Und wenn doch? Ich rufe. Keine Antwort. Jetzt hetze ich durch die Räume. Meine Augen haben sich ein wenig an die Nacht gewöhnt. Niemand da. Vielleicht ein Überfall. Mord. Da liegt keiner. Nirgendwo. Zurück zum Schreibtisch. Ich mache mit meinem Mobiltelefon einige Fotos von dem Zettel. Sicher ist sicher. Ich starte den Computer. Ich suche nach der genauen Adresse des Recyclingwerks. Da. Gefunden. Kann das Ganze etwas mit der Rathaussache zu tun haben? Warum sollte es? Mira, du bist müde, überreizt, überarbeitet. Fantasie, pure Fantasie.

Vesna. Sie verspricht, sich sofort zum Recyclingwerk aufzumachen. Was wollen wir dort finden? Wer lässt uns dort hinein? Ich denke an eine Halle, an einen hohen Zaun, an große, gefährliche Hunde. Aber es ändert nichts daran: Der Zettel ist eigenartig. Wer schreibt so etwas? Ich kann nicht sagen, ob es Weis' Schrift ist. Ich tippe die Adresse in mein Navigationsgerät.

Raus aus Wien, Richtung Norden. Die Stoßzeit ist vorbei, ich komme rasch voran. Brünner Straße. Was ist das? Umleitungspfeil. Ich hatte es vergessen. Die bauen hier eine neue Autobahn. Auf dass man schneller von Wien nach Prag, nach Berlin kommt. Vorausgesetzt, man steht nicht im Stau. Mein Navi sagt mir unentwegt, dass ich wenden soll. Kann ich aber nicht. Da sind nur dunkelbraune Erdlöcher. Und die Brünner Straße ist einfach nicht mehr dort, wo sie das satellitengestützte Ortungsgerät vermutet. Wo ist Seyring? Ich verfahre mich, lande an einer verlassenen Schnellbahnhaltestelle, drehe wieder um. Hektisch.

„Wenn möglich, nach achtzig Metern wenden", sagt mein Navi und ich bin knapp davor, es anzuschreien. Ich fahre weiter, erlaube mir nicht, die nervende Computerstimme einfach abzudrehen, sehe eine Hinweistafel, Pfeil Richtung Seyring. Ich reiße meinen Honda herum, gutes Auto, macht beinahe alles mit. Es dauert nicht lange und die Computerstimme führt mich, so als ob nichts gewesen wäre, durch ein paar Straßen zum eingegebenen Ziel. Und dort: Ausläufer der gigantischen Autobahnbaustelle. Erdlöcher, Erdhügel, Erdschneisen. Silos für Schotter oder für Beton, Lastwagen, sorgsam aufgereiht, Kühlerhaube neben Kühlerhaube, wie zum Appell angetreten, mindestens zwanzig zähle ich, sechs Bagger mit der Schaufel am Boden. Container. Alles schläft und wartet darauf, morgen wieder Lärm machen und in der Erde wühlen zu dürfen. Ich kneife die Augen zusammen. Ich sollte schon länger eine Brille tragen. Aber muss man alles so scharf sehen? Im Augenblick allerdings wäre es von Vorteil. Ich habe ein Fernglas. Aber ich habe es nicht dabei. Das dort drüben könnte Vesnas alter Renault sein. Ich fahre einfach von der Straße ab, endlich kann ich meinen Allradantrieb brauchen, Unsinn, Vesna hat keinen dieser beliebten SUVs und hat es dennoch geschafft, auf dem Lehm der Baustelle zu parken. Ich drehe das Licht ab. Mein Auto ist Hunderte Meter weit zu sehen gewesen. Wenn hier jemand lauert ... Wer sollte lauern? Weis? Unsinn. Licht. Dort hinten. Ich steige aus, schleiche, im Bewusstsein, dass Vesna da irgendwo sein muss, mutig näher. Ich bin geblendet. Brutales Licht auf meinem Gesicht.

„Mira Valensky“, sagt Vesna. „Hast du aber lange gebraucht.“ Erst jetzt senkt sie den Lichtkegel der Taschenlampe.

Ich atme geräuschvoll aus.

„Ich hoffe, ich habe dich nicht erschreckt. Da hinten ist Recyclinganlage“, sagt Vesna und deutet auf ein eigenartiges Stahlmonster, das von hier aus wirkt wie eine übergroße Kunstinstallation. So etwas wie die Reinkarnation des Brontosaurus. Der lange Hals: Das ist ein Förderband, sehe ich beim Näherkommen. Der gedrungene, schwere Körper, mindestens drei Meter hoch: Ein riesiger Metallbehälter, da sind wohl die Brocken drin, die zermalmt werden sollen. Vor der Anlage Bruchasphalt, Stücke von einem Meter Durchmesser, wie schwarzes Packeis übereinandergeschichtet. Hinter der Anlage Berge von zerkleinertem Material. Neben der Anlage eine Halle. Ich sehe mich um. „Ist da keiner?“, frage ich Vesna. Sie schüttelt den Kopf.

„Halle ist abgesperrt. Wenn wer da hineingeworfen wird, ist es vorbei“, ergänzt sie und deutet auf den Metallkörper.

„Die Anlage läuft nicht. So etwas macht mit Sicherheit eine Menge Lärm“, erwidere ich. Mir ist bei dem Gedanken nicht wohl: Weit und breit kein Mensch und wir allein bei dieser Monstermaschine, die alles zermalmt. Alles. Wenn man sie nur lässt. Warum ist diese Adresse auf dem Zettel gestanden? Was ist, wenn Weis seine Jüngerinnen nur hierher bringt, um ihnen einen drastischen Fall von Recycling vorzuführen? Ich traue es ihm zu.

„Ist das nicht viel zu staubig für seine Frauen?“, fragt Vesna.

„Aber auch spannend. Für die meisten etwas, das sie noch nie gesehen haben. Lärm und Schmutz und schwitzende Männer und all so etwas.“ Ich gehe zur Halle hinüber. Kleine Tür in einem großen Tor. Die Tür ist versperrt. Ich ziehe am Griff des großen Tores.

„Ich habe schon gesagt, das ist zu“, murrt Vesna. „Kannst du mir vertrauen.“

„Was machen Sie hier?“ Eine laute Stimme. Wir fahren herum. Hinter uns ein Mann, in etwa so groß wie Oskar und auch so schwer.

„Und was Sie?“, fragt Vesna. Dreißig Zentimeter kleiner, vierzig Kilo leichter und nur mit einer Taschenlampe bewaffnet.

Er ist für einen Moment verunsichert. „Ich bin vom Wachdienst. Ich bin berechtigt, Sie bis zum Eintreffen der Polizei festzuhalten.“

Ich habe eine Idee. Ich krame in meiner Tasche. Die Hand des Wachebeamten greift blitzschnell in Richtung Hosenbund. Ich reiße meine Hand aus der Tasche. Schaue in die Mündung einer Pistole. Oder eines Revolvers. Ich kenne mich da nicht so aus, ist auch egal, womit ich erschossen werde. Ich versuche ein Lächeln. „Ich wollte bloß nach meinem Presseausweis suchen“, sage ich. Die Waffe ist weiter auf mich gerichtet.

„Tun Sie dummes Ding weg“, sagt Vesna.

„Ich habe heute auf der Baustelle Interviews gemacht und dabei mein Aufnahmegerät verloren. Ich brauche es. Morgen Nachmittag kommt das neue ‚Magazin‘ raus, ich habe Redaktionsschluss“, erkläre ich so ruhig wie möglich.

„Wir sehen nicht aus wie Verbrecher, oder?“, meint Vesna.

Der Wachmann lässt die Waffe langsam sinken. „Es gibt jede Menge Einbrüche auf der Baustelle. Sie klauen Geräte aus den Lkw und alles, was sie finden können.“

Jetzt halte ich ihm meinen Ausweis vor die Nase. „Sehen Sie.“

Er beäugt meinen Presseausweis misstrauisch, kommt dann aber wohl doch zum Schluss, dass er es nicht mit Baustelleneinbrecherinnen zu tun hat. „Sie können ja nicht viel anstellen. Also suchen Sie. Ich muss meinen Rundgang weitermachen.“

„Sie sind hier ganz allein?“, will Vesna wissen.

„Warum?“, kommt es misstrauisch zurück.

„Wenn jemand Anlage wie diese startet, Sie merken das sofort?“

„Das wäre höllenlaut in der Nacht. Sicher.“

Irgendwo in einem Gebüsch ruft ein Käuzchen.

„Das heißt: Niemand könnte die Anlage unbefugt in der Nacht in Betrieb nehmen“, ergänze ich.

Der Wachmann kratzt sich am Kopf. „In der Nacht sicher nicht, da sind immer zwei von uns unterwegs. Auch wenn das Gebiet groß ist, das wir kontrollieren. Gegen Abend ... wenn die Arbeiter die Anlage verlassen, aber die Lkw und die Baumaschinen noch fahren, oder wenn dort hinten Schotter vorbereitet wird ... das könnte schon gehen. Warum wollen Sie das wissen?“

„Hat etwas mit meiner Geschichte zu tun“, sage ich und lächle möglichst harmlos.

„Hat man etwas gestohlen? Aber wer stiehlt schon alten Asphalt, oder?“

Ich schüttle den Kopf. „War mehr so eine Gedankenspielerei.“

„Sie schalten die Maschine nicht ein, oder?“, fragt der Mann.

„Keine Ahnung, wie das geht.“

„Ist auch nicht so einfach, habe ich mir sagen lassen. Und gefährlich. Ich muss jetzt weiter. Vielleicht sind Sie ja auch bloß da, um mich abzulenken ... während ein paar Kumpels einbrechen ...“

„Und mein Presseausweis ist natürlich gefälscht“, ergänze ich.

„Ach was“, sagt der Wachmann, dreht sich um und geht in Richtung eines Pick-ups davon.

Da stehen wir vor dem stummen schlafenden Monster. Vesna geht und stochert im zerkleinerten Asphalt herum. „Müssen wenigstens so tun, als ob wir suchen“, sagt sie.

„Im Recycling-Asphalt? Da wäre von einem Aufnahmegerät nicht viel übrig.“

„Kann dir ja einfach hinuntergefallen sein.“

Vesna leuchtet auf das, was von den Asphaltbrocken übrig geblieben ist. Steinchen, zwei, drei Zentimeter im Durchmesser. Dann fährt der Lichtkegel ein Stück zurück und sie gräbt mit einer Hand im Geröll.

„Okay, das reicht jetzt. Er glaubt uns schon“, sage ich. Gar so übertreiben braucht sie auch nicht.

„Da ist was zwischen Asphaltbrösel“, sagt Vesna. „Ist ein Schuh oder so was gewesen.“

Ich gehe die paar Schritte zu ihr, sie zieht ein graues Stück festen Stoff heraus, es ist der vordere Teil eines Schuhs. Turnschuh. Man kann noch ein Stück Gummisohle erkennen, einige Ösen, wo das Schuhband durchging, Leinen. Ich sehe genauer hin. Da schimmert etwas. Glitzersteinchen auf dem Leinen. Ich greife mir den Schuhrest, reibe über die Steinchen. Silbern und golden glänzen sie jetzt im Schein von Vesnas Taschenlampe. Ich bekomme kaum Luft. Schwarze und braune und graue Asphaltkörner, kantig gebrochen aus tonnenschweren Blöcken, und dazwischen dieses Stück von einem Turnschuh. Was bleibt von einem Menschen, der hier mitgebrochen, mitgemahlen wird? Ich nehme einige der Asphaltkörner in die Hand, lasse sie durch die Finger wieder zurück auf den meterhohen Steinhaufen gleiten. Geräusch wie von Regen auf ein Dach.

„Franziska Dasch. Sie hat gestern solche Schuhe getragen", sage ich dann.

Vesna kramt wortlos in ihrer Jackentasche. Jetzt am Abend ist es empfindlich kalt geworden. Sie zieht eine kleine Digitalkamera heraus und fotografiert. Den zerkleinerten Asphalt. Den Teil eines ehemals reinweißen, glänzenden Turnschuhs. Den genauen Fundort. Ich mache mit meinem Mobiltelefon auch ein paar Fotos. Sicherheitshalber. Außerdem weiß ich nicht, was ich sonst tun soll.

„Wir müssen ganz schnell herauskriegen, ob Franziska Dasch ist verschwunden", sagt Vesna mit heiserer Stimme.

„Sie war auf der Gala", ergänze ich. „Sie ist aufgestanden, kurz nachdem Weis aufgestanden ist. Vielleicht hat sie etwas gesehen. Etwas, das mit Weis zu tun hat."

„Ich weiß nicht, ob da ein Zusammenhang ist", murmelt Vesna. „Wenn Weis etwas getan hat, er lasst doch nicht den Zettel liegen."

„Wir brauchen den Zettel jedenfalls. Die Fotos sind zu wenig", sage ich.

„Wir müssen schauen, wie viele Dasch es gibt in Wien. Wenn sie aus Wien ist", meint Vesna.

Auf dem Parkplatz vor dem Weis.Zentrum ist vorgestern ein weißer BMW mit Wiener Kennzeichen gestanden, daran erinnere ich mich.

„So dumm, dass Zwillinge im Ausland sind", murmelt Vesna. „Fran hätte in drei Sekunden gewusst, wo die Frau wohnt. Fehlen, weil niemand beim Putzen einspringen kann, fehlen, weil niemand beim Observieren einspringen kann, und fehlen, weil sie meine Kinder sind."

Fran hat ein Auslandsstipendium in Chicago, und seine unternehmungslustige Zwillingsschwester ist einfach auf zwei Monate mitgefahren. Das mit der Adresse kann ich freilich auch klären. Mein Telefon hat mobiles Internet. Elektronisches Telefonbuch, die Seite öffnet sich langsam. Nicht viel zu sehen auf dem kleinen Bildschirm. Ein Rascheln im mageren Gebüsch links vor uns. Ich zucke zusammen. Vesna rückt näher zu mir. Weil auch sie sich fürchtet? Um mich zu beschützen? Ein irritierter Hase starrt uns an und rast dann über die staubige Baustelle davon. Ich atme durch, tippe „Dasch“ ein und warte. Im elektronischen Telefonbuch sind sechs Dasch verzeichnet, kein Eintrag mit dem Vornamen Franziska. Zwei davon sind Firmen. Ein Installateur und ein Halbleiterunternehmen.

„Vielleicht sollte ich Berger anrufen, den Psychologen vom Weis. Zentrum. Der könnte wissen, wo Franziska Dasch wohnt. Vielleicht hat er sogar ihre Nummer“, überlege ich.

„Lieber nicht“, antwortet Vesna. „Man soll vorsichtig sein. Was ist, wenn Weis doch was mit der Sache zu tun hat, und er erzählt ihm davon? Du rufst durch.“

Ich hasse es, wildfremde Menschen anzurufen. Und das um zehn am Abend. „Warum ich?“

„Weil mit dem Akzent bin ich nicht so vertrauenswürdig“, erwidert Vesna.

Schlimm genug, dass sie recht hat. Erster Anruf. Keiner hebt ab. Zweiter Anruf. Nach dem zweiten Klingelton eine Männerstimme. „Dasch.“

„Wohnt da eine Franziska Dasch?“

„Warum? Wo ist sie?“

„Ich komme vorbei“, sage ich kurz und lege sofort auf.

Diplomingenieur Dr. Harald Dasch. Vesna fährt ins Weis.Zentrum, um den Zettel sicherzustellen.

„Und wann verständigen wir die Polizei?“, frage ich und denke an Verhofen und meine gute Beziehung zu ihm. Mira, was ist? Wie wichtig ist dir die?

„Wenn wir wissen, ob Franziska Dasch verschwunden ist“, erwidert Vesna.

„Hat sich so angehört“, antworte ich.

„Ohne uns die Polizei würde noch lange von der Sache nichts erfahren. Wenn überhaupt.“

„Und wenn dieser Dasch eine Vermisstenanzeige macht?“, gebe ich zu bedenken.

„Dann weiß es Polizei sowieso“, sagt Vesna ungeduldig. „Wird neue Beziehung schon nicht kaputt machen.“

„Das ist keine Beziehung“, fauche ich. „Los. Du ins Weis.Zentrum und ich in den 18. Bezirk.“

Villengegend. Hier ist es nicht so leicht, in der Nacht einzudringen wie auf einer Autobahnbaustelle. Hohe Gitter vor den Häusern, vermutlich alles mit Alarmanlagen gesichert. Aber ich will mich ja ohnehin nicht einschleichen. Diese Adresse findet mein Navi auf Anhieb. Hier hat sich schon seit Jahren nichts verändert. Keine Einbahn und kein Straßenname und wohl auch kaum einer der Villenbesitzer. Alteingesessener Wohlstand, krisenfest. Zumindest machen die Häuser diesen Eindruck. Eine Polizeistreife fährt langsam an meinem Auto vorbei. Ich halte die Luft an, bleibe noch zwei Minuten sitzen und steige dann aus. Ich läute bei „Dipl.-Ing. Dr. Dasch“ und frage mich, warum einer seine Titel aufs Türschild schreiben muss. – Ich sollte mich lieber fragen, was ich tue, wenn er nicht öffnet. Das Außenlicht geht an. In der Eingangstüre, zehn Meter von mir entfernt, ein Mann in hellem Hemd und dunkler Hose.

„Was ist?“, fragt er wenig freundlich.

„Wo ist Franziska Dasch?“, frage ich.

Ich höre das elektrische Summen des Gartentors, drücke dagegen und bin drin.

Wir sitzen einander in einem überdimensionalen Wohnzimmer mit offenem Kamin gegenüber. Er ist nicht eingeheizt, vielleicht ist das Sache von Frau Dasch.

Seine Frau, so erzählt mir Dasch langsam, bleibe immer wieder über Nacht weg. „Seit sie in den Wechseljahren ist, ist sie schrecklich reizbar“, erklärt er. „Wegen der kleinsten Kleinigkeit rauscht sie ab zu ihren alten Eltern, die haben sie immer verwöhnt. Sie glaubt, so kann sie mich strafen. Aber ich finde es hin und wieder ganz nett, allein.“

Vielleicht lässt sie sich nur nicht mehr alles gefallen, überlege ich. Oder sie findet es einfach auch netter ohne ihren Mann. Es nervt mich, wenn für alles die weiblichen Hormone verantwortlich gemacht werden.

„Und? Haben Sie ihre Eltern angerufen?“

„Gerade erst …“, sagt Dasch langsam, „ … nachdem Sie angerufen haben. Sie ist nicht dort. Ihre Eltern haben mich diesbezüglich noch nie angelogen.“

„Sie hatten Streit mit Ihrer Frau?“

Erst jetzt dämmert ihm, dass er nicht weiß, wer ich überhaupt bin. „Wer sind Sie? Eine Freundin von ihr, die mich zurechtweisen soll? Wo ist sie?“

Ich lächle. „Ich habe mit dem Weis.Zentrum zu tun.“ Ist ja nicht ganz gelogen.

Er runzelt die Stirn. „Mit dieser … Sekte?“

„Also Sekte ist das wirklich keine“, erwidere ich. Alles kann man Weis auch nicht unterstellen.

„Sie rennt dauernd dorthin zu ‚Lebensgesprächen‘, wie sie das nennt. Sie zahlt eine Menge Geld dafür. Sie kleidet sich weiß. Sie isst seltsamen Haferbrei und versucht mich zu überreden, es auch zu tun. Wie würden Sie so etwas nennen?“

„Na ja. Weis ist eine Art Guru. Das ist alles. Sie wird nicht gezwungen, dorthin zu gehen.“

„Er hat sie irgendwie mental im Griff.“

„Und darum ging es in Ihrem Streit?“, will ich wissen.

„Wer hat etwas von einem Streit gesagt?“, faucht er.

„Na Sie“, erwidere ich so lässig wie möglich. Ich darf den Bogen allerdings nicht überspannen. Ich habe nichts davon, wenn er mich rauswirft.

Dasch schweigt. „Ich wollte, dass sie mit mir für eine Woche wegfährt. Es ist eine geschäftliche Reise mit gesellschaftlichem Rahmenprogramm. Ich besitze ein Halbleiterunternehmen. Es geht um wichtige Kontakte. Dass die Zeiten nicht gerade einfach sind, brauche ich Ihnen wohl nicht zu sagen. Früher war sie sehr gut in solchen Dingen … Sie hat gesagt, dass sie ein Intensivseminar habe samt Familienaufstellung, sie müsse endlich wissen, warum ihr Großvater getrunken habe und ihre Tante sechsmal verheiratet gewesen sei, sie glaubt, der Guru kann ihr das tatsächlich sagen, sie hat sich geweigert, dieses Seminar abzusagen …“

„Und dann ist sie gegangen“, ergänze ich.

„Nein, ich bin gegangen. Ich musste in die Firma. Sie ist dageblieben. Sie hat ja Zeit. Den ganzen Tag lang.“

„Sie hat nie einen Job gehabt?“, will ich wissen.

„Bis die Kinder gekommen sind, schon. Sie war Dolmetscherin. Das lässt sich nicht vereinbaren, Kinder und dauernd mit Dolmetschaufträgen unterwegs zu sein. Außerdem gibt es junge Französisch- und Spanisch-Dolmetscherinnen wie Sand am Meer. Sie musste nicht arbeiten."

Ich nehme mein Mobiltelefon heraus, drücke die Bildarchivtaste. Halte ihm das Gerät hin. Bild von einem Teil eines ehemals weißen Turnschuhs. „Kennen Sie den Schuh?", frage ich.

„Sind Sie von der Polizei?", fragt er misstrauisch. „Weisen Sie sich aus! Oder sind Sie da, um mich zu erpressen?"

„Sie kennen den Schuh", stelle ich fest.

„Nein! Das heißt: Es könnte der Teil eines Schuhs von Franziska sein. Sie hat dreihundert Euro dafür bezahlt, ich war wütend. Dreihundert Euro für Turnschuhe! Sie glaubt, das Geld wächst auf den Bäumen. Aber ich weiß nicht ..." Plötzlich scharf: „Wo haben Sie den Schuh gefunden?"

Ich schüttle den Kopf. Bevor ich ihm das sage, habe ich noch eine Frage. Ich starre in den rußigen kalten Kamin. Wie ein Bombenloch. „Warum war Ihre Frau auf der Literaturgala?"

„Was soll das jetzt wieder? Wir haben gesellschaftliche Verpflichtungen. Vor zwei Jahren war sie bei einem kreativen Schreibzirkel. Dumm nur, dass sie nie bei etwas bleiben kann. Ich hätte sie unterstützt, es finanziert, wenn sie ein Buch geschrieben hätte. Ich sage das nur, damit Sie sehen, dass ich sie immer unterstützt habe. Trotz allem. Aber bald darauf hat sie sich lieber mit Lachyoga beschäftigt. Mehr will ich dazu nicht sagen. Und jetzt eben dieser Guru."

Vielleicht hatte sie sonst zu wenig zum Lachen, denke ich und sage: „Sie waren nicht mit auf der Gala, oder?"

„Was soll das? Bezichtigen Sie meine Frau, für die Bombendrohung verantwortlich zu sein? Ist es das, worauf Sie die ganze Zeit hinaus wollen? Dass sie deswegen verschwunden ist? Vergessen Sie es. Meine Frau ist vielleicht nicht immer ganz ... ausgeglichen. Aber auch wenn sie zu diesem Guru rennt und seit Kurzem der Meinung ist, dass die Wirtschaftskrise nur dazu da ist, um allen eine neue mentale Chance zu geben, eine Attentäterin ist sie nie im Leben. Absurd. Warum sollte sie auch? Haben Sie sich das schon überlegt? Ihr geht es gut. Sie hat keinerlei Motiv!"

„Waren Sie doch dort?"

„Nein. Ich war ausreichend weit weg. Ich habe gearbeitet. Dafür gibt es Zeugen. Ich muss meine Zeit managen und so etwas wie die Literaturgala ist ihre Sache. Ich warne Sie: Der Polizeipräsident ist ein guter persönlicher Freund von mir."

„Der neue?", frage ich und muss grinsen.

„Selbstverständlich."

Der alte wurde vor geraumer Zeit wegen Freundchenwirtschaft, unerlaubter Geschenkannahme und allen möglichen suspekten Kontakten suspendiert. Es ist erst einige Tage her, dass man ihn schwer angetrunken am Steuer, nur mit einer Tunika bekleidet und einem Lorbeerkranz um den Kopf aufgegriffen hat. Er hat von den Polizeibeamten verlangt, dass sie ihn mit „General" anreden. Den Führerschein konnten ihm die Beamten trotzdem nicht abnehmen, den war er schon bei einer früheren Kontrolle losgeworden.

„Wenn Sie wissen, wo meine Frau steckt, sagen Sie es! Und sagen Sie ihr, dass sie gefälligst heimkommen soll", fordert Herr Dasch. Ich beginne, besser zu verstehen, warum sich Frauen wie Franziska nach etwas mehr im Leben sehnen. Aber dass es dann ausgerechnet Guru Weis sein muss?

„Ich habe keine Ahnung", sage ich wahrheitsgemäß. „Ich bin Reporterin beim ‚Magazin' und hab im Zuge einer Recherche einen Teil ihres Schuhs gefunden. Die Polizei wird sich sicher bald mit Ihnen in Verbindung setzen." Ich reiche ihm eine Visitenkarte.

Er sieht mich irritiert an. Jetzt erst scheint ihm zu dämmern, dass seiner Frau etwas passiert sein könnte.

„Tut mir leid", sage ich anstelle einer Verabschiedung, reiche ihm die Hand und gehe.

„Was hat das Ganze mit diesem absurden Guru zu tun?", schreit er mir nach. „Oder hat das meine Frau nur eingefädelt, um mir Angst zu machen?"

Das wüsste ich auch gern.

Zeit, Zuckerbrot zu informieren. Besser, ich erzähle ihm von der Sache, bevor Dasch mit dem Polizeipräsidenten telefoniert. Falls sie wirklich so gute Freunde sind. Oder soll ich lieber Verhofen anrufen? Ich entscheide mich für eine Doppelvariante. Ich schicke Verhofen eine SMS und wähle die Mobilnummer von Zuckerbrot. Er geht nicht dran. Warum eigentlich Zuckerbrot? Er ist Chef der Mordabteilung.

Glaube ich, dass Franziska Dasch ermordet wurde? Warum Mord? Aber was macht der Schuh einer verschwundenen Frau im Recyclingmaterial?

[5.]

Ich sitze in meinem Auto in der Villengegend und überlege, was ich als Nächstes tun soll. Verhofen meldet sich nicht. Beim Journaldienst der Polizei anrufen? Natürlich. Trotzdem öffne ich erst einmal die Bilddatei des Mobiltelefons, starre das Foto von dem Schuhteil an, starre dann auf das Foto mit dem Zettel. Das Display ist zu klein, ich kann den Text nicht entziffern. Ich zoome näher. Verschwommene Blockbuchstaben. War es ein Zufall, dass ich den Zettel gefunden habe? Mit etwas Abstand wirkt das Ganze auf mich reichlich inszeniert. Das verlassene Weis.Zentrum im Dunkeln, die eine kleine Lampe. Im Schein der Lampe das Blatt Papier. Oder sollte es gar nicht ich sein, die die Nachricht findet, sondern einfach irgendjemand? „TOTALES RECYCLING FRANZISKA DASCH". Wer sonst kommt am Abend ins Weis.Zentrum? Einer, den man herbittet. Oder vielleicht Weis selbst. Oder Berger. Stammt der Zettel gar nicht vom Täter, sondern von einem, der etwas gesehen hat, sich aber nicht zu sprechen traut? Oder will jemand, dass ein schlechtes Licht auf das Weis.Zentrum fällt?

Ein Anruf. Vesna. Der Zettel ist verschwunden. Ich hätte ihn mitnehmen sollen. Jetzt haben wir nur ein paar verschwommene Fotos. Man hätte das Weis.Zentrum beobachten müssen. Fehler, Mira, schwerer Fehler. Das kommt von den Alleingängen. Ach was, wer weiß, wie rasch sich die Polizei um so eine Botschaft gekümmert hätte. Ich wähle Zuckerbrots Nummer. Jetzt ist besetzt. Was soll das? Ich drücke die Beenden-Taste. Es läutet. Zuckerbrot.

„Was ist das mit der verschwundenen Frau?", fragt er wenig freundlich.

„Ich habe versucht, Sie zu erreichen", antworte ich.

„Üblicherweise wollen Sie von mir Informationen, die ich Ihnen nicht geben kann. Warum sollte ich also ans Telefon gehen? Verhofen hat mich informiert. Ihm haben Sie eine SMS geschickt."

„Ich war mir nicht sicher, ob Sie SMS lesen", erwidere ich. Und dann erzähle ich Zuckerbrot, was ich weiß. Zumindest das meiste davon. Zuckerbrot seufzt und bestellt mich nach Seyring. „Die Spurensicherer werden begeistert sein", fügt er an, als ob ich daran schuld wäre, dass irgendjemand Frau Dasch recyceln wollte. „Eine Nacht auf einer Asphalthalde. Und ihre Freundin nehmen Sie mit. Die war doch sicher dabei, als der Schuh gefunden wurde?"

Ich habe gehofft, dass Vesna in der Zeit, die ich mit Zuckerbrot und Co werde verbringen müssen, weiter nachforschen kann. Wo auch immer. Morgen Mittag ist absolute Deadline für die neue „Magazin"-Ausgabe. Aber leugnen ist sinnlos. „Okay", sage ich. Dann verständige ich den Bereitschaftsfotografen des „Magazin". Ich bin Journalistin, auch wenn es Zuckerbrot nicht freut.

Diesmal bin ich vor Vesna bei der Anlage. Ich habe Zuckerbrot den Weg beschrieben. Neben ihm steht ein Mann, der wirkt, als hätte er schon geschlafen. Mittelgroß, massig, muskulös, kariertes Hemd, schwarze Hose. Alter: irgendwo zwischen vierzig und fünfzig. Der Trupp der Spurensicherung stellt gerade Scheinwerfer auf. Das Tor zur Halle ist jetzt offen. Hat man sie gefunden? Da drinnen? Ich spähe hinein.

„Herkommen", befiehlt Zuckerbrot.

„War sie da drin?", frage ich.

Der gewichtige Mann antwortet entsetzt: „In der Halle? Um Gottes willen, nein! Wir haben unsere Maschinen da drinnen. Bagger und so."

Ich sehe ihn interessiert an. „Sie haben mit der Anlage zu tun?"

„Sie gehört mir. Es gibt immer wieder böse Scherze, dass man da jemanden spurlos verschwinden lassen könnte, aber dass so etwas wirklich einmal passiert ..."

„Also ist es technisch möglich?", will ich wissen.

„Seien Sie vorsichtig", sagt Zuckerbrot zum Recycler. „Frau Valensky arbeitet beim ‚Magazin'."

„Das ginge schon", antwortet der Mann langsam. „Zumindest theoretisch."

„Kommen Sie", sagt Zuckerbrot und nimmt mich ruppig am Ellbogen. „Sie sind nicht da, um Fragen zu stellen, sondern weil wir Fragen an Sie haben."

Ich sehe mich um. „Verhofen ...“, setze ich an.

„Der hat bei der Sondereinheit genug zu tun. Ganz abgesehen davon, dass Sie ihn ohnehin nur wieder einwickeln würden.“

Oje. Wie viel weiß Zuckerbrot? Er schnappt sich einen Beamten, den ich noch nie gesehen habe. Der holt ein Aufnahmegerät aus seiner Umhängetasche. Wenige Minuten später sitzen wir in einem Einsatzfahrzeug und ich gebe an, was ich weiß. Ein Auto kommt, noch eines und noch eines. Journalistenkollegen, hoffentlich auch der „Magazin“-Fotograf. Ich mache mich so klein wie möglich, ich will nicht, dass sie sehen, dass ich mehr mit dem Fall zu tun habe. Sie stürmen in Richtung der erleuchteten Recyclinganlage, erste Blitzlichter. Sie werden von Polizeibeamten zurückgedrängt. Beide Seiten kennen das Spiel. In sicherer Entfernung vom möglichen Tatort dürfen sie stehen bleiben. Ich unterschreibe irgendein Protokoll, ich lese es gar nicht, was so etwas angeht, weiß ich, dass ich Zuckerbrot vertrauen kann. Ich will ungesehen aus dem Wagen kommen. Zuckerbrot bemerkt es und sieht mich spöttisch an. „Sie sollten heimfahren. Oder soll ich Ihnen via Lautsprecher noch einmal für Ihre Mitarbeit danken?“

Ich weiß, er wird es nicht tun. Und er weiß, dass ich nicht fahren werde. Ich schlüpfe aus dem Fahrzeug. Im Schatten eines Containers wartet Vesna. „Besser, deine Kollegen wissen nicht, dass wir mehr wissen“, flüstert sie mir zu, bevor sie zur Einvernahme ins Fahrzeug klettert. Schon schön, sich mit jemandem so gut zu verstehen. Ich gehe auf das Grüppchen Journalisten zu. „Oh, die Chefreporterin vom ‚Magazin‘ persönlich“, ätzt ein junger Chronikreporter.

„Ich war bloß zufällig in der Gegend“, grinse ich. Keiner glaubt mir. Aber es hat auch keiner bemerkt, dass ich von der Polizei befragt worden bin. Viel wird es hier heute nicht mehr zu erfahren geben, da bin ich mir ziemlich sicher. Zuckerbrot hat den Recyclingmann dazu gebracht, nicht mit den Journalisten zu sprechen, erzählt mir unser Fotograf empört. Na ja, ich habe zumindest ein paar Worte mit ihm geredet. Ich werde ihn anrufen. Hat irgendwie ganz sympathisch gewirkt. Aber jetzt muss ich meine Story umschreiben. Ergänzen. Ich brauche die Zustimmung des Chefredakteurs. Ich ziehe meinen Fotografen zur Seite. „Ruf mich an, falls sie sie finden.“ Ich schaue zum Berg von Asphaltstückchen hinüber, der von Männern und Frauen in weißen Plastikanzügen systematisch durchsucht wird. Bild wie von der Landung auf einem entfernten Planeten. „Oder Teile von ihr“, ergänze ich. Ich schicke Vesna eine SMS. „Bin auf dem Weg in die Redaktion, melde dich."

Knapp vor Mitternacht. Klaus geht sofort ans Telefon. Okay, ich solle meine Story ergänzen. Aber bitte nicht zu viel Fantasie. Zu unklar, ob das Verschwinden der Jüngerin von Weis etwas mit der Bombendrohung im Rathaus zu tun hat. Einverstanden. Mehr wollte ich nicht.

Tiefgarage in der Nacht. Nur ein paar Autos. Grelles Licht der Neonröhren. Lange Schatten. Tagsüber ist oft kein einziger Parkplatz frei. Ich parke ganz nahe beim Aufgang zur Redaktion. Trotzdem steige ich schneller aus als sonst, schließe schneller als sonst die Tür, bin schneller als sonst beim Ausgang. Erst auf dem Gang zum Lift atme ich durch. Schritte. Beinahe hätte ich aufgeschrien. Aber es ist nur der Nachtportier, er habe jemanden aus der Tiefgarage kommen gehört, sagt er, da müsse er doch nachsehen, so spät in der Nacht. „Ist etwas Besonderes passiert?" Ich schüttle den Kopf und fahre nach oben. Dunkles Großraumbüro. Ich mache das Licht an.

Wer hat Grund, Franziska Dasch zu ermorden? Stopp. Du weißt nicht, ob sie ermordet wurde. Na von selbst wird sie nicht in die Recyclinganlage gefallen sein. Und wenn nur ihr Schuh hineingefallen ist? Der Ehemann hat eigentlich nicht gewirkt, als hätte er mit der Sache zu tun. Eher ignorant als eifersüchtig. Darauf erpicht, dass sie brav ihre Rolle als Industriellengattin spielt. Aber man muss natürlich nachsehen. Vielleicht hat sie das große Geld? Vielleicht hat sie die Firma von ihren Eltern geerbt und will sie nun Stück für Stück ins Weis.Zentrum einbringen? Vielleicht ist die Firma pleite und er schreibt es ihr zu? Die Polizei wird das prüfen. Warum ist dieser Zettel auf dem Schreibtisch von Weis gelegen? Soll er damit in Verdacht gebracht werden? Aber warum ist der Zettel dann wieder verschwunden? Weil jemand Angst hatte, dass man seine Handschrift erkennen würde? Der Ehemann hätte sicher nichts dagegen gehabt, Weis eins auszuwischen. Aber dafür gleich die eigene Frau zu ermorden? Hat Franziska Dasch auf der Gala etwas gesehen, was sie nicht hätte sehen dürfen? Hat sie ihrem Guru davon erzählt? Was, wenn der sein Wissen nützt, um jemanden zu erpressen? Dieser hätte dann seinerseits allen Grund, Weis in Verdacht zu bringen. Zu kompliziert. Zu spekulativ. Auch wenn ich es Weis zutraue, das zu verwenden, was ihm seine Jüngerinnen in „innerer Verbundenheit" zuflüstern.

Nach ihrer Stunde bei Weis hat Franziska Dasch jedenfalls glücklich und entspannt gewirkt. Mehr als das, nahezu strahlend. Seltsames Glück. Aber ist es nicht egal, wodurch man glücklich wird? Nein, ist es nicht. Ich starte den Computer. Ich hoffe, man kann das Foto des Zettels so gut bearbeiten, dass die Schrift lesbar ist. Wir werden es jedenfalls abdrucken. Und auch eines von denen, die Vesna vom Schuhrest im Asphalt gemacht hat. Was, wenn jemand auch Weis recycelt hat? Ich sollte ihn anrufen. Ein kurzes Interview, konkrete Fragen, konkrete Antworten. Keine weitschweifigen Überlegungen zu Terror und Krise. Ich habe seine Nummer eingespeichert. Es ist schon nach Mitternacht. Egal. Ausnahmefall. Ich wähle die Nummer. Er geht nicht dran. Soll ich mir Sorgen machen? Er wird schlafen. Mobilbox. Salbungsvoller Begrüßungstext: „Ich freue mich über jeden, der mit mir kommunizieren möchte, und entschuldige mich dafür, momentan nicht zur Verfügung zu stehen …" Ich drücke die Beenden-Taste. Hat er das Mobiltelefon abgedreht und schläft? Hat er mir nicht erzählt, dass er selten vor zwei schlafen gehe, um die „Schwingungen der Nacht" zu spüren? Wer kann wissen, wo Weis sonst stecken könnte? Die Verlegerin. Yom-Verlag. Wie heißt sie gleich? Der Verlagsname ist irgendwie von ihrem Namen abgeleitet … Moylen. Ida Moylen. Ich sehe im elektronischen Telefonbuch nach und gähne. Es gibt nur eine Ida Moylen in Wien. 3. Bezirk. Gar nicht weit von hier. Vielleicht besser, Vesna fährt hin. Bevor die Polizei ihre Verbindung zu Weis registriert.

Ich arbeite die Hauptgeschichte so um, dass die verschwundene Industriellengattin vorkommt. Ich behaupte nichts, ich stelle Fragen: Hat sie auf der Gala zu viel gesehen? Warum habe ich den Zettel auf dem Schreibtisch von Weis gefunden? Warum war der Zettel kurze Zeit später verschwunden? Ich habe keine Skrupel, zu schreiben, wo ich den Zettel gefunden habe. Weis prahlt damit, dass seine Tür immer offen stehe. Das hat er jetzt davon. Vesna am Telefon. Nein, die Spurensicherer hätten wohl noch nichts Wichtiges gefunden, das hätte sie gemerkt. Ja, natürlich fahre sie zur Verlegerin. Mal sehen, ob die nach Mitternacht aufmacht. Vielleicht gut, sie müde zu überraschen. Und was, wenn Weis auch verschwunden ist? „Ich werde sie fragen. Wir werden sehen. Ich melde mich." Zack, und aus ist das Gespräch. Das ist so Vesnas Art.

Ich habe Oskar gesagt, dass es heute spät werden kann. Aber so spät? Sollte er schon schlafen, will ich ihn nicht wecken. Ich schicke eine SMS.

Nur damit er sich keine Sorgen macht. Wer weiß, ob er sich Sorgen macht? Vielleicht ist er mit Carmen unterwegs und zeigt ihr das nächtliche Wien? Wir waren schon lange nicht mehr aus. Zu wenig Zeit. Terminkoordinationsprobleme. Zu müde. Das sollte sich wieder ändern. Ich hatte immer Angst davor, dass sich eine Beziehung im Alltag abnützt. Ist es bei uns schön langsam so weit? Nein. Ist es nicht. Aber es ist besser, einiges dafür zu tun, dass es erst gar nicht dazu kommt.

Weiter mit der Reportage. Jetzt kann ich unseren Lesern doch einiges an Neuem bieten. Ich zitiere den Recyclingmann mit dem Satz, dass es schon möglich sei, eine Leiche zusammen mit dem Asphalt zu zerkleinern. Nahezu rückstandsfrei. Ich zitiere Dipl.-Ing. Dr. Dasch, der zugibt mit seiner Frau gestritten zu haben. Und dass es dabei um Weis und sein Zentrum und seine Methoden gegangen sei. Halb zwei. Ich beschreibe, wie Franziska Dasch auf der Buchgala kurz nach Weis aufgestanden und ihm womöglich gefolgt ist. Ich bin beinahe fertig. Ein paar Stunden Schlaf. Um acht soll ich wieder hier sein, Termin mit dem Chefredakteur. Je früher mein Text fertig ist, desto besser.

Telefon. Vesna. Hat sie Neues? Sie keucht. „Habe vor Wohnhaus von Moylen gewartet. In ihren Fenstern war Licht. Habe zwei Leute gesehen, für mehr war es zu weit weg. Ich will gerade zum Eingang und anläuten, da kommt Weis heraus, ist er in großer Eile. Ich drücke mich in eine dunkle Ecke, er sieht mich nicht. Ich will ihm nach. Aber er hat Taxi bestellt. Wartet ums Eck, er fährt davon. Mein Auto ist zu weit weg."

Jedenfalls hat man ihn nicht recycelt. „Die Polizei wird ihn angerufen haben."

„Jetzt erst?", fragt Vesna. „Entweder gleich oder erst morgen. Jedenfalls scheint das mit Verhältnis der beiden zu stimmen. Oder es gibt sonst einen Grund, warum sie mitten in der Nacht in ihrer Wohnung sind?"

„Das letzte Kapitel", überlege ich laut. „Es sollte schon fertig sein. Und ich sollte die Fotos liefern. Ich werde noch einmal probieren Weis zu erreichen." Und dann werden Vesna und ich schlafen gehen. Wer weiß, was der morgige Tag bringt. Ob es eine Tageszeitung gibt, die heute Nacht mutiert? Die meine Story schon früher hat? Man hat offenbar keine Leichenteile gefunden. Wie auch? In der Nacht, im Asphalt, den das Monster von tonnenschweren Brocken zu Kieselsteingröße zermalmt? Vielleicht ist Franziska Dasch einfach für einige Tage abgehauen, um ihrem Mann eins auszuwischen. Und der Zettel? Ihren Guru hat sie offensichtlich verehrt, dem wollte sie keinen Ärger machen. Oder es ist zwischen vorgestern und heute etwas passiert …

Ich starre auf meinen Computerbildschirm. Weis tut so, als würde er alle Menschen lieben. Nur über Zerwolf hat er nichts Gutes gewusst. Was, wenn Zerwolf auch kein Heiliger ist und seinerseits Weis in Schwierigkeiten bringen will? Ihm traue ich zu, das intelligent einzufädeln. In gewissem Sinn, und wenn dabei nicht mehr zu Schaden kommt als ein teurer Turnschuh, würde mir das eigentlich gefallen. Ich bin zu müde, um aufzustehen und heimzugehen. Was würde Zerwolf zu allem sagen, wenn er Antwort gäbe? Ich öffne ein leeres E-Mail-Formular. Ich beschreibe, was heute Abend passiert ist. Ich schicke die Mail an Zerwolf. Warum? Kann ich auch nicht so genau sagen. Ich suche irgendeinen Hebel, irgendeinen Punkt, an dem ich ansetzen kann, um weiterzukommen. Und den will ich ausgerechnet bei einem Philosophen finden, der nicht spricht? Ich seufze und stehe auf. Zeit, heimzugehen. Nein. Ich habe mein Auto da. Von einer Tiefgarage in die andere? Zu müde. Zu beklemmend. Ich werde das Auto in der Tiefgarage lassen und mir ein Taxi rufen. Ich wähle die Nummer des Taxidienstes und schaue aus Gewohnheit noch einmal auf den Bildschirm. Mail. Zerwolf. Der Text ist kurz: „Kommen Sie bitte. Zerwolf."

„Was ist? Hallo!", schreit eine Stimme am anderen Ende der Leitung. Ach ja. Taxivermittlung. Ich bitte sie, so rasch als möglich einen Wagen zum „Magazin" zu schicken.

Ich stehe vor der Eingangstür des Hauses, in dem Zerwolf wohnt. Gar nicht so lange her, dass ich hier geläutet habe. Und was, wenn es eine Falle ist? Türsummer. Natürlich hat er kein Wort gesagt. Er will, dass ich ihm alles erzähle, und dann kann ich wieder gehen. Er benutzt mich. Er ist klüger als Weis. Oder wirkt jemand dadurch intelligenter, dass er schweigt? Ich habe Vesna eine SMS geschickt. Für alle Fälle. Damit jemand weiß, wo ich bin. Ich steige die Treppen nach oben. Ich lasse mir Zeit. Ich bin müde. Zerwolf öffnet. Er sieht aus, als bräuchte er keinen Schlaf.

„Ich schlafe nie vor drei, vier in der Früh", sagt er.

Ich starre ihn an.

Er bittet mich mit einer Geste herein und lächelt. „Ich kann meine Regeln brechen, wenn ich es möchte."

Die nächste Stunde über hört er trotzdem in erster Linie zu. Er hält Weis für ausgesprochen „manipulativ". Ich sehe ihn an. Manipulativ. Das habe ich selbst gedacht. Und ich frage mich, ob Zerwolf ihm nicht auch darin weit überlegen ist.

„Sie halten ihn ... für einen Scharlatan?", frage ich nach.

Er nimmt einen Schluck Rotwein. Der Wein ist übrigens ausgezeichnet. Ich kenne mich bei französischen Weinen nicht so gut aus, aber der da ist etwas Besonderes, das ist mir klar.

„Scharlatan?", wiederholt er. „Nein. Er betreibt das, was er tut, sehr professionell. Es dürfte nur so sein, dass seine ... Jüngerinnen in ihm etwas anderes sehen, als er ist." Zerwolf setzt seine Worte sehr sorgfältig, er spricht langsam. Weil er aus der Übung ist? Weil er nicht mehr Worte als notwendig verwenden will?

„Er hat Ihnen die Schweigemethode abgeschaut", sage ich.

Zerwolf lacht. Laut. Herzlich. „Das hat er wohl selbst verbreitet. Es ist der Versuch, öffentlich zu machen, dass wir etwas gemeinsam hätten. Ich habe nie so etwas wie Schweigetherapie gemacht. Ich bin Philosoph, kein Therapeut. Ich rede nicht über das Leben, ich denke darüber nach. Und hin und wieder höre ich jemandem zu. Allerdings ohne ihn heilen zu wollen."

„Ihre Assistentin sieht das etwas anders", murmle ich.

„Sie glaubt andauernd mich schützen zu müssen. Als ob Schweigen nicht ein sehr guter Schutz wäre."

„Haben Sie irgendeine Idee, wie das alles zusammenhängt? Die Bombendrohung. Weis. Das Verschwinden von Franziska Dasch, die ja auch auf der Gala war."

Zerwolf schüttelt den Kopf. „Nein. Ich habe keine Ahnung. Ich gebe zu, ich habe mir das Hirn zermartert, ob ich im Rathaussaal etwas Besonderes wahrgenommen habe. Aber da war nichts. Ich habe allerdings das Gefühl, dass alles miteinander zu tun hat."

„Warum waren Sie dort?"

Er schweigt. Ich glaube schon, die falsche Frage gestellt zu haben, als er doch noch antwortet. „Ich bekomme viele Einladungen. So gut wie alle, die mich einladen, gehen davon aus, dass ich ohnehin nicht komme. Das stimmt auch. Aber an diesem Nachmittag hatte ich plötzlich die Idee, dass ich mir ansehen sollte, was aus dem Literaturbetrieb geworden ist. Und wo sieht man das besser als auf so einer Gala?"

„Und was ist aus dem Literaturbetrieb geworden?"

Er lächelt. „Er hat sich nicht verändert. Glauben Sie niemandem, der Ihnen sagt, es wäre früher nicht um Eitelkeiten und um Geld gegangen. Das, was ihn freilich ausmacht, ist das bisschen Mehr, das Darüberhinaus. Die Sehnsucht nach einer Idee über die Welt."

„Und das gibt es noch?"

„Ich bin mir nicht sicher. Ich war mir auch früher nicht sicher. Aber ich glaube, schon."

„Und warum sind Sie nach dem Bombenalarm nicht mit den anderen geflohen?"

Zerwolf sieht zu Boden. „Ich habe Angst vor zu vielen Menschen auf engem Raum."

„Und weniger Angst vor der Bombe?", frage ich ungläubig.

„Ja. Viel weniger. Angst ist nicht rational."

„Auch Weis ist stehen geblieben. Sie haben einander angestarrt."

Zerwolf schweigt. Er nimmt einen Schluck Wein. Ich sehe ihn an. Ihn zu bitten, dass er spricht, käme mir eigenartig vor. „Es ist nicht alles erklärbar", sagt er dann. „Vielleicht schweige ich auch darum für gewöhnlich. Weil eigentlich nichts erklärbar ist. Wittgenstein hatte schon recht: ‚Wovon man nicht sprechen kann, darüber muss man schweigen.'"

„Und wenn Sie in diesem Fall eine Erklärung versuchen?", murmle ich.

„Wären wir zwei Hunde oder zwei Wölfe, niemand würde sich wundern. Es war eine Aktion aus grauer Vorzeit, etwas, das über den Hirnstamm läuft. Wir sind übrig geblieben. Und wir mögen einander nicht." Er lächelt. „Nur dass wir eben keine Hunde oder Wölfe sind. Deswegen sind wir einander auch nicht angefallen."

„Sie sind tatsächlich vor ihm gegangen?"

„Das ist korrekt."

„Wären Sie ein Wolf", sage ich langsam, „dann hätten Sie verloren."

„Wäre ich ein Wolf, er hätte es nicht überlebt. So sage ich mir, dass meine Antipathie lächerlich ist. Und dass es gänzlich unwichtig ist, wer zuletzt geht."

Ich sehe nach draußen, kaum noch Licht. Nacht in Wien, beinahe so finster wie sonst wo. Ich räuspere mich. „Weis hat mir gesagt, dass er Material über Sie hat, etwas, was das ‚Magazin' interessieren könnte."

Zerwolf entspannt sich und lacht. „Meine Güte, diese lächerliche Figur. Ich weiß, dass er herumschnüffelt." Dann sieht er mich an. „Sie sind an dieser Sache interessiert?"

Ich geniere mich und schüttle den Kopf. „Ich weiß nicht einmal, worum es geht. Sie waren befreundet mit Valentin Freytag?“, sage ich dann.

Er nickt. „Ich bin es noch, in gewisser Weise. Er hat wohl das Schlüssigste getan, was ein Philosoph in unserer Zeit tun kann. Er erfindet Fernsehshows. Leider bin ich nicht gut in so etwas.“

Ich muss mir überlegen, was er damit meint. Es klingt jedenfalls interessant. Ich bin auf einmal unendlich müde. Ich trinke den letzten Schluck Wein. Zerwolf steht auf. „Ich bitte Sie noch um etwas“, sagt er.

Ich sehe ihn erwartungsvoll an.

„Unser Gespräch sollte nicht bekannt werden.“

Mir war schon klar, dass ich darüber nicht im „Magazin“ berichten kann. Ich versuche ein verständnisvolles Lächeln. „Es passt nicht zu Ihrem Image.“

Zerwolf schüttelt den Kopf. „Es schafft zu viele Unannehmlichkeiten.“

Das muss ich jetzt doch noch wissen: „Warum haben Sie überhaupt gesprochen?“

„Weil ich neugierig bin. Ich bin kein Heiliger. Nicht einmal ein Einsiedler. Es gelingt mir nicht immer, mich in mich selbst zurückzuziehen. Das ist auch, wenn man keine besonders hohe Meinung von sich hat, ganz schön anstrengend.“

„Auf wen tippen Sie? Weis?“

Zerwolf schüttelt den Kopf. Und damit ist seine Sprechphase beendet. Im Hinausgehen sage ich dennoch: „Wenn Sie einen Verdacht haben: bitte lassen Sie es mich wissen.“

Es läutet. Jemand anderer soll aufmachen. Ich war gerade in der Karibik, vor mir das blaue Meer und hinter mir ein großes Glashaus mit weißen, schwebenden Gestalten. So eine Art Geisterfledermäuse. Was tun die hier? Und wer klingelt da?

„Mira. Aufwachen.“ Oskars Stimme, ganz nah an meinem Ohr. Schön, dass er mit mir in der Karibik ist. Rütteln. „Aufwachen!“ Au, das war jetzt wirklich laut. Ich registriere ganz langsam, dass ich in unserem Bett liege und die Augen zuhabe. Ich klappe sie auf. Schwerarbeit.

„Es ist sieben“, flüstert Oskar an meinem Ohr.

Wenn er mir nichts Netteres zu sagen hat, soll er weggehen. Dann setzt schön langsam mein Hirn wieder ein. Zerwolf hat gesprochen. Wir haben Rotwein getrunken. Ich muss um acht in der Redaktion sein. Ich habe Oskar einen Zettel geschrieben, dass er mich bitte um sieben wecken soll. Der andere, der wichtige Zettel ist verschwunden. Wer hat ihn genommen?

„Ich hab dir ein kleines Frühstück gemacht. Ich muss weg. Frühzug. Termin in Salzburg", sagt Oskar, noch immer ganz nahe an meinem Ohr, als ob er Angst hätte, dass ich sonst wieder einschlafe. Ich setze mich auf. „Danke", sage ich. Und um endgültig wach zu werden, erzähle ich ihm kurz von der verschwundenen Franziska Dasch, ihrem Schuh, von Weis, der bei der Verlegerin war, und von Zerwolf, der mit mir gesprochen hat, auch wenn es keiner wissen darf. Oskar seufzt. „Als ob die Bombendrohung nicht gereicht hätte. Sei vorsichtig."

Das sagt er immer. Er meint es auch so. Aber er ist nicht meine Mutter. Das erinnert mich an etwas. „Was ist mit Carmen?"

„Ich hab sie gestern angerufen, aber sie ist nicht ans Telefon gegangen."

„Und ihre Mutter?", frage ich weiter.

„Die ist im Ausland, hat mir jemand gesagt. Hausmädchen oder Sekretärin oder so. Sie hat versprochen, ihr auszurichten, dass ich angerufen habe. Mit dem Rückruf könne es aber dauern. Bisher jedenfalls nichts."

Da war etwas, das mir gestern in dem ganzen Verwirrspiel eingefallen ist. „Was, wenn sie gar nicht deine Tochter ist?" Wäre ich schon ganz wach, ich hätte das wohl nicht gesagt. Aber Oskar sieht mich nur nachdenklich an. Dann seufzt er und küsst mich, es sei schon spät, er müsse den Zug erreichen. Eine Betrügerin?, denke ich und stehe endgültig auf. Alles ist möglich, sogar ein schweigender Philosoph, der in der Nacht spricht.

Ich bin noch vor acht in der Redaktion. Seltsamerweise fühle ich mich frisch, richtig munter. Ich habe unterwegs am Zeitungsstand die Schlagzeilen überflogen. Keine Tageszeitung hat es für notwendig befunden, wegen der verschwundenen Franziska Dasch noch spät in der Nacht etwas zu ändern. Auch in den Morgennachrichten von Ö1 ist die Jüngerin von Weis nicht vorgekommen. Ich mache das nicht oft, aber heute habe ich auf dem Weg in die Redaktion mein kleines digitales Radio aufgedreht. Sehr lange ist Franziska Dasch ja auch noch nicht verschwunden. Und die Polizei hat den Journalisten offenbar nicht erzählt, warum man auf die Idee gekommen ist, sie könnte gemeinsam mit Tonnen von Asphalt einem radikalen Recycling unterzogen worden sein. Gut so.

Ich überfliege, was ich gestern Nacht geschrieben habe, bessere ein paar Flüchtigkeitsfehler aus. Aber im Großen und Ganzen passt es. Ewig schade, dass ich nichts von meinem nächtlichen Treffen mit Zerwolf schreiben darf. Wobei, wenn ich es mir genau überlege: Die Tatsache, dass er gesprochen hat, war eigentlich das Aufregendste an unserem Treffen. Zumindest vom Neuigkeitswert her. Natürlich waren viele kluge Sätze dabei, zumindest haben sie für mich in der Nacht so geklungen. Nichts ist aufgezeichnet. Alles flüchtig, vorbei.

Ich rufe im Büro des Chefredakteurs an. Er geht selbst an den Apparat. Am Tag nach dem offiziellen Redaktionsschluss sind die Sekretärinnen nicht so früh da. Auch das Großraumbüro ist noch spärlich besetzt. Ich schicke Klaus die neuen Texte, an der Titelseite kann nichts mehr geändert werden, ist auch nicht notwendig. Zwei Agenturmeldungen gibt es über das Verschwinden von Franziska Dasch. Aber keine stellt einen Zusammenhang mit Guru Weis her, geschweige denn mit der Bombendrohung. Noch nicht. Sehr gut. Halbleiter Dasch hat sich geweigert, mit Journalisten zu sprechen. Er ließ durch die Presseabteilung seines Unternehmens ausrichten, er sei überzeugt, dass seine Frau bald wieder zu Hause sein werde. Wie gut kennt er sie? Vielleicht hat er sie früher gut gekannt, und jetzt … Menschen verändern sich. Eine Entführung schließt er offensichtlich aus. – Daran habe ich noch gar nicht gedacht.

Klaus ist mit dem Text einverstanden. „Glaubst du wirklich, dass zwischen dem Verschwinden der Frau und der Bombendrohung auf der Buchgala ein Zusammenhang besteht?“

„Ich weiß es nicht. Aber ich kann es mir vorstellen“, antworte ich.

„Hast du Weis erreicht?“

„Ich habe es versucht. Das habe ich ja auch geschrieben. Wenn er sich nicht meldet, ist er selbst schuld. Er war jedenfalls gestern Nacht in Wien. Was ich nicht geschrieben habe: Er war bei seiner Verlegerin Ida Moylen. Vesna hat ihn gesehen.“

„Vielleicht solltest du mit der Verlegerin sprechen.“

„Ja“, murmle ich.

Ich sehe auf das Display meines Mobiltelefons. Weis hat sich noch immer nicht gemeldet. Klaus gähnt hörbar. Er ist kein begeisterter Frühaufsteher. Geht mir sehr ähnlich.

„Total früh", sage ich.

„Ja", antwortet mein Chefredakteur, „bis später."

Der Einzige in unserer Redaktion, der dem frühen Morgen etwas abgewinnen kann, rollt zehn Minuten später zu meinem Schreibtisch. Ich muss eingedöst sein, ich schrecke hoch.

„Glaubst du nicht, dass du übertreibst? Deine Geschichte ist reichlich spekulativ", sagt Droch. „Vielleicht ist Franziska Dasch dahintergekommen, dass Weis mit Moylen ein Verhältnis hat. Sie wollte sich rächen und ..."

Ich versuche mich zu konzentrieren. „Ich hab von dem Verhältnis doch nichts geschrieben, oder?"

Droch lächelt. „So genau hast du deinen Text im Kopf? Nein, hast du nicht. Aber du hast mir erzählt, dass du so etwas vermutest. Was, wenn sie also dahintergekommen ist? Die sind ja alle verliebt in ihren Guru. Und überspannt außerdem. Sie schreibt eine mysteriöse Meldung auf einen Zettel, zerlegt einen ihrer Schuhe, sie scheint ja genug davon zu haben, und macht sich aus dem Staub, um diesem Weis und gleich auch ihrem Mann eins auszuwischen. Geld dürfte kein Problem sein. Ein netter Urlaub auf den Seychellen, während da alle nach ihr suchen. Und Weis und ihr Mann unter Verdacht stehen und jede Menge Ärger am Hals haben. Dann kommt sie zurück und stellt sich ganz unschuldig. Sie habe einfach einmal weg gewollt von all dem Trubel und allen Anforderungen, die das moderne Leben an eine arme höhere Hausfrau stellt."

Ich starre Droch an. „Ich wusste gar nicht, dass du so viel Fantasie hast", sage ich und denke gleichzeitig: Ja, so könnte es allerdings auch gewesen sein.

[6.]

Gegen Mittag komme ich heim. Eigentlich wollte ich endlich wieder einmal mit einem Buch in eine andere Welt eintauchen. Die Sonne scheint und es ist noch immer sehr warm für die Jahreszeit. Ich nehme mir einen Liegestuhl und freue mich auf Oskars wunderbarer Dachterrasse über die Wärme und das Licht und überlege, was ich lesen möchte, und bin schon eingeschlafen. Kann sein, dass ich zwischendurch aufgewacht bin, aber endgültig munter werde ich erst, als die Sonne weitergezogen ist und ich im Schatten liege. Halb fünf. Die ersten Exemplare des „Magazin" werden wohl gerade ausgeliefert. Wer war es, der gedroht hat, das Rathaus und die Literatur zu sprengen? Ich glaube immer mehr an einen Verrückten, an einen, der meint, auch schreiben zu können, der aber von jedem Verlag abgewiesen wurde. Franziska Dasch ist untergetaucht, um ihrem Mann eins auszuwischen. Weis freut sich, in den Schlagzeilen zu sein. Sein Buch wird sich gut verkaufen. Zerwolf wird wieder schweigen.

Ich trabe in die Küche und überlege. Ich möchte Oskar mit irgendwas besonders Feinem überraschen. Carmen hat gesagt, dass sie überhaupt nicht kochen kann. Ein Minus, ein gewaltiges Minus bei Oskar. He, warum tue ich so, als stünde ich in Konkurrenz mit ihr? Sie ist die Tochter. Ich bin die Frau. Also. Eben.

Ich habe noch ein Glas mit Trüffelpüree da. Vermischt mit etwas Frischkäse auf Garnelen. Eine schräge Kombination, aber könnte passen. Große Garnelen mit Olivenöl unter den ganz heißen Grill im Backrohr geben, nach zwei Minuten herausnehmen, umdrehen, mit Frischkäse verrührtes Trüffelpüree darüber, noch einmal zwei Minuten unter den Grill. Ein Baguette zum Wärmen dazu in das Rohr. Essen fertig. Ich nehme Garnelen aus dem Tiefkühler und lege sie zum

Antauen auf einen großen Teller. Mobiltelefon. Es läutet wie sehr weit entfernt. Dumpf. Tasche. Vorzimmer. Ich hab es in meiner Tasche gelassen. Und wenn es einfach dort bleibt? Man muss sich von diesen Dingern nicht terrorisieren lassen. Aber dann bin ich, wie immer, zu neugierig und renne doch ins Vorzimmer, falle beinahe über Gismo, die vor meiner Tasche sitzt und sie interessiert anglotzt, nehme das Gespräch an.

Weis. Er wünscht, dass ich ins Büro des Yom-Verlages komme. Sofort. Eigentlich ist es schon mehr ein Befehl. Er habe meine Reportage gelesen und wolle mit mir reden. Sieht so aus, als wäre er über die zusätzliche Publicity doch nicht so erfreut. Der Verlag ist im 2. Bezirk. Ich kann in spätestens einer halben Stunde dort sein. Wenn der Guru all seine Gelassenheit fahren lässt, kann ich vielleicht mehr herausfinden als bisher. Ich gebe den Teller mit den Garnelen in Oskars großen doppeltürigen Kühlschrank. Ohnehin besser, wenn sie langsam auftauen. Ich habe nicht vor, mich lange mit Weis aufzuhalten. Danach bleibt Zeit genug für mein Garnelenexperiment.

„Herr Weis wartet schon auf Sie“, flüstert die Verlagssekretärin und sieht mich neugierig an. Sie führt mich einen schmucklosen Gang entlang zu einer weißen Tür. Dahinter ein Besprechungszimmer, nicht mehr als zwanzig Quadratmeter groß, ein ovaler Tisch für acht Personen, weiße Plastiktischplatte, Schwingstühle mit schwarzer Ledersitzfläche. Einzig an den Wänden kann man erkennen, was hier für gewöhnlich besprochen wird. Buchumschläge des Yom-Verlags in Plakatgröße. „Lächle und lebe“: orangeroter Hintergrund und ein rosa geschminkter Mund. „Vertraue dem, was in dir ist“: lila Wolken und Regenbogen. „Der große Chakra-Ratgeber“: ausgestreckte Hände, als Hintergrund Spiralen in Rosa und Grün und Gelb und Blau. „Weis.heiten“: strahlend weißes Cover, darauf Weis mit ausgebreiteten Armen, lächelnd, samt glänzender Glatze. Wusste gar nicht, dass das Cover schon fertig ist. Sie haben den ersten Entwurf verändert. Keiner hat es der Mühe wert gefunden, mich darüber zu informieren. Ach was, kann mir egal sein. Jetzt erst nehme ich Weis wahr. Er steht am Fenster und starrt hinaus. Ohne sich umzudrehen, sagt er: „Sie haben mein Vertrauen missbraucht.“

„Ich habe Sie angerufen. Ich wollte ein Statement. Sie waren leider nicht erreichbar“, antworte ich so trocken wie möglich. „Außerdem hatte ich bislang eher den Eindruck, dass Sie gegen keine Form von Publicity etwas haben."

Er dreht sich um und starrt mich an. „Sie haben mir unterstellt, Franziska Dasch ermordet zu haben."

Keine Rechtfertigungen, das habe ich nicht nötig. „Ich bin ins Zentrum gefahren, weil Sie mich hinbestellt hatten. Aber Sie waren nicht da. Dafür dieses seltsame Blatt Papier: ‚TOTALES RECYCLING FRANZISKA DASCH'."

„Das ich wohl eigens für Sie vorbereitet habe, damit Sie sich auf meine Spuren heften können, oder wie immer man da in Ihrer Branche sagt."

„Warum haben Sie nicht auf mich gewartet?"

„Sie haben mir eine E-Mail geschickt, dass Sie die Bilder erst heute früh hätten. Das werden Sie doch nicht leugnen."

Ich schüttle den Kopf. „Das habe ich nicht. Kann ich sie sehen?"

„Glauben Sie, ich hab den Computer in meiner Tasche?"

„Wenn Ihnen nichts Besseres einfällt ..." Ich will schon gehen. Was soll das? Ich hab keine E-Mail geschrieben und es ist auch nicht eben leicht, an meinen Computer zu kommen. Im „Magazin" ausgeschlossen. Und um meinen Laptop bei Oskar zu verwenden, müsste man zuerst die Sicherheitstür aufbrechen. Da war aber keine Spur davon zu sehen.

„Unser Vertrag ist hinfällig. Ich kann nicht mit jemandem arbeiten, der mich öffentlich in Misskredit bringt", sagt Weis und erst jetzt fällt mir auf, dass er noch kein einziges Mal gelächelt hat.

„Ich habe meine Arbeit bereits getan. Der Vertrag ist gültig, Sie werden zahlen", mache ich klar.

„Das Geld ist nicht wichtig, Sie bekommen es. Aber Sie werden im Buch nicht aufscheinen."

Ich lache. „Herzlichen Dank. Ganz ehrlich gesagt: Ist mir auch lieber so."

Jetzt sieht er mich fassungslos an. Kann jemand derart in die eigene Welt verstrickt sein, dass er jeden Sinn für alles andere verliert? Ist ihm noch nie aufgefallen, wie viele über ihn spotten, seine Thesen ablehnen und Gurus wie ihn, gelinde gesagt, dubios finden? Bevor ich davonstürme, sollte ich allerdings noch einiges zu klären versuchen.

Ich sehe ihm ins Gesicht. „Ist es möglich, dass zwei Ihrer Jüngerinnen aufeinander eifersüchtig geworden sind?"

„Was soll der Unsinn? Zu so etwas sage ich gar nichts! Und wenn Sie etwas von unserem Treffen schreiben, dann klage ich Sie!"

„Nach welchem Paragrafen?", will ich schon sagen, aber es ist besser, wenn ich beim Thema bleibe. „Oder hat Franziska Dasch auf der Rathausgala zu viel gesehen?"

„Die hat doch überall nur sich selbst gesehen!", faucht er.

„Ganz im Gegensatz zu Guru Weis", rutscht mir heraus.

Er sieht mich empört an. „Wenn Sie jetzt auch noch meine Kompetenz in Frage stellen …"

Es geht mit mir durch, ich kann nicht anders. Dieses lächerliche Männchen mit Glatze in Weiß. „Zerwolf ist es übrigens restlos egal, was Sie erzählen und tun." Wenn das wahr wäre, dämmert mir plötzlich, dann hätte er mit Weis auf der Gala wohl kaum Wolfshund gespielt.

Weis' Mund ist ein Strich. „Wie kommen Sie ausgerechnet auf diesen Blender? Oder hat er gar mit Ihnen gesprochen? Das glaube ich nicht." Er lacht und es klingt nicht fröhlich.

Das werde ich sicher nicht verraten. „Freunde", sage ich.

Er sieht mich spöttisch an. „Dann werden Sie sicher auch wissen, dass der liebe Zerwolf nicht der zurückgezogene Denker ist, für den er sich ausgibt. Jede Nacht rennt er durch die Stadt. Und belästigt dabei einsame Frauen. Es hat Anzeigen gegeben, aber bisher haben sie dem Philosophen geglaubt. Bisher."

„Das ist doch kompletter Unsinn." Ich überlege. Zerwolfs Assistentin hat gesagt, dass er joggt. Wahrscheinlich joggt er in der Nacht. Er selbst hat gesagt, dass er kein Einsiedler sei. Dass Zerwolf Frauen belästigt … Anzeigen …

Guru Weis lässt sich auf einen der Schwingsessel fallen, wird vor- und zurückgewippt, und plötzlich lächelt er wieder sein Kunstlächeln. „Ich verstehe", sagt er, als ob er Kreide gefressen hätte. „Sie … verehren diesen Zerwolf. Jede, wie sie will. Deswegen kommt in Ihrer Story der Terror so gut wie gar nicht vor. Alle anderen Blätter sind voll davon, nur das sonst so reißerische ‚Magazin' hält sich zurück. Und greift stattdessen mich an."

„Ich denke …", setze ich an.

Er unterbricht mich: „Ist Ihnen klar, dass Zerwolf Kontakt zu Terrorkreisen hat? Haben Sie recherchiert, dass er beinahe von der CIA verhaftet worden wäre?"

Ich starre ihn mit offenem Mund an. Sein Lächeln wird intensiver. Ich mache den Mund wieder zu. Kann es sein, dass er so etwas ohne jeden Grund behauptet? Seine Stimme wird sanfter. „Sie werden es schon bald in der Zeitung lesen. Leider nicht im ‚Magazin'. Sie waren nicht … kooperativ genug. Er hat sich mehrmals mit radikalen Moslemführern aus Syrien getroffen, Ihre Freunde bei der Polizei werden das bestätigen. Kurz nach dem Attentat auf das World Trade Center ist es aufgeflogen. Damals hat man sich die Terrorfreunde in Europa genauer angesehen. Zu der Zeit hat er übrigens noch gesprochen. War andauernd im Fernsehen, nicht zu scheu, um sich als Experte für absolut alles aufzuspielen und seine radikalen linken Thesen mit Humanismus zu tarnen. Erst nachdem seine Kontakte aufgeflogen waren, hat er sich das mit dem Schweigen ausgedacht."

„Gibt es einen Grund, warum Sie Zerwolf nicht leiden können?", frage ich langsam.

Guru Weis schüttelt den Kopf. Lächeln festgefroren. Die Glatze reflektiert das Sonnenlicht, beinahe sieht es aus, als hätte er einen Heiligenschein. „Ich will nur, dass Sie wieder klar sehen. Wahrscheinlich hat er Sie dazu gebracht, den ganzen Mist zu schreiben. Ich verzeihe Ihnen. Aber Strafe muss sein. Sie sind raus aus meinem Buchprojekt."

„Ach, und Zerwolf hat also diesen Zettel auf Ihren Schreibtisch gelegt, damit ich ihn finde und später den Schuh."

Weis nickt. „Das halte ich für möglich. Niemand kann sich so unauffällig bewegen wie einer, von dem man annimmt, dass er sich gar nicht bewegt. Hatten Sie mit ihm E-Mail-Kontakt?"

Das werde ich Weis auf die Nase binden.

Er lächelt. „Dachte ich es mir. Er hat die E-Mail, die angeblich von Ihnen kam, gefälscht. Er hat ein Mail-Konto angelegt, das Ihren Namen trägt."

„Er kennt meine Daten nicht, die kann er nicht kennen." Keine Rückzugsgefechte, Mira. Weis manipuliert, er ist gut im Manipulieren.

„Ich werde prüfen, ob die E-Mail von Ihrer Mail-Adresse gekommen ist oder ob nur der Name identisch ist. So genau habe ich nicht hingesehen. Außerdem: So schwierig ist es nicht, E-Mail-Daten zu fälschen. Was haben Sie für ein Passwort? Eines, auf das keiner so ohne Weiteres kommt?"

Verdammt, meines ist einfach „Oskar". Darauf kann man sehr wohl kommen. Aber wenn ein Passwort zu kompliziert ist, kann ich es mir selbst nicht merken, und wer denkt schon daran, dass andere sein E-Mail-Konto nützen könnten?

Weis steht wieder auf, geht Richtung Tür. Ein Sieger. „Und noch etwas: Mit wem ist Zerwolf auf der Gala am Tisch gesessen? Mit Franziska Dasch."

Ich lächle so spöttisch wie möglich. „Die stinkeifersüchtig auf Ida Moylen war und Ihnen hinterhergeschlichen ist."

Weis schüttelt den Kopf und lächelt milde.

„Wir wissen, dass Sie ein Verhältnis mit Frau Moylen haben. Sie sind am Abend, an dem der Schuh gefunden wurde, bei ihr gewesen. Vielleicht um sich abzusprechen?"

Ein Zucken im Gesicht. Dann wieder Lächeln. „Sie Arme", sagt er, deutet eine segnende Geste an und ist verschwunden.

Ich fahre in die Redaktion. Ich hätte keine Ruhe, würde ich nicht gleich herauszufinden versuchen, was hinter den Anschuldigungen von Weis steckt. Wie hat er gesagt? Ich verehre diesen Zerwolf? Sicher nicht. Ich hab es nicht so mit der Verehrung. Aber ich finde ihn deutlich sympathischer und interessanter als den Schmalspurguru. Ich gehe direkt zu Drochs Zimmer und habe Glück. Er ist noch da. Ich will wissen, was er von Weis' Vorwürfen gegen den Philosophen hält.

Droch runzelt die Stirn. Doch, da habe es etwas gegeben, allerdings sei es nicht besonders bedeutsam gewesen. „Nach den Anschlägen waren sie ja geradezu gierig auf Kontakte zu Islamisten. Zerwolf hatte damals noch seine Philosophie-Sendung. Kannst du dich nicht erinnern?"

Ich schüttle den Kopf. Ich glaube, zum ersten Mal ist er mir aufgefallen, als das „Magazin" groß über den einen Tag im Jahr berichtet hat, an dem Zerwolf spricht. Mich hat das Ganze an die Szene aus „Und ewig grüßt das Murmeltier" erinnert: Jede Menge Menschen warten gespannt darauf, dass das Murmeltier an einem bestimmten Tag herauskommt, und wollen aus seinem Verhalten alles Mögliche ableiten. „Was wäre, wenn du Zuckerbrot nach den Details fragst?", schlage ich vor. „Sie müssen da ja etwas im Archiv haben. Sie werden ihn überprüft haben."

Droch schüttelt den Kopf. „Schon vergessen, Mira? Wir reden bei unseren Essen nicht über Berufliches."

„Und wenn du ihn extra deswegen anrufst? Quasi halb dienstlich?"

„Aber sicher nicht. Außerdem hast du ja, was man so hört, ohnehin einen Verehrer bei der Polizei."

Ich lächle zuckersüß, vielleicht kann ich von Weis doch noch was lernen. „Du hast recht." Ich winke und lasse ihn in seinem Einzelzimmerchen sitzen. Wenn er nicht will ...

Und dann rufe ich tatsächlich Verhofen an. Der allerdings ist verschlossener als bisher. So als ob sein Telefon doch abgehört werden könnte. Oder meines.

„Ich möchte nur wissen, ob Zerwolf tatsächlich Kontakt zu radikalen Moslems hatte. Und was er als Begründung dafür angegeben hat. Vielleicht hat er sie ja für eines seiner philosophischen Bücher gebraucht."

„Da bin ich wohl der falsche Gesprächspartner. Ich war damals nicht einmal in Österreich. Sie sollten seine Bücher lesen. Oder mit jemandem sprechen, der sie gelesen hat."

„Er ist auf eurer Verdächtigenliste, nicht wahr?", frage ich.

Verhofen seufzt.

Vesna verspricht, dafür zu sorgen, dass jemand Zerwolf beobachtet. Tag und Nacht, vor allem aber in der Nacht. Sie selbst könne es nicht tun, er kenne sie. Das wäre ein Auftrag für Fran, aber der sei ja in Chicago. Ihre beiden bosnischen Kleiderschränke Slobo und Bruno seien für diesen Job leider ungeeignet, außerdem jage Bruno gemeinsam mit ihr gerade Buntmetalldieben hinterher.

„Macht so etwas nicht die Polizei?", frage ich.

„Schon, aber nicht, wenn sie nichts von Diebstählen weiß und der Bestohlene glaubt, dass eigene Frau damit zu tun hat. Slobo passt übrigens beim Recyclinggelände auf. Habe mit Chef gesprochen, der ist total in Ordnung, er will, dass alles aufgeklärt wird, hat Slobo sogar angestellt als Arbeiter, so fallt dann nicht auf, dass er nachsieht."

Ich sollte noch einmal mit Zerwolfs Assistentin reden. – Damit er gewarnt ist? Fange ich etwa an, Weis zu glauben?

„Was mir noch eingefallen ist", sagt Vesna. „Weis muss eine Putzfrau haben, die muss man fragen."

„Ich habe bei ihm nie eine Putzfrau gesehen, nicht einmal eine Sekretärin. Das meiste macht Berger. Und die Buchhaltung ist ausgelagert."

„Aber putzen wird Berger nicht. Und es ist sauber. Schade, dass keine von meinen Putzfrauen gut im Beschatten ist. Haben alle Angst vor dem eigenen Schatten. Ha. Bessere Idee. Ich kann Freundin von Tochter Jana fragen, ob sie Zerwolf beobachtet. Vielleicht kann sie zur Tarnung auch philosophische Vorlesung besuchen. Du erinnerst dich an sie? Die mit den bunten Haaren?"

„Kra. Keine Ahnung, wie sie mit richtigem Namen heißt. Klar. Nicht gerade unauffällig. Sie hat fürs ‚Magazin' diesen Islam-Prediger begleitet und darüber aus der Sicht einer jungen Frau mit moslemischen Wurzeln geschrieben. Gute Idee. Studiert Publizistik, nicht wahr?"

„Ja, macht sie. Ich werde mit ihr reden. Ich glaube nicht, dass Job ist gefährlich."

Hoffentlich hat sie recht.

Erst halb sieben. Ich bleibe bei einem Delikatessenladen stehen, kaufe ein paar feine Vorspeisen und ein knackiges Baguette. Der Hauptgang mit den Garnelen und dem getrüffelten Frischkäse wird sicher gut. Und wenn nicht, war die Idee zumindest einen Versuch wert.

Ich beschließe, etwas für meine Fitness zu tun, ignoriere den Lift und nehme die Treppen. Laufen ist ohnehin schlecht für die Sehnen, heißt es. Stiegensteigen. Das passt irgendwie auch besser zu mir. Zufrieden keuchend komme ich im Dachgeschoss an. Vor der Türe sitzt Carmen. Meine gute Laune ist dahin. Warum hockt sie da wie ein ausgesetztes Kind? Sie ist sechsundzwanzig. In diesem Alter war ich schon in New York, ohne Geld, ohne reiche Eltern im Hintergrund, nur ein paar halb seriöse Versprechen in der Tasche, dass ich Artikel und Reportagen nach Europa schicken könne. Sie sieht mich an und es ist absolut klar: Sie freut sich nicht, mich zu sehen. Sie hat auf Oskar gewartet.

„Komm rein", sage ich ohne falsche Freundlichkeit. Sie geht wortlos hinter mir drein, lässt sich am Esstisch nieder. So als ob sie darauf wartete, dass ich ihr etwas koche. Für sie ist mein Garnelenexperiment nicht gedacht. Vielleicht gibt das den Ausschlag. Ich habe plötzlich das Gefühl, dass es Zeit ist, Klartext zu reden.

„Was willst du eigentlich von Oskar?", frage ich sie.

Sie reißt die Augen auf.

„Geld?", ergänze ich.

„Er ist mein Vater", antwortet sie bockig. „Das geht nur ihn was an."

„Und woher kann er wissen, dass du tatsächlich seine Tochter bist?"

Carmen springt auf. „Meine Mutter hat mir das gesagt. Meinst du etwa, dass mich meine Mutter anlügt? Warum sollte sie? Ich hab ein Jahr gebraucht, bis ich den Mut hatte, zu kommen, so was brauche ich mir nicht sagen zu lassen!"

„Und warum ist sie dann für Oskar nicht erreichbar?"

Carmen rennt zur Tür. „Wie soll ich das wissen? Keiner verlangt was von ihm. Und von dir schon gar nicht. Es war ein Fehler, herzukommen. Ich hätte es wissen müssen." Sie reißt die Tür auf. „Stiefmütter sind so!", schreit sie im Vorhaus und es hallt von allen Wänden und sie rennt die Stiegen hinunter, davon.

Zum zweiten Mal stehe ich heute mit offenem Mund da. Sollte nicht zur Gewohnheit werden. Ich gehe nach drinnen, schließe Mund und Türe und denke: Stiefmutter. Ich. Stiefmutter. Irgendwie habe ich diesen Gedanken bisher gemieden. Natürlich ginge es sich biologisch aus, dass Carmen meine Tochter wäre. Sie ist sechsundzwanzig. Ich bin sechsundvierzig. Aber Stiefmutter, das ist noch um einiges schlimmer. Irgendwie. Warum auch immer. Man hat keine Chance, sich über Jahrzehnte an ein Kind zu gewöhnen. Man bekommt es über Nacht und merkt plötzlich, dass man alt wird. Ich setze mich an Oskars Schreibtisch. Es wird Zeit, dass ich einen eigenen bekomme. Ich sehne mich nach meiner Wohnung. Dort war ich noch jung, und wenn nicht, dann hab ich es mir zumindest eingebildet. Nein. Ich hab gar nicht darüber nachgedacht, wie jung oder alt ich bin. Gismo starrt mich fragend an. Sie scheint unsere Wohnung längst vergessen zu haben. Die vielen Möglichkeiten, sich zu verstecken. Den hohen Vorzimmerkasten, von dem aus man Besucher anspringen und erschrecken kann. Den alten Fliesenboden in der Küche, auf dem schon so viele Leckereien für sie zu finden waren. Das Bett, Gismo am Fußende. Gismo maunzt. Natürlich. Sie hat noch nichts zu fressen bekommen. Hauptsache, sie hat zu fressen. Und was tu ich üblicherweise bei Sinnkrisen? Aber das ist es ja, Gismo ist nie in der Sinnkrise. Das ist es, was ich ihr übel nehme. Kann man einer Katze so etwas übel nehmen? Hätte sie eine Sinnkrise, sie würde auch fressen. Hilft ja selbst bei mir üblicherweise. Und wenn man schon zu viel gefressen hat? Kotzen. Mira, das kann es auch nicht sein. Du bist müde. Was ist der Sinn hinter dem, was ich tue? Warum lasse ich mich von einem lächerlichen Guru zusammenputzen? Warum bettle ich bei einem Polizisten um Informationen, die ich dann doch nicht bekomme? Warum verbringe ich die Nacht auf einer Autobahnbaustelle, weil eine fadisierte Industriellengattin nach totalem Recycling strebt? Um die Wahrheit zu finden? Vergiss es, die bleibt nicht fassbar. Wahrheit und Recht. Haben nicht viel miteinander zu tun. Gerechtigkeit? Die größten Verbrecher schaffen es auf legalem Weg. Und wer glaubt, dass sie durch ihre eigenen Schuldgefühle bestraft sind, der irrt. Die leben sehr gut. Sie halten sich gar nicht für Verbrecher. Nur weil sie mit maximalem Gewinn spekuliert haben. Weil sie mit Krediten locken, die Dumme und Gutgläubige in den Ruin treiben. Was hat Brecht gesagt? „Was ist ein Einbruch in eine Bank gegen die Gründung einer Bank?" Mira. Was willst du? Ich atme durch. Ich berichte. Das ist alles, mehr kann ich nicht tun. Super. Und worüber? Ganz abgesehen davon, dass das ja auch egal ist. Die Leute sehen sich die Bilder im „Magazin" an und haben spätestens am nächsten Tag alles wieder vergessen. Ohnehin oft besser so. Kann so ein Guru helfen? Wer weiß. Weis sicher nicht. Nicht mir. Gibt es jemanden, der mir sagen kann, wo es langgeht? Oder der mir beibringen kann, es zu erkennen? Ist Zerwolf ein Terrorist? Ich lege meinen Kopf auf Oskars Schreibtisch. Es ist doch völlig egal, wie alt man ist. Ich bin nur müde. Wir werden weitersehen, wenn ich nicht mehr so unglaublich müde bin. Carmen ist weg. Oskar wird mich hassen. Ich bin müde.

Ein Knall. Ich schrecke hoch. Terroristen. Ich weiß zu viel, nur weiß ich nicht, was ich weiß. Ein Teil von Oskars Schreibtischutensilien ist zu Boden gefallen. Schlaftrunken sammle ich sie auf. Oskars Notizblock, eine Schweizer Telefonnummer. „Denise Stiller", lese ich. Carmens Mutter. Wenn alles wahr ist, was Carmen erzählt. Die böse Stiefmutter wird nachsehen. Ich starte meinen Laptop. Dauert nicht lange und ich bin auf der Seite der Werkzeugfabrik Stiller. Große Hallen, das Unternehmen scheint in erster Linie Schrauben zu erzeugen. Damit kann man so viel Geld machen? Hundertjahrfeier des Unternehmens. Ich gehe auf die Subpage. Da: Denise Stiller. Blonde, halblange Haare, schlank, äußerst gepflegt. Sie schüttelt einem älteren Mann in einfachem Anzug die Hand. „Denise Stiller gratuliert dem ältesten Mitarbeiter des Unternehmens, Baltasar Rüffi, zu seinem 80. Geburtstag." Was? Müssen die Leute dort bis achtzig arbeiten? Quatsch, für so ein Fest holt man die Veteranen aus der Versenkung. Vielleicht sind sie ja auch gern dabei. Dankbar denen, die ihnen Arbeit und Brot gegeben haben. Und an ihnen gut verdient haben. Die Firmengeschichte: Jürgen

Stiller, allzu früh verstorben. Sieh an, Carmen ist also sozusagen Halbwaise. Braucht sie deswegen einen Vaterersatz? Siebenhundert Beschäftigte. Warum soll jemand, dem eine solche Firma gehört, lügen, wenn es um den leiblichen Vater der Tochter geht? Auf der Seite mit der Firmenphilosophie ein größeres Foto von Denise Stiller. Carmen sieht ihr ähnlich. Energisches Kinn, die Augenpartie. Denise Stiller ist wahrscheinlich einige Jahre älter als ich. Aber sie sieht jünger aus. Sorgfältig gepflegt. Regelmäßiger Friseurbesuch. Tägliches Fitnessprogramm. Gehört dazu. Fit, schön, leistungsfähig, erfolgreich. Und wenn nichts mehr nützt, gibt es noch Gurus. Oder Schönheitsoperationen. Je nach persönlichem Geschmack. Oder beides. Weis kann seinen Jüngerinnen sicher einen guten Schönheitschirurgen zum Teil-Recycling empfehlen. Ich sehe ihn vor mir, wie er seiner Jüngerin predigt, dass sie aber nie vergessen solle: Äußere Schönheit könne es letztlich nie ohne innere Schönheit und Selbst-Bewusstsein geben. Und dann gibt er ihr die Adresse seines guten Freundes. Und bekommt eine Provision. Oder eine Augenkorrektur gratis. Oder die chirurgische Erneuerung seines Lächelns. Wie steht es eigentlich um mein Selbstbewusstsein? Was ist, wenn Oskar dieser attraktiven Erfolgsfrau nach siebenundzwanzig Jahren wieder begegnet? Ein gemeinsames Kind ... Das verbindet. Franziska Dasch. Hat sie eigentlich Kinder? Fotos habe ich keine gesehen. Jedenfalls wären die Kinder wohl schon erwachsen und außer Haus. Und sie würden wohl kaum mit einer Journalistin über die verschwundene Mutter und ihren Drang nach Veränderung reden wollen.

Früher sind die, die sich selbst finden wollten, nach Indien gefahren. Vielleicht hat Franziska Dasch einfach ihre glänzenden Schuhe ausgezogen und ist barfuß auf dem Weg nach Indien? Immerhin hat sie es ja schon mit Lachyoga probiert. Lachen, bis man zu lachen beginnt. Barfuß auf dem Weg nach Indien. Und ohne Mobiltelefon. Nein, Mira. Das spielt es nicht mehr. Jetzt hat man seinen Trip durch Erfolg, und wer ihn nicht durch Erfolg hat, der kauft sich Guru-Wohlbefinden. Das ist bequemer. Und was ist mit all denen, die sich so etwas nicht leisten können? Die haben so viel mit dem Überleben zu tun, dass sie gar nicht zum Nachdenken kommen. Sind sie glücklicher? Wohl nicht. Aber um ein paar falsche Chancen ärmer.

Ich gehe auf die Dachterrasse und hole tief Luft. Ich habe Carmen Unrecht getan. Sie ist die Tochter von Denise. Denise war vor Urzeiten die Freundin von Oskar. Und hat ein Kind von ihm bekommen. Ohne dass sie es ihm gesagt hat. Warum? Hat sie ihm nicht zugetraut, Verantwortung für ein Kind zu übernehmen? Wollte sie nicht, dass er sich um sein Kind kümmert? Wie war Oskar damals? Ich gehe wieder nach drinnen und starre auf das Foto auf der Homepage. Eine starke Frau. Wahrscheinlich. Sieht so aus. Sie wollte das Kind allein aufziehen, keine Komplikationen mit einem Mann, den sie nicht liebte. Carmen ist jung. Es muss verwirrend sein, zu erfahren, dass der leibliche Vater ein anderer ist. War der Unternehmer Stiller schon tot, als Denise es ihr gesagt hat? Offensichtlich. Ich hab mich tatsächlich verhalten wie die böse Stiefmutter. Weil ich Oskar nicht teilen will? Ich war doch nie eifersüchtig. Bisher. Ich hatte auch keinen Grund. Na ja, da ist diese alte Geschichte mit der Anwältin in Frankfurt. Aber üblicherweise ist er der Besitzergreifende. Der nie will, dass ich mich möglicherweise in Gefahr begebe. Er macht sich Sorgen. Willst du, dass du ihm egal bist? Was, wenn Carmen jetzt beleidigt abfährt und nie mehr wiederkommt? Ich habe den Kontakt zu Oskars einziger Tochter zerstört. – Wer sagt, dass es die einzige ist? Mira! Böse! Böse Stiefmutter, du!

Es läutet. Der Schlüssel dreht sich im Schloss. Oskar. Was sag ich ihm? Wie sage ich es ihm? Ich gehe ihm langsam entgegen. Hinter ihm: Carmen. Na gut. Sehr verletzt war sie also nicht. Weiß ja, an wen sie sich zu halten hat: an ihn, den Übervater. Vielleicht sieht sie Denise Stiller bloß ähnlich und hat das benutzt, um Oskar zu betrügen und auszunutzen? Und woher wüsste sie dann, dass diese Denise Stiller ein Verhältnis mit Oskar gehabt hat? Die Freundin der echten Tochter von Denise? Weit hergeholt, Mira, sehr weit hergeholt. Du wolltest doch großzügig sein. Keine böse Stiefmutter.

Oskar kommt zu mir, gibt mir einen Kuss und murmelt leise: „Du kannst sie nicht einfach aus der Wohnung werfen."

Das ist doch ein bisschen viel. „Ich hab sie nicht …", brause ich auf.

Carmen starrt mich an. „Hat sie doch. Ich hab vor der Türe gewartet und sie hat mich beschimpft."

Oskar steht mit hängenden Armen da. „Das hat sie nicht so gemeint. Das hast du falsch verstanden, Carmen." Beinahe flehend sieht er mich an. „Nicht wahr, Mira?"

„Ich wollte nur wissen, ob sie tatsächlich deine Tochter ist", sage ich so ruhig wie möglich. „Sie war es, die davongelaufen ist."

„Weil sie mich beleidigt hat", murrt Carmen und sieht zu Boden. Wir schweigen. Was glaubt sie? Dass ich mich entschuldigen werde? Was glaubt sie überhaupt, sich da in unser Leben zu mischen? Plötzlich blickt mir Carmen in die Augen. „War nicht okay so, wie ich das Oskar erzählt hab. Sorry. Aber ich war wütend."

Ich versuche ein Lächeln. „Ich war auch wütend. Ich war einfach müde. Heute war eine Menge los." Hach, der Beginn einer kleinen, glücklichen Familie. Hör auf, über so etwas zu spotten. Ist eine unglückliche Familie besser? Kompromisse, die braucht es überall. „Natürlich kannst du bleiben", sage ich. Was soll ich auch sonst tun?

„Ich habe eine andere Idee", meint Oskar.

Wir stehen noch immer im Vorzimmer und verhandeln unser Leben.

„Was wäre, wenn Carmen die nächste Zeit in deiner alten Wohnung schläft?"

Ich will nicht, dass sie in meine geliebte Wohnung zieht. Okay, ich weiß ja nicht, für wie lange. Sollte ich trotzdem nicht fragen. Die Wohnung steht leer. Und praktisch gesehen ist es besser, Carmen ist dort, als sie schläft hier auf der Couch im Wohnzimmer. Das Beste wäre freilich, sie bliebe im Hotel.

„Ich finde das in Ordnung", sagt Carmen großzügig.

„Ja dann ...", sage ich lahm.

Oskar küsst mich und geht endlich Richtung Wohnraum. Carmen küsst mich auch und sagt: „Danke."

„Sollen wir gleich ...", beginne ich.

Oskar sieht mich an. „Du musst todmüde sein. Ich hab deine Reportage gelesen. Wie hast du das alles seit gestern hinbekommen? Ich muss noch einmal weg. Carmen kann heute auf der Couch schlafen."

„Mein Hotelzimmer ist nicht mehr frei. Deswegen bin ich auch gekommen. Um zu fragen, wie wir weitertun", erklärt sie mir.

„Wo hast du dein Gepäck?", will ich wissen.

„Das durfte ich im Hotel lassen. Die bekommen eine Reisegruppe und damit ist alles ausgebucht."

Es gibt noch andere Hotels in Wien, will ich sagen, aber ich sage nichts. Brav, Mira, sehr brav.

Oskar umarmt uns beide, kleiner Stich in meiner Brust, dann geht er zu seinem Geschäftsabendessen. Oder ist das bloß ein Vorwand? Hör auf mit deinem Misstrauen. Ich fürchte, ich habe auf dem Laptop die

Seite mit der Stiller-Homepage offen gelassen. Weg damit. Besser, sie weiß nicht, dass ich hinter ihr herspioniere. Ich werde fernsehen und dann früh schlafen gehen. Ich schließe die Seite, rufe meine Mails ab, nichts Interessantes dabei. Kann es wirklich sein, dass sich jemand meine E-Mail-Daten besorgt hat, um Weis eine gefälschte Mail zu schicken? Ich möchte diese E-Mail sehen. Wahrscheinlich wird Weis sagen, dass er sie schon gelöscht hat. Ob er der Polizei davon erzählt hat? Zuckerbrot hat Verhofen davor gewarnt, mit mir zu reden. Er ist neu im Polizeipräsidium, er kann es sich nicht erlauben, negativ aufzufallen. Wer sagt, dass Weis diese Mail nicht selbst geschrieben hat? Ich hatte meinen Laptop einige Male mit im Weis.Zentrum und bin nicht immer dabei gestanden, da hätte jemand durchaus die Daten meines Mailkontos ansehen können. Das Passwort ist freilich nicht zu sehen. Weis weiß, dass mein Mann Oskar Kellerfreund heißt. – Rumoren in der Küche. Gismo. Ich habe sie noch immer nicht gefüttert. Ich stehe vom Schreibtisch auf. Gismo sitzt vor mir und sieht mich fragend an. Carmen. Es ist Carmen, die in der Küche rumort. Sie ist Gismo verdächtig. Üblicherweise steht meine Katze bei jedem kleinsten Geräusch in der Küche neben dem Kühlschrank. Carmen tut, als ob ihr bereits alles gehöre. Sie ist schon in der Küche. Ausgerechnet dort. Kann sie nicht fragen? Verwöhntes Kind. Man nimmt sich, was man möchte. Vesnas Zwillinge. Die sind um einige Jahre jünger als Carmen. Die haben gelernt zu fragen. Und sie kämen nie auf die Idee, nach einem Studium noch ein Studium zu machen und davon auszugehen, dass die Eltern das finanzieren. Okay, wäre auch ziemlich unrealistisch. Sowohl Fran als auch Jana arbeiten im Betrieb von Vesna mit. Teilweise im offiziellen Bereich „Reinigung", teilweise im inoffiziellen Bereich „Nachforschungen". Fran ist so begabt, dass er ein Jahresstipendium für Computerwissenschaften in Chicago bekommen hat. Und Jana hat vor, in Chicago zu jobben. Geht sich sonst finanziell nicht aus. Babysitten oder servieren, hat sie gemeint. Sie hat sich selbst organisiert, dass sie auf dem Campus von Fran wohnen darf. Die beiden wissen, was sie wollen. Zumindest meistens. Auch wenn es Vesna nicht immer gefällt. Janas Mädchenbande zum Beispiel, die hinter bosnischen und türkischen Machos her war. Ich lächle. Wer weiß schon immer, was er will? – Was tut Carmen in der Küche? Sie wird doch nicht etwa kochen? Meine Garnelen … Wäre ich wirklich nett, ich würde sie für uns zwei zubereiten. Was will ich? Was die Garnelen angeht oder das Leben ganz generell? Ich weiß es nicht einmal, was die Garnelen betrifft. Vielleicht sollte ich mit Zerwolf darüber reden. Da gäbe es so einiges, worüber ich mit ihm reden sollte. Aber er wird wohl nicht jede Nacht so gesprächig sein. Ob er wirklich joggt und dabei hinter einsamen Frauen herhetzt? Zerwolf. Werwolf.

Es läutet. Oskar. Kann es sein, dass er schon zurück ist? Die Garnelen werden für uns drei reichen. Viel besser, er ist mit dabei, wenn ich nett zu Carmen bin und schon wieder für sie koche. Nein. Es hat unten an der Gegensprechanlage geläutet. Vesna. Auch nicht schlecht zur Unterstützung. Ich warte an der Eingangstür auf sie. Lift. Lifttür. Vesna, die mit der Abendausgabe des „Blatt" wedelt:

„Terror in Wien – Berühmter Philosoph unter Doppelverdacht!"

Carmen ist neugierig aus der Küche gekommen.

„Meine Freundin Vesna", sage ich kurz angebunden, keine Zeit für Förmlichkeiten. Weis hat wohl mit meinen Freunden von der Konkurrenz gesprochen. Oder stammen ihre Informationen von der Polizei? Was weiß das „Blatt", was ich nicht weiß? Ich nehme die Zeitung und lege sie auf den Esstisch.

„Sind nur Vermutungen, wenn man genau liest", sagt Vesna.

„Es muss was dran sein, das ‚Blatt' lässt sich nicht gerne klagen, zumindest verliert es nicht gerne", entgegne ich. Okay, die Schlagzeile ist klug formuliert. Dass Zerwolf auf der Liste der Verdächtigen steht, hat mir Verhofen ja zumindest indirekt bestätigt.

Ich lese den Artikel, er ist tatsächlich weder lang noch fundiert. Der „Philosoph Z." wird verdächtigt, hinter der Bombendrohung im Rathaus zu stecken. Und Z. wird verdächtigt, mit dem Verschwinden von Franziska Dasch zu tun zu haben. In erster Linie werden des „berühmten Philosophen" angebliche Terroristenkontakte breitgetreten. Außerdem wird ein „seriöser Beobachter" zitiert, der aus Angst vor weiteren Drohungen lieber anonym bleiben möchte. Er will beobachtet haben, dass Z. während der Gala verschwunden ist, Franziska Dasch sei ihm wenig später gefolgt. Unsinn, es war genau umgekehrt. Aber ist das wichtig? Erwähnt wird außerdem, dass gegen Z. seit Längerem Anzeigen von Frauen wegen nächtlicher Belästigung vorlägen. Worin die bestanden haben soll, wird nicht erwähnt. Jedenfalls habe er bisher zu den Vorwürfen geschwiegen. Sehr originell. Der Reporter (leider scheint sein Name, wie häufig beim „Blatt", nicht einmal als Kürzel auf) gibt noch zu bedenken: Z.s abfällige Bemerkungen über gesellschaftliche Ereignisse seien berühmt. Warum habe er dann ausgerechnet für eine Gala seine Einsiedelei verlassen? Ein Tiefenpsychologe wird zitiert: Vielleicht könne er sich dem, was er hasse, nicht entziehen und versuche es deswegen zu zerstören? Das sei für Terroristen klassisch. – Da hätte Zerwolf, was Galas und andere Events angeht, allerdings ein weites Betätigungsfeld. Ich lese weiter: „Die Frage ist nun: Ist der Philosoph Z. Teil eines internationalen Netzwerkes, das an der Zerstörung der abendländischen Grundwerte arbeitet und in Europa tätig wird? Und: Wie lange wird die Polizei sein Schweigen noch akzeptieren?“ Wenn es könnte, würde das „Blatt“ wohl für Folter eintreten, um Zerwolf zum Reden zu bringen. Neben dem Artikel ein kurzes Interview, ich hätte es beinahe übersehen. Weis, „viel gelesener Kolumnist des ‚Blatt‘“ – richtig, da tritt er ja auch auf –, über seinen „Kollegen“: Man dürfe natürlich niemanden vorverurteilen – allein Zerwolf als Kollegen von Weis zu bezeichnen, ist eine Verurteilung, finde ich –, aber er müsse bestätigen, „dass Zerwolf zum Zeitpunkt des Drohanrufs nicht im Saal war“. Was hat er mir gesagt? Da er als Erster aufgestanden sei, könne er nicht wissen, wer sonst noch rausgegangen sei. Es folgen Weis’ allgemeines Geschwätz über Terrorismus und die Angst in uns und der Hinweis, dass in Kürze sein Buch „Weis.heiten“ erscheinen werde, das dem „schrecklichen Anschlag“ und seinen Hintergründen ein eigenes Kapitel widme.

„Beobachtet Kra Zerwolf schon?“, frage ich Vesna. Sie schüttelt den Kopf. „Sie hat ein Seminar, sie wollte um zweiundzwanzig Uhr anfangen, aber das ist jetzt sinnlos. Der wird jetzt genug beobachtet. Von Polizei. Wahrscheinlich auch von Reportern.“

„Seine arme Assistentin“, sage ich.

„Ich habe ein Buch von Zerwolf gelesen“, sagt eine Stimme knapp hinter mir. Ich drehe den Kopf. Ist mir gar nicht aufgefallen, dass Carmen mitgehört hat. Und ich weiß nicht, ob es mir gefällt, dass sie philosophische Bücher liest.

„Es hat was mit Politikwissenschaften zu tun“, ergänzt sie.

„Und hat es etwas mit unserem Thema zu tun?“, will ich wissen.

„Mit Terrorismus? Nein. Es geht um Staatsformen und um die existenzphilosophische Frage, ob das Konstrukt eines Staates so etwas wie kollektives Bewusstsein schaffen kann.“

„Das heißt, ob Bosnier wirklich so denken und handeln, weil sie Bosnier sind, oder nur weil sie glauben so handeln zu müssen, weil sie Bosnier sind?“, fragt Vesna.

„Genau“, strahlt Carmen. „So toll hätte ich das nicht formulieren können. Sind Sie Philosophin?“

„Manchmal“, antwortet Vesna.

„Was hast du wirklich gemacht, bevor du aus Bosnien gekommen bist?“, frage ich meine Freundin.

Sie grinst. „Habe ich Kinder gemacht.“

„Wer ist dieser Weis?“, fragt Carmen.

Ich seufze.

„Was er hat für einen Grund, Zerwolf in Verdacht zu bringen?“, fragt Vesna. „Zum Glück du bist nahe an ihm dran“, sagt sie dann.

Ich schüttle den Kopf und erzähle, dass wir in äußerstem Unfrieden voneinander gegangen sind.

„Und du kannst dich nicht wieder heranmachen?“, hofft Vesna.

Abgesehen davon, dass ich das nicht will: Das würde wohl auch nichts nützen. So dumm ist Weis nicht.

„Ich könnte als neue Jüngerin gehen“, überlegt Vesna.

Ich schüttle den Kopf. „Du warst schon mit im Zentrum. Er hat dich gesehen. Sein Personengedächtnis ist ausgezeichnet, sagt man.“

„Und was ist mit mir?“, fragt Carmen. „Ich bin eine Tochter aus gutem Haus auf der Suche. Ich denke, ich brauche dringend einen Guru.“

„Das ist zu gefährlich“, murmle ich. „Wir wissen nicht, wie viel Weis mit dem Verschwinden von Franziska Dasch zu tun hat.“ Leichenteile scheint man allerdings noch immer nicht gefunden zu haben, sonst hätte es das „Blatt“ mit einiger Sicherheit erfahren. So ein Spurensicherungstrupp ist groß und einer hat immer einen Freund, der einen Freund hat, der … – Leichenteile in der Größe durchschnittlicher Kieselsteine. Fleisch, auch Knochen, sind viel weicher als Asphalt. Ob da überhaupt was bleibt?

„Es interessiert mich. Und ich wollte schon immer wissen, wie so ein Guru arbeitet“, bettelt Carmen.

„Du glaubst Guru?“, fragt Vesna.

„Nur wenn er etwas Vernünftiges sagt. Ich werde zuhören. Und es euch erzählen.“

Ich schüttle den Kopf. „Er will, dass du erzählst. Und wenn du Pech hast, dann sagt er gar nichts.“

Carmen sieht erstaunt drein. „So wie dieser Zerwolf?“

Vesna: „Ganz anders. Er verlangt dafür viel Geld.“

„Wenn du allein in der Nacht im Weis.Zentrum warst, dann kann ich ja wohl tagsüber seine Jüngerin geben, oder? Geld ... Ich zahle, wenn meine Mutter von der Kur zurückkommt. Momentan gibt es ein kleines Problem mit meinem Girokonto ...“, sagt Carmen und sieht mich bittend an.

„Geld können wir vorschießen“, sagt Vesna.

Carmens Idee klingt gar nicht so übel. Da kann wenig passieren. Franziska Dasch ist wohl nicht verschwunden, weil sie Weis' Jüngerin war, sondern weil sie zu viel gesehen hat. Oder weil sie verschwinden wollte. Oder weil sie ihr Mann ums Eck gebracht hat. Wir sollten nicht vergessen, dass die meisten Verbrechen im Familienumfeld geschehen.

„Du musst uns auf dem Laufenden halten“, sage ich. „Und wenn dir irgendetwas seltsam vorkommt, dann rufst du uns sofort an.“

Carmen strahlt. „Ich lege gleich morgen los.“

In den nächsten zwei Stunden erzählen wir Carmen alles, was wir über die Bombendrohung und das Drumherum wissen. Sie hat eine schnelle Auffassungsgabe, das muss man ihr lassen. Irgendwann verschwinde ich in die Küche, um meine neue Garnelenkreation in Angriff zu nehmen. Garnelen, mit getrüffeltem Frischkäse überbacken, dazu ofenwarmes Baguette.

„Dafür, dass ich so Meerestiere gar nicht mag, das ist ein Gedicht“, sagt Vesna. „Aber du hast sie unter Trüffelkruste auch gut versteckt.“

Und Carmen sieht mich richtiggehend bewundernd an. „Was du alles kannst“, sagt sie und ich denke, vergessen wir das Wort Stiefmutter einfach, vielleicht können wir doch noch Freundinnen werden.

[7.]

Ich stehe mit Carmen im Vorzimmer. Meine Wohnung wirkt seltsam unpersönlich, kein Zufluchtsort wie in meiner Erinnerung, eigentlich nicht einmal real, eher wie eine Kulisse, wie die Erinnerung an eine Wohnung. Wie lange war ich schon nicht hier? Vier Wochen? Mehr. Wohl zwei Monate. Dabei ist alles sauber. Alle zwei Wochen schickt Vesna jemanden von ihrer Putztruppe vorbei.

Carmen ist entzückt. „Genau so habe ich mir eine Wiener Altbauwohnung vorgestellt", sagt sie. „Hohe Flügeltüren, Parkettböden, aber nicht wie in einem Schloss, sondern ein bisschen abgewohnt ..."

He, alles, was recht ist, „abgewohnt" ist meine Wohnung wirklich nicht.

„Und dieses niedliche kleine Badezimmer!", ruft Carmen.

Sie ist noch jung. Wahrscheinlich eine gute Idee, dass sie hier, sozusagen in unserer Obhut, wohnt. Und doch: Ein Eindringling. Unsinn. Dass ich hier gelebt habe, ist Vergangenheit. Viele würden mich darum beneiden, in einer Dachterrassenwohnung mit Blick über die Wiener Innenstadt sein zu dürfen.

Ich erkläre ihr den Herd und den Warmwasserboiler, der einige Macken hat. Die Kühlschranktür steht offen, das ist vielleicht das Seltsamste für mich: Mein Kühlschrank ist leer. Ich schalte ihn ein und schließe die Tür.

„Den brauche ich nicht", sagt Carmen. „Ich glaube nicht, dass ich kochen werde."

„Aber Frühstück", sage ich, „kalte Getränke."

„Okay", lächelt Carmen, als würde sie mir damit einen Gefallen tun. „Ich bin total gespannt auf diesen Guru", plaudert sie weiter, als wäre sie Gymnasiastin und keine Akademikerin, die Zerwolfs Bücher lesen kann. „Ich bin überzeugt davon, dass es sehr viel mehr zwischen Himmel und Erde gibt, als wir uns vorstellen können. Aber gerade deswegen muss man so vorsichtig sein bei Typen, die uns etwas einreden wollen.“ Ich kann nur hoffen, dass sie nicht doch recht einfach zu begeistern ist.

Carmens nächster Weg führt sie ins Schlafzimmer. Einer der beiden Kästen, Oskars Kasten, ist leer.

„So viel Platz brauche ich gar nicht, keine Ahnung, wie lange ich bleibe. Vielleicht nur ein paar Tage. Oder dieses Postgraduate ist doch interessant und ich bleibe ein Jahr oder zwei.“

Ich muss sie erschrocken angesehen haben, sie ergänzt: „Hier natürlich nur, wenn es dir recht ist und wenn Platz ist. Eigentlich schade, so eine Wohnung leer stehen zu lassen.“

Hm, aber für mich noch immer beruhigend, dass es sie gibt. Sie ist mir viel lieber als das Geld, das ich für sie bekommen würde.

Carmen kommt her zu mir und wirkt mit einem Mal unsicher. „Oskar müssen wir nichts davon erzählen, dass ich beim Guru nachforsche, oder?“

Ich lächle. Ist ganz in meinem Sinn. Ich habe mir schon Sorgen gemacht, wie ich ihr beibringen soll, dass Oskar besser nichts davon erfährt. Ich kann mir vorstellen, was er davon halten würde. Ich schüttle den Kopf.

Carmen sieht mich ernst an und sagt: „Ganz ehrlich, ich weiß es zu schätzen, dass du und Vesna mir das zutraut. Ich werde nichts verbocken. Ganz sicher nicht.“

„Ganz sicher nicht“, wiederhole ich.

„Weißt du“, fährt sie fast schüchtern fort, „Oskar ist total nett, nur dass er mein Vater sein soll … das muss irgendwie erst rein in mich …“

„Finde ihn doch einfach als Oskar nett“, schlage ich vor. Und mich als Mira, füge ich in Gedanken hinzu.

Wenig später stehe ich auf der Straße, in der Gasse, die ich so gut kenne. Ich habe Carmen allein gelassen, sie soll sich einleben, in Ruhe auspacken. Ich kann jederzeit hierher zurück, wenn ich es nur will. Kein Grund zu Sentimentalität. Ich rufe beim „Magazin“ an. Der Chronikchef hat sich in einer E-Mail an alle Ressortchefs beschwert, dass das „Blatt“ die Nase vorn habe. Wer bitte hat als Erste über das Verschwinden von Franziska Dasch geschrieben? Aber es stimmt: Nichts ist so alt wie die Schlagzeilen von gestern. Alles in allem jedenfalls kein Grund, in die Redaktion zu fahren. Ich habe vor, mit dieser Ida Moylen ein Wörtchen zu reden. Immerhin war ich bis vor Kurzem Co-Autorin von Weis. Ich werde dagegen protestieren, dass Weis versucht, mich loszuwerden. Sie muss ja nicht wissen, dass es mir nur recht ist, vorausgesetzt, ich bekomme mein Honorar.

Ich stehe wieder vor dem Haus im 2. Bezirk, in dem der Verlag untergebracht ist. Weder das Gebäude noch die Verlagsräume sind besonders eindrucksvoll, ich nehme an, die Konkurrenz auf dem Lebenshilfe- und Esoteriksektor ist ziemlich groß. In Zeiten wie diesen fühlt sich bald einer berufen, Heilslehren zu verbreiten. Seltsam eigentlich, dass diese Bücher überwiegend von Männern geschrieben, aber vor allem von Frauen gelesen werden. Kann es sein, dass sich gewisse alte Muster in neuen Kleidern erhalten? Männer sagen, wo es langgeht. Na ja. Nicht mehr immer. Außerdem: Seitdem die heilige Weltwirtschaft kriselt, beginnen auch Männer nach einem Mehrwert im Leben zu suchen. Wenn man sich schon nicht mehr an Geld und Erfolg festhalten kann, dann vielleicht an etwas anderem, was immer das auch sein soll. Weis wird es ihnen schon erzählen. Und wer an ewig boomende Aktienkurse und Luftgeschäfte glauben konnte, dem sollte man eigentlich auch anderen Mist einreden können. Hoffentlich weiß die Sekretärin nicht, dass mich Weis rausgeworfen hat. Wahrscheinlich steht Moylen auch in diesem Fall treu zu ihm. Die Sekretärin war bisher eigentlich sehr nett. Ich läute.

„Ja?", sagt eine weibliche Stimme durch die Gegensprechanlage.

„Mira Valensky", antworte ich.

„Aber sicher nicht", sagt die Stimme und ich fürchte, das ist nicht die Sekretärin, sondern die Chefin persönlich. So leicht bin ich nicht abzuwimmeln, ich habe von Vesna im Laufe der Jahre einiges gelernt. Ich läute einfach bei „Mayer".

„Ja?", sagt eine Männerstimme.

„Guten Tag, ich komme von der Post und soll die Hausbriefanlage überprüfen. Leider ist noch niemand von der Hausverwaltung da. Könnten Sie bitte öffnen?"

Der Summer geht und ich bin drin. Und wie ich an der Verlagstür läute, geht auch diese Tür mit elektrischem Summen auf. Offenbar ist die Sekretärin von ihrer Pinkelpause zurück. Oder Ida Moylen ist sicher, mich losgeworden zu sein, und erwartet jemand anderen. Ich bin richtig stolz auf mich.

„Zu Frau Moylen bitte", sage ich zur Sekretärin. Gleichzeitig geht eine Tür auf, Ida Moylen schaut heraus, kann kaum glauben, dass sie mich sieht.

„Wir haben etwas zu besprechen", sage ich zu ihr.

„Wie sind Sie reingekommen?"

Ich zucke mit den Schultern. „Behandeln Sie alle Verlagsautoren so?"

„Sie waren nie Verlagsautorin. Nur ein Helferlein, auf dessen Hilfe wir unter den gegebenen Umständen lieber verzichten."

Die Sekretärin verfolgt unser Wortgefecht interessiert. Das ist wie Fernsehen, nur schöner. Ich kann ihr gleich noch etwas mehr Soap liefern.

„Sie tun immer, was Weis möchte?", frage ich spöttisch.

Die Verlegerin sieht mich böse an. „Wenn Weis nicht mehr mit Ihnen arbeiten will, dann ist das seine Sache. Ich bin jedenfalls damit einverstanden. Ich kann es verstehen, nach diesem Artikel."

„Könnte dieses Verständnis auch etwas mit Ihrem ... natürlich rein spirituellen Naheverhältnis zu tun haben?"

Moylen starrt von mir zu ihrer Sekretärin und wieder zu mir. „So eine ... Frechheit! Kommen Sie mit."

Offenbar will sie die Sache doch nicht im Beisein ihrer Sekretärin abhandeln. Und so stehe ich schon wieder im Besprechungszimmer des Yom-Verlags.

„Wenn Sie Derartiges öffentlich behaupten, klage ich Sie", droht die Verlegerin.

„Haben Sie schon einmal daran gedacht, dass Weis nicht nur bei Ihnen das spirituelle Naheverhältnis sehr weitreichend auslegen könnte?"

Der Mund von Ida Moylen wird zu einem Strich. Sie sieht mich wütend an.

„Franziska Dasch ist reich und einsam und ziemlich attraktiv, oder?", hake ich nach.

„Das ist doch bloß eine Jüngerin", faucht Ida Moylen.

„Weis war in der Nacht, als Franziska Daschs Schuh gefunden wurde, bei Ihnen. Warum?"

„Sie haben kein Recht, mich das zu fragen."

„Wollen Sie lieber, dass Sie die Polizei das fragt?"

„Sie können mir nicht drohen. Wir haben das letzte Kapitel seines Buches redigiert. Die Polizeibeamten waren schon da. Sie haben mich sehr korrekt behandelt."

Heißt das, die Polizei weiß vom Verhältnis zwischen Moylen und Weis? Nicht unbedingt. Sie können sie auch bloß als seine Verlegerin, die außerdem mit auf der Gala war, befragt haben. „Sie sind seine Geliebte. Passen Sie bloß auf, dass Sie nicht in seine Machenschaften hineingezogen werden. Oder stecken Sie schon mit drin? Weis ist bei der Rathausgala vom Tisch aufgestanden, Sie sind ihm gefolgt. Und auf Frau Dasch waren Sie sehr, sehr eifersüchtig, nicht wahr?"

„Ich bin auf die Toilette gegangen. Ich habe es nicht nötig, irgendjemandem hinterherzuspionieren."

„Dann hat Franziska Dasch hinter Ihnen herspioniert?"

„Sie werden meine Verbindung zu Weis nicht in den Dreck ziehen, Sie nicht", schreit Moylen jetzt. Ihre Stimme ist hoch, so als ob sie gleich überschnappen würde.

„Wo ist Franziska Dasch?", sage ich mit lauter Stimme.

„Sie begreifen gar nichts! Raus!"

„Ich habe einen gültigen Vertrag."

„Aber nicht mit mir. Und Weis hat gesagt, er ist beendet! Weis hat zugesagt, dass Sie das Geld trotzdem kriegen. Sie kriegen es! Was wollen Sie noch?"

„‚Trotzdem' ist gut. Ich hab meine Arbeit getan."

„Sie haben spioniert, um ihn zu ruinieren! Und den Verlag auch!"

Ganz ruhig sage ich: „Ich bin Journalistin, ich recherchiere. Was dabei herauskommt, haben Sie sich selbst zuzuschreiben. Und Ihrem Guru."

Die Verlegerin ist kreideweiß im Gesicht. Vor Wut? Oder kippt sie in der nächsten Minute um? „Eine wie Sie hat doch keine Ahnung von spirituellem Gleichklang!", kreischt sie dann.

Verdammt. Das stimmt. Zumindest beinahe immer.

Ich gehe durch die Wiener Innenstadt. In der Auslage einer Boutique eine schwarze Leinenhose. Sie wirkt bequem und trotzdem irgendwie elegant. So ein Stück, das man immer und überall tragen kann. Hundertdreißig Euro. Ganz schön teuer. Ich bin keine, die für Kleidung allzu viel Geld ausgibt. Ich brauche Ablenkung. Ich will mir eine Freude machen. Und seit ich Chefreporterin bin, kann ich mir ab und zu auch eine Belohnung leisten. Ich habe gerade zwei Schritte in den Verkaufsraum gemacht, da läutet mein Telefon. Moylen. Sie hat mir doch noch etwas zu sagen. Zwei Schritte, und ich bin wieder draußen. Aber es ist Vesna.

„Müssen uns dringend treffen. Slobo hat auf Baustelle was herausgefunden. Sieht aus, dass Weis immer wieder beim Recyclingwerk unterwegs gewesen ist mit Jüngerinnen. Du bist in Redaktion?"

Ich sehe auf die Leinenhose. „Ich bin in der Innenstadt."

„Nicht shoppen, Arbeit ruft!", sagt Vesna vergnügt.

Warum ist sie nie müde und von Selbstzweifeln geplagt? Oder weiß sie nur besser damit umzugehen? Nicht jede kann so aktiv sein wie sie. „Ich komme, hole nur schnell mein Auto aus der Tiefgarage." Menschen sind eben verschieden. Selbst Freundinnen sind verschieden. Ich gehe in die Boutique und probiere die Leinenhose an. Sie passt perfekt, und durch die Kordel am Bund ist sie tatsächlich sehr bequem. Da kann man auch einmal mehr essen. Ich zahle und eile deutlich fröhlicher Richtung Auto.

Untertags ist es gar nicht so einfach, sich hier zurechtzufinden. Mit hellbrauner Erde schwer beladene Lkw bahnen sich ihren Weg entlang der breiten Erdbänder, die einmal zum Autobahnknoten werden sollen. Neben zwei anderen Lkw ein Kran, er hebt dicke schwarze Rohre herunter. Dort drüben gelbe Bagger mit enormen Schaufeln, sie graben Erde ab, Sandspiel in Überdimension. Drei Baggerschaufeln, und ein Lkw ist voll, der nächste wartet bereits. Zurzeit kann man nicht einfach von der provisorischen Straße abbiegen und quer über die Baustelle fahren. Es muss einen anderen Zugang zum Recycling- und Schotterwerk geben. Ich bleibe am Straßenrand stehen und kneife die Augen zusammen. Dort hinten scheint ein kleiner, quasi offizieller Weg zu sein. Ich fahre hundert Meter weiter, biege dann rechts ab. Vorbei an einem Gelände mit Wohnwagen. Die Wohnwagen sind ebenso verstaubt wie die Verkaufsbaracke daneben, wahrscheinlich hat der Besitzer längst eine kleine Entschädigung bekommen und sitzt daheim und schaut in die Glotze. Vielleicht sind hier auch bloß die Wohnwagen von Leuten abgestellt, die keine geräumige Garage haben. Die Wagen warten verstaubt am Rand der Großbaustelle, bis es wieder Sommer wird, Zeit, sie zu putzen, auszufahren und auf noch engerem Raum als daheim ein Stück Welt zu sehen. Dort das Schild: „Schotter- und Recyclingwerke Alspha“. Ich parke neben Vesnas Auto und steige aus.

Ohrenbetäubender Lärm. Ich sehe hinüber zur Recyclinganlage. Ein enormer Bagger hebt metergroße Asphaltbrocken in das Metallungetüm, es tost und birst in seinem Inneren, gefräßiges Monster mit Magenproblemen, es raucht und kracht, aber letztlich schafft es auch die größten Bissen, und weiter drüben kullern Asphaltstückchen auf das Förderband, kieselsteingroß, harmlos wie Kinderspielzeug. Ich kneife die Augen zusammen, versuche mich an den Lärm und den Staub in der Luft zu gewöhnen und schaue unwillkürlich, ob unter den Asphaltbröckchen irgendetwas von Franziska Dasch zu erkennen ist. Unsinn. Könnte ich von hier aus gar nicht sehen. Außerdem sind wohl allein in den letzten Stunden Tonnen von Material durch die Anlage gegangen. Wann war die Spurensicherung fertig? Ich sollte herausfinden, warum das Recyclingmonster so schnell wieder in Betrieb gehen durfte.

Jemand fasst mir von hinten an die Schulter. Ich zucke zusammen. Vesna. Ich habe sie in dem Lärm nicht kommen gehört.

„Slobo hat sich mit zwei Arbeitern aus Bosnien angefreundet“, schreit mir Vesna ins Ohr. „Sie haben erzählt, dass dieser Weis schon ein paarmal da war. Sie sind dort drüben. Können Pause machen.“ Sie deutet hinüber zum Gebüsch, aus dem neulich nachts der Hase gekommen ist und uns erschreckt hat. Im Tageslicht sieht es noch magerer aus. Staubgrau. Davor sitzen die beiden Arbeiter mit Slobo auf umgekehrten Bierkisten. Slobo ist der Größte und Massigste von ihnen, ihm würde man zutrauen, dass er die riesigen Asphaltbrocken aus eigener Kraft in die Anlage wirft. Wir gehen hinüber, ich brülle den drei Männern Grußworte zu. Sie brüllen zurück.

Slobo steht auf und bietet uns seinen Platz an. Vesna schüttelt den Kopf, sieht sich um, entdeckt eine weitere Bierkiste und stellt sie ganz nah vor den Arbeitern auf. Sie klopft auf die Kiste und sieht mich auffordernd an. Ich grinse, setze mich und versuche, nicht mehr Platz zu brauchen, als eine halbe Bierkiste bietet. Geht sich bei meinem Hinterteil leider nicht ganz aus.

„Warum läuft die Anlage schon wieder?“, brülle ich gegen den Lärm an.

„Das ist Ivan und das ist Franjo“, schreit Slobo zurück und deutet dabei zuerst auf den Mann mit dem blauen T-Shirt und dann auf den mit dem weißgrauen T-Shirt. Beide tragen Arbeitshosen mit einem Latz, auf dem „Alspha“ steht.

„Mira“, brülle ich zurück und bin beschämt, dass Slobo offensichtlich bessere Manieren hat als ich.

„Viel Arbeit“, sagt Ivan und seine Stimme rollt dumpf, ähnlich der seiner Zerkleinerungsmaschine.

Ich fürchte schon, es ist die Aufforderung zum frühen Aufbruch, aber er will mir damit nur erklären, warum hier schon wieder gearbeitet werden darf.

„Chef hat gemacht. Hat geredet mit Polizei.“

„Wann war die Spurensicherung mit der Arbeit fertig?“, frage ich Slobo.

„Nächsten Tag Vormittag“, ruft er gegen den Lärm an. „Ich war schon da. Sie haben Proben von gemahlenen Asphalt mitgenommen, das andere ist da hinten.“ Er deutet den Weg entlang, und einige hundert Meter weiter sehe ich einen zwei Meter hohen und mehrere Meter langen Berg zerkleinerten dunkelgrauen Asphalt, umspannt von einem polizeilichen Absperrband. Sieht aus wie ein Geschenk von Außerirdischen: Mehrere Tonnen Mondgestein für unsere Freunde auf der Erde samt Geschenkband. „Der Chef von Anlage hat gesagt, er muss weitermachen.“

Ich sehe hinüber zum Monster. „Kann man hier eine Leiche mitrecyceln?“, frage ich die beiden möglichst langsam und deutlich.

„Ich habe sie das schon gefragt“, schreit Vesna, „sie sagen: Ja.“

Die beiden nicken mit dem Kopf. „Man muss Körper gemeinsam mit Asphalt in Maschine tun“, erklärt Franjo. „Da verschwindet.“

„Und das würde nicht auffallen?“

Er schüttelt den Kopf. „Wenn er unter Asphalt versteckt und keiner genau guckt ...“

„Sie haben aber auch gesagt, dass so was wie Schuh öfter dabei ist“, ergänzt Vesna. „Sie sagen, Arbeiter beim Asphaltabbruch werfen alles mit dazu, was sie nicht mehr brauchen. Bierdosen und Fetzen und alles kaputtes Zeug.“

„Einen Tag davor war der Schuh so gut wie neu. Würde man nach dem Zerkleinern Leichenteile auf dem Förderband sehen?“, rufe ich.

Die beiden scheinen mich nicht verstanden zu haben, Slobo übersetzt, Ivan antwortet auf Bosnisch, Slobo sieht mich an und schüttelt den Kopf. „Das ist viel weicher als Asphalt, Knochen und Fleisch werden zerdrückt, drinnen ist eine große Mühle, sie schleudert Material immer wieder an die Wände, bis es ganz klein ist. Wegen Staub und Hitze kommt Wasser dazu, auch Körper hat viel Wasser, die Steine nehmen alles auf."

„Dann es kommt durch Schlitz heraus", ergänzt Franjo und deutet Richtung Förderband.

„Vielleicht ganz klein Knochen", ergänzt Ivan. „Manchmal man sieht auch Stück Holz oder so. Metall wird vorher mit Magnet weggetan."

Es ist heiß und staubig, für einen Moment fröstelt mich trotzdem.

Franjo schaut auf seine klobige Armbanduhr und nimmt einen großen Schluck aus der Mineralwasserflasche neben sich.

„Sie haben Weis hier gesehen", brüllt Vesna eilig. „Er ist da mit einer ‚eleganten Dame' gewesen."

„Nur mit einer?", brülle ich zurück.

Franjo schüttelt den Kopf. „Ich habe dreimal gesehen. Eine Frau war mit schwarzen Haaren, eine blond und Dritte wieder dunkel, vielleicht eins und drei waren gleich."

Ivan nickt. „Blonde ich habe auch gesehen. Aber nicht so genau geschaut. Anderes zu tun."

„Und der konnte da einfach so herkommen?", frage ich.

Diesmal übersetzt Vesna. Schnelle laute Antwort auf Bosnisch, beide Arbeiter deuten in die Richtung unserer Autos. „Sie sind nicht zu nah gekommen, haben von dort drüben hergesehen, es gibt so viele Leute, die auf der Baustelle irgendetwas arbeiten und kontrollieren, Ingenieure und so, man kümmert sich nicht, wenn es nicht gefährlich wird für sie. Weis hat einen Helm aufgehabt. Das war sehr gut", sagt Vesna.

„Warum?", brülle ich. Hat man etwa versucht, ihm etwas auf den Kopf zu werfen? Ist doch jemand hinter dem Guru her?

Vesna grinst. „Weil Polizei gestern Arbeitern Fotos gezeigt hat. Müssen von Franziska Dasch und Weis und Zerwolf und Herr Dasch gewesen sein. Frau Dasch hat übrigens keiner da gesehen. Und Weis sie haben nicht erkannt."

Franjo grinst. „Ich war nicht sicher. Mit Helm sieht anders aus als ohne Haare. Besser, man redet mit Polizei nur, wenn ganz sicher. Wir müssen wieder arbeiten, Pause aus." Er steht auf.

Wenn uns noch etwas einfällt: Kein Problem. Slobo wird bis auf Weiteres hierbleiben. Diesmal bin ich höflicher. Ich stehe auch auf, verbiete es mir, mein schmerzendes Hinterteil zu reiben, gebe den

Arbeitern die Hand und bedanke mich. Große, harte Hände. Franjo fehlt das letzte Glied des Mittelfingers. Arbeiterhände. Sie sind mir viel angenehmer als die manikürten, außergewöhnlich schönen Hände von Weis. Er hat seinen Jüngerinnen offenbar Recycling in Echt gezeigt. Allen von ihnen? Oder nur Bestimmten? Er wird es mir nicht sagen. Man müsste Berger erwischen, wenn Weis nicht da ist. Verdammtes durchsichtiges Glashaus.

In der Redaktion finde ich auf meinem Schreibtisch eine rote Pappdeckelmappe. Ich sehe sie misstrauisch an. Bomben verschickt man nicht in Mappen, Mira. Zumindest bisher nicht. Ich klappe sie auf und sehe einige alte Artikel aus dem „Magazin", dazu die Kopien von drei Polizeiprotokollen, zwei sind recht kurz, eines hat mehrere Seiten. Ich überfliege die Artikel. Alle haben mit Zerwolf zu tun. Einer trägt den Titel: „Terrorzellen in Österreich?" Er handelt von mutmaßlichen Sympathisanten von Terroristen und stammt aus dem Dezember 2001. Ein Foto von einem Fernsehapparat, damals hat es noch keine Flatscreens gegeben, im Bild Zerwolf, der gerade etwas zu erklären scheint. Gut informierte und CIA-nahe Kreise bestätigen, dass sich der Philosoph wiederholt mit radikalen Islamisten aus Syrien und aus Libyen getroffen habe, einer von ihnen stehe als mutmaßlicher Drahtzieher bei zwei Attentaten ganz oben auf der internationalen Fahndungsliste. Zerwolf hat es damals offensichtlich abgelehnt, sich im Detail zu rechtfertigen, und nur gemeint, dass es doch nicht verboten sei, mit Menschen zu sprechen, deren Meinung man nicht teile. Und dass der eine Syrer gesucht werde, habe er nicht gewusst. Ich war zur Zeit, als dieser Artikel erschienen ist, schon beim „Magazin", allerdings als Lifestyle-Journalistin. Zwar nicht aus reiner Begeisterung für Society und Lifestyle, sondern weil ich und meine Katze ja von etwas leben mussten, aber ich habe mich damals doch mehr mit den heiteren Seiten der Gesellschaft als mit Politik und Terror beschäftigt. Diesen Artikel habe ich sicher nie gelesen. Wer hat mir die Mappe zusammengestellt? Die Polizeiprotokolle. Verhofen? Ich gehe mit der Mappe unterm Arm durch das Großraumbüro zu unserer Sekretärin am Empfang und frage sie, wer das für mich abgegeben hat. Sie schaut mich ratlos an. Niemand. Und niemand habe zu mir gewollt. Könnte die Mappe in der Hauspost gewesen sein? Sie schüttelt den Kopf. Sie habe die Post heute selbst verteilt, für mich sei nichts Größeres dabei gewesen.

„Und wie lange bist du heute schon da?“, frage ich sie.

„Seit neun. Durchgehend. Marion ist krank, ich bin die ganze Zeit auf meinem Platz geblieben und habe mir nur von der Wirtschaftsredaktion ein gefülltes Ciabatta mitbringen lassen. Warum? Ist etwas mit der Mappe?“

Ich schüttle den Kopf und gehe zurück zu meinem Schreibtisch. Gar nicht so einfach, sich am Empfang vorbeizuschleichen. Verhofen hat bei der UNO gearbeitet. Er hat Polizisten ausgebildet. Um welche Polizisten hat es sich gehandelt? Was genau hat er ihnen beigebracht? Ich werde ihn das fragen. Dann mache ich mich über die Polizeiprotokolle her.

„Niederschrift vom 15.03.2009. Anwesend: Revierinspektor Johann Zenz und Gabriele Ploiner.“ Frau Ploiner gibt zu Protokoll:

„Ich bin gegen ein Uhr in der Nacht aus meinem Auto in der Piaristengasse gestiegen. Ich habe das Auto versperrt und keinerlei Verdächtiges, auch keinen Menschen in der Nähe wahrgenommen. Ich habe mich genau umgesehen. Ich bin in die Zeltgasse abgebogen und nach rund zehn Meter läuft ein Mann auf mich zu. Er hat eine Mütze tief in die Stirne gezogen, obwohl es sicher zehn Grad gehabt hat. Er trägt eine weite dunkle Jogginghose und eine dunkle Jacke. Er versucht, mich in einen Hauseingang zu drücken, aber ich schreie laut, wie ich es im Selbstverteidigungskurs gelernt habe, und er läuft davon. Er hat mich am rechten Oberarm angegriffen, zu mehr Berührung ist es nicht gekommen, da ich mich rechtzeitig gewehrt habe. Konfrontiert mit den Fotos von Wolfgang Zermatt und den Fotos von einigen Unbekannten kann ich mit Sicherheit angeben, dass es sich bei dem Angreifer um Wolfgang Zermatt gehandelt hat.“

Es folgen Belehrungen, Unterschrift, Akteneingang und all das. Klingt nicht eben wie eine versuchte Vergewaltigung. Mira, du hast gelernt, dass angegriffenen Frauen zu glauben ist. Viel zu häufig tut man sie als hysterisch ab oder wirft ihnen gar vor, einen zu kurzen Rock getragen zu haben. So als ob dann jeder das Recht hätte, hinzulangen. Auf der anderen Seite: Es gibt sie schon, die überängstlichen Frauen in der Nacht. Ich schreibe den Namen der Frau auf meine Schreibtischunterlage: Gabriele Ploiner. Ich will einfach nicht glauben, dass der Philosoph in der Nacht Frauen belästigt.

Polizeiprotokoll Nummer zwei:

Eine Frau mit dem Namen Emma Mandelbauer gibt an, Zerwolf habe sie gegen zwei Uhr früh in eine Einfahrt gezerrt, sie angekeucht und zu küssen versucht. Sie habe ihn in den Unterleib getreten und sei davongelaufen. Der Vorfall soll sich nur wenige Wochen nach dem ersten ereignet haben. Die Frau erkennt den Mann nach Vorlage einiger Fotos ohne Zweifel wieder.

„Emma Mandelbauer", kritzle ich auf meine Schreibtischunterlage. Was ist mit diesen Anzeigen eigentlich geschehen? Läuft das Verfahren noch? Hinter dem letzten Polizeiprotokoll eine kurze Aktennotiz: „Verdächtiger weigert sich weiterhin, zu sprechen. Zeugin Ploiner ist bei zweiter Befragung nicht mehr ganz sicher, ob es sich beim Angreifer um Wolfgang Zermatt gehandelt hat. Der Verdächtige wird aufgrund seiner bisherigen Unbescholtenheit (aber Verweis auf Polizeiprotokoll vom 04.12.2001) und seines guten Rufes noch einmal ersucht, sich binnen Frist von 6 Wochen schriftlich oder mündlich zu den Anschuldigungen zu äußern. Sollte das nicht geschehen, wird in Absprache mit dem Büro des Bundespolizeipräsidenten (öffentliche Bekanntheit!) entschieden, ob eine Beugehaft zu verhängen ist. Weitere Zeugen der Vorfälle waren nicht auffindbar." Die Frist, in der sich Zerwolf äußern soll, läuft in etwas mehr als zwei Wochen ab. Kann ein Mensch tatsächlich zwei Leben führen?

Das längste Polizeiprotokoll ist so etwas wie die Zusammenfassung aller Verdachtsmomente zu Zerwolfs Umgang mit Terroristen und Terrorsympathisanten. Er scheint insgesamt fünfmal Leute getroffen zu haben, denen Verbindungen zur Terrorszene nachgesagt werden. Dreimal in seiner Wohnung und zweimal im Café im ORF-Zentrum auf dem Küniglberg. Ich grinse. Wo überall Terroristen ein und aus gehen ... Wenn es denn wirklich welche waren. Damals lief seine Philosophie-Sendung noch. Agenten der CIA müssen Zerwolf übrigens ziemlich unsanft aus dem Schlaf geholt haben, sie dürften einfach seine Wohnung aufgebrochen und ihn mit Fragen bombardiert haben. Er hat Anzeige wegen Hausfriedensbruch erstattet und sie später wieder zurückgezogen. Warum? Hat es irgendeinen Deal gegeben? Zerwolf hat damals ja noch gesprochen. Auch wenn er nicht viel zu den Anschuldigungen gesagt hat, finde ich in diesem zusammenfassenden Protokoll doch etwas mehr als im Artikel des „Magazin" aus dem Jahr 2001: Er habe vorgehabt, ein Buch über die Ideengeschichte von Terrorismus und legalen Machtstrukturen zu schreiben und habe dafür die Denk- und Verhaltensmuster herkömmlicher Machthaber mit denen von politisch oder religiös motivierten Terroristen vergleichen wollen. Er habe in diesem Zusammenhang auch Interviews mit dem damaligen Bundeskanzler sowie mit einem Kardinal gemacht. Das Projekt sei nicht gescheitert, sondern er habe es verschoben. Er müsse erst Methoden entwickeln, um die relevanten Unterschiede in den Denkmustern erkennbar zu machen. Am Ende des Protokolls ein Stempel mit „Vertraulich". Noch ein Stempel und dazu handgeschrieben: „Verfahren mangels Beweisen eingestellt. 06.05.2002". Und eine unleserliche Unterschrift, eher schon eine Paraphe.

Droch starrt mich durch meine Grünpflanzen hindurch an. Wie lange beobachtet er mich schon? Kann es sein, dass ich, in Gedanken, in der Nase gebohrt habe? Ich nehme ertappt den Finger aus dem Gesicht. Ihm kann ich die Mappe zeigen, er hält dicht. Ich muss mit jemandem darüber reden. Und da ist Droch nicht irgendjemand, sondern der Allerbeste. Ich deute, er solle doch näher kommen. Droch schiebt zwei Philodendronblätter zur Seite und ist neben meinem Schreibtisch.

„Na, interessant?", fragt er, und in der Sekunde begreife ich: Es war nicht Verhofen, der mir die Mappe gebracht hat. Es war Droch. Und ich werde nicht den Fehler machen, zu fragen, woher er die Polizeiprotokolle hat.

„Sehr interessant", nicke ich und lächle ihn dankbar an. Wir verstehen einander ohne weitere Worte. Zumindest in dem Fall.

Am nächsten Vormittag hetzt Vesna zwischen einem Kunden, der plötzlich nur eine „inländische" Reinigungskraft möchte, der Kabelfirma, der laufend Buntmetall abhanden kommt, und ihrem Marathon-Training hin und her. Heute stehe Yoga auf dem Programm, hat sie mir erzählt. Ich muss verblüfft geschwiegen haben. „Es geht um Atmen und mentale Stärke. Die kann jeder vernünftige Mensch brauchen." Hat schon was.

Ich treffe mich mit Gabriele Ploiner auf einen Kaffee. Und ich überlege auf dem Weg zu ihr, ob Yoga wohl sehr anstrengend ist. Vielleicht wäre das ja etwas für mich. Im Atmen bin ich gar nicht übel. Sechsundvierzig Jahre Erfahrung. Im Telefonbuch habe ich nur eine Gabriele Ploiner gefunden, die in der Zeltgasse wohnt. Sie arbeitet als Sekretärin bei einer Baufirma, lebt offenbar allein. Unser Gespräch dauert nicht lange und mir ist klar, dass Gabriele Ploiner mehr als ängstlich ist. Dass sie damals in der Nacht alleine vom Auto zu ihrer Wohnung gegangen ist, war ein seltener Fall. Sie ist eine von jenen

Frauen, die nie in Tiefgaragen parken, die drei Türschlösser haben, die genau Bescheid wissen, wann und wo die letzte Einbruchserie stattgefunden hat. Natürlich sei sie der Mann angesprungen, sagt sie zu Beginn. Um dann, nach unserer Plauderstunde, zu meinen: „Vielleicht ist er auch einfach in mich hineingerannt. Ich hab mir das schon überlegt. Aber der Anwalt hat gemeint, so etwas gibt es nicht, das dürfe man sich erst gar nicht einreden lassen."

Anwalt? Davon stand zumindest nichts im Polizeiprotokoll. „Wieso brauchen Sie einen Anwalt?", frage ich.

„Ich wäre gar nicht auf die Idee gekommen", sagt sie und rührt im Bodensatz ihres Kaffees, als gäbe es da etwas zu lesen. „Es hat sich einer bei mir gemeldet."

„Wann?"

„Das ist erst zwei, drei Wochen her. Er hat gesagt, dass er nichts verlangen wird, falls wir nicht gewinnen, aber dass ich mich dagegen wehren soll, dass das Verfahren eingestellt wird. Weil sonst hätte ich ein Problem mit Schadenersatzforderungen, und gerade bei solchen Vorfällen seien die gesundheitlichen Spätfolgen nie abschätzbar. Ich hab wirklich eine Zeit lang sehr schlecht geschlafen und mich auch am Tag gefürchtet, wenn mir ein Mann schneller als gewöhnlich entgegengekommen ist."

„Haben Sie ihn gefragt, warum er sich bei Ihnen meldet?"

„Natürlich, ich will ja keinem Betrüger aufsitzen. Er hat gesagt, er vertritt eine andere Frau, die dieser Zermatt angefallen ist. Und über die Polizeiakten ist er auf meinen Namen gekommen."

Kann es sein, dass sich Weis als Anwalt ausgegeben hat, um mehr über Zerwolfs angebliche Übergriffe herauszufinden? Aber die Beschreibung des Anwalts passt nicht im Geringsten. Dr. Berthold Klein. Ich werde Oskar fragen, ob er einen Anwalt mit diesem Namen kennt. Und was er für gewöhnlich tut.

Emma Mandelbauer, das zweite mutmaßliche Opfer von Zerwolf, erreiche ich nicht. Keine der beiden Emma Mandelbauer, die in dem Bezirk wohnen, in dem der Angriff stattgefunden hat, geht ans Telefon.

Am Nachmittag treffe ich mich mit Vesna in der Nähe des Weis.Zentrums. So ein Haus aus Glas und halbdurchsichtigem Papier hat schon auch seine Vorteile. Man kann viel besser beobachten, was darin vorgeht. Vesna hat einen Platz in einem der umliegenden Weingärten entdeckt, von dem aus man mit einem Fernglas sehr gut ins Zentrum sehen kann. Ich möchte mit Berger reden. Das geht aber sicher nur, wenn Weis nicht da ist. Und sollte es nicht klappen, dann bemerken wir hier ja vielleicht etwas anderes, das uns weiterhelfen kann.

Die letzten paar hundert Meter fahre ich hinter Vesna her. Schmale Straße, links und rechts Weinstöcke. Schwer zu glauben, dass es so etwas in der Großstadt Wien gibt. Sie hält an und parkt am Rand einer Wiese. Wir wandern die Rebzeile hinauf, ein lauer Wind weht. Junggrüne Weinblätter. „Wir hätten einen Picknickkorb mitnehmen sollen und Weis einfach vergessen", schnaufe ich.

„Machen wir einmal", sagt Vesna.

Von unserem Platz aus sieht man das Weis.Zentrum in der Sonne leuchten. Es wirkt sehr fremd zwischen den Weinhügeln. Auf dem Parkplatz darunter stehen zwei Autos. Ins Innere des Gebäudes sieht man leider nicht so gut wie gedacht. Die Glasscheiben spiegeln.

„Wie ich da war, es war schon Dämmerung", sagt Vesna. „Hätte ich an Sonne denken müssen."

Ich spähe durch das Fernglas. Da sind jedenfalls drei Personen. Zwei sind im Begegnungsraum, die eine davon ist sicher Weis. Seine Glatze leuchtet. Schade, er ist da. Die andere ist leider gerade dort, wo die Glasscheibe das Sonnenlicht reflektiert. Die dritte muss im Büroraum sein, man sieht nur einen Schattenriss, sie ist hinter der Reispapierwand. Alles scheint den im Weis.Zentrum üblichen Gang zu gehen.

„Wir müssen eben warten, bis Sonne weggeht", sagt Vesna.

„Oder zumindest, bis Weis weggeht", ergänze ich. Wenn er denn vor den anderen geht. Ich gebe Vesna das Fernglas, vielleicht sieht sie mehr. Helle, zarte Weinblätter, die wären jetzt wunderbar in Öl einzulegen. Nur kurz blanchieren und dann in gutem Olivenöl konservieren. Vorausgesetzt, keiner hat sie vor Kurzem gespritzt. Ich sollte endlich ins Weinviertel zu meiner Winzerfreundin Eva fahren. Abschalten. Weg von möglichen Bomben und realen Recyclinganlagen.

„Da tut sich was", sagt Vesna. „Weis und die andere Person gehen aus dem Zimmer. Pass auf, gleich kann ich sehen, wer andere Person ist. Sehr gut."

„Was ist? Wer ist es?" Ich hasse Vesnas Hang zur Geheimnistuerei. Und sie weiß genau, wie neugierig und ungeduldig ich sein kann.

„Ja", sagt sie zufrieden. „Jetzt weiß ich."

Ich greife nach ihrem Fernglas.

„Lass das. Es ist Carmen. Sehr gut“, triumphiert sie. „Hat nicht viel Zeit verschwendet, deine Stieftochter.“

„Nenn Sie nicht meine Stieftochter.“

„Wenn du nicht magst, dann nicht. Aber was ist Schlechtes daran? Ich bin Mutter. Finde ich gut. Bin ich trotzdem Vesna. Und Mensch. Das ist, was zählt.“

„Du solltest doch Philosophie studieren. Oder bei Weis aushelfen“, ätze ich.

„Stopp“, sagt Vesna und schaut angestrengt durchs Fernglas. „Die beiden kommen heraus, sie gehen Weg hinunter.“

Das kann ich jetzt sogar mit freiem Auge sehen. Zwei Gestalten gehen zu einem hellen Auto.

„Und der andere ist Berger. Er ist jetzt weiter vorne im Gebäude. Ich will hinter den beiden her, nur zur Sicherheit, auch Sicherheit von Carmen. Und du beeile dich zu Berger.“

Ich nicke und springe auf. „Carmen sollte uns eine SMS schicken, wenn sie sich mit Weis trifft“, keuche ich, während wir zu unseren Autos sprinten. Zum Glück geht es jetzt wenigstens bergab.

„Nicht jetzt nachsehen“, ruft Vesna zurück. Sie ist schon gute zwanzig Meter vor mir.

Berger steht mit einer Rolle Klopapier im Vorraum und sieht irgendwie ertappt drein. Kommt davon, wenn Türen immer offen stehen. Wenngleich die Tür zum WC woanders ist, ganz hinten, noch hinter dem Arbeitszimmer. Weis hatte immerhin so viel Anstand, die beiden WCs mit einigermaßen blickdichten Reispapierwänden zu umgeben. Wobei ich ihm die Übung „Öffentliche Notdurft zur Reinigung und Befreiung“ durchaus zutrauen würde. Wäre aber wohl mit einem Teil seiner Jüngerinnen nicht machbar, einige von ihnen sehen so aus, als würden sie derlei Dinge gar nicht tun.

Ich lächle Berger an. „Ich wollte mich nur verabschieden und mich für die gute Zusammenarbeit bedanken. Ich weiß nicht, ob Sie wissen, dass Weis mich rausgeworfen hat.“

Berger legt die Klopapierrolle auf dem durchsichtigen Tischchen mit den Visitenkarten des Weis.Zentrums ab. Sofort wirkt sie wie die moderne Skulptur irgendeines sehr populären Künstlers, der sich dabei eine Menge gedacht hat.

„Sie haben ihn nicht gerade geschont in Ihrem Artikel“, erwidert

Berger. „Aber ich kann Sie verstehen. Das ist Ihr Job. Und genau betrachtet war ja nichts falsch, was Sie geschrieben haben."

Berger ist so anders als Weis. Nachdenklich. Zurückhaltend. Ruhig. Ich weiß, dass er das meiste Material für Weis' neues Buch gesammelt hat. Ob er irgendetwas dafür bekommt? Was hat die beiden zueinandergeführt?

„Es tut mir leid, Sie nun aus den Augen zu verlieren", sage ich wahrheitsgemäß und füge hinzu: „Vielleicht hätte ich bei Ihnen ein paar Stunden nehmen sollen. Kann ja niemandem schaden, ein bisschen in seinem Innenleben aufzuräumen." Das klingt irgendwie nach Vesna und ihrer Reinigungsfirma. Seltsam. Aber ist schon was dran. Mein Verhältnis zu Oskar klären, der jetzt auch Vater ist, zu Carmen, zu ihrer Mutter, zum Älterwerden. – Warum nicht auch gleich mein Verhältnis zu Gismo?, spotte ich über mich selbst.

„Bei mir?", fragt Berger und lächelt ungläubig. „Beim Handwerker? Wo Sie den Guru auch hätten haben können? Erfolgsfrauen interessieren ihn immer."

Was bin ich? Eine Erfolgsfrau? Hab ich noch nie so gesehen. Vielleicht bräuchte ich wirklich eine Therapie. „Ich hab was übrig für Handwerk", sage ich, „mehr als für Schaumschlägerei. Warum nennt er Sie eigentlich so?"

„Er sagt, mir fehle die Inspiration, die spirituelle Offenheit zu den anderen hin. Vielleicht hat er recht. Ich habe als Psychologe einfach gelernt, mit Menschen und ihren Problemen umzugehen. Wissen Sie, dass es für gewisse Störungen ziemlich klare Lösungsmuster gibt? Eine Angststörung zum Beispiel kann, wenn der Person sonst nichts fehlt, nach ein paar Gesprächssitzungen einfach weg sein."

„Warum arbeiten Sie mit Weis zusammen?", will ich wissen. „Sie erledigen ja auch eine Menge organisatorischen Kram für ihn", füge ich hinzu und starre schon wieder auf die Klopapierrollenskulptur.

„Es hat sich so ergeben", sagt er kurz und sein Gesicht verschließt sich.

„Sind Sie eigentlich beteiligt oder bezahlt er Sie?", frage ich weiter. Er muss mir ja nicht antworten.

„Mir gehören dreißig Prozent des Zentrums", erwidert Berger. „Das lässt sich auch jederzeit im Firmenbuch einsehen, aber ich weiß nicht, was Ihnen das für die nächste Reportage bringen soll. Es wird doch eine nächste geben, oder?"

„Wahrscheinlich schon. Was halten Sie eigentlich von den Vorwürfen gegen Zerwolf? Keine Angst, ich werde Sie nicht erwähnen. Ich brauche nur die Einschätzung eines Menschen, der sich da besser auskennt als ich." Das brächte alle, die ein wenig eitel sind, zum Reden. Berger wirkt leider nicht besonders eitel.

„Ich kann sie schwer nachvollziehen", sagt der Psychologe trotzdem. „Alles ist vorstellbar, auch dass ein arrivierter Philosoph in der Nacht Frauen belästigt. Wahrscheinlich ist es allerdings nicht. Üblicherweise finden Männer wie er verstecktere Wege, mit sexuellen Störungen umzugehen."

„Und die Sache mit dem Terrorismus?"

„Scheint mir weit hergeholt. Ich würde mich nicht darauf einlassen."

„Weis sieht das anders", entgegne ich.

„Haben Sie sich schon einmal gefragt, warum?", sagt Berger und redet dann sehr schnell weiter, so als müsse er endlich etwas loswerden. „Was ich Ihnen jetzt sage, muss unter uns bleiben. Aber Sie können es nachrecherchieren. Weis hat jeden Grund, Zerwolf in Misskredit zu bringen. Es geht um ziemlich viel. Die „Guru"-Show läuft nicht mehr so gut wie zu Anfang. Wahrscheinlich gibt es zu wenige Menschen, die sich durch die Show auf Dauer besser fühlen, und da schalten sie dann lieber auf Verkaufskanäle oder zu Sportsendungen – je nach Veranlagung eben. Der Fernsehsender verhandelt mit Zerwolf über ein neues Format."

„Dürften ziemlich einseitige Verhandlungen sein", sage ich ungläubig.

„Da ist was dran. Aber auf alle Fälle ist Weis das Angebot des Senders an Zerwolf zugespielt worden. Zerwolf soll statt einmal im Jahr einmal im Monat reden. Und das dafür gleich öffentlich im Fernsehen. Man sichert ihm absolute Freiheit zu. Das Ganze soll anstelle der ‚Guru'-Show gesendet werden."

Ich überlege. Das müsste selbst für Zerwolf reizvoll klingen. Reden können, worüber er möchte. Ich würde mir die Sendung ansehen. Zerwolf ist es auf jeden Fall zuzutrauen, dass er interessante Dinge zur Sprache bringt – und auch für den einen oder anderen Skandal sorgt. Als er zum letzten Mal öffentlich gesprochen hat, war er gar nicht philosophisch, sondern ganz konkret und politisch. Er hat gefordert, dass Staatsgelder nur dann krisengeschüttelte private Unternehmen unterstützen dürfen, wenn eine Steuer auf Spekulations- und Aktiengewinne eingeführt wird. So würde wenigstens ein interner Ausgleich geschaffen. Ansonsten zahlten alle drauf, die gar nie spekulieren könnten. Und er hat das wunderbar formuliert, so, dass es wirklich jeder begreift, der begreifen will.

„Glauben Sie mir", sagt Berger beinahe flehentlich.

„Das tue ich. Und ich werde das nachrecherchieren."

„Weis hat ein ziemlich ausgeprägtes Geltungsbedürfnis, wenn Sie verstehen, was ich meine."

„Warum arbeiten Sie mit ihm? Sie scheinen ja nicht einmal von seinen Methoden besonders viel zu halten. Kann man die Firmenverhältnisse nicht ändern?", murmle ich.

„Er hatte immer ausgefallene Methoden, nicht die eines ‚Handwerkers' eben. Und er hat Erfolg damit. Ich bewundere ihn dafür, ehrlich. Aber er hat sich verändert, seit es dieses Zentrum gibt. Es wird alles extremer ... Wenn ich nur an die junge Frau denke, mit der er weggefahren ist ..."

„Was ist mit ihr?", sage ich schärfer, als ich es vorgehabt habe.

Er sieht mich mit einem Mal sehr aufmerksam an. „Sie haben sie gesehen?"

„Nein ... Ich frage nur ... Was macht er mit ihr?"

„Exerzitien. Er nennt es Exerzitien. Das macht er fast immer mit neuen Jüngerinnen. Sie fahren auf eine Waldlichtung und dann öffnen sie sich."

„Wie muss ich mir das vorstellen?" Du liebe Güte, wo haben wir Carmen da hineingetrieben? Okay, sie wollte es selbst. Nein, nicht okay, wir hätten es verhindern müssen. Sie ist jung. Sie ist naiv. Sie ist Oskars Tochter.

Er lächelt schmallippig. „Ich weiß es nur von einer ... Klientin. Er bittet sie einfach, langsam und tief zu atmen. Und alles abzulegen, was sie stört. Mit geschlossenen Augen ein Kleidungsstück nach dem anderen abzulegen und dabei zu sagen, was sie stört, was sie loswerden möchten. Zum Schluss ist die Frau nackt und er nennt sie ‚rein', ‚gereinigt'. Und dann ... öffnet er sich ... und dann ergibt es sich, dass sie miteinander Sex haben. Zur tiefsten Verbundenheit, die möglich ist, als Beginn einer spirituellen Verbundenheit, der natürlich nichts mit primitiver sexueller Befriedigung zu tun hat."

„So was kann man nur Frauen einreden", sage ich empört, ohne nachzudenken.

Berger lächelt. „Viele von ihnen suchen im Sex mehr, wir Männer suchen in erster Linie Befriedigung. Und manchmal körperliche Nähe, die wir uns sonst nicht erlauben. Nicht dass Sie mich falsch verstehen: Die Frauen tun freiwillig mit."

„Ich dachte, die Verlegerin Ida Moylen sei seine … Freundin."

Berger lacht unlustig. „Haben Sie nicht zugehört? Freundin? Eine Freundin? Warum nur eine, wenn er Sex mit mehreren haben kann? Erfolgsfrauen, reiche Frauen, attraktive Frauen, dankbare Frauen. Ganz abgesehen davon: Er hat Jüngerinnen, das Wort liebt er, er sagt ihnen, es klinge nach dem, was sie durch ihn, durch sich, durch ihre Entwicklung würden: jünger."

„Ein bisschen platt", sage ich einigermaßen schockiert.

Berger schüttelt bitter den Kopf. „Er erfüllt ihre Bedürfnisse. Dabei ist für ihn eine wie die andere. Er ist wie Narziss, der sich im Wasser spiegelt. Aber das verstehen sie nicht."

Was sind die Bedürfnisse von Carmen? Ich hätte nie zulassen dürfen, dass sie zu Weis geht, diesem widerlichen … Stopp, Mira. Sie ist eine erwachsene Frau. Alle die Frauen, die sich auf ihn so oder so einlassen, sind erwachsen. Er zwingt sie zu nichts. Und vielleicht ist es ja gerade das, was sie brauchen: Endlich ein Abenteuer, sich wichtig fühlen, aufgewertet dadurch, dass sich der Fernsehguru für sie interessiert, dass er ihnen zuhört, sie ernst nimmt, mehr noch, das Gefühl, von ihm begehrt zu werden.

„Wen halten Sie für den Täter?", fragt Berger besorgt.

„Sie halten Franziska Dasch für tot? Was wissen Sie?" Ich starre Berger an. Der zuckt mit den Schultern.

„Tut mir leid, das war unbedacht. Ich … weiß nicht, was mit ihr passiert ist. Ich hab leider keine Ahnung."

„Warum fragen Sie dann nach dem Täter?"

„Fragen wir uns nicht alle, was hinter ihrem Verschwinden steckt?"

Da ist schon was dran. „Kannten Sie Franziska Dasch besser?"

Berger schüttelt den Kopf. „Leider nein. Sie hat sehr glücklich gewirkt nach den ‚Begegnungen' mit Weis. Noch glücklicher als die anderen. Mehr kann ich nicht sagen."

„Wir wissen inzwischen, dass er mit einigen seiner Jüngerinnen bei der Recyclinganlage war", erzähle ich. „Haben Sie eine Erklärung dafür?"

Der Psychologe lächelt. „Er liebt alles, was spektakulär und einprägsam ist. Das ist einer seiner Erfolgsfaktoren."

„Glauben Sie, dass zwischen der Bombendrohung und dem Verschwinden von Franziska Dasch ein Zusammenhang besteht?“

Berger rückt an der Klopapierrolle. „Ob es zwischen den beiden Ereignissen einen Zusammenhang gibt … Wer kann es wissen außer dem Täter?“ Er lächelt bemüht munter. „Also: Ratespiel: Wer war der Drohanrufer?“

Ich schüttle den Kopf. „Zerwolf? Die Verlegerin? Weis? Der Mann von Franziska Dasch, um davon abzulenken, dass er sie ermorden wird? Wer weiß.“ Irgendwas gibt es, was ich ihn noch fragen sollte … Etwas zu den Bedürfnissen, von denen er gesprochen hat … Sind wirklich alle Bedürfnisse gleich? Auch meine? Sind wirklich alle Männer so simpel, wenn es um Sex geht? Aber das war es nicht … Da fällt mir ein, was Vesna wissen wollte.

„Haben Sie hier eine Putzfrau?“

Berger sieht mich irritiert an. Kann ich ihm nicht verdenken. „Eine Putzfrau?“, wiederholt er. „Ja, natürlich kommt jemand putzen. Aber nur, wenn keiner da ist. Weis findet, dass alles sauber sein soll, aber er will nicht sehen, wie es gemacht wird. Warum fragen Sie nach der Putzfrau?“

Ich lächle harmlos. „Weil es hier immer so besonders sauber ist und ich gerade eine suche. Haben Sie ihre Nummer?“

„Nein, die habe ich nicht“, sagt Berger überraschend schroff.

Kann ich irgendwie nicht glauben. Er scheint ja auch sonst für die Organisation des Weis.Zentrums verantwortlich zu sein. „Na ja, dann werde ich eben Weis anrufen und fragen, vielleicht redet er ja doch wieder mit mir. Wäre auch interessant, zu hören, was er dazu sagt, dass Zerwolf quasi seine Sendung übernehmen soll.“

Und seltsam: Jetzt findet Berger die Nummer doch.

[8.]

Oskar ist mit Carmen in einem Konzert. Ich gebe zu, ich bin bei klassischen Konzerten schon einige Male eingeschlafen. Nicht weil ich die Musik nicht zu schätzen wüsste, sondern weil man dabei so wunderbar wegdriften kann, zuerst mit geöffneten Augen, und dann sind sie irgendwann einmal zu. Zumindest bei mir. Carmen hat sich bei Vesna und mir noch immer nicht gemeldet. Leider hat es Vesna nicht geschafft, an Weis und Carmen dranzubleiben. Weis fährt übrigens ein weißes Mercedes-Cabrio. Damit seine Jüngerinnen unter freiem Himmel träumen können. Ob er tatsächlich mit ihnen allen „Sichöffnen" am Waldesrand spielt? Warum hat mir Berger davon erzählt? Ich habe Vesna die Nummer der Putzfrau des Weis.Zentrums gegeben. Ihr Name klingt bosnisch. Oder zumindest serbokroatisch. Ich kenne mich da nicht so aus. Vesna will nach Verbindungen zu ihr suchen. Vesna und ihre Putzfrauenconnections. Manchmal hilfreicher als die mächtigsten Seilschaften. Ich kritzle Kringel auf meine Schreibtischunterlage. Es ist schon finster, ich bin eine der Letzten in der Redaktion. Carmen scheint jedenfalls nichts geschehen zu sein. Hoffentlich erzählt sie Oskar nicht doch, was sie gerade tut. Einen narzisstischen Guru beobachten, der bereit ist, für seine Fernsehshow über Leichen zu gehen. Über Leichen? Zerwolf lebt. Oskar wäre jedenfalls stinksauer. Ich will nicht heimgehen, ich will nicht allein sein. Gismo ist da. Wir könnten gemeinsam fernsehen. Oskar fehlt. Oskar ist am Abend auch sonst nicht immer da. Aber für gewöhnlich ist er dann dienstlich unterwegs, das ist etwas anderes. Lass die beiden doch in Ruhe miteinander reden, Mira. Tue ich ja.

Weis hat Zerwolf bei seinen Freunden vom „Blatt" angeschwärzt. Einen, der unter Terrorverdacht steht, will kein Fernsehsender. Und schon gar nicht einen, der in der Nacht Frauen belästigt. Diese Emma Mandelbauer habe ich noch immer nicht erreicht. Bei einer der beiden Nummern hat jemand abgehoben, aber die Frau hat gekichert und gesagt, dass man sie ganz sicher nicht der Nacht belästigt habe. Sie sei zweiundneunzig und leider an den Rollstuhl gefesselt. Hat aber sonst ganz munter geklungen und sich die Geschichte erzählen lassen. Gelesen habe sie davon, hat sie mir gesagt, sie wisse auch, dass es im Bezirk eine andere Emma Mandelbauer gebe, manchmal komme die Post an die falsche Adresse, aber leider, außer den Briefumschlägen kenne sie nichts von der anderen Mandelbauer.

Klaus muss bei mir Licht gesehen haben. Ich sehe ihn durch das halbdunkle Großraumbüro herkommen. Soll ich ihm von meinem eigenartigen Gespräch mit Berger erzählen? Nein, lieber zuerst nachrecherchieren. Sagt man nicht, dass die meisten Psychologen selbst einen Dachschaden haben? Mira, du wirst solche idiotischen Gemeinplätze doch nicht übernehmen. Sie haben jedenfalls nicht häufiger einen Dachschaden als Autorinnen oder Halbleiterhersteller oder auch Journalisten.

„Hast du was Neues?“, fragt Klaus.

„Ich bin dran“, lächle ich möglichst unverbindlich.

Der Chefredakteur sieht mich fragend an. Er ist kein Idiot. Ich sollte ihm irgendetwas bieten. Aber noch bevor ich überlegen kann, was, sagt er: „Ob du willst oder nicht, du musst der Terrorgeschichte und dem Verdacht gegen Zerwolf nachgehen. Das ‚Blatt‘ wird da nicht runtersteigen.“

Und Weis wird sich darüber sehr freuen, denke ich und sage stattdessen: „Weißt du, dass das Verfahren gegen Zerwolf schon im Jahr 2002 eingestellt wurde?“

„Weil man ihm nichts nachweisen konnte. Er ist außergewöhnlich klug, vergiss das nicht“, erinnert mich unser Chefredakteur.

„Wer klug ist, ist also automatisch verdächtig?“, erwidere ich. „Zumindest für die vom ‚Blatt‘ und ihre Leser“, schränke ich dann ein. Es gibt keinen Grund, sich mit dem Chefredakteur in die Haare zu kriegen. „Weißt du übrigens, dass Weis schon öfter bei der Recyclinganlage gesehen wurde? Mit wechselnden Jüngerinnen?“

„Das entlastet ihn doch eher“, murmelt Klaus.

So habe ich das noch gar nicht gesehen. „Auf jeden Fall weiß er, wie so eine Anlage arbeitet“, sage ich lahm.

„Ich mag ihn auch nicht", sagt Klaus, „aber das macht ihn noch nicht zum Hauptverdächtigen."

„Warum hast du mir eigentlich diesen Buchauftrag vermittelt?"

Klaus lächelt. „Hab ich dir das nie gesagt? Weis hat mir den Job angeboten. Ich wollte nicht. Er wollte das Buch unbedingt mit jemandem vom ‚Magazin' machen und hat angedeutet, dass sich das ‚Magazin' ja im Gegenzug zur außergewöhnlich guten Bezahlung überlegen könnte, sein Buch entsprechend zu promoten. Außerdem wäre er interessiert, für das ‚Magazin' eine Kolumne zu schreiben. Und auch sonst mit uns zusammenzuarbeiten."

„Und dem hast du zugestimmt?", frage ich entsetzt.

„Natürlich nicht, ich habe nur gesagt: ‚Wir werden sehen.' Ich werde natürlich nichts Derartiges tun. Gerechte Strafe für seinen indirekten Bestechungsversuch."

Ich grinse. „Hast du Lust, mit mir essen zu gehen?"

Klaus schüttelt bedauernd den Kopf. „Hätte ich das gewusst ... Und ob ich Lust hätte ... Auch ohne über die Bombengeschichte zu reden ... Einfach wieder einmal plaudern ... und vielleicht ein paar Kollegen durchhecheln ... Aber keine Chance, meine Tante hat Geburtstag. Da versammelt sich unsere Familie und es gibt kein Entkommen."

„Klingt wie die klassische Ausrede", spotte ich.

„Du kriegst morgen ein Familienfoto mit Datumsangabe, sieh es dir an und du wirst wissen, dass ich mit bald jemandem lieber essen gegangen wäre ..."

Ich lache. Ich sollte mich in die Geschichte nicht so verbohren. In Wirklichkeit ist Guru Weis eher zum Lachen. Und Zerwolf, dieser verstummte hochintelligente Murmeltierverschnitt, auch.

Ich drehe meinen Computer ab, nehme meine Tasche und fahre zusammen mit Klaus mit dem Lift nach unten.

„Schade", sagt er noch einmal und sieht mich an. „Ich wäre sehr gern mit dir essen gegangen."

„Liebe Grüße an deine Tante", erwidere ich, küsse ihn kurz auf die Wange und fühle mich mit einem Mal wieder jung. Oder zumindest nicht alt.

Die Lichter der Stadt spiegeln sich auf dem Donaukanal, ich gehe über die Brücke, der Feierabendverkehr hat bereits nachgelassen. Wien hat in den letzten zehn Jahren deutlich gewonnen, denke ich. Einige gut designte Hochhäuser mehr, neue Lichter, neues Leben. Ich mag meine Stadt, vor allem an einem lauen Frühlingsabend wie diesem. „Vieles ist möglich", denke ich, und ich glaube, ich summe es sogar vor mich hin. Soll ich allein essen gehen? Warum nicht? Andererseits: Netter ist es schon zu zweit. Soll ich Vesna anrufen? Möglichkeit. Aber hat sie nicht irgendwas davon erzählt, dass sie heute Nacht endlich die Buntmetalldiebe erwischen könnten?

Wer bedroht eine harmlose Literaturgala? Vielleicht war es ja doch dieser Hans Glück. Er hat sich über meinen Artikel nicht beschwert, ich habe auch bloß geschrieben, was er gesagt hat. Wie er über seinen Kollegen hergezogen ist ... Na ja, wenigstens kein Heuchler. Verhofen. Der wollte schon lange mal mit mir essen gehen. Jetzt auch noch? Zuckerbrot hat ihn ganz offensichtlich vor zu gutem Kontakt mit mir gewarnt. Ich grinse. Die Unterlagen in der roten Mappe ... die habe ich jedenfalls nicht von Verhofen, und Zuckerbrot dürfte das wissen. Ich kann ja versuchen herauszufinden, ob sich Verhofen mit mir treffen möchte, obwohl ich so gefährlich für Polizeibeamte bin. Ich rufe ihn einfach an. Oder vielleicht doch eine SMS. Das ist unverbindlicher. Er kann so tun, als hätte er sie nie bekommen. „Sitze in der Redaktion zwischen den Stühlen, bin hungrig." Oha, könnte zweideutig klingen. Reduzieren wir es auf das Wesentliche. „Abendessen?" Okay. Senden.

Wir sitzen auf der Terrasse eines Lokals am Donaukanal, inzwischen ist es doch frisch geworden, aber wir wollen beide noch nicht gehen. Das Essen war mittelprächtig, macht nichts. Verhofen hat mir eine Menge über seine Arbeit bei der UNO erzählt. Er war vor allem in afrikanischen Staaten unterwegs und hat dort Polizeioffiziere ausgebildet. Nicht immer ganz einfach, wenn man in Länder kommt, die noch kaum eine Chance hatten, demokratische Strukturen zu entwickeln.

„Ich habe eine Menge guter Freunde gefunden", erzählt Verhofen. Er lacht. „Und ein paar von ihnen könnten meinen Kollegen in Wien einiges über Demokratie und Menschenrechte beibringen. Dort gibt es notgedrungen Leute, die sich mit diesen Fragen viel mehr auseinandersetzen."

„Und warum sind Sie zurückgekommen?", frage ich.

Er sieht nachdenklich auf das dunkle Wasser. Ich wickle mich enger in meine Jacke.

„Es hatte, wie so oft, mit einer Frau zu tun. Ich habe in Simbabwe eine großartige Frau kennengelernt. Uni-Dozentin für Politikwissenschaften, ich hab einen Vortrag bei ihr gehalten.“ Er lächelt traurig. „Es war eine schöne Zeit.“

„Es ist schiefgelaufen?“

„Sie hat sich gegen mich und für einen Politiker entschieden, den ich für reichlich dubios halte. So eine Art Volkstribun. Schon einer, der für die Ärmeren und für Demokratie kämpft, aber irgendwie … Ich traue ihm nicht.“

„Und deswegen sind Sie zurück?“

„Nicht weil ich ihm nicht traute, das ist eines der vielen Vorurteile, dass in Afrika alle zur offenen Gewalt neigen. Nein, ich hab mich irgendwann auch zurückgesehnt. Und ich hatte keine Lust, Zara irgendwo auf der Straße zu begegnen. Das ist in Wien leichter zu vermeiden als in Harare.“

Ich will ihm schon erzählen, dass Oskar mit seiner neuen Tochter unterwegs ist, aber so gut kennen wir uns auch wieder nicht. Noch nicht. Mira, was willst du? Ein schöner Abend, beinahe ein Flirt, etwas fürs Selbstbewusstsein. Viel besser als jeder Guru. Ich könnte ihm erzählen, dass Weis wiederholt bei der Recyclinganlage gewesen ist. Entlastet Weis ja eher. Sein Motiv, dort zu sein, war nicht, Frauen verschwinden zu lassen, sondern ihnen eine spektakuläre Form der Verwandlung, der Erneuerung zu zeigen.

Verhofen sieht mich an und lächelt. „Sie haben mich noch gar nicht über unseren Fall ausgehorcht.“

Ich zucke ertappt zusammen. Lernt man bei der Polizei jetzt schon Gedankenlesen? „Wenn Sie schon davon anfangen …“, sage ich dann und verstumme wieder. Warum mir den schönen Abend verderben? Es wird kalt, Mira. Bald Zeit, zu gehen.

„Wechseln wir das Thema“, sagt Verhofen sofort. „Wie sind Sie zum ‚Magazin‘ gekommen? Immerhin sind Sie ausgebildete Juristin, nicht wahr?“

„Woher wissen Sie …“, sage ich verblüfft. Ich verwende meinen Titel nie, hat irgendwie nichts mit meinem Job und meinem Leben zu tun.

„Ein bisschen Recherchieren gehört auch in meinem Beruf dazu.“

„Apropos: Statt Sie auszuhorchen, kann ich Ihnen vielleicht etwas Neues erzählen …“ Und dann erzähle ich doch noch, was ich auf der Baustelle erfahren habe. Natürlich ohne Slobo zu erwähnen. Verhofen hört mir aufmerksam zu. „Dabei haben wir den Leuten dort sogar Fotos gezeigt.“

Ich grinse. „Weis hatte auf der Baustelle einen Helm auf. Und was ist das Einprägsamste an ihm? Seine Glatze. Die hat keiner gesehen. Also hat man ihn auf den Fotos auch nicht erkannt. Warum konnte die Recyclingfirma die Anlage gleich wieder in Betrieb nehmen? War die Spurensicherung so schnell fertig?"

Verhofen schenkt uns beiden Wein nach. „Information gegen Information, okay. Der Besitzer hat Druck gemacht und die Autobahnfirma und die Politiker, die hinter der Autobahn stehen, auch. Offenbar ist man gerade in einer kritischen Phase, und wenn da nicht weiter zerkleinert und wiederverwertet werden kann, verliert man zu viel Zeit. Und Geld. Gehört ja zum Konjunkturbelebungsprogramm, diese Autobahn rascher zu bauen, als geplant war."

„Die wichtigsten Spuren waren schon gesichert, oder? Sonst hätte das Intervenieren wohl nichts genützt", überlege ich.

Verhofen sieht mich an. „Gut überlegt. Die wichtigste Spur hatten wir, nämlich das Stück Schuh. Und weil Sie das sicher wissen wollen: Er ist tatsächlich durch die Anlage gegangen. Blut- oder Gewebespuren haben wir im Schuh aber nur in dem Ausmaß gefunden, das natürlich ist, wenn er getragen wurde."

„Und im zerkleinerten Asphalt?", frage ich.

Verhofen schüttelt den Kopf. Heißt das jetzt, er will es mir nicht sagen, oder heißt es, dass es keine Blut- oder Gewebespuren gab?

„Hinter der Anlage liegt ein Berg recyceltes Material", rede ich weiter. „Wahrscheinlich ist es nicht so einfach, da drin Spuren zu finden."

Verhofen nickt. Auch eine Antwort.

„Der Betreiber und die Arbeiter meinen, möglich sei es jedenfalls, eine Leiche in der Anlage verschwinden zu lassen. Man müsse sie nur zwischen den Asphaltbrocken verstecken. Oder selbst mit dem Bagger in die Anlage heben. Legt nahe, dass es sich beim Täter um einen Mann gehandelt hat", überlege ich weiter.

„Oder um eine Frau mit Kraft", ergänzt Verhofen. „Oder um jemanden, der den großen Gabelstapler aus der Recyclinghalle fahren kann. Das wäre der einfachste Weg, die Leiche in die Anlage zu hieven."

Die Verlegerin fällt mir ein. Bücher sind schwer. Sie werden auf Paletten gelagert. Um Paletten zu bewegen, benutzt man Gabelstapler. Quatsch, warum sollte sie … Der Wein ist ausgetrunken. Verhofen sieht sich nach einem Kellner um. Ich sollte dringend gehen, ich möchte nicht nach Oskar heimkommen. Warum eigentlich nicht?

„Wir teilen", sage ich.

„Ich möchte Sie einladen", sagt Verhofen und der Kellner bringt auch schon die Rechnung. Ich sehe mich um, wir sind die Letzten, die der kühlen Abendluft am Wasser standgehalten haben. Der Kellner hat wohl schon darauf gewartet, dass wir aufbrechen.

Verhofen zahlt, ich fände es lächerlich, jetzt um die Rechnung zu streiten.

„Danke", sage ich. „Und danke für den schönen Abend."

Verhofen lächelt. Er legt seine Hand leicht auf meine. „Schade nur, dass Sie bloß an meinen Informationen interessiert sind."

„So ist das nicht", protestiere ich. Meine Hand ziehe ich trotzdem weg. Ein angenehmes Prickeln bleibt. Was hat Berger gesagt? So in etwa, dass Männer immer nur das eine wollen? Quatsch. Am Donaukanal trennen sich unsere Wege. Verhofen biegt nach rechts und ich nach links. Ich drehe mich noch einmal nach ihm um, er geht rasch und schaut nicht zurück.

Mit schnellen Schritten, auch um die Kälte zu vertreiben, trabe ich durch den 1. Bezirk. Ich denke nach. Über dies und das und darüber, dass im Recyclingmaterial offenbar noch keine Spuren von Franziska Dasch gefunden worden sind. Bis der ganze separierte Berg durchsucht ist, wird es sicher dauern. Eine Leiche, fein vermahlen mit Asphalt. Ich springe zur Seite. Beinahe wäre ich mit einem nächtlichen Jogger zusammengekracht. Er flucht und rennt weiter. Er trägt eine Mütze. Zerwolf? Ich hetze in der schmalen Gasse hinter ihm her, er dreht sich irritiert um. Nein, nicht Zerwolf. Ein junger Mann. Ich mache eine entschuldigende Geste. Er wird wohl nicht geglaubt haben, dass ich ihn überfallen will.

Ich sperre, beschwingt vom Abend, die Wohnungstür auf, ich werde mir einen Whiskey nehmen, auf meinem Laptop einige Notizen machen und darüber nachdenken, warum heute gleich zwei interessante Männer mit mir ausgehen wollten. Und wie wichtig es für mich ist, was Männer von mir halten. Quatsch, es tut einfach gut, gemocht zu werden.

Oskar starrt mich fragend vom Fernsehsofa aus an. Neben ihm Gismo, auch sie starrt mich an. Was soll das? Hab ich kein Recht, auszugehen? Soll ich zu Hause sitzen und warten, bis mein Oskar heimkommt? Oh Mist. Vielleicht hat Carmen ihm doch erzählt, dass sie die neue Jüngerin von Weis ist.

„Der Abend mit Carmen war schön?“, frage ich mit harmloser Stimme. Ich hoffe, er nimmt sie mir ab.

„Sehr nett“, sagt Oskar. „Und wo warst du?“

„Ich hab mich noch mit Verhofen getroffen, am Donaukanal.“

„Der ideale Ort für ein konspiratives dienstliches Treffen“, antwortet Oskar, noch immer ohne jedes Lächeln.

Ich lasse ihn sitzen, nehme die Flasche Jameson aus dem Schrank, zwei Gläser, ein kleines Kännchen mit Wasser. Ich gehe zurück zum Sofa, stelle alles auf den Couchtisch. „Magst du auch?“

Oskar schüttelt den Kopf.

„Meine Güte“, sage ich, „es hat sich spontan ergeben und ich dachte mir, du bist ja ohnehin mit Carmen unterwegs.“

„Weswegen du sofort mit irgendeinem Typen weggehen musst. Ist deine Eifersucht auf Carmen nicht ein bisschen lächerlich?“

Jetzt reicht es. Ich nehme einen großen Schluck Whiskey. „Ich habe recherchiert, okay? Das macht man manchmal auch am Abend.“

„Ganz schön unangenehm für Verhofen, wenn man ihn am Donaukanal mit dir sieht. Seine Vorgesetzten würden das wohl gar nicht begrüßen.“

„Ich hatte Informationen für ihn. Weis war bei der Recyclinganlage unterwegs. Mehr als einmal.“

„Und was hat er dir erzählt? Dass du schöne blaue Augen hast?“

„Du bist es, der eifersüchtig ist“, rufe ich so spöttisch wie möglich und überlege gleichzeitig: Zumindest scheint seine miese Laune nichts damit zu tun zu haben, dass Carmen geplaudert hat.

„Ich mache mir nur Sorgen. Ich komme um Mitternacht heim und du bist nicht da. Ohne irgendeine Nachricht.“

Ich sehe erschrocken auf die Zeitanzeige meines Mobiltelefons. Liebe Güte, es ist tatsächlich beinahe eins.

„Was ist?“, fragt Oskar. „Hat er dir schon eine SMS geschickt?“

„Wie?“ So ein Unsinn. SMS. Aber Carmen wollte sich bei uns melden. Bei mir hat sie es jedenfalls noch immer nicht getan. „Nein“, sage ich und versuche ein Lächeln. „Tut mir leid, dass ich die Zeit übersehen habe.“

Nun schenkt sich Oskar doch einen Whiskey ein. Und das nicht zu knapp. Es gibt etwas, das ich ihn fragen wollte. Und womit ich ihn vielleicht ablenken kann.

„Kennst du Berthold Klein? Den Anwalt?"

„Wie kommst du zu dem?"

„Er vertritt beide Frauen, die von Zerwolf belästigt worden sein sollen."

„Seltsam, ich dachte, er ist auf Baurecht spezialisiert. Ich kenne ihn kaum, ich hatte erst einmal mit ihm als Prozessgegner zu tun. Damals prozessierte sein Klient gegen das Bauunternehmen, das ich vertrete. Sie haben behauptet, der Bau des Hotels sei nicht ordnungsgemäß und der Ausschreibung entsprechend erfolgt. Sie wollten Nachbesserungen, weil angeblich irgendwelche Fensterwinkel und die Platzierung der WC-Abflussrohre nicht den Feng-Shui-Grundsätzen entsprochen haben. Das muss man sich einmal vorstellen. Sein Klient wollte ein ‚Wohlfühlhotel im Einklang mit dem Kosmos' oder so. Er hatte auch tatsächlich in der Ausschreibung die Einhaltung diverser Feng-Shui- und Esoterik-Regeln fixiert, aber nicht im Detail. Und die Baupläne waren von ihm selbst genehmigt worden. Klein hat verloren."

„Und jetzt taucht er ausgerechnet im Zusammenhang mit Zerwolf wieder auf", überlege ich. „Könnte es sein, dass sich Berthold Klein auf Esoterik-Klienten spezialisiert hat?"

Oskar wiegt den Kopf. „Er hat eine kleine Kanzlei. Vielleicht. Das kann ich herausfinden. Könnte ein gutes Geschäftsfeld sein."

Oskar ist ins Bad gegangen, ich sitze vor meinem Laptop. Ganz gelöst hat sich unsere Unstimmigkeit noch nicht. Aber das wird schon wieder. Kein Grund für ihn zur Eifersucht, wenngleich … Ich habe den Abend wirklich genossen. Das darf ja wohl sein. Ich habe mir ein paar Notizen zum Stand der Spurensicherung gemacht. Der Schuh ist durch die Recyclinganlage gegangen, im zerkleinerten Asphalt hat man bisher keine Spuren von menschlichem Gewebe oder Blut gefunden. Auf dem Heimweg wäre ich beinahe mit einem Jogger zusammengekracht, das kann schnell gehen, wenn man nicht auf den Weg achtet. Wenn die ängstliche Gabriele Ploiner einfach etwas falsch interpretiert hat? Aber dass gleich zwei Frauen so reagiert haben? Und warum ist die Polizei damals überhaupt auf die Idee gekommen, ihnen auch das Foto von Zerwolf vorzulegen? Das hätte ich Verhofen fragen sollen.

Ich gehe auf die Homepage von Zerwolf. Als ob sie mir Aufschluss geben könnte. Schau an, es gibt ein Update. Und zwar von heute Abend. Zerwolf hat einen neuen Satz auf die Startseite gestellt:

„Der Unterschied zwischen leben und leben lassen ist lassen."

Ich schaue immer wieder auf den Satz. Ich verstehe ihn nicht. Leben ist das, was man selbst tut. Leben lassen ist etwas, das man anderen tut. Nein, da tut man gar nichts, man lässt sie eben nur leben. Es ist eine passive Handlung. Das Leben lassen bedeutet wiederum zu Tode kommen. Das Leben sein lassen. Die, die leben, die lassen nicht? Ist das jetzt ein logischer Schluss? Irgendwann einmal hatte ich beim Studium als Nebenfach Rechtsphilosophie und Logik. Und wenn man jemanden nicht leben lässt? Dann lebt man? Nur dann lebt man? Ich werde es heute nicht mehr herausfinden, vielleicht hat er den Satz ja auch einfach hingeschrieben, weil er Anstoß gibt, über Leben und Tod, über das Tun und das Lassen nachzudenken. Und trotzdem schaue ich nach, ob er den Satz irgendwo auf der Homepage erklärt. Tut er nicht.

Kann der Satz eine Botschaft im Zusammenhang mit der Bombendrohung und dem Verschwinden von Franziska Dasch sein? Weiß Zerwolf etwas? Gibt es jemand, der jemanden nicht „lassen" kann? Der jemanden nicht leben lassen kann? Ist es er selbst? Ob er noch einmal mit mir spricht? Ob er mit der Polizei gesprochen hat? Auch das hätte ich Verhofen fragen sollen. Wozu gibt es SMS? Oskar hat den Verdacht gehabt, dass mir Verhofen eine geschickt hat, jetzt schicke ich ihm eine. Ich danke ihm für den schönen Abend und frage ihn, ob Zerwolf mit der Polizei gesprochen hat. Vom neuen Satz auf der Homepage sage ich nichts. Ein kleiner Vorsprung. Was für ein Vorsprung? Ich verstehe den Satz ja nicht einmal. „Leben und leben lassen" war einer der bösartigen Merksprüche im Konzentrationslager Auschwitz-Birkenau. So wie „Arbeit macht frei". Ich weiß es aus einem Buch von Ruth Klüger. Sie war dort. Sie hat den Spruch selbst gesehen und dennoch überlebt. Deutsche Sprichwörter sind ihr seither ein Gräuel. Zerwolf hat die Nazizeit nicht erlebt. Kann es trotzdem eine Anspielung sein? Die Nazis wollten niemanden leben lassen, der anders war. Millionen haben damals ihr Leben gelassen. Unfähig gemacht, sich zu wehren. Ausgeliefert denen, die über Leben und Tod entschieden haben.

Es dauert nur ein, zwei Minuten und ich habe Verhofens Antwort:

„Er spricht nur einmal im Jahr. Gute Nacht." Sehr kurz angebunden. Habe ich ihn mit der Frage gekränkt? Weil er jetzt sicher ist, dass ich ihn bloß als Informationsquelle betrachte? Täte mir leid. Mit mir hat Zerwolf gesprochen. Unser Chefredakteur will, dass ich mich mit dem Terrorismusverdacht beschäftige. Was hätte Zerwolf für ein Motiv?

Was haben internationale Terroristen für Motive? Kampf gegen das christliche Abendland? Hass auf die westlichen Werte? Durchsetzung eigener Interessen? Zerwolf scheint weder eine besondere Religion zu favorisieren noch einen neuen Staat gründen zu wollen. Leben und leben lassen. Rache für die Opfer der Nazizeit. Das Rathaus steht nahe dem Dr.-Karl-Lueger-Platz. Niemand hat ihn umbenannt, obwohl dieser Bürgermeister, Lueger, einer der ärgsten Antisemiten war. – Und wenn es doch um etwas ganz anderes geht? Wenn es viel einfacher ist? Zerwolf kann Weis nicht ausstehen. Vielleicht betreibt er alles bis zur letzten Konsequenz. Er hat mich beobachtet. Er hat Weis eine gefälschte E-Mail geschickt. Er hat mir den Zettel ins Weis.Zentrum gelegt. Vielleicht sind für einen Philosophen Menschenleben nicht so wichtig. Das Leben ist wichtiger als das Lebenlassen – eine ziemlich egoistische Vorstellung. Und warum die Bombendrohung? Es war nur eine Drohung, er hat alle leben lassen. Aber Weis war es, der davon profitiert hat: Er hat Interviews gegeben, er hat sein Buch um ein Kapitel erweitert. Sicher ein Kapitel, das den Verkauf fördern wird. Aber dass er deswegen ...

Oskar hat Frühstück gemacht. Ich rieche Kaffee und gebratene Eier. Offenbar hat er mir verziehen. Hatte er mir etwas zu verzeihen? Eigentlich nicht. Okay, ich hätte ihm sagen können, dass ich mich mit Verhofen zum Essen treffe. Ich hatte nicht gedacht, dass ich so lange ausbleiben würde. Ich setze mich im Bett auf und gähne. Klar, dass Gismo nicht mehr da ist. Sie steht in der Küche und beobachtet jede Bewegung von Oskar. Bei ihm fällt viel mehr für sie ab als bei mir. Ob sie ihn nur deswegen so liebt? Was sind die Motive für Liebe? Oder ist es schon keine mehr, wenn es ein Motiv dafür gibt? Eigentlich mag ich gebratene Eier in der Früh nicht besonders. Zu schwer. Bevor ich Oskar kennengelernt habe, bestand mein Frühstück aus einem großen, starken Kaffee. Man ändert sich mit den Menschen, die man liebt. Es darf nur nicht so sein, dass es jemand darauf anlegt, einen zu ändern. „Ich liebe dich nur, wenn ...“ Ich schüttle den Kopf. Ich tapse in meinem Nachtshirt in die Küche und sehe, wie Oskar an Gismo ein großes Blatt Schinken verfüttert. Lass ihn, Mira.

Nach dem Frühstück fühle ich mich zufrieden und erschöpft. Oskar ist auf dem Weg in seine Kanzlei, ich habe die Reste weggeräumt. Ich könnte gleich wieder schlafen gehen. Carmen hat gestern eindeutig nicht mit Oskar über unsere Recherchen geredet. Gutes Mädchen. Warum sie sich noch immer nicht bei mir gemeldet hat? Ich will ihr eine SMS schicken und entdecke, dass ich eine bekommen habe. Im ersten Moment denke ich an Verhofen, aber sie ist von Vesna. Gesendet um sieben Uhr zwanzig. Die hab ich einfach verschlafen.

„Treffe mich mit Putzfrau von Weis um zehn Uhr bei McDonalds in Donauzentrum. Komm hin und rufe vorher an."

Ich sehe auf die Zeitanzeige des Telefons. Halb zehn. Das wird knapp. Ich wähle Vesnas Nummer. Nein, auch sie hat noch nichts von Carmen gehört. Aber wenn Oskar sage, es geht ihr gut, dann sei ja alles in Ordnung, oder? „Putzfrau stammt aus Kosovo. Zum Glück Bruno ist ein guter Freund von einem Freund von ihrem Mann. Ihr Mann ist zurück in Kosovo. Haben sie abgeschoben. Nurie ist untergetaucht. Ist sie total illegal. Schickt Familie Geld. Dort hat keiner Arbeit, und Haus ist kaputt. Gut, wenn sie putzen kann. Ich will mit ihr reden, du kannst warten. Wenn sie hat Vertrauen, ich hole dich dazu."

Wahrscheinlich wollte Berger deswegen nicht mit der Nummer herausrücken, weil Nurie illegal in Österreich ist. Hätte ich Weis gar nicht zugetraut, so jemanden zu beschäftigen. Endlich ein Pluspunkt für ihn. Zumindest bei mir. Das „Blatt" würde das wohl anders sehen. Warum hat mir Berger ihre Telefonnummer dann doch noch gegeben? Weil er nicht wollte, dass ich über das, was er mir erzählt hatte, mit Weis rede? Weil er darauf vertraut, dass ich nichts gegen eine illegale Ausländerin unternehme?

Ich bin zehn nach zehn bei McDonald's und sehe Vesna mit einer kleinen, dunklen Frau an einem Tisch sitzen. Beide haben einen großen Becher vor sich. Ich mag keine Getränke aus Bechern. Soll ich hier stehen bleiben und mir die Nase an der Scheibe platt drücken? Ich gehe hinein, suche mir einen Tisch, der von den beiden weit genug entfernt ist, an dem mich Vesna aber, wenn sie aufsieht, entdecken müsste. Sieben Kids um einen großen Tisch. Wenn die nicht Schule schwänzen. Ein Glück, dass noch niemand auf die Idee gekommen ist, Patrouillen zu McDonald's zu schicken, um säumige Schüler zu suchen. Mich einfach dazuzusetzen und auf zwei Frauen zu starren kommt mir etwas eigenartig vor. Also gehe ich vor zur Verkaufstheke, starre auf die Angebote. Da gibt es vieles um einen Euro, kein Wunder, dass das die Buben und Mädels anzieht. Und auch so manchen, der kein ausreichendes Einkommen hat, aber hin und wieder doch auswärts essen möchte.

Ich bestelle Chicken McNuggets mit Currysauce und denke erst dann daran, dass ich ja eigentlich erst vor Kurzem üppig gefrühstückt habe. Man würde die Frau nicht unbedingt als Kosovarin erkennen. Sie trägt ein unauffälliges schwarzes Sweatshirt und eine braune Hose. Ein Glück, dass Vesnas Connections wieder einmal funktioniert haben. Ohne persönlichen Kontakt, und sei es über ein paar Ecken, hätte sich die Frau wohl kaum mit Vesna getroffen. Erstaunt merke ich, dass ich bereits alle Nuggets verputzt habe. Die Sauce war sogar ausgesprochen gut. Natürlich nicht gerade Natur pur, aber was soll's. Die beiden sind noch immer in ihr Gespräch vertieft. Vesna hat bloß zwischendurch einmal zu mir herübergesehen und ganz leicht mit dem Kopf genickt. Sehr gut, hat das geheißen, du bist also da. Magendrücken. Mir ist, als hätte ich Steine verschluckt. Was ich jetzt möchte, ist ein Schnaps. Am Vormittag? Frage überflüssig, bei McDonald's gibt es keinen Alkohol. Plus oder Minus? Bei den vielen Kids, die hier herumhängen, ein Plus, denke ich. Ich schnappe nach Luft. Sei fair, Mira, Eier mit Speck und dann Chicken Nuggets, da ist nicht nur Herr McDonald's schuld, dass es dir nicht gut geht.

Vesna deutet auf mich, die Frau sieht mich misstrauisch an, redet auf Vesna ein, die redet auf sie ein. Wenn die Kids nicht so viel Lärm machen würden, könnte ich vielleicht sogar etwas verstehen. Was sollte ich verstehen? Die beiden reden bosnisch. Vesna winkt und deutet mir, hinüberzukommen.

Ich sehe mich um. Außer den Schulschwänzern sind nur wenige Menschen im Raum. Keiner sieht aus, als wäre er von der Fremdenpolizei. Eher selbst Fremde, und seien es solche im eigenen Land. Ich gehe hinüber, lächle und gebe der Frau die Hand.

„Das ist Nurie", sagt Vesna.

Nurie sieht mir forschend ins Gesicht.

„Ich habe ihr gesagt, sie braucht keine Angst haben", sagt Vesna. „Habe erzählt, ich habe bei dir lange illegal geputzt. Habe aber nicht gesagt, dass ich Aufenthaltsbewilligung hatte zum Glück, nur keine Arbeitsbewilligung. Ist kein Wunder, dass sie vorsichtig ist. Mann hat man abgeholt und abgeschoben, sie war nicht daheim. Behörden wissen gar nicht, dass sie da ist."

Nurie spricht mit Vesna. Ernst, nachdrücklich. Aber sie sieht mich dabei an. „Sie darf natürlich nicht vorkommen in deiner Reportage, klar", übersetzt Vesna.

Ich nicke und lächle ihr zu. „Und weiß sie etwas, das für uns interessant ist?"

„Kann man wohl sagen", meint Vesna zufrieden. „Leider sie kann ganz wenig Deutsch, aber sie hat einiges beobachtet."

Ich gäbe viel darum, jetzt Bosnisch zu können. So muss ich Geduld haben und Vesna gegenüber ja nicht den Eindruck erwecken, allzu neugierig zu sein. Sonst dauert es noch länger, bis ich erfahre, was Nurie weiß. Ich kenne meine Vesna und ihren Hang zur Heimlichtuerei.

„Du magst was zu trinken?", fragt mich Vesna.

„Nein!", fauche ich. So weit zu meiner Fähigkeit, mich unter Kontrolle zu halten. Aber Ungeduld und Magenweh sind auch eine schlimme Kombination.

„Sie hat einen wilden Streit beobachtet zwischen Ida Moylen und Weis. Beschreibung passt jedenfalls perfekt zu Verlegerin. Sie kommt immer erst um dreiundzwanzig Uhr putzen, aber an diesem Abend war sie eine halbe Stunde früher dran, der Freund von ihrem Mann und Freund von Bruno hat sie hingefahren. Weis und Moylen sind im Finstern im Vorraum gestanden. Im Mondlicht hat sie alles gut gesehen."

„Worum ging es?", frage ich.

Vesna schüttelt den Kopf. „Sie versteht zu wenig Deutsch. Aber sie meint, Moylen ist rasend eifersüchtig und hat Weis eine Szene gemacht."

„Wie kommt sie darauf? Kann es nicht sein, dass sie da etwas allzu Kosovarisches hineininterpretiert? Dass sie in Wirklichkeit über das Buch gestritten haben?"

Vesna sieht mich spöttisch an. „Weil Eifersucht nur auf Balkan vorkommt?" Dann redet sie auf Nurie ein. Nurie schüttelt heftig den Kopf. „Nein!", sagt sie in meine Richtung. Kann also doch ein Wort Deutsch. Und dann: „Hure!"

Also bitte.

Vesna nickt. „Sie sagt, Moylen hat immer wieder ‚Hure' geschrien. Das Wort kennt sie, ist eines der schlimmsten Schimpfwörter für albanische Frau."

Hat Moylen Weis mit „Hure" beschimpft? Kann sie ja auch im übertragenen Sinn gemeint haben. Weis' Anbiederung an Medien, an alle, von denen er sich Öffentlichkeit verspricht. Vielleicht wollte er mit dem Buch zu einem größeren Verlag gehen? Und gibt es nicht auch etwas in der Verlagsbranche, das mit „Hure“ zu tun hat? Richtig, „Hurenkinder“. Irgendwelche Zeichen, die auf einer Seite stehen bleiben und dort nichts verloren haben. Wenn die beiden über derartige Feinheiten in der Buchproduktion gesprochen hätten, dann aber wohl nicht in extremer Lautstärke.

„Nurie meint, die Verlegerin hat andere Frauen gemeint. Hat andere Frauen beschimpft“, erklärt Vesna.

„Könnte sie nicht auch Weis beschimpft haben?“, frage ich.

Vesna sieht mich zweifelnd an. „Sie sagt, Körpersprache hat nicht dazu gepasst.“

Hoffentlich ist die Körpersprache im Kosovo und bei uns annähernd gleich. „Wann hat der Streit denn stattgefunden?“

„Zwei Wochen vor der Literaturgala“, antwortet Vesna. „Ich habe ihr Kalender gezeigt, Nurie ist sicher.“

„Auf die Gala sind sie wieder gemeinsam gegangen“, überlege ich. „Und nachdem wir den Schuhteil von Franziska Dasch gefunden haben, war Weis in Moylens Wohnung. Sie verhält sich ihm gegenüber extrem loyal. Hat Nurie die beiden seit dem Streit noch einmal gesehen?“

Vesna übersetzt. Nurie schüttelt den Kopf. „Sie sieht Weis ganz selten“, erklärt Vesna. „Berger hat ihr den Job vermittelt, und mit ihm rechnet sie auch ab.“

Vielleicht hat Weis keine Ahnung, dass Nurie illegal in Österreich ist. „Berger und Weis – hat sie da irgendwann einmal etwas beobachtet?“ Es muss doch noch etwas geben.

Nurie schüttelt schon wieder den Kopf. Sinnlos, was soll es bringen, mit jemandem zu reden, der nichts versteht. Zwiegespräch zwischen Vesna und Nurie. Es wird intensiver. Vesna wirkt interessiert, beinahe aufgeregt. Ich bin es, die da nichts versteht.

„Was ist?“, rufe ich in den Dialog hinein.

„Gleich“, sagt Vesna und redet auf Bosnisch weiter. Wenig später sieht sie mich zufrieden an. „Nurie hat gesagt, dass sie Ida Moylen schon einmal früher gesehen hat. Ist länger her. Damals mit Berger.“

„Wo?“

„Na auch im Weis.Zentrum. Nurie ist gerade gekommen, und Moylen und Berger sind beim Parkplatz gestanden und haben sich geküsst.“

„Ein Kuss auf die Wange?“, frage ich Nurie und schmatze Vesna einen Kuss auf die Wange.

Nurie schüttelt den Kopf, beugt sich zu Vesna und tut so, als würde sie sie gleich heftig auf den Mund küssen. Vesna fährt erschrocken zurück. Nurie nickt, sagt etwas. „Auf den Mund. Mit Leidenschaft", ergänzt Vesna. „Wann, weiß sie nicht mehr genau, aber es muss ein paar Monate her sein."

Ich sehe Vesna an. „Kann es sein, dass Ida Moylen zuerst die Freundin von Berger war und dass Weis sie ihm ausgespannt hat?"

„Könnte sein", sagt Vesna. „Aber du darfst Frauen nicht unterschätzen. Kann auch sein, dass Moylen den Guru interessanter gefunden hat. Vor allem wenn es um Buch geht, das ihrem Verlag Geld bringen kann. Oder es hat Berger auf Dauer nichts mit Esoterik-Verlegerin anfangen können."

Ich schüttle den Kopf. Berger hat mir so einiges über Weis erzählt, das kein gutes Licht auf ihn wirft. Auch das wird jetzt verständlicher: Sie sind oder waren Rivalen. Der stille Berger und der Schaumschläger Weis. Berger hat etwas gesagt, das mich irritiert hat. Es hat so bitter geklungen. Irgendetwas über die Bedürfnisse von Frauen. Weis erfülle eben ihre Bedürfnisse oder so. Und dass sie nicht verstünden, dass Weis jede nehme, die er kriegen könne. Wenn er das auf Ida Moylen bezogen hat, dann scheint die Trennung wohl nicht von ihm ausgegangen zu sein. „Es ist Berger, der übrig geblieben ist", fasse ich zusammen.

Vesna hat noch eine andere Idee. „Was, wenn die Verlegerin und Weis gestritten haben, weil sie wieder zurück wollte zu Berger? Vielleicht sie hat nur gesagt, sie ist keine Hure?"

„Und wie passt es dazu, dass sie doch wieder zusammen waren?", frage ich.

„Das Buch", sagt Vesna. „Vielleicht darf ihr Verlag das Buch von Weis nicht verlieren."

Am Nachmittag erreiche ich endlich Emma Mandelbauer die Jüngere. Schon am Telefon macht sie einen resoluten Eindruck, keine, die sich so schnell fürchtet. Wir treffen uns in ihrem Schuhgeschäft. Es dauert nicht lange und ich bin überzeugt davon, dass Frau Mandelbauer nicht sofort nach der Polizei schreit, wenn sie in der Nacht von einem Jogger angerempelt wird. Mitte vierzig, robust, rote Haare, sicher neunzig Kilo. Sie beschreibt den Vorfall genau so, wie ich ihn in der Niederschrift lesen konnte. Und sie kann mich über noch etwas aufklären: Zerwolfs Bild sei ihr zusammen mit anderen vorgelegt worden, weil sich schon vorher mehrere Frauen von einem nächtlichen Jogger bedroht gefühlt hätten. Also habe eine Polizeistreife den Bezirk einige Tage beobachtet und Jogger kontrolliert und fotografiert. Emma Mandelbauer schaut skeptisch hinüber zu ihrer jungen Verkäuferin, die gerade eine Mutter mit zwei Kindern berät. „Ich fürchte, ich muss da hin. Ist nicht einfach, ein eigenständiges Schuhgeschäft zu haben bei den großen Ketten, die die Preise kaputt machen."

„Und wie sind Sie zu Ihrem Anwalt gekommen?"

„Den hatte ich schon von einem anderen Fall. Es geht um dieses Haus. Ich habe es geerbt, aber die Tochter der Erblasserin hat alles angefochten. Sie sagt, ich hab mir das Haus erschlichen. Das Verfahren läuft noch. Die hat sich doch nie um ihre Mutter gekümmert. Wenn nicht viel los war im Geschäft, bin ich immer wieder rauf zu ihr und hab ihr Gesellschaft geleistet und geschaut, dass die Heimhilfe auch ordentlich arbeitet."

„Was halten Sie von Esoterik?", frage ich Emma Mandelbauer.

„Wie bitte?", kommt es zurück. „Ich habe Sandalen mit Aloe-Vera-Fußbett, wenn Sie so etwas meinen. Für das theoretische Zeug hab ich nicht genug Zeit."

Ich hätte es mir denken können. Und der Anwalt Berthold Klein ist wohl doch eher auf Baurecht oder auch auf Erbrecht spezialisiert. Für Zerwolf schaut es nicht gut aus. Der berühmte Philosoph als Perverser. Heißt allerdings immer noch nicht, dass er auch mit Bomben droht oder Frauen rückstandslos recycelt. Leider ist es so schwer, ihn zu befragen. Unser nächtliches Gespräch in seiner Wohnung kommt mir inzwischen völlig irreal vor, so als ob ich es geträumt hätte. Noch habe ich einige Tage Zeit, bis die nächste Reportage fällig ist. Aber wenn ich nicht möchte, dass mir der Chronikchef die Geschichte abjagt, dann muss ich bald etwas bringen, das besser ist als Zerwolfs alte Terrorkontakte.

Moylen zwischen dem Guru und seinem Handwerker. Sie redet nicht mit mir. Weis redet auch nicht mit mir. Zerwolf schweigt sowieso. Und die Putzfrau versteht kaum Deutsch. Na super. Vesna will versuchen herauszufinden, wie Moylens Verlag finanziell dasteht. Aber das wird nicht so einfach sein. Die Verlagssekretärin. Sie schien mir an einer spektakulären Geschichte mehr interessiert als an dem Esoterikverlag. Ins Büro komme ich aber wohl trotzdem kein zweites Mal. Wohin geht die Sekretärin nach Dienstschluss? Vielleicht kann Vesna jemanden schicken, der sie beobachtet. Hm. Eigentlich bekommt sie für solche

Aufträge Geld, aber von mir nimmt sie keines. Und ob ich den Chefredakteur überreden kann, sie quasi offiziell inoffiziell in unsere Recherchen einzubinden … Ich fürchte, alles tut er auch wieder nicht für mich.

Eine Viertelstunde später weiß ich, dass das gar nicht klappen kann. Vesna ist zumindest für die nächsten zwei Stunden beim Lauftraining. Wie mir diese Lauferei auf die Nerven geht. Noch dazu, wo ich mich dann noch fauler und dicker fühle. Und von ihren Leuten hat Vesna im Moment auch niemanden frei, der schauen könnte, was die Sekretärin tut. „Du machst am besten selbst“, sagt Vesna. „Menschen achten nicht sehr auf ihre Umgebung. Wenn du dich nicht auffällig benimmst, sie wird dich nicht bemerken. Und wenn doch, dann seid ihr euch eben zufällig begegnet. Wenn du Lust hast, du kommst am Abend zu mir und wir reden alles durch. So um sieben. Passt das?“

Ja, das passt. Ich seufze. Mit Nachforschungen dieser Art habe ich nicht viel im Sinn. Und ich habe den Verdacht, dass ich mich jedenfalls auffällig verhalten werde. Trotzdem fahre ich mit der U-Bahn in die Nähe des Verlages und spaziere dann einige Gassen entlang, immer näher, bis ich den Hauseingang sehen kann. Und was, wenn die Sekretärin bereits Feierabend hat? Es ist schon etwas nach fünf. Was würde Vesna tun? Anruf. Die Sekretärin geht dran. Jedenfalls hoffe ich, dass es die Stimme der Sekretärin ist. „Guten Tag, wir würden noch gerne einen Boten vorbeischicken, wie lange ist jemand da?“

„Da müssen Sie aber sehr schnell sein. Frau Moylen ist bereits außer Haus und ich gehe in einer halben Stunde. Was wollen Sie denn schicken?“

„Ich denke, das geht sich nicht mehr aus“, sage ich rasch und lege auf. Oje. Was, wenn die Sekretärin die Nummer kontrolliert? Ich hab einfach von meinem Mobiltelefon aus angerufen, ohne die Nummer zu unterdrücken. Ich bin wirklich zu dämlich für solche Aktionen. Wie kann man auf so etwas nur vergessen? Wer weiß, ob sie nachsieht. Und wenn sie meinen Namen gespeichert hat? Oder wenn sie ein besonders gutes Nummerngedächtnis hat? Aber so viel habe ich mit dem Verlag auch wieder nicht zu tun gehabt. Zum Glück.

Ich treibe mich in der Gasse herum, schaue Kinoplakate an, betrachte Besen. Dass es hier noch einen Besenmacher gibt … Ich spähe durch die Scheibe eines Kaffeehauses. Meine Magenschmerzen sind vorbei, jetzt signalisiert mein Magen: Hunger. Hoffentlich hat Vesna an Abendessen gedacht. Wenn die Kinder nicht da sind, vergisst sie gerne aufs Einkaufen. Sie isst einfach irgendwas, was da ist. Vielleicht sollte ich einkaufen gehen. Da. Die Sekretärin kommt aus dem Haus. Herzklopfen. Aber sie macht gar keine Anstalten, zu mir herüberzusehen. Sie geht äußerst zielstrebig Richtung 1. Bezirk. Liegt ihre Wohnung dort? Wie kann ich sie unverdächtig anhalten? Trifft sie sich mit jemandem? Wie kann ich sie ansprechen, ohne dass sie misstrauisch wird? Wir gehen über die Brücke, ich in sicherer Entfernung hinter ihr, zwischen uns eine Menge Menschen, neben uns eine Menge Autos. Es ist die Uhrzeit, wo beinahe jeder irgendwohin will. Sie geht den Ring entlang, biegt dann in eine schmale Seitengasse. Vor einer der neuen Bars bleibt sie stehen. „Happy Hour zwischen 17 und 19 Uhr", steht auf einem orangen Schild mit Blumenranken. Sieht ganz schick aus, die Bar. Wenn ich Glück habe, ist der, mit dem sie sich trifft, noch nicht da.

Und tatsächlich: Manchmal hat man Glück. Sie grüßt den Barkeeper und nimmt auf einem der Hocker an der langen Theke Platz. Die Theke besteht aus einem durchscheinenden milchigen Stein, der von unten beleuchtet wird. Chillout-Musik. Sie redet mit dem Barkeeper, wahrscheinlich bestellt sie etwas, dann dreht sie sich um. Ich bin versucht, mich zu ducken. Das wäre allerdings wohl das Verdächtigste, was ich tun könnte. Das Lokal ist halb voll. Viele, eher jüngere Leute, die nach der Arbeit auf einen Drink vorbeikommen. Allein und in Gruppen. Wahrscheinlich auch kein schlechtes Lokal, um jemanden kennenzulernen. Ich sehe rasch in die andere Richtung, und schon hat sich die Sekretärin wieder zur Bar gedreht. Scheint mich nicht wahrgenommen zu haben. Angriff, bevor doch noch jemand kommt, mit dem sie verabredet ist. Ich schlendere wie zufällig zur Bar, tue so, als würde ich die Sekretärin gar nicht bemerken, stelle mich zwei Meter neben sie und bestelle Campari Soda. Etwas Besseres fällt mir auf die Schnelle nicht ein. Und schon wieder Glück. Sie ist es, die mich anspricht. „Hallo, was machen Sie denn hier?"

So als ob ich schon zu alt wäre, mich in Chillout-Bars rumzutreiben. Ich drehe mich zu ihr hin und gebe mich überrascht. „Hallo! Passen Sie bloß auf, dass Ihre Chefin Sie nicht mit mir sieht", grinse ich.

Sie macht eine wegwerfende Handbewegung. „Nach Dienstschluss kann ich reden, mit wem ich will. Sie war ganz schön wütend, nicht wahr?"

„Sie will eben nicht, dass ihr Verhältnis mit Weis bekannt wird", gebe ich mich verständnisvoll.

Die Sekretärin lacht. „Also da hat sie wirklich nichts dagegen. Sie ist richtig stolz darauf. Sie ist derartig vernarrt in den Glatzkopf, dass einem das Wundern kommt. Er ist natürlich sehr bekannt. Allein seine Fernsehshow ..."

„Weis ist wütend auf mich, weil ich ein paar nicht besonders freundliche Dinge über ihn geschrieben habe. Kann ich ihm auch gar nicht verdenken. Ich hoffe nur, ich bekomme mein Geld."

Die Sekretärin nickt. „Also das glaube ich schon. Der hat doch Geld genug. Und das Buch wird auch eine Menge einspielen. Nachdem Weis jetzt endlich unterschrieben hat ..."

„Jetzt?", frage ich überrascht. „Das Buch ist doch beinahe fertig."

„Das war ein Versehen. Es war ja fix, dass er das Buch bei uns macht. Und manchmal wird das mit den Verträgen einfach verschlampt. Man verlässt sich aufeinander. Ist nicht nur in diesem Verlag so. Und im speziellen Fall zwischen Moylen und Weis wohl sowieso kein Problem."

„Und was wäre gewesen, wenn er doch nicht unterschrieben hätte?", frage ich so harmlos wie möglich.

„Na Mahlzeit. Wahrscheinlich ein Rechtsstreit, wir haben ja schon eine Menge für das Buch getan. Nicht wirklich gut. Könnten wir nicht brauchen in unserer Situation."

„Ich dachte mir, diese Lebenshilfebücher boomen", sage ich.

„Schon, aber es gibt jede Menge Verlage, die so etwas machen. Auch die großen Verlage nehmen das jetzt ins Programm. Und dann wird es hart für die kleinen. Aber was soll's, es wird schon wieder besser gehen. Und solange es nicht so ist, mache ich eben auch den Vertrieb mit. Stressig, aber vielleicht kann ich so irgendwann als Sekretärin aufhören und als Vertriebsexpertin in einem anderen Verlag anheuern."

„Frau Moylen hat niemanden, der den Vertrieb macht?"

„Sie hat sie kündigen müssen. Eine Freundin von mir. Kommt übrigens gleich. Aber kein Problem, die ist inzwischen im größten ehemaligen Literaturverlag untergekommen."

„Warum ‚ehemaligen'?"

„Weil auch die längst nicht mehr nur Literatur, sondern alles Mögliche machen, was gute Verkaufszahlen verspricht. Die haben Lebenshilfe genauso wie irgendwelche Biografien von Schauspielern oder Sportlern. Geht eben ums Geldverdienen. Die haben dieses Buch ‚Selbst&Bewusst' herausgebracht. Hat sich über fünfzigtausendmal verkauft. So gut geht österreichische Literatur nicht. Das Buch von Weis hätten sie sehr gerne gehabt. Sie haben ihm angeblich ein sehr gutes Angebot gemacht, aber Genaueres hat meine Freundin auch nicht gewusst. Ist total nett von ihr, dass sie uns gewarnt hat, obwohl Moylen sie gekündigt hatte. Andererseits: Was ist meiner Chefin übrig geblieben?"

Ich nehme einen Schluck. „Das Buch von Weis ist also für Ihren Verlag so etwas wie überlebensnotwendig."

„Nicht ‚so etwas wie'. Es ist lebensnotwendig. Ich hoffe, Sie werden übers neue Buch berichten. Das ‚Magazin' ist ziemlich wichtig für uns, sagt auch unsere Pressefrau."

Mit der hatte ich noch nie zu tun. „Ah, eine Öffentlichkeitsabteilung gibt es also doch noch?"

„Klar. Die wird zuletzt zugesperrt. Abgesehen davon, dass Margit momentan nur halbtags arbeitet. Auch weil sie sich auf ihre Diplomprüfung vorbereitet. Also: Werden Sie berichten oder sind Sie zu sauer auf Weis und Moylen?"

Ich lächle. „Wir werden sehen. Selbst kann ich es nicht machen, immerhin war ich doch irgendwie am Buch beteiligt. Schicken Sie mir jedenfalls die Unterlagen ins ‚Magazin'. Ich hab ja keinen Zugang mehr."

[9.]

Ich biege knapp vor sieben in die Gasse ein, in der Vesnas Wohnung liegt. Hier sind die meisten Häuser niedrig, zwei, drei Stockwerke bloß, abgewohnt. Immer wieder hat es geheißen, das Haus, in dem Vesna Büro und Wohnung hat, werde abgerissen. Aber solange es nicht mehr als ein Gerücht ist, will Vesna bleiben. Hier kennt sie alle Leute, sagt sie. Es sei fast wie in einem Dorf. Und außerdem: Die Miete ist für Wiener Verhältnisse wirklich günstig. Auf dem Gehsteig spielen drei Mädchen mit einem Ball. Zwei von ihnen tragen ein bunt gemustertes Kopftuch. Der Ball rollt auf die Straße und eines der Kopftuch-Mädchen schreit in bestem Wienerisch: „Hearst, passt's doch auf!" Dann saust sie dem Ball hinterher und hat ihn wieder eingefangen. Ich lächle den dreien zu, sie lächeln zurück. Am zweigeschossigen Haus mit der gelben Fassade hängt das große Schild: „Sauber! Reinigungsarbeiten aller Art". Inzwischen beschäftigt Vesna acht Leute fix und noch einige stundenweise. Menschen, die Reinigungsarbeiten verlässlich übernehmen, sind gefragt. Ihr informeller Unternehmenszweig „Nachforschungen aller Art" läuft mindestens ebenso gut. War mir immer klar, dass Vesna eine gute Geschäftsfrau ist. Ich könnte so etwas nicht.

Bei Vesna gibt es keine Gegensprechanlage. Die Haustüre ist tagsüber offen und am Abend muss eben jemand herunterkommen und aufsperren. Noch ist sie offen, ich gehe hinein, die schmalen Treppen in den ersten Stock hinauf. An einer der Wohnungstüren ein großes Schild: „Sauber!" Neben der anderen ein typisches kleines Namensschild mit „Krajner". Ist jetzt schon mehr als ein Jahr her, dass ihr Halilović ausgezogen ist. Menschen verändern sich und nicht alle Beziehungen halten das aus. Außerdem hatte Vesna zu diesem Zeitpunkt schon seit Längerem ein Verhältnis mit Valentin Freytag. Halilović ist jetzt mit einer kroatischen Espressobesitzerin zusammen. Neben dem Stiegenhausfenster stehen drei Stühle und eine seltsame Topfpflanze. Das Beste, was man über sie sagen kann, ist, dass sie überlebt hat. Wenn nötig, können Kunden hier im Treppenhaus warten, bis Vesna für sie Zeit hat. Das wäre in schickeren Häusern sicher nicht möglich, die Nachbarn würden sich sofort beschweren, wenn da jemand auf dem Treppenabsatz ein informelles Wartezimmer einrichtet. Ich läute bei „Krajner", und Vesna ruft von drinnen: „Ist offen, Mira Valensky!" Wahrscheinlich hat sie mich durch das Küchenfenster kommen sehen.

Die Wohnung besteht aus einem winzigen Vorraum, einer Küche, einem Wohnzimmer, das gleichzeitig Vesnas Schlafzimmer ist, und einem weiteren Raum, in dem bis jetzt die Zwillinge gewohnt haben. Dahinter ein winziges Badezimmer, nachträglich eingebaut. Valentin springt von einem der Küchensessel auf. Irgendwie wirkt der elegante Valentin hier fehl am Platz. Er trägt Jeans und Polo, aber bei ihm wirkt auch das edel. Er will Vesna seit Monaten in seine Villa entführen. Vesna wehrt sich. Wo sollte sie dort ihr Büro einrichten? Um die Putzkunden mache sie sich keine Sorgen, hat sie mir wiederholt gesagt, aber ob in einer noblen Gegend wie der von Valentin ein illegales Detektivbüro gefragt sei? Jedenfalls besteht Vesna auf ihrer Unabhängigkeit, und Produzent Valentin lässt es sich gefallen. „Er kann ja auch zu mir ziehen", sagt Vesna bisweilen, aber das meint nicht einmal sie ernst.

„Ich wollte schon gehen", sagt Valentin. „Ich muss zum Flughafen. Amsterdam." Er lächelt mich an und seufzt. „Kannst du deine sture Freundin nicht davon überzeugen, dass es viel netter ist, mit mir in Amsterdam zu sein, als einem Kabelfirma-Besitzer beizubringen, dass seine Frau ihn betrügt?"

Ich grinse. „Du weißt, wie das mit den Diebstählen war?", frage ich Vesna.

Sie nickt. „War anders als gedacht. Kabelfirma-Besitzer hat gedacht, seine Frau hat mit Diebstählen zu tun. Hat er nicht recht gehabt. Das war slowakische Bande, die haben wir in der Nacht mit Polizei gefasst. So weit gute Nachricht. Schlechte: Sie betrügt ihn. Deswegen sie war immer wieder verschwunden und nicht erreichbar."

„Wenn Oskar mir zutrauen würde, dass ich ihn bestehle, würde ich ihn auch betrügen", sage ich.

„Ist was dran", erwidert Vesna. „Würde ich gerne mit nach Amsterdam, aber keine Zeit. Geschäft, ich kann es nicht alleine lassen."

„Und was machst du in Amsterdam?“, frage ich Valentin.

„Rechte verhandeln, es wird eine neue Show geben und ich verkaufe Lizenzen. Showformate zu erfinden ist das viel bessere Geschäft, als Shows zu produzieren. Ich werde wohl eine Woche oder so wegbleiben.“ Er sieht auf die Uhr. „Das Taxi müsste schon da sein.“

„Taxler kommt rauf“, meint Vesna.

„Ich lasse euch kurz allein“, murmle ich.

Valentin lacht und küsst mich auf die Wange. „Ich hab mich von Vesna schon ordentlich verabschiedet, aber überzeugen konnte sie das leider auch nicht …“

Vesna, die toughe Vesna, wird tatsächlich rot. „Musst du nicht immer Blödsinn erzählen.“

Mir fällt noch etwas ein. „Könntest du, wenn du zurück bist, mit Zerwolf reden?“, frage ich Valentin.

„Habe ich fix vor, auch wenn nicht klar ist, ob er mit mir spricht. Eher nicht. Vesna hat mir alles erzählt, absurd, dass er Frauen belästigen soll. Er hatte eine sehr entspannte Art, mit Frauen umzugehen, zumindest damals …“

„Ist fast vierzig Jahre her, oder?“, spöttelt Vesna.

Valentin runzelt die Stirn. „Liebe Güte, tatsächlich. Natürlich ist Wolfgang ein Spinner. Aber gelten nicht alle als Spinner, die konsequent sind?“

Da klopft es und der Taxifahrer ist da.

„Ich habe auch Carmen herbestellt“, sagt Vesna einige Minuten später. „Ich habe ihr gesagt, ich finde nicht richtig, dass sie sich nicht gemeldet hat. Das war ausgemacht. Außerdem sie hat ja nicht viel Erfahrung, das Mädchen. Besser, man spricht alles ab.“

„Ich weiß nicht, ob wir sie unter Druck setzen sollen“, murmle ich.

„Unsinn. Ist kein Druck. Ich will wissen, was sie herausgefunden hat. Wenn sie was herausgefunden hat. Außerdem habe ich nicht einmal verlangt, dass sie zu bestimmter Zeit kommt. Hat sie gesagt, es kann auch später werden, sie kann es nicht sagen.“

Na super. Die Dame kann es nicht sagen. Glaubt sie, dass wir nichts Besseres zu tun haben, als auf sie zu warten? Wir werden nicht warten. Hunger. Mal sehen, ob Vesna an Abendessen gedacht hat. Wir werden essen und wir werden reden. Zu zweit. Wie früher.

„Essen?“, sagt Vesna. „Oje. Habe ich nicht viel da. Und besser, wir gehen nicht fort, wenn Carmen kommen kann. Aber in nächster Gasse es gibt gutes Kebab und gute Pizza. Sie liefern."

Mein Bedarf an Fast Food ist für heute gedeckt. „Du wirst wohl irgendwas da haben. Ich koche."

Vesna öffnet den Kühlschrank. Jetzt, wo sie keine Kinder zu verpflegen hat, gibt es wirklich nur das Nötigste. Ich nehme es als Herausforderung, durchstöbere auch das reichlich vereiste Tiefkühlfach und den Vorratsschrank. „Okay", sage ich dann. „Lauwarme Zitronen-Melonen-Spaghetti. Danach Faschiertes auf Thunfischbrot."

„Wirklich?", meint Vesna wenig erbaut.

„Mehr ist nicht da."

„Sollen wir nicht doch Kebab ...?"

Ich schüttle den Kopf und nehme die Packung Rindsfaschiertes zum Auftauen aus dem Gefrierfach. Ich wasche die Zitrone heiß und schäle sie ganz vorsichtig, damit nichts von der bitteren weißen Haut mitgeht. Die halbe Zuckermelone liegt wohl schon länger im Kühlschrank, auch die ordentliche Vesna hat so ihre Schwachpunkte. Zum Glück. Sonst wär sie mir wohl unheimlich. Ich schäle die Melone, entferne die matschigen Stellen und schneide sie in zentimetergroße Würfel.

„Der Yom-Verlag braucht das Buch von Weis ganz dringend", sage ich, während Vesna eine Flasche Rotwein öffnet. Weißwein sei keiner da, hat sie gesagt. Das Nudelwasser kocht. Ich gebe viel Salz und dann die Spaghetti hinein. Wenn auf der Packung „8 Minuten Kochzeit" steht, reichen so gut wie immer fünf oder sechs. Mir sind Nudeln al dente deutlich lieber, und bei einem lauwarmen Gericht erst recht. Ich sehe auf die Uhr, in fünf Minuten werde ich die Nudeln probieren. Olivenöl erhitzen. Chiliflocken dazu. Melonenwürfel kurz darin schwenken, salzen. In feine Streifen geschnittene Zitronenschale dazugeben und die Pfanne zur Seite stellen. Hätte Vesna Petersilie oder frischen Koriander, würde ich noch Kräuter daruntermischen.

„Habe ich Basilikum im Topf", sagt Vesna, als ob sie Gedanken lesen könnte. Sehr gut. Das kommt ganz zuletzt drüber. Ich erzähle Vesna von meinem Abendessen mit Verhofen, sie scheint mehr an unserem Date interessiert zu sein als an dem, was er gesagt hat.

„Es besteht immerhin die Möglichkeit, dass nur der Schuh von Franziska Dasch recycelt worden ist", mache ich ihr klar.

„Aber ist nicht sehr wahrscheinlich, oder? Immerhin sie ist jetzt schon tagelang verschwunden. Selbst wenn sie aus Rache abgehauen ist, inzwischen sie hätte sich schon gemeldet. Oder die Polizei hätte sie gefunden."

„Und was, wenn sie entführt worden ist?", frage ich.

„Dann es gäbe Lösegeldforderung."

„Wie heißt es immer? Keine Polizei, oder Ihre Frau ist tot."

„Dieser Dasch scheint kein Mann zu sein, der sich leicht beeindrucken lasst. Der macht Sache mit Polizei, ist auch viel klüger. Und dein Verhofen hätte sicher irgendeine Andeutung gemacht. Will dir ja gefallen."

Ich glaube ja selbst nicht an die Entführungsvariante. Irgendwie passt der Zettel „Totales Recycling Franziska Dasch" so gar nicht dazu.

Oskar ruft an. Diesmal habe ich ihm angekündigt, dass ich später kommen werde, weil ich bei Vesna bin. Er wollte sich ohnehin mit einem Kollegen treffen. Fängt er an, mich zu kontrollieren?

„Berthold Klein dürfte doch nichts mit Esoterik zu tun haben", erzählt er. „Mit Schadenersatzfällen allerdings auch nicht viel. Er hat eine kleine Kanzlei, er macht alles Mögliche, aber am häufigsten bearbeitet er Baurechtsfälle."

Hilft mir nicht gerade weiter. Trotzdem, es war nett von Oskar, sich darum zu kümmern. Schließlich hat er auch anderes zu tun. Ich sage es ihm. Fast hätte ich ihn eingeladen, später bei Vesna vorbeizuschauen. Gerade noch rechtzeitig fällt mir ein, dass Carmen kommen wird. Wenn sie denn kommt. Sehr zuverlässig scheint sie mir nicht zu sein. Obwohl er es nicht verlangt, verspreche ich Oskar, heute vor Mitternacht daheim zu sein.

Ich öffne die Thunfischdose und mixe dann Thunfisch, Öl, etwas Sardellenpaste, einige Kapern, etwas Tubenmayonnaise und ein wenig Apfelsaft. Besser als Wasser. Daheim hätte ich einen kleinen Becher Hühnerfond aufgetaut. Pfeffer und Salz dazu. Gar nicht übel. Schmeckt so ähnlich wie die Sauce beim Vitello tonnato, einem meiner Lieblingsgerichte. Sollen wir doch mit dem Essen auf Carmen warten? Wir entscheiden uns zwei zu null dagegen. Das Faschierte braucht allerdings noch etwas Zeit, bis es aufgetaut ist.

Ich seihe die Spaghetti ab, fünf Minuten Kochzeit waren tatsächlich genug, und gebe sie sofort in die Pfanne mit der Melonen-Zitronen-Sauce. Durchrühren. In tiefen Tellern anrichten, viel frisches Basilikum drüber. Vesna sieht schon nicht mehr so skeptisch drein. „Duftet gut", sagt sie. „Du solltest Carmen was aufheben, ist kalt auch fein." Ich deute zurück zum Herd. Natürlich habe ich eine Portion zur Seite gegeben. Wie immer, wenn ich koche, ist ja genug da. Manchmal mehr als genug.

Während wir essen, erzähle ich Vesna von meinem Gespräch mit der Schuhgeschäftsbesitzerin. Wenn es nur irgendeinen Grund gäbe, aus dem sie gelogen haben könnte.

„Vielleicht sie ist Jüngerin von Weis“, überlegt Vesna.

„Das passt so überhaupt nicht zu ihr“, murmle ich. „Wir haben keine Ahnung, ob Zerwolf eine Freundin hat. Eine Ehefrau hat er wohl nicht, jedenfalls lebt keine bei ihm“, überlege ich weiter.

„War nie verheiratet, sagt Valentin. Und Assistentin Angelika hat nicht gewirkt, als ob sie etwas mit ihm hat“, meint Vesna. „Natürlich man kann sich täuschen.“

Wer kann Zerwolf nicht leiden? Wer will seinen Ruf zerstören? Weis. Er hat ein Motiv. Die Fernsehshow. Wobei ich ja bezweifle, dass Zerwolf das Angebot des Senders annimmt. Vielleicht ärgert sich jemand, dass da ein Mensch ist, der sich nicht an unsere gesellschaftlichen Spielregeln hält, der in gewissem Sinn außerhalb steht. Der in einer Zeit, in der ununterbrochen kommuniziert werden muss, schweigt. Und der trotzdem, eigentlich gerade dadurch, noch viel populärer geworden ist. Weil man sich den Mechanismen unserer Gesellschaft letztlich wohl doch nicht entziehen kann. Oder spielt er mit ihren Regeln sein eigenes Spiel?

Ich mische das Faschierte mit einem Ei, einem Löffel Ketchup, einem Löffel Senf, Salz und Pfeffer. Ich nehme die restlichen Spaghetti aus der Pfanne und gebe sie in einen tiefen Teller, man wird ja sehen, ob Carmen kommt. Die Pfanne wasche ich aus. Frisches Olivenöl. Sechs Knoblauchzehen mit dem Messerrücken zerdrücken und dann ganz vorsichtig im Olivenöl erhitzen. Herdplatte wieder abdrehen, durchrühren, damit möglichst viel Knoblaucharoma ins Öl kommt. – Irgendetwas war da am Fenster. Ein Geräusch. Wir sehen einander irritiert an. Wir denken das gleiche, und Vesna ist nicht weniger beunruhigt als ich. Voriges Jahr hat jemand zu verhindern versucht, dass Vesna zu viel über eine russische Direktinvest-Firma herausfindet. In einer Nacht, in der Vesna nicht da war, hat ein Molotowcocktail ihr Büro in Brand gesetzt. Rußige Wände, geborstene Fenster. Es hat lange gedauert, bis man den Rauch nicht mehr gerochen hat. Und der große bunte Teppich war zum Wegwerfen. Jetzt ist Vesnas Büro schöner als zuvor. Aber das ungute Gefühl taucht immer wieder auf.

„Ich sollte rüberschauen in Firma“, murmelt Vesna.

„Ich komme mit.“

Da. Wieder dieses Geräusch. So als würde ein Vogel ans Fensterglas picken. Plötzlich hellt sich Vesnas Gesicht auf. Trotzdem späht sie nur ganz vorsichtig aus dem Küchenfenster. „Ist Carmen, unten ist zu, sie hat Steine geworfen.“

Vesna nimmt den Schlüssel und eilt hinunter zur Haustür, ich schenke ein Glas Wein für Carmen ein. Töchter in ihrem Alter dürfen Alkohol trinken.

„Wir haben das daheim auch immer so gemacht“, sprudelt es aus Carmen heraus, wie sie in der Küche steht.

„In eurer Villa?“, frage ich überrascht.

„Oh, sieht das lecker aus“, sagt Carmen und deutet auf die Nudeln mit Basilikum. „Ich meine, wenn schon zugesperrt war, dann hat mich das Mädchen hineingelassen, wenn ich Steine geworfen habe.“

„Du hattest keinen Schlüssel?“

„Nein. Die Eltern wollten verhindern, dass ich zu spät heimkomme.“

Strenge Sitten in der Schweiz, aber was weiß ich von den Gepflogenheiten der Industriellenfamilien in Montreux.

Carmen isst, während ich den Knoblauch aus der Pfanne nehme und dicke Scheiben Weißbrot im Olivenöl knusprig röste. Erst ganz zum Schluss kommt der Knoblauch wieder dazu, sonst würde er braun und bitter. Weißbrotscheiben und zerdrückten Knoblauch auf drei Teller verteilen, dann bei etwa sechzig Grad ins Backrohr. Pfanne von den Bröseln befreien, etwas Olivenöl hinein, aus dem Faschierten drei brotscheibengroße, dünne Laibchen formen und auf beiden Seiten anbraten.

Carmen hat bereits fertig gegessen. „Ich wollte mich erst bei euch melden, wenn ich was rausgefunden habe. Jetzt habe ich euch einiges zu erzählen“, sagt sie mit Genugtuung in der Stimme.

Ich nehme die Teller aus dem Backrohr, gieße über jede Weißbrotscheibe Thunfischsauce und lege zum Schluss die Laibchen darüber.

„Was jetzt noch fehlt, ist roher Zwiebel“, sagt Vesna. Ich nicke. „Leider er ist aus“, fährt sie fort. „Aber ich habe Schnittlauch in einem Topf.“

Also Schnittlauch darüber. Mahlzeit.

„Wie war dein Ausflug mit Weis?“, will Vesna wissen. „Weißbrot mit dem Thunfisch ist ausgezeichnet, habe ich mir nicht vorstellen können, muss ich bald machen, wenn Jana ist zurück."

„Irgendwie eine Kreuzung aus Vitello tonnato und Shish Kebab", murmle ich. „Hab ich gerade erfunden." Wie alle Köchinnen bin ich ziemlich anfällig für Lob.

„Woher wisst ihr das mit dem Ausflug?", beginnt Carmen überrascht. Sie ist heute offenbar weniger angetan von meinem Essen.

„Wir haben euch wegfahren sehen", erzähle ich. „Ich wollte mit Berger alleine sprechen. Er hat übrigens nicht nur Freundliches über Weis erzählt und unter anderem auch, dass er mit neuen Jüngerinnen gern Exerzitien am Waldrand macht. Du hast nicht …?"

Carmen lächelt harmlos. „Ich sollte ja so tun, als wäre ich eine echte Jüngerin, oder? Also bin ich brav mitgefahren. Ich hab mir übrigens gemerkt, wo die Waldlichtung ist, für alle Fälle, man sollte dort vielleicht Spuren nehmen."

„Du meinst, Franziska Dasch könnte nach ihrem Besuch auf der Lichtung verschwunden sein?"

„Ist nicht auszuschließen, oder?", sagt Carmen.

„Und da hast du dich gar nicht gefürchtet?", frage ich.

„Nein, klar nicht. Er hat mich ja nur für eine harmlose Jüngerin gehalten. Er hatte ja keine Ahnung, wer ich bin."

„Ist besser, man ist schon ein wenig vorsichtig", sagt ausgerechnet Vesna. „Und dann?"

„Also … wir haben gemeinsam geatmet. Und er hat gesagt, ich soll mich frei machen von allen Sorgen und Ärgernissen und Ängsten, und symbolisch für das, von dem ich mich frei mache, soll ich jeweils ein Kleidungsstück ablegen."

Liebe Güte, wo hab ich Oskars Tochter da reingebracht?

„Und: Hast du?", fragt Vesna interessiert und offenbar ohne jedes schlechte Gewissen.

„Natürlich. Ich hab mitgespielt. Das Schwierigste war, mir spontan auszudenken, wovon ich befreit werden wollte, sodass er mir die Jüngerin glaubt. Aber es hat funktioniert. Ich hab mir spontan eine Menge Unsinn einfallen lassen: Schuldgefühle gegenüber der Mutter, Angst in Aufzügen, Hass auf meinen Friseur und so."

„Und was hat er gesagt?", frage ich.

„Eigentlich gar nicht viel, er hat eine Menge von Reinheit und Weisheit und Loslassen fantasiert, ich habe mir nicht alles gemerkt, ich dachte mir, das ist nicht so wichtig für unsere Nachforschungen. Er hat es recht geschickt gemacht. Und das Wetter hat natürlich auch mitgespielt. Bei Schlechtwetter muss er sich etwas anderes ausdenken."

„Sag nicht, du hast mit ihm …", beginne ich.

„Aber ja hab ich mit ihm Sex gehabt." Carmen verputzt mit Appetit die letzten Bissen Thunfischbrot. Sie kichert. „Nicht dass ich so was andauernd mache, das dürft ihr nicht denken, aber es war irgendwie eine Ausnahmesituation, ich hab mich wie Mata Hari gefühlt, und außerdem wollte ich schon lange wissen, wie ein älterer Mann beim Sex ist."

Mir fällt nichts ein, was ich sagen könnte. Dabei bin ich doch sonst nicht prüde. Habe mich jedenfalls nie dafür gehalten. Ich denke immer nur: Oskars Tochter, Oskars Tochter.

„Und: Wie war er?", fragt Vesna tatsächlich.

Carmen seufzt. „Ehrlich gesagt: keine Offenbarung. Ich hab mich seither so oft wie möglich im Weis.Zentrum herumgetrieben und auf verliebte Jüngerin gemacht. Ich habe mich schon gefragt, ob Weis mir das abnimmt, aber gar kein Problem."

„Und du hast auch Verdächtiges gesehen?", will Vesna wissen.

Carmen stapelt die Teller übereinander und trägt sie brav zur Abwasch. Was man nicht alles so lernt in einem Nobelinternat. „Eigentlich nicht. Eher viel Eigenartiges. Dieser Berger, der da die ganze Zeit herumschleicht und seine Nase in alle Angelegenheiten steckt. Irgendwie missgünstig. Zuerst hab ich mir gedacht, das ist der Hausmeister oder bestenfalls der Sekretär, aber er ist immerhin Psychologe. Es steht auch in der Broschüre, dass man bei ihm Therapiesitzungen buchen kann, aber ich habe nicht gesehen, dass irgendwer bei ihm gewesen wäre. Da hab ich mir gedacht, vielleicht bringe ich ihn zum Reden, also hab ich eine Stunde mit ihm vereinbart und gemeint, er solle Weis nichts davon sagen. Ich sei mir, was dessen Methoden angehe, nicht ganz sicher. Er hat ziemlich begeistert gewirkt."

„Ida Moylen, die Verlegerin: schlank, dunkle Haare, in etwa so alt wie ich. Hast du die gesehen?", frage ich.

Carmen schüttelt den Kopf. „Glaube ich nicht. Aber eine Journalistin vom ‚Blatt' war da, die hat ihn noch mehr angehimmelt als seine Jüngerinnen. Ganz begreife ich es nicht, was sie alle an ihm finden."

Vesna grinst. „Sie suchen. Sie wollen finden."

„Wird schon so sein. Außerdem gibt es auch welche, die zahlen Weis und sehen das ziemlich unromantisch. Ich hab mit einer geredet, sie ist schon älter, cirka so alt wie ihr. Die hat ganz offen damit geprahlt, dass ihr eine rein spirituelle Verbindung zu wenig sei. Ihr sei die ‚Körperlichkeit' ganz wichtig. Ich hab sie dann vorsichtig gefragt, ob sie denn glaube die Einzige zu sein, die mit ihm Sex hat. Sie hat gelacht, den Kopf geschüttelt und gemeint: ‚Was gibt es Schöneres als einen Casanova?'"

„Casanova mit Glatze", spöttelt Vesna.

„Und wisst ihr, was sie gesagt hat? Das Schöne an einem Casanova sei, dass alle möglichen Frauen eifersüchtig sind, und gleichzeitig könne man sich angenehm sicher sein, den Typ nicht auf Dauer und ganz und gar am Hals zu haben. Sie hat gesagt: ‚Ich sehe das als Recycling durch Sex.'"

„Sie hat tatsächlich ‚Recycling' gesagt?", frage ich.

„Ja, und sie war mit Weis bei der Anlage. Ich hoffe, er nimmt mich auch einmal mit. Er hat davon geredet, dass man jedes Leben neu machen könne, man müsse es nur wollen und sich von ihm helfen lassen. Und dann habe ich euch noch etwas mitgebracht", fährt Carmen fort und zieht ihr Mobiltelefon aus der Tasche. „Ziemlich praktisch, um unauffällig zu fotografieren, so ein Ding", meint sie zufrieden. „Weis hat so etwas wie eine Fotosammlung mit allen Jüngerinnen."

„Wahrscheinlich hat er ein schlechtes Personengedächtnis", vermute ich. Derartiges kenne ich ja von mir. Gemeinsamkeit mit dem Guru.

„Ich glaube nicht, dass es darum geht. Es sind ganz spezielle Fotos. Ich glaube, er macht sie, um die Leute im Griff zu haben. Manche der Frauen hat er nackt am Waldrand fotografiert. Man soll ja die Augen geschlossen halten, und die modernen Digitalkameras arbeiten lautlos. Von mir hat er übrigens auch so eines, aber mir ist das egal. Andere liegen vor ihm flach auf dem Boden und er steht über ihnen und ..."

Ich glaube, ich will das gar nicht wissen. Ich bin doch prüde.

„... und segnet sie."

Nein, ich hab eine schmutzige Fantasie.

„Es sind übrigens auch ein paar Männer dabei. Gesehen habe ich allerdings keinen von ihnen. Die genieren sich wohl, einen Guru zu haben, die kommen, wenn sonst keiner da ist."

„Wie bist du auf die Fotos gestoßen?", frage ich und habe mich wieder ein wenig gefasst.

Carmen zuckt mit den Schultern. „Es liegt ja alles offen herum. Nur sein Schreibtisch, der hat eine Lade, die verschlossen ist. Sie ist mir erst aufgefallen, als Berger an dem Schreibtisch von Weis war. Mir ist vorgekommen, er hat versucht, die Lade zu öffnen. Jedenfalls war sie versperrt und ich hab beobachtet, dass Weis darauf sehr genau geachtet hat. Und dann hab ich Weis den Schlüssel geklaut. Er hat überhaupt nichts Böses gedacht, wie ich mit der Hand in seine hintere Hosentasche gefahren bin, er hat mich nur abgewimmelt und gemeint, so gehe das nicht, unsere Verbindung brauche ‚spirituelle Strukturen' oder so." Carmen grinst wie ein Schulmädchen nach einem gelungenen Streich. „Er war dann mit der Casanova-Liebhaberin im Begegnungsraum, ich hab aufgepasst, ob er ganz auf sie konzentriert ist. Aber ich habe ohnehin den Eindruck, dass er nicht besonders gut sieht und zu eitel ist, eine Brille zu tragen. Dann habe ich mich schnell hinter die Papierwand zum Schreibtisch verzogen und das Fach geöffnet. Da waren eine Geldkassette und die Fotos drin, die Kassette war leider verschlossen. Ich hab die Fotos, immer sechs auf einmal, fotografiert, wieder abgesperrt und den Schlüssel im Vorraum zum WC auf den Boden gelegt. So kann er glauben, er hat ihn einfach verloren. Nicht übel, was?"

Wir nicken anerkennend.

„Wenn du brauchst Job, du kannst bei mir arbeiten", sagt Vesna.

„Wer weiß", lächelt Carmen.

Nur dass eine wie sie lieber ein Drittstudium beginnt. Aber das muss man ihr schon lassen, die Sache mit Weis hat sie bisher gut gemacht. Und ihr Mobiltelefon hat eine hervorragende Kamera. Dennoch ist es nicht so einfach, auf den stark verkleinerten Bildern etwas zu erkennen.

„Man muss es auf einen Computer überspielen", überlegt Carmen. „Aber leider habe ich die Software fürs Mobiltelefon nicht dabei. Vielleicht können wir sie bei dir aus dem Internet downloaden", sagt sie zu mir.

„So lange wir müssen nicht warten", meint Vesna. „Ich weiß, Fran hat ein Programm, das für alle möglichen Mikroanwendungen wie Handys und so geht. Er hat es auch auf meinen Computer gespielt."

Carmen sieht Vesna erstaunt an. Vesna bemerkt ihren Blick. „Man glaubt kaum, aber heutzutage haben sogar Putzfrauen aus Bosnien schon Computer."

„So hab ich das nicht gemeint", sagt Carmen erschrocken.

Wir gehen in Vesnas Büro und bald schon sehen wir Weis' Geheimdatei in erstaunlich guter Qualität. Zumindest ist jede und jeder tadellos zu erkennen. Carmen scheint nichts dagegen zu haben, dass wir auch das Nacktfoto von ihr sehen. Junge, schlanke Frau mit blonden, kurzen Haaren, sie liegt auf einer Decke am Waldrand, das Gesicht mit geschlossenen Augen der Sonne zugewandt. Wenn Oskar das sieht, bringt er mich um. Oder bin ich es, die da überreagiert? Die meisten der Jüngerinnen kennen wir nicht. Eine ältere Schauspielerin ist dabei, allerdings nicht nackt, in theatralischer Pose, als würde sie Weis anbeten. Vielleicht hat er einfach eine perverse Ader und will nichts anderes, als diese Frauen ab und zu betrachten. Ihm ergeben. So oder so. Insgesamt sind es siebzehn Frauen und vier Männer. Der eine kommt mir bekannt vor, ich glaube, er ist einer der Manager, die immer wieder auf den Wirtschaftsseiten auftauchen. Hat er nicht etwas mit unserer maroden Fluglinie zu tun? Ich werde den Wirtschaftsteil in nächster Zeit genauer lesen. Jedenfalls ist er auf dem Bild auf allen vieren und versucht gerade, mit dem Mund eine weißliche Frucht vom Boden aufzuschnappen. Vielleicht eine Litschi. Könnte sich auch um eine Szene aus einem seltsamen Gesellschaftsspiel handeln. Ein anderer Mann, außergewöhnlich klein und schlank, kniet vor Weis und hat sein Gesicht in dessen Schoß vergraben. Scheint nichts Sexuelles zu sein, aber jedenfalls etwas, von dem man nicht möchte, dass es Frau, Tante, Tochter oder Geschäftspartner zu Gesicht bekommen. Ewig schade, dass keine Namen neben den Fotos stehen. Ida Moylen kommt als eine der Letzten. Offenbar gibt es noch andere Öffnungsübungen. Sie kniet nackt im Mondlicht auf einem der beiden Hocker im Begegnungsraum. Das Foto hat eindeutig ästhetische Qualität, vorausgesetzt, man steht auf so etwas.

„Seltsam", meint Vesna. „Von Franziska Dasch er hat kein Bild."

Ich nicke. Das ist tatsächlich interessant.

„Vielleicht weil er keines mehr braucht", ergänzt Vesna.

„Ob er sich die Fotos einfach nur so ansieht?", fragt Carmen.

„Muss ja nicht unbedingt Erpressung sein, aber als Druckmittel sind die gar nicht schlecht", überlege ich. „Ob Berger etwas davon weiß?"

Carmen schüttelt den Kopf. „Der hat keinen Schlüssel, da bin ich mir sicher."

„Hast du deine Stunde bei ihm übrigens schon gehabt?"

„Nein, morgen oder übermorgen. Ich hab bei ihm angerufen, um die genaue Uhrzeit zu vereinbaren, aber er ist nicht ans Telefon gegangen. Also hab ich ihm eine SMS mit den Zeiten geschickt, zu denen es bei mir geht. Und Zerwolf hab ich über seine Homepage eine Nachricht geschickt. Mit dem würde ich mich wirklich gerne einmal treffen."

Wir überlegen noch, wie wir an die Namen aller Menschen kommen könnten, die Weis in seiner Bildersammlung verewigt hat. Carmen wird es über das Weis.Zentrum versuchen. Ob die Fotos mit dem Verschwinden von Franziska Dasch oder gar mit der Bombendrohung im Rathaus zu tun haben, wird sich herausstellen.

Heute Abend komme ich jedenfalls fünf Minuten vor Oskar heim.

Redaktionssitzung. Es ist schlimmer als vermutet. Der Chronikchef schlägt einen Blattaufmacher mit dem Titel „Terrorstadt Wien" vor. Er hat einen ehemaligen Mitarbeiter der Sondereinheit Cobra aufgetrieben, der, natürlich anonym, reden wird. Und es soll einen CIA-Mann geben, der dem Chronikchef über die Kontakte von Zerwolf und einigen anderen zur islamistischen Radikalenszene erzählen möchte.

„Und was hast du?", fragt mich der Chefredakteur.

Die Fotos eines Spanners oder Spinners. Den Hinweis, dass man bisher nur weiß, dass ein teurer Turnschuh durch die Recyclinganlage gegangen ist. Die Geschichte zweier Frauen und eines Anwalts, die Zerwolf belasten. Einen Guru, der sich ab und zu mit Helm bei einer Recyclinganlage herumtreibt. Einen Esoterikverlag, der fast vor der Pleite steht. Eine Fernsehanstalt, die überlegt, den Guru und seine Show durch eine Art Philosophen-Murmeltier zu ersetzen. Kleinzeug. Eigentlich nichts. Kein wichtiger neuer Hinweis auf den Drohanrufer, nichts, was das Verschwinden von Franziska Dasch in ein neues Licht rücken würde. „Ich bin dran. Morgen oder übermorgen kann ich mehr sagen."

Ich sehe, wie sehr meine Antwort den Chronikchef freut. Ganz so einfach gebe ich mich aber doch nicht geschlagen. „Cobra?", frage ich spöttisch. „Ist das nicht die Einheit, die die Wohnung von Karadžić in Wien durchsucht, den Kriegsverbrecher aber für einen Wunderheiler gehalten hat?"

„Und?", faucht der Chronikchef. „Wer hätte ihn denn mit diesem Bart erkennen sollen? Wer hätte auf die Idee kommen können, dass er in Wien ist, während weltweit nach ihm gefahndet wird? Außerdem: Eines wird damit auch klar:" – er starrt mich triumphierend an – „Keiner soll sagen, dass ein Philosoph nicht Terrorist werden kann.

Karadžić war Psychiater, sogar Kinderbuchautor, und trotzdem ist er zum Kriegsverbrecher geworden."

Bin auch nie davon ausgegangen, dass Psychiater, Philosophen oder Autoren schon von Berufs wegen gute Menschen sind.

Wir vertagen die Entscheidung, was Blattaufmacher wird, auf morgen. Der Chronikchef soll seine Terrorgeschichte schreiben, ich soll zusehen, dass ich mehr über das Verschwinden von Franziska Dasch herausfinde. Es ist allerdings klar: Selbst in unserer Redaktionssitzung finden die meisten Terrorgerüchte viel interessanter als den recycelten Schuh einer verschollenen Jüngerin.

Ich gehe zu meinem Schreibtisch und rufe den Pressesprecher des Wiener Bürgermeisters an. Ob es möglich sei, kurz mit seinem Chef zu sprechen? – Worum es gehe. – „Fragen Sie ihn bitte?" Ich weiß auch nicht, was ich mir davon erwarte. Ein Klicken und ich hab den Bürgermeister dran.

„Wissen Sie schon mehr über die Bombendrohung?", fragt er mich und ich seufze. Genau das habe ich ihn fragen wollen. Das Einzige, was er mir erzählen kann oder erzählen will – wie soll ich das genau wissen? –, ist: Die Sicherheitsbestimmungen im Rathaus seien noch immer massiv verstärkt. „Natürlich muss man vorsichtig sein, aber nur weil ein beleidigter Autor zum Telefon greift ..."

„Sie glauben hier also nicht an den internationalen Terror?", frage ich.

„Das ist leider keine Glaubensfrage, und solange wir das nicht ausschließen können, kann ich mich gegen den ganzen Zinnober schlecht wehren. Man hat mir sogar zwei Leibwächter verpasst. Tag und Nacht. Dabei hat wirklich keiner gedroht, mich persönlich in die Luft zu sprengen."

„Kann ich das schreiben?"

„Was? Das mit den Leibwächtern? Wenn es jemanden interessiert ..."

„Dass Sie eher nicht glauben, dass es sich um eine Terrordrohung gehandelt hat."

„Sicher. Vielleicht nimmt das etwas von der Hysterie. Und für Wien als Fremdenverkehrsstadt ist es auch nicht so gut, wenn man überall Terroristen vermutet."

Dr. Harald Dasch hat jetzt „für die Ergreifung des Täters" hunderttausend Euro ausgesetzt. Ich lese es in den Agenturmeldungen. Klingt irgendwie so, als würde er davon ausgehen, dass seine Frau tot ist. Für mich macht ihn diese Aktion nicht weniger verdächtig, sondern mehr. Vielleicht weiß er ja wirklich selbst am besten, was seiner Franziska zugestoßen ist. Und die Sache mit dem Schuh in der Recyclinganlage war nur ein Ablenkungsmanöver, um Weis ins Spiel zu bringen. Klingt ziemlich logisch. Da ich nichts Besseres zu tun habe, fahre ich sofort zu seiner Firma. Leider hatten diese Idee auch einige andere Journalisten. Wir kommen gar nicht erst ins Gebäude. So ein Halbleiterunternehmen ist offenbar nicht auf das Wohlwollen von Journalisten angewiesen, jedenfalls kanzelt uns ein Securitymann vor dem Eingang ab. Wir hätten da nichts zu suchen, Direktor Dasch habe alles mitgeteilt, was er mitteilen wolle, und sei für niemanden zu sprechen. Ich überlege. Wie komme ich trotzdem in die Firma? Vesnas alter Putzfrauentrick. Aber das klappt wohl auch eher erst am Abend. Ich tue so, als würde ich wegfahren, parke meinen Wagen in einer Seitengasse und suche nach einem Hintereingang. Den gibt es auch, aber man braucht eine Codekarte, um reinzukommen. Was ist an Halbleitern bloß so geheim? Vielleicht sollte ich mich als Kundin ausgeben? Aber wie tritt die Kundin eines Halbleiterunternehmens auf? „Hach, mir wäre heute so nach ein paar hübschen Halbleitern …“ Ganz abgesehen von allem: Dasch kennt mich. Ich stehe in der Nähe eines Gebüschs und will gerade wieder zu meinem Auto zurück, als zwei jüngere Männer Richtung Hintereingang gehen.

„Dass er für die so viel Geld hergeben will …“, sagt der eine.

„Ich glaube, er hat die ganzen Gerüchte einfach satt. Er will was unternehmen. Und vielleicht taucht sie ja freiwillig wieder auf, wenn sie von den Hunderttausend hört.“

„Ob er sie ihr auch zahlt?“

„Die kriegt mehr, da kannst du sicher sein. Er kann froh sein, dass sie sich bisher nicht hat scheiden lassen. Immerhin hat die Firma ihren Eltern gehört, und wenn die Geschichte mit Natascha kein Scheidungsgrund ist …“

„Und was, wenn er sie selbst …“, sagt der Erste und steckt seine Codekarte ins Schloss.

Wie es weitergeht, erfahre ich nicht. Die beiden sind drin. Jedenfalls ist jetzt klar, dass die Firma ihrer Familie gehört hat und dass Dasch eine Freundin namens Natascha haben dürfte. Und dass auch Mitarbeiter überlegen, ob er nicht selbst für das dauerhafte Verschwinden seiner

Frau gesorgt hat. Wer ist Natascha? Man muss ihn überwachen. Aber das wird die Polizei wohl tun. Andererseits: Wer weiß?

Vesna verspricht, in einer Stunde bei der Halbleiterfirma zu sein, so lange liegen meine Journalistenkollegen mindestens auf der Lauer und so lange wird sich daher sicher nichts tun. Vielleicht ist ja die Kantinenwirtin der Halbleiterfirma eine Freundin des Halbbruders ihrer Cousine dritten Grades …

„Du machst dich lustig über meine guten Verbindungen“, sagt Vesna ganz und gar nicht beleidigt. „Ich dachte in diesem Fall an anderes. Ist zwar nicht ähnliche Branche, aber vielleicht kennt Valentin jemand in der Umgebung von Dasch. Vielleicht sammelt Dasch Kunstwerke, du weißt, in der Galerieszene kennt Valentin sich aus.“

Ich lächle. In einer Galerie haben sich die beiden kennengelernt. Vesna hat sich damals als reiche Kunstliebhaberin ausgegeben, um Valentin besser aushorchen zu können.

„Bis ich so etwas weiß, mache ich es klassisch, sitze in Auto, beobachte und warte“, ergänzt Vesna.

Mir geht die Sache mit den beiden Frauen, die Zerwolf belästigt haben soll, nicht aus dem Sinn. Vielleicht sollte ich mich mit dem Anwalt der beiden treffen. Könnte Oskar das einfädeln? Schon möglich, aber ist es notwendig? Wenn der Anwalt Interesse daran hat, dass Zerwolf verurteilt wird, wird er mit einer Journalistin des „Magazin“ ohnehin gerne reden. Ich fahre in die Redaktion, ignoriere den Chronikchef, der mich spöttisch fragt, ob ich schon „Neues“ hätte, und suche die Nummer von Dr. Klein heraus. Wenig später weiß ich: Berthold Klein freut sich, mich zu sehen, natürlich könne er mir die Vorwürfe im Detail erklären. Und: „Es haben sich übrigens mehrere Frauen belästigt gefühlt, aber es ist ja nicht jedermanns Art, gleich eine Anzeige zu machen.“

Vier Uhr Nachmittag. Schickes weißes Altbauhaus im Botschaftsviertel. Stuck und Schnörksel. Einer dieser altertümlichen Lifte, bei denen ich mich jedes Mal frage, ob sie wirklich noch fahren. Rund um die Liftkabine im großzügig angelegten Treppenhaus ein schmiedeeisernes Gitter. Trotzdem. Um zu Fuß zu gehen, bin ich heute zu faul. Die Eisentür knarrt, ich öffne sie, danach die Lifttüre. Rot gepolsterte Sitzbank. So lange braucht der Lift wohl nicht nach oben. Hoffentlich.

Sollte er stecken bleiben, kann ich wenigstens sitzen, bis mich die Feuerwehr befreit. Mira, du bist ein Feigling. Nein. Eben nicht. Sonst würde ich erst gar nicht mit diesem Lift fahren. Erstaunlich, beinahe schon wieder beunruhigend ruhig gleitet er nach oben.

Ich stehe vor der hohen, dunklen Doppeltüre, auf der „Kanzlei Dr. Klein" steht. Zurückhaltend. Dezent. Wohlstand pur. Anders als bei Oskars Kanzlei, öffnet sich die Tür nicht automatisch, wenn man den Klingelknopf drückt. Ich höre Schritte. Eine Frau um die sechzig, dunkler Hosenanzug. Sie sieht eher wie eine Anwältin aus als wie eine Sekretärin. Vielleicht seine Frau.

„Ich habe einen Termin ..."

„Frau Valensky?", sagt sie. „Bitte kommen Sie weiter!"

Wir gehen einen Gang mit geschmackvollen abstrakten Drucken entlang. Oder sind es Originale? Valentin wüsste das. Ohne anzuklopfen, öffnet sie eine Flügeltüre, lässt mich hinein und schließt die Tür hinter mir. Klein sitzt hinter dem Schreibtisch und steht auf. Das Zimmer ist groß, dunkel möbliert, und erstens sehe ich etwas schlecht und zweitens blendet mich das Gegenlicht vom Fenster her. Ich gehe ein paar Schritte auf den Anwalt zu. Dann allerdings bleibe ich stehen und starre ihn an. Bislang habe ich ihn nur auf einem Foto gesehen. Es ist das Foto aus der Sammlung von Weis, das einen schmächtigen Mann zeigt, der sein Gesicht im Schoß des Gurus vergraben hat. Ich bin mir sicher. Zumindest beinahe.

„Ja?", sagt Klein etwas befremdet.

Ich nicke, bringe noch kein Wort heraus. Was bedeutet das? Jedenfalls, dass es eine Verbindung zwischen Weis und dem Anwalt der angeblichen Zerwolf-Opfer gibt. Kein Wunder, dass Weis so gut über die Übergriffe Bescheid weiß. Oder steckt da noch mehr dahinter?

„Ja?", sagt Klein noch einmal.

Ich lächle so unbefangen wie möglich. Ich frage ihn das, was ich vorgehabt habe zu fragen: „Warum haben Sie Gabriele Ploiner angeboten, sie gratis gegen Zerwolf zu vertreten?"

Er lächelt. „Ich habe nichts für Menschen übrig, die Frauen belästigen. Ich dachte mir schon, dass sie sich keinen Anwalt leisten wird. Für mich geht es quasi in einem. Und wenn wir den Zivilprozess gewinnen, wovon fix auszugehen ist, dann bekomme ich die Prozesskosten ohnehin von der gegnerischen Partei bezahlt."

„Sie vertreten Frau Mandelbauer in einer Erbschaftsstreitigkeit.

Haben Sie sie auf die Idee gebracht, Anzeige gegen Zerwolf zu erstatten und ihn auf Schadenersatz zu klagen?"

Er sieht mich misstrauisch an. „Das klingt so, als stünden Sie auf der Seite dieses Perversen." Er seufzt. „Leider findet man solche Typen in allen Gesellschaftsschichten. Ich habe mit einem Psychologen geredet. Er meint, gerade wenn sich jemand derart abschottet, könnten solche sexuellen Störungen entstehen."

Ich lächle ihn an. „Könnte es sich bei diesem Psychologen um Weis gehandelt haben?"

Er sieht auf seine Schreibtischplatte. Ich kann in seinem Gesicht nicht lesen. Verdammtes Gegenlicht. „Um wen?", fragt er dann.

„Um Weis. Den Guru. Sie kennen ihn doch."

„Warum sollte ich ...", fängt er an und steht abrupt auf. Er ist jung, noch keine vierzig, vermute ich.

Ich bleibe sitzen. „Sie sind einer seiner Jünger."

„Das ist ewig her. Ganz abgesehen davon: Was geht Sie das an? Das ist Privatsache. Hätte ich gewusst, dass Sie dieser gestörte Philosoph schickt ... Er muss hinter mir herspioniert haben. Ich habe keine Zeit. Und ihn sehe ich vor Gericht. Bitte." Er deutet zur Tür.

„Es gibt ein Foto", sage ich so sanft wie möglich. „Es zeigt Sie in einer sehr verfänglichen Pose. Weis hat das Foto verwendet, um Sie unter Druck zu setzen. Wie haben Sie die Frauen dazu gebracht, gegen Zerwolf auszusagen?"

„Absurd", sagt Klein und ist wie erstarrt. „Ich kannte Frau Ploiner gar nicht, als sie sich an die Polizei gewandt hat."

„Frau Mandelbauer aber schon. Vielleicht war sie Ihnen einen Gefallen schuldig?" Ich sehe Klein an. „Sie könnten Ihre Zulassung als Anwalt verlieren. Wenn Sie reden, könnte ich Ihnen helfen. Vielleicht."

„Wer glauben Sie, dass Sie sind?", schreit Klein.

„Schade", sage ich. „Dann werde ich eben mit den beiden Frauen sprechen müssen. Und ihnen erzählen, dass Sie ein Jünger von Weis sind und wodurch er Sie in der Hand hat. Und was er gegen Zerwolf hat. In meiner nächsten Story werde ich natürlich darauf hinweisen, dass Sie dementieren, unter Druck gesetzt worden zu sein."

Klein lässt sich auf den Sessel fallen. „Sie täuschen sich. So war es nicht. Zerwolf hat Frauen belästigt."

„Und? Wie war es?"

Er überlegt. „Sie müssen mir versprechen, nicht darüber zu schreiben."

„Das kann ich erst, wenn Sie mir alles erzählt haben. Sie können ja behaupten, ich lüge. Sie können gegen mich wegen übler Nachrede prozessieren. Sie sitzen quasi an der Quelle."

Klein nickt. „Sie können sicher sein, dass ich das tun werde."

„Also? Begonnen hat es wohl, als Sie zu Weis gingen. Als einer der wenigen männlichen Jünger."

„Ich bin nicht schwul", braust er auf.

„Habe ich auch nicht behauptet. Ganz abgesehen davon, dass mich das nicht stören würde. Sie waren also bei Weis. Warum?"

„Ich hatte so etwas wie ein Burn out, meine Frau hat mich verlassen, mein Kanzleipartner ist nur einige Monate später gegangen. Nicht im Streit, sondern weil er zu seiner Freundin nach Salzburg gezogen ist. Ich bin mit zwei Konzipienten, meiner Sekretärin und meiner Mutter allein geblieben."

Dann war die elegante ältere Frau wohl seine Mutter. „Sie ist auch Anwältin?"

„Was tut das zur Sache? Ja. Sie ist auch Anwältin. Sie hatte allerdings in den letzten Jahrzehnten kaum praktiziert. Ich habe für drei gearbeitet. Ich wollte alles wieder zum Laufen bringen, bis ich selbst nicht mehr konnte. Es war total banal. Ich habe Weis im Fernsehen gesehen und er hat ein paar Sachen über Selbstfindung und Selbstwerdung gesagt, die mich getroffen haben. Ich habe ihn angerufen. Es hat gewirkt, als wäre das tatsächlich ein guter Weg. Ich habe mich fallen lassen, genau so, wie er es wollte. Es hat gutgetan. Sehr gut. Endlich hatte nicht ich die Verantwortung, endlich hat mir einer gesagt, was ich tun soll. Aber ..."

„... dann wollte er etwas von Ihnen."

„Zuerst wollte er nur wissen, wie man einen drankriegt, der Frauen nachstellt. Dann hat er mir gesagt, dass dieser zu geschickt und auch zu bekannt sei, um zur Rechenschaft gezogen zu werden. Dass er den Frauen, die der belästigt habe, helfen wolle, und er habe auch schon eine Idee, wie das gehen könnte: Bisher habe nur eine Frau den Mut gehabt, Anzeige zu erstatten. Man müsse eine Zweite finden. Und wenn es keine gäbe, die sich traue, dann brauche man eben eine, die für die vielen belästigten Frauen einspringe." Klein dreht sich von mir weg und sieht aus dem Fenster. „Er hat mich gefragt, ob ich eine solche Frau finden könnte."

„Das ist Anstiftung zur Falschaussage", sage ich.

„Das habe ich ihm auch gesagt. Er hat gemeint, er wolle ja nur verhindern, dass dieser Perverse ungeschoren davonkomme. Und als ich trotzdem nicht wollte … da hat er zu mir gesagt, dass es eben sehr vieles gebe, was missverstanden werden könne, wenn es in die falschen Hände käme …“

„Er hat Ihnen das Bild gezeigt, auf dem Sie Ihr Gesicht in seinem Schoß haben.“

„Woher kennen Sie das Bild?“

„Keine Angst, sonst kennt es niemand.“

„Ja. Es war dieses Bild. Und ich wusste von einer Frau, die gegen Zerwolf aussagen würde. Sie brauchte dringend Rechtsbeistand in einer Erbschaftssache. Ich mochte sie. Aber sie hatte kein Geld. Also habe ich ihr einen Deal angeboten …“

Ich nicke. „Sie hat behauptet, dass Zerwolf sie angefallen sei. Er spricht ja nicht, er wehrt sich ja nicht, da ist so etwas einfach.“

„Tatsache ist, dass Gabriele Ploiner belästigt worden ist und Anzeige erstattet hat. Erst danach hat Weis überlegt …“, widerspricht der Anwalt.

Ich sehe ihm ins Gesicht. „Wissen Sie übrigens, warum Weis so gerne hätte, dass Zerwolf verurteilt wird?“

„Er … hat eine Menge für Frauen übrig.“

Ich lache. Ich kann nicht anders. „Hat er schon, aber nur, wenn sie in sein Spiel passen. Er hat eine Menge für sich selbst übrig. Und seine Fernsehshow läuft nicht mehr so gut. Liebe Freunde haben ihm einen Vertragsentwurf gezeigt. Zerwolf sollte an seiner Stelle auftreten. Der Philosoph, der nur einmal im Monat spricht. Aber dann live auf Sendung.“

Jetzt sieht mich Klein fassungslos an. „Das meinen Sie nicht im Ernst …“

Ich nicke. „Weis ist ziemlich gut im Manipulieren.“

Der Anwalt seufzt. „Und ziemlich gut im Erpressen, um es deutlich zu sagen. Können Sie sich vorstellen, was passiert, wenn dieses Bild öffentlich wird? Gar nicht zu reden von der Reaktion meiner Mutter …“

„Gehen Sie noch zu ihm zu … Gesprächen?“

Klein schüttelt heftig den Kopf. „Ich war verblendet. Ich war fertig. Ich war ausgebrannt. Aber ich bin nicht grundsätzlich ein Idiot. Glauben Sie, dass ich ihm, seit ich das Bild gesehen habe, noch vertrauen könnte?

Wissen Sie, wie viel Vertrauen in so einer Beziehung nötig ist? Und wie man sich fühlt, wenn es enttäuscht wird?"

Ich nicke und mache einen Vorschlag. „Sie sagen Emma Mandelbauer, dass sie die Anzeige zurückziehen soll. Lassen Sie sich etwas Gutes einfallen, wie sie ihren Meinungswandel der Polizei erklärt. Immerhin ist sie das angebliche Opfer. Und die einzige Zeugin des angeblichen Vorfalls. Und sagen Sie Gabriele Ploiner, dass es ein Fehler wäre, gegen Zerwolf vorzugehen. Sie hat ja schon daran gezweifelt, ob es Zerwolf war, der sie angegriffen hat. Fragen Sie sie, ob sie die Situation nicht missverstanden hat."

„Es dürfte schon Zerwolf gewesen sein", murmelt Klein. „Ich habe lange mit ihr geredet. Ich bin mir nicht sicher, ob er nicht doch in der Nacht herumläuft, um Frauen zu erschrecken. Vielleicht will ich mir das aber auch nur einreden. Frau Ploiner ist sehr ängstlich."

„Und die anderen, die nur keine Lust hatten, zur Polizei zu gehen?", frage ich. Jedenfalls hat es welche gegeben, denen nächtliche Jogger verdächtig vorgekommen sind. Sonst hätte die Polizei keine Fotos gemacht.

„Ich weiß es nicht, die Polizei hatte ja keine Personalien von ihnen, sonst ..."

„... sonst hätten Sie auch die zu überzeugen versucht, Zerwolf anzuzeigen."

Klein sieht mich verzweifelt an. „Sie machen nicht öffentlich, dass wir ... der Sache nachgeholfen haben?"

„Ich kann es nicht versprechen. Vorläufig nicht. Vorerst reicht, wenn öffentlich wird, dass sich die Frauen geirrt haben."

Ich werde Zerwolf davon erzählen. Ich bin mir allerdings nicht sicher, wie wichtig ihm die ganze Sache überhaupt ist. Ich wäre stolz, wenn er mir dankbar wäre. Muss ich zugeben. Aber wer kann ihn schon einschätzen? Sagen, wer er wirklich ist? Vielleicht würde er über meine Naivität lachen.

Mein Mobiltelefon läutet. „Entschuldigung", sage ich und will es ausschalten. Vesna. Sie sollte Dasch beobachten. Ich gehe dran.

„Dasch hat Tiefgarage verlassen. Journalisten sind länger schon weg. Er fährt in die Richtung von Weis.Zentrum. Wohnen tut er in eine andere Richtung, keine Ahnung, aber ich dachte mir, ist gut, wenn ich sage. Vielleicht du kannst kommen."

Ich verabschiede mich vom Anwalt. Die Story würde jene des

Chronikchefs spielend übertrumpfen. Weis' geheime Fotosammlung. Erpressung. Und Zerwolf, der ausgeschaltet werden sollte. Irgendwie tut mir der Anwalt trotzdem leid. Jeder von uns hat seine Schwachpunkte, ist irgendwann am Boden und hofft auf irgendjemanden, der ihm sagt, wo es langgeht. Und wenn der dann das in ihn gesetzte Vertrauen missbraucht …

„Dasch fahrt durch Straße bei Weingarten“, sagt Vesna am Telefon, als ich durch den Wiener Abendverkehr staue. „Dort in der Gegend, wo wir Weis.Zentrum beobachtet haben.“

„Vielleicht will er zum Heurigen“, meine ich.

„Kann man nicht ausschließen, natürlich. Pass auf, jetzt ist er stehen geblieben. Da gibt es ein kleines Kreuz. Pass auf, er steigt aus. Hier ist Name der Straße: Aurelienweg. Melde mich wieder.“

Ich gebe den Straßennamen ein und hoffe, mein Navi kennt auch Weingartenwege. Beinahe wäre ich in den grünen Opel vor mir hineingekracht. Aber Nachdenken und Naviprogrammieren und Autofahren ist etwas viel auf einmal. Glück gehabt. Mein Navi hat inzwischen die Route berechnet und rät mir, nach fünfzig Metern rechts abzubiegen. Kommt mir eigenartig vor, aber ich biege ab, was soll ich auch sonst tun? Das Ding hat vielleicht einen Programmierungsfehler, aber es will mich wenigstens nicht betrügen, nicht bewusst mein Vertrauen missbrauchen. Ist ja schon was.

„Zielstraße erreicht“, sagt mein Navi zwanzig Minuten später. Ich werde langsamer. Ich bin tatsächlich dort angekommen, wo ich hin wollte. Vielleicht sollte man sich auf Maschinen doch mehr verlassen als auf Menschen? Nein. Sicher nicht. Wo ist Vesna? Ich habe nichts mehr von ihr gehört. Hundert Meter entfernt ist ein kleiner Wald, eigentlich eher ein Windschutzgürtel. Vielleicht hat sie dort ihr Auto versteckt. Am Weinstock da vorne blinkt etwas im letzten Sonnenlicht. Ich bleibe stehen, steige aus. Vesnas Armbanduhr. Okay. Ich verstehe. Hoffentlich. Vesna wollte mir ein Zeichen geben. Und was, wenn man sie entführt hat? Gekidnappt wie Franziska Dasch? Dann wäre es Vesna wohl kaum noch gelungen, die Armbanduhr für mich anzubringen. Und wenn sie Vesna gezwungen haben, die Uhr als Köder für mich hinzuhängen? Unwahrscheinlich. Außerdem: Ich könnte nicht davonrennen. Ich muss Vesna in jedem Fall finden.

Ich schleiche vorsichtig zwischen den Rebstöcken den Hügel hinauf. Die Blätter sind noch jung, es gibt keine dichte Laubwand wie im Sommer, die mich verdecken würde. Von hier aus kann ich nicht wie vor einigen Tagen aufs Weis.Zentrum sehen, unser Beobachtungsposten war etwas weiter nördlich, überlege ich. Aber eigentlich sehen für mich alle Weinstöcke im Abendlicht gleich aus. Ich höre etwas. Noch zwei vorsichtige, lautlose Schritte. Ich halte inne. Lausche. Ja. Jetzt bin ich mir sicher. Stimmen. Ganz oben auf dem Hügel.

„Sie haben sie missbraucht! Sie haben ihre ganze verdammte Dummheit ausgenutzt! Das Einzige, was Sie wollten, war ihr Geld."

Jemand lacht. Böse. „Ausgerechnet Sie? Glauben Sie, dass ich nicht weiß, wie Sie mit Franziska umgegangen sind? Sie hat es sich nicht mehr gefallen lassen. Deswegen musste sie sterben."

„,Deswegen musste sie sterben'? Was ist das jetzt? Ihr Geständnis? Ich schreibe mit!"

Dasch. Ich kann ihn durch die jungen Weinblätter sehen. Weis. Ihn sehe ich nicht, aber ich erkenne seine Stimme.

„Wahrscheinlich haben Sie ihr neues Selbstbewusstsein nicht ertragen", faucht Weis.

„Sie war verliebt. Und dann hat sie gemerkt, dass Sie nur ein Scharlatan sind. Wer ist mit ihr zur Recyclinganlage gefahren? Sie hat Ihnen vertraut und Sie haben sie umgebracht!", zischt Dasch.

Vesna sehe ich noch immer nicht. Ich drücke hektisch die Knöpfe meines Mobiltelefons. Ich mache ein paar Fotos, keine Ahnung, ob darauf etwas zu erkennen sein wird. Dann versuche ich mit dem integrierten Voice Recorder aufzunehmen, was die beiden sagen.

„Und Sie halten mich für so idiotisch, dass ich den Zettel auf den Schreibtisch lege, damit ihn diese nervtötende Journalistin findet?"

Damit meint Weis wohl mich.

„Wie könnten Sie besser von sich ablenken?", kommt es von Dasch zurück.

„Sie lenken ab! Ich sorge dafür, dass meine Jüngerinnen besser leben! Kann es sein, dass Franziska noch rechtzeitig freiwillig verschwunden ist?"

Jetzt lacht Dasch. „Mit einem Schuh? Das sieht ihr nicht ähnlich. Und auch nicht, dass sie kein Geld abgehoben hat."

„Vielleicht war ihr der Schuh nicht so wichtig, wie Sie glauben!"

Die beiden gehen aufeinander los. Einer muss gegen die Rebzeile gefallen sein, ein Krachen, ein Draht scheint gerissen zu sein.

„Was haben Sie mit Franziska gemacht?“, keucht Dasch.

Ich halte ihn für den Kräftigeren. Oder geht es um mentale Stärke?

„Lassen Sie mich los, lassen Sie mich sofort los“, kreischt Weis. Offenbar zählen, wenn es ums Eingemachte geht, doch die Muskeln.

Ich hebe den Kopf, versuche zu sehen, was Dasch mit Weis vorhat. Was kann ich tun? Was soll ich tun? Wo ist Vesna? Ich brauche bessere Fotos. Ich ducke mich und schleiche zum Windschutzgürtel, ganz nah bei Bäumen und Sträuchern kann ich den Hügel weiter hinauf, näher hin zu den beiden. Brennnesseln. Mira, das vergeht gleich. Stachlige Hecken. Ich ducke mich. Ich keuche. Ich schleiche näher. Etwas trifft mich auf den Rücken. Ich zucke zusammen. Ich stolpere. Ein Messer? Ein schwerer Gegenstand? Hat man mich nur verfehlt? War das Wortduell zwischen den beiden nur ein Scheingefecht? Stecken sie unter einer Decke und jetzt muss ich dran glauben? Vesna konnte rechtzeitig fliehen. Sie wird Hilfe holen, sicher. Ich muss mich stellen. Oder muss weg. Ich rapple mich auf, sehe gehetzt hinter mich. Da hockt Vesna, schüttelt wie irre den Kopf und hält einen Finger an ihre Lippen.

Trotzdem – ich sehe die beiden Männer jetzt aus einem besseren Winkel. Und näher. Weis hat Dasch offenbar abgeschüttelt. Sie scheinen zu lauschen. Ich halte den Atem an. Vesna hockt an einen Baum gedrückt da, als wolle sie mit ihm verschmelzen.

Und dann sagt Weis: „Sie können mich!“

Wenig guruhaft, finde ich.

Er eilt bergab, nimmt einen schmalen Pfad, der in Richtung Weis. Zentrum zu führen scheint. Dasch bleibt stehen. Dann atmet er hörbar aus und geht langsam den Hügel herunter. In unsere Richtung. Macht es Sinn, ihn jetzt mit dem zu konfrontieren, was wir gehört haben? Ich ducke mich im Gebüsch. Ich rieche die feuchte Erde. Grünes Gras. Und dann ist Dasch, nur drei Rebzeilen entfernt, an uns vorbei.

Wir sitzen am Rand des Weingartens im Gras, hinter uns den Windschutzgürtel. Ich habe Vesna von Anwalt Klein erzählt. Und Vesna hat erzählt, dass sie im Weingarten einen Schatten gesehen hat, so als ob nicht nur wir das Treffen der beiden hätten beobachten wollen. Polizei? Oder doch eine Täuschung? Mir ist niemand aufgefallen. Wir wissen nicht, was wir vom Treffen zwischen Weis und Dasch halten sollen. Es scheint, als hätten sie sich in erster Linie verabredet, um herauszufinden, wie viel der jeweils andere weiß. Dann kommt mir wieder der beunruhigende Gedanke: „Und was, wenn die beiden ihren Streit extra für uns inszeniert haben?"

Vesna schüttelt den Kopf. „Ist zu weit hergeholt, Mira Valensky. Meistens es gibt sie nicht, die großen Verschwörungen. Viel mehr passiert aus Dummheit oder aus Angst oder ist überhaupt nur Zufall."

„Zufall war es jedenfalls keiner, dass die beiden einander im Weingarten getroffen haben", murmle ich.

Das Gras wird feucht. Die Erde kühlt ab. Der Himmel wird dunkel.

Ich sitze vor dem Fernseher. Irgendeine amerikanische Krimiserie. Warum überwiegt in diesen neuen Krimiserien immer die Farbe Blau? Selbst die Gesichter sind blaustichig. Und das, hinter dem die schönen Helden und Heldinnen her sind, ist immer reichlich mysteriös. Flash. Rückblende. Ein blauer Boden mit bläulichem Blut. Flash. Rückblende vorbei. Knallharte Fernsehrealität. Die Frau mit den langen blonden Haaren rennt einen blauen Gang entlang, sie zieht die blaue Waffe. Sie ist der Lösung nahe. Wahrscheinlich liegt sie gleich hinter der bläulichen Tür. Ich sehe auf die Uhr. Gleich ist die Folge aus. Wie angenehm, zu wissen, dass sich in den nächsten zwei Minuten alles klärt.

Oskar ist überraschend für die nächsten zwei, drei Tage zu seiner Partnerkanzlei nach Frankfurt geflogen. Er konnte mich telefonisch nicht erreichen. Ich hatte mein Mobiltelefon noch immer auf lautlos gestellt. Oskar hat mir einen kurzen Brief geschrieben und auf meinen Laptop gelegt. Ich hätte gerne mit ihm besprochen, wie ich mit dem, was ich über den Anwalt Klein weiß, umgehen soll. Reicht es wirklich, wenn er die Frauen dazu bringt, die Anzeige zurückzuziehen? Wenn er den Zivilprozess abbläst? Geht es nicht eigentlich um etwas anderes? Nämlich um Weis, der alles dafür zu tun scheint, dass Zerwolf in ein schlechtes Licht kommt? Ich fahre den Laptop hoch, klicke mich im Netz wahllos durch die Seiten, lande bei der Wettervorhersage und ärgere mich, dass für die nächsten Tage eine Kaltfront droht.

Ich öffne die Homepage von Zerwolf. Die Sache mit „Leben und leben lassen" geht mir nicht aus dem Sinn. Was ist los? Die Botschaft auf Seite eins ist verschwunden, dafür steht eine neue da:

„Man lebt. Man hat gelebt. Man ist tot."

Bedrückend. Endgültig. Unausweichlich. So als ob es egal wäre, dass man lebt, denn irgendwann habe man gelebt und das war es dann jedenfalls. Ist das Leben sinnlos? Ich sollte zu ihm fahren, ihm Fragen stellen und warten, ob eine Antwort kommt. Ich könnte ihm vom Anwalt erzählen und von dem, was Weis inszeniert hat. Will ich Terrorfahndern in die Arme laufen? Oder, kaum besser, irgendwelchen Journalistenkollegen, die darauf lauern, dass der Einsiedler mit einer Maschinenpistole im Arm, die Mütze tief in die Stirn gezogen, das Haus verlässt, um auf einen Lipizzaner oder ein ähnliches Nationaldenkmal zu schießen? Und wenn ich ihm eine E-Mail schicke: weiß ich, wer sie liest? Genau betrachtet sagt Zerwolf etwas Selbstverständliches. Man lebt. Irgendwann ist das Leben Vergangenheit. Und dann ist man tot. Trockenes Statement eines Existenzialisten. Er glaubt nicht an ein Leben danach. Glaube ich daran? Selbst wenn es einen Gott gibt: warum sollte er Interesse daran haben, dass jeder von uns unendlich lange durch das Universum spukt? Gismo schläft tief und fest, ihr Gesicht hat sie in meinen Oberschenkel gegraben. Sie mag es, wenn ich neben ihr auf dem Sofa vor dem Fernseher sitze. Ist es nicht das, worum es geht? Nämlich, zu leben. Jetzt. Ist es so wichtig, was nachher sein wird? Ich lege den Kopf meiner Katze vorsichtig auf das orangerote Kissen und stehe auf. Sie seufzt im Schlaf, ihre Schnurrbarthaare vibrieren. Ich schleiche in die Küche und bin mit einem Mal hungrig. Was ist besser als Essen, um allzu existenzielle Gedanken zu vertreiben?

Ich öffne den Kühlschrank und weiß, womit ich mir eine Freude machen kann.

Zucchini-Ingwer-Creme mit Seezunge.

Ich lege die vakuumierte gefrorene Seezunge in eiskaltes Wasser, der beste Trick, um sie schnell und schonend aufzutauen. Die Kälte zieht nach außen, es bildet sich eine Eisschicht, der Fisch im Innern des Vakuumsäckchens bleibt dadurch so kalt, wie er sein soll, ist aber nicht mehr gefroren. Zehn Minuten. Länger dauert dieser Prozess bei einem dünnen Fischfilet nicht.

Es ist beinahe so, als wäre ich wieder daheim in meiner Wohnung. Früher habe ich häufig in der Nacht einfach für mich allein gekocht. Ob Carmen schon Neues weiß? Wir müssen ihr erzählen, was wir heute herausgefunden haben. Der Streit im Weingarten. Es hat auf mich so gewirkt, als hätte Weis Franziskas Mann im Verdacht. Und

Franziskas Mann Weis. Und wenn es genau so wirken sollte? War tatsächlich noch jemand im Weingarten oder hat sich Vesna getäuscht? Sie täuscht sich selten. Ich schneide Zwiebel und Knoblauch, schäle ein großes Stück Ingwer, schneide es so fein wie möglich und brate alles in Olivenöl an.

Der Anwalt vermutet, dass Zerwolf tatsächlich Frauen belästigt hat. Eine Schutzbehauptung? Als Entschuldigung für sein eigenes Verhalten? Zerwolf steht in gewissem Sinne außerhalb der Gesellschaft. Wie weit geht das? Heißt es, dass er alle für unser Zusammenleben geltenden Regeln nicht mehr akzeptiert?

Zucchini in grobe Würfel schneiden, mitrösten. Mit einem Spritzer trockenem Wermut ablöschen. Salzen, eine winzige Prise Vegeta dazu, einen halben Chili, durchrühren, Deckel drauf, Herdplatte auf niedrige Stufe stellen. Warten, bis die Zucchini weich gedünstet sind. Ich schenke mir ein Glas Weinviertler Riesling ein. Die Rieslinge aus der Wachau sind kräftiger, mineralischer, extraktreicher. Und trotzdem mag ich die paar guten Rieslinge, die es jedes Jahr im Weinviertel gibt, lieber. Weil mich mit dieser Gegend mehr verbindet? Vielleicht. Aber wohl auch weil man das schätzt, was man kennt. Weil man gerne darauf stolz ist. Vertrautheit. Nähe. Darum geht es in so vielerlei Hinsicht. Vertrauen kann enttäuscht werden. Mira, jetzt denkst du nicht mehr über Rebsorten nach. Ein Guru ist ein Mensch, der anderen den Weg zu sich selbst zeigen soll. Was, wenn einer, zu dem man so viel Zutrauen hat, in Wirklichkeit ganz andere Interessen verfolgt? Was passiert, wenn sich ein Ent-Täuschter an Weis rächen will? Ich schüttle den Kopf. Weis scheint es ziemlich gut zu gehen.

Gismo maunzt und drückt ihren dicken Kopf an meine Wade. Sie hat mich in der Küche rumoren gehört, und Fressen ist noch schöner, als vor dem Fernseher zu schlafen. Wir sollten uns auf die einfachen Freuden des Lebens konzentrieren. Ich lächle. Meine Katze als Guru. Ich hole ein paar schwarze Oliven aus dem Kühlschrank und mache meinen Guru glücklich.

Die Zucchini sind weich, ich püriere das Gemüse, schmecke es ab. Eigentlich wollte ich den halben Chili vorher herausnehmen, ich hab darauf vergessen. Jetzt ist die Zucchini-Ingwer-Creme ziemlich scharf. Was sagt es aus, dass ich in letzter Zeit viel häufiger als früher scharf esse? Muss alles etwas bedeuten? Nein, muss es nicht. Ich lasse die Creme auf ganz kleiner Flamme ziehen, lege das Seezungenfilet einfach darüber, Deckel drauf und höchstens fünf Minuten warten. Dann ist der Fisch warm, aber noch zart und glasig.

Ich halte mich einfach an den Teil der Botschaft von Zerwolf, der mich angeht: Man lebt.

[10.]

Wollte sich Dasch mit Weis treffen oder war es umgekehrt? Heute ist Redaktionsschluss. Meine Story sollte bis zum frühen Nachmittag fertig sein und bis morgen am späten Nachmittag halten. Ich werde das Treffen der beiden in meine Reportage einbauen, es gehört zum Besten, was ich habe. Und keiner von beiden scheint mir besonders schützenswert. Wäre schön, wenn ich an die Freundin von Dasch, diese Natascha, herankäme. Sonst kann ich wohl nur von einem Gerücht schreiben. Und was, wenn es falsch ist? Dasch hat mit Sicherheit gute Anwälte. Ich habe in der Früh mit Oskar telefoniert, von seinem Kollegen Klein habe ich ihm nichts erzählt. Das geht nicht übers Telefon. Ich habe mich entschlossen, vorerst nichts über ihn zu schreiben. Er könnte seine Zulassung verlieren. Und das alles wegen eines dummen Fotos? Nein, weil er Emma Mandelbauer zu einer Falschaussage angestiftet hat. Und in Kauf genommen hat, dass das „Blatt" Munition bekommt, um gegen Zerwolf zu hetzen. Und Weis mit seiner perversen Fotosammlung soll straffrei ausgehen? Ist so etwas strafbar? Wenn Klein gegen ihn aussagt, dann schon. Nötigung, Erpressung, Anstiftung zur Falschaussage. Ich brauche mehr Beweise. Kann gut sein, dass Weis nicht zum ersten Mal eines seiner Fotos verwendet hat, um seine Interessen durchzusetzen. Ich hoffe, Carmen findet mehr heraus. Oskars Tochter.

Ich hetze in die Redaktion. Eigentlich habe ich geglaubt, wenn ich zu Fuß gehe, werde ich nie wieder zu spät kommen. Aber es hat sich nichts geändert. Ich bin häufig äußerst knapp dran. Auf meinem Schreibtisch liegt der Aufmacher des „Blatt". Sie haben ihn seit der gestrigen Abendausgabe geändert. Da hatte er noch mit einem dubiosen Finanzmanager aus bester Familie zu tun, der sich auf eine Steuerinsel abgesetzt hat. Jetzt steht da so groß, dass selbst hochgradig Sehbehinderte es lesen können: „Philosoph gesteht via Internet!“ Und darunter: „Terrorpaten Zerwolf sind Menschenleben egal!“ Ich werfe meinen Computer an, warte nervös, bis er hochgefahren ist. Internet. Zerwolfs Homepage. Ich hätte länger aufbleiben sollen. Und statt zu kochen, hätte ich weiter recherchieren sollen. Seezunge auf Zucchini-Ingwer-Creme. Als ob es nicht Wichtigeres gäbe.

Aber auf seiner Homepage steht noch immer der Satz, der mich gestern Abend verstört hat:

„Man lebt. Man hat gelebt. Man ist tot.“

Ich durchforste die Subpages, seine Homepage ist nicht umfangreich. Nichts Neues, nichts, was diese Titelzeile auch nur irgendwie rechtfertigen würde. Aber vielleicht können sie verquere Köpfe auch so verstehen: Ist egal, ob man lebt. Ist egal, ob jemand lebt. Ist egal, wenn jemand tot ist. Zerwolf polarisiert. Und unsere auflagenstärkste Zeitung hat beschlossen, gegen den schweigenden Philosophen zu sein.

Im „Blatt“ erklärt ein Philosophieprofessor tatsächlich, dass man einen solchen Text als „gefährliche, menschenverachtende existenzialistische Drohung“ interpretieren müsse. Dass ich von dem Typen noch nie gehört habe, sagt ja nicht viel, aber nur eine Deutungsart zuzulassen erscheint mir reichlich eigenartig. Im Artikel klingt auch an, dass es weitere Anschläge geben könnte. – Bisher gab es nur eine Drohung und keinen Anschlag. Ich nehme die Zeitung und gehe zu Droch. Noch eine halbe Stunde bis zur Redaktionssitzung.

„Wahrheiten sind für die meisten Menschen unbequem“, murmelt Droch und starrt auf die Startseite von Zerwolfs Homepage. „Kann schon sein, dass das sein größtes Problem ist.“

Ich versuche Zerwolfs Assistentin zu erreichen. Aber Angelika geht nicht ans Telefon. Es ist nicht einmal ein Anrufbeantworter eingeschaltet. Außerhalb der Gesellschaft. Auch da. Ich pfeife auf die Redaktionssitzung. Ich schicke dem Chefredakteur eine kurze E-Mail. Schildere in Stichworten, was ich über das Verschwinden von Franziska Dasch herausgefunden habe. Blattaufmacher ist es keiner. Das ist mir klar. Ich hetze zur nächsten U-Bahn-Station und fahre Richtung Zerwolf. Der Waggon ist nur zur Hälfte besetzt, die meisten Menschen sind jetzt bei der Arbeit oder in der Schule. Zwei ältere Frauen halten das „Blatt“ in der Hand. Sie sehen sich aufmerksam um. Fürchten sie einen Anschlag auf die U-Bahn? Wem nützt diese Angstmacherei? Okay, der Auflage des „Blatt“ allemal. Und wahrscheinlich diesem ewig lächelnden Politiker, den die Zeitung so fördert. Er wird gar nicht anders können, als scharfe Kontrollen für Ausländer zu fordern. Vielleicht auch für Philosophen und alle, die sich irgendwie nicht an die Spielregeln unserer Gesellschaft halten.

Bei der nächsten Station steigt nur eine jüngere Frau ein. Auch keine Attentäterin, vermute ich. Sie geht auf die beiden älteren Frauen zu und begrüßt sie. Wahrscheinlich haben die beiden gar nicht nach mutmaßlichen Terroristen, sondern nach ihr Ausschau gehalten. Ich steige aus, hetze eine Seitengasse der Mariahilfer Straße hinunter. Vor dem Haus von Zerwolf zwei Fernseh-Übertragungswagen. Ein österreichischer Sender. Ein deutscher Sender. Ein Grüppchen Journalisten. Will er etwa sprechen? Heute? Will er sich rechtfertigen? Geht sich das bis zum Redaktionsschluss aus? Mira, du bist doch gleich wie die vom „Blatt“. Nein. Ich habe einen anderen Zugang. Mir geht es nicht um die Sensation. Mir geht es um die Wahrheit. – Ach wirklich? Gibt es eine? Mehrere? Und ist deine die richtige? Wer entscheidet das? Du selbst? Auch eine Gruppe von Zerwolf-Fans hat sich versammelt. Es müssten wohl so fünfzig, sechzig Menschen sein. Sie haben schnell reagiert und halten Transparente hoch:

„Halte durch!“

„Schweigen macht stark.“

„Wir glauben an Dich!“

So als ob es hier um Glauben ginge. Ist er für sie nichts als ein Guru der anderen Art? Polizisten stehen reichlich ratlos herum. Einige Journalisten starren nach oben. Ein Kamerateam filmt die Fenster, die zu Zerwolfs Wohnung gehören dürften. Hinter den Fenstern freilich bewegt sich nichts. Ich gehe auf die Gruppe der Journalisten zu und frage einen, den ich vom Sehen kenne: „Wird er heute sprechen?“

Mein Kollege starrt mich an. „Wer hat das gesagt? Hat er so etwas gesagt?“

„Paradoxon“, erwidere ich und komme mir klug vor. Ich gehe einfach zur Eingangstür und habe vor, bei Zerwolf zu klingeln. Vielleicht ist noch gar niemand auf diese naheliegende Idee gekommen? Aber noch bevor ich den Knopf drücken kann, sind zwei Polizisten da. Einer nimmt doch tatsächlich meinen Arm und hält ihn fest. Ich schüttle seine Hand wütend ab.

„Ich werde wohl noch läuten dürfen", fauche ich.

„Wir können Sie nicht zu ihm lassen", erwidert der eine mit wässrigen blauen Augen. Er sieht aus, als wäre er längst pensionsreif.

„Steht er unter Hausarrest?", frage ich.

„Es ist zu seinem eigenen Schutz", erklärt der Wässrigblaue.

„Bei uns gibt es Redefreiheit. Das da ist nicht China. Und ich habe das Recht, mit einem Menschen zu kommunizieren. Wenn ich es möchte. Und wenn er es möchte."

„Der redet doch sowieso nicht", sagt sein Kollege. Er ist sicher dreißig Jahre jünger. Seine Eltern könnten aus einem südlicheren Land stammen. Aber das macht ihn auch nicht automatisch zu einem sympathischen Zeitgenossen.

Und trotzdem, er hat leider nicht unrecht. Ich läute dennoch. Diesmal zieht keiner meine Hand weg. Aber es antwortet auch keiner. Und niemand macht die Eingangstür auf.

„Ist seine Assistentin bei ihm?", frage ich.

Die beiden schauen mich bloß an. Schweigen.

„Was ist? Imitieren Sie jetzt Zerwolf?", fauche ich sie an.

„Keine Beamtenbeleidigung bitte", sagt der Wasserblaue.

Die Zerwolf-Unterstützer werden rasch mehr. Neue Transparente:

„Wer schweigt, hat recht."

„Der Kapitalismus ist tot!"

„Sprich zu uns!"

Selbst seine Anhänger scheinen sich also nicht wirklich einig zu sein. Ich bleibe noch eine Zeit lang stehen und starre gemeinsam mit meinen Journalistenkollegen nach oben. Aber vielleicht ist ja gar keiner zu Hause.

Ich trabe Richtung Redaktion. Ich sollte ganz schnell herausfinden, wohin sie Zerwolf gebracht haben. Ich glaube nicht, dass er sich daheim verschanzt hat. Nur keine Dramatisierung, ein Guantánamo gibt es in Österreich denn doch nicht. Na ja. Die Methoden des „Blatt" reichen. Wer keine so gefestigte Persönlichkeit wie Zerwolf ist, könnte an so einer Kampagne zerbrechen. Ist Zerwolf eine gefestigte Persönlichkeit? Woher will ich das wissen? Bloß weil einer Philosoph ist und üblicherweise nicht spricht ... Telefon. Ich schaue aufs Display. Ich kenne die Nummer nicht. Für einen Moment glaube ich, er ist es. Oder zumindest seine Assistentin. Es ist Verhofen. Er will mich sehen. Dringend. Ob ich mich an das Lokal am Donaukanal erinnere? Na und ob. Gut, dann solle ich bei der dritten Bank die Promenade flussaufwärts warten. Und: Sollte ich das Gefühl haben, beobachtet zu werden, dann sei es besser, ich gehe weiter. Dann melde er sich später wieder.

Das klingt wie aus einem Spionagefilm. Mein Herz klopft. Verhofen weiß etwas und wird es mir sagen. Warum eigentlich? Weil er mich mag? Okay, schön. Aber dass er deswegen Geheimnisse ausplaudert? Ich werde es bald wissen. Ich gehe schnell und kann gar nicht anders: Ab und zu drehe ich mich um.

Zwei Joggerinnen. Das Wasser des Donaukanals fließt ruhig dahin. Hellgrüne Bäume. Überhängende Zweige. Sie spiegeln sich im Wasser, spielen mit dem Wasser. Ein paar Enten, die mich erwartungsvoll anstarren. Sie sind es wohl gewohnt, dass vieles, was auf zwei Beinen am Ufer steht, sie füttert. Frühling. Mai. Es ist warm, noch hat das Wetter nicht umgeschlagen. Erste Bank. Zweite Bank. Niemand beobachtet mich. Ist auch keiner da. Oder hat sich jemand versteckt? Ein älterer Mann mit einem Dackel. Beide vordergründig harmlos. Dritte Bank. Ich setze mich. Kein Verhofen. Habe ich mich womöglich in der Stimme getäuscht? Hat mich jemand hergelockt, der genau wusste, dass ich kommen würde, wenn Verhofen es möchte? Unsinn. Es war seine Stimme. Und da kommt er. Eilige Schritte. Er setzt sich neben mich, gibt mir die Hand, sieht besorgt aus. Kein Vergleich zur romantischen Stimmung von vor einigen Tagen.

„Ich bin bloß gekommen, um Sie zu warnen", sagt er dann.

Weis? Hat er herausgefunden, wie viel ich schon weiß? Weiß ich mehr, als ich weiß? Ist der Anwalt noch immer sein Jünger und hat ihm gebeichtet? Hat man Franziska Dasch gefunden? Fein vermahlen mit dem, was zum Untergrund einer neuen Autobahn werden soll? Drei Stunden habe ich noch bis zum offiziellen Redaktionsschluss.

„Kümmern Sie sich bitte nicht um Zerwolf. Sie bekommen Schwierigkeiten. Sie sehen ja, wozu das ‚Blatt' imstande ist."

Ich sehe den Polizeibeamten erstaunt an. „Da waren viele Journalisten vor seinem Haus. Auch Kamerateams."

„Es geht das Gerücht, dass Sie einander besser kennen. Angeblich gibt es eine Verbindungsperson zur ehemaligen linken Studentenszene."

Ich schüttle den Kopf. „Ich habe nicht Philosophie studiert. Ich war nicht einmal besonders links. Zumindest war ich nirgendwo Mitglied.

Die haben mir immer alle zu viel und zu lange und zu theoretisch diskutiert. Nur die Musik auf ihren Festen war super."

Verhofen schüttelt ungeduldig den Kopf. „Sie wollen nicht verstehen. Es handelt sich um einen ehemaligen Studienkollegen und Freund von Zerwolf. Valentin Freytag. Eine E-Mail von ihm an Zerwolf ist aufgetaucht. In der Mail ist von Ihrem Treffen mit Zerwolf die Rede. Die beiden Männer sollen in ständigem Kontakt gestanden sein. Und es ist bekannt, dass Sie mit Freytags Lebensgefährtin eng befreundet sind."

Ich lache. Das glaube ich einfach nicht. „Valentin Freytag erfindet und produziert Fernsehshows. Das Unangepassteste an ihm ist die Beziehung mit meiner Freundin. Einer bosnisch stämmigen Putzfrau, die inzwischen allerdings ein erfolgreiches Reinigungsunternehmen hat. Als Student war er linksradikal?" Keine Ahnung, ob Vesna davon weiß, aber ich glaube, es würde ihr gefallen. Wann soll man denn radikal sein, wenn nicht in der Jugend? Bomben wird er schon keine geworfen haben. Stand in Österreich nicht wirklich auf dem Programm.

Verhofen lacht nicht. „Sie sollten das ernst nehmen. Man behauptet bereits, dass Sie selbst sehr gute Kontakte zur Terrorszene haben. Freytag könnte als internationaler Mittelsmann fungieren."

„Meine besten Kontakte zur Terrorszene bestehen in einem internationalen Terrorseminar, das ich vor einigen Jahren besucht habe. Veranstaltet von den USA und ihren europäischen Freunden."

„Sie hatten also schon immer Interesse am Thema", murmelt Verhofen.

Ich lächle und tätschle ihm die Hand. Heute prickelt bei der Berührung rein gar nichts. „Selbst wenn irgendjemand so einen Unsinn behauptet, mir kann nichts passieren. Das hat einfach nichts mit meinem Leben zu tun. Wer immer Lust hat, Valentin Freytag zu überprüfen, soll das nur tun. Er ist …" Ja, warum sollte er nicht in Amsterdam sein?

„… in Amsterdam", ergänzt Verhofen. „Und nur damit Sie klar sehen: Ich dürfte Ihnen das alles nicht sagen, ich bin überzeugt, dass Sie mit der Szene nichts zu tun haben, sonst würde ich Ihnen das nicht sagen. Ich weiß, wie schnell das ‚Blatt' einen Rufmord inszeniert."

„Es gibt keinen Anhaltspunkt. Wenn es hart auf hart geht, würde ich sie klagen."

Verhofen schüttelt den Kopf. „Wir wissen, dass Sie vor Kurzem mehrere Stunden in der Nacht bei Zerwolf verbracht haben. Das war unvorsichtig."

Wie bitte? Da war doch keiner. Wer sollte …

„Er wurde natürlich überwacht. Es ist durchgesickert. Es wissen inzwischen nicht nur die Polizei und die Sondereinheit Bombenalarm davon."

„Ich … habe recherchiert", antworte ich lahm.

„Sie haben Ihr nächtliches Treffen mit keinem Wort im ‚Magazin' erwähnt."

„Er … hat nicht gesprochen. Sie wissen doch, dass er nicht spricht." Es gibt Richtmikros, Mira, Abhöranlagen. Er könnte wissen, dass ich lüge.

„Kann schon sein. Aber ob das wichtig wäre, wenn das ‚Blatt' erst einmal anfängt, sich auf Sie und Freytag einzuschießen?"

Beim „Blatt" bin ich nicht eben beliebt. Ich habe ihm in den letzten Jahren einige der besten Kriminalstorys weggeschnappt. Und es war mir immer eine Freude, es auszubremsen. Ich mag seinen Stil nicht. Aber ob das reicht?

Verhofen steht auf. „Ich denke, Sie haben mich verstanden. Ich kann nur hoffen, dass uns keiner zusammen gesehen hat. Das könnte für mich …"

„Danke", sage ich und stehe auch auf. „Geht das wirklich so einfach? Ein paar Gerüchte, ein paar falsch verknüpfte Tatsachen …"

„Das sollten Sie wohl wissen", sagt Verhofen.

„Zerwolf: Hatte er in jüngerer Zeit tatsächlich Kontakt zur internationalen Terrorszene?"

Verhofen sieht mich an. „Was, wenn er quasi seine eigene Terrorzelle organisiert hat?"

„Das glauben Sie nicht im Ernst", sage ich schockiert.

„Man kann es jedenfalls behaupten. Und: Er ist sehr schwer fassbar", meint der Polizeibeamte.

„Das ist ja noch kein Verbrechen, oder?"

Verhofen schüttelt den Kopf, sieht sich vorsichtig um, will schon gehen und nimmt mich dann am Arm. „Machen wir einen Deal: Sie halten sich von Zerwolf fern. Er könnte wirklich gefährlich sein. Dafür erzähle ich Ihnen etwas."

„Er ist Opfer, nicht Täter, ich …" Soll ich Verhofen von Weis und der Erpressung erzählen?

„Also ja oder nein?"

Ich habe ohnehin nicht vor, über Zerwolf zu schreiben. Und das

Thema Terrorismus liegt diese Woche sowieso in den bewährten Händen unseres Chronikchefs. „Ja“, sage ich und komme mir falsch vor.

„Es gibt neue Spuren im Fall Franziska Dasch. Man hat im Asphalt auch Stücke ihrer Handtasche gefunden. Experten versuchen weiter, organisches Material zu separieren, aber das ist fast nicht möglich. Blut wird von den großen Asphaltbrocken richtiggehend aufgesogen. Außerdem gibt es eine Menge organischer Stoffe im Recycling-Asphalt, die nichts mit Franziska Dasch zu tun haben. Ein Stück Kaninchenfell war dabei, Substanz, die wahrscheinlich von einem Vogel stammt, alles Zeug, das eben mit dem Asphalt zerkleinert worden ist.“

Ich sehe Verhofen an. „Trotzdem: Die Handtasche macht es wahrscheinlicher, dass auch Franziska Dasch durch die Recyclinganlage gegangen ist. Kann ich das schreiben?“

Verhofen nickt. „Sie haben es natürlich nicht von mir. Und bitte: Seien Sie vorsichtig!“

Ich sehe ihm in die Augen. Sie sind braun. Dunkelbraun. Ernst. Augen, denen man vertrauen kann. Wenn man noch in irgendetwas Vertrauen haben kann. „Warum tun Sie das?“

„Weil ich Sie mag.“

Ich habe keine Zeit mehr, etwas über die Freundin von Dasch herauszufinden. Es gibt auch eine nächste Woche, eine nächste Ausgabe des „Magazin“. Abgesehen davon habe ich ja auch einiges, über das es sich zu berichten lohnt. Und dank Verhofen noch etwas mehr. Ob jemand ernsthaft auf die Idee kommt, mich mit irgendwelchen Terroraktivitäten in Zusammenhang zu bringen? Verhofen mag mich, er reagiert übertrieben. Oder ist die Welt verrückt geworden? Ja, ist sie. Sie ist schon länger verrückt. Wenn sie es nicht schon immer war. Reicht das als Antwort? Ist das nicht auch eine existenzphilosophische These? Da war doch etwas mit der Absurdität der Welt. Ich werde mich nicht um Zerwolf und nicht um Terror kümmern, hätte ich sowieso nicht getan. Weil es da nichts Neues zu geben scheint. Momentan. Außer den Interpretationen des „Blatt“. Und Zerwolfs Satz auf der Homepage, aber den kann auch der Chronikchef reinbringen. Hoffentlich geht nicht die Fantasie mit ihm durch. Und was die Sache mit den angeblich von Zerwolf überfallenen Frauen betrifft, so bin ich ganz froh darüber, eine Ausrede zu haben, warum ich nichts über den glücklosen Anwalt und seine Beziehung zu Weis schreibe.

Ich berichte über das Treffen zwischen Dasch und Weis im Weingarten. Ein Teil des Mitschnitts ihrer Auseinandersetzung ist verständlich. Die Fotos sind allerdings zu schlecht, um sie verwenden. Natürlich schreibe ich auch über die recycelte Handtasche und darüber, wie schwierig es ist, im Asphalt organische Spuren zu finden, die Franziska Dasch zugeordnet werden könnten. Ich bin rechtzeitig fertig, der Story ist in der Redaktionskonferenz nur eine Seite Platz zugeteilt worden. Reicht auch. Ich packe zusammen. Frühschluss. Ich versuche Carmen zu erreichen, aber es meldet sich nur ihre Mobilbox. Ich muss zu Vesna. Soll ich mich wirklich mit ihr treffen? Wer weiß, wer mich überwacht? Vesna ist die Verbindungsperson zu Valentin Freytag. Und der ... Es ist absurd. Ich werde mich nicht einschüchtern lassen. Das hier ist ein demokratischer Rechtsstaat. Keiner kann mir etwas tun. Ein Ziehen im linken Arm. Ich schüttle den Arm aus. Das Ziehen wird stärker. Ich sollte Sport betreiben. Mein Blutdruck ist zu hoch. Momentan scheint er geradezu in ungeahnte Höhen zu schießen. Ziehen im linken Arm. So kündigt sich ein Herzinfarkt an. Ich versuche, ganz ruhig zu atmen. Es ist, als würden sich alle Muskeln meiner linken Seite zu einem Knäuel zusammenziehen. Kampfkrampf. Ich keuche. Entspanne dich, Mira. Wenn du dich entspannst, dann entspannt sich auch dein Herz. Kann man dadurch einen Infarkt verhindern? Ich sollte raus aus meinem Grünpflanzendschungel. Keiner bemerkt, was mit mir geschieht. Herz, Arm, Magen, alles gepresst in wütendem Schmerz. Ich bekomme kaum Luft. Die Blätter des Riesenphilodendron zerlaufen in eine grüne Masse. Dicht. Schleimig. Anstelle meines Kopfes ein Ballon unter Hochdruck. Gleich wird er platzen. Atmen. Atmen. Atmen. Dieser Druck auf der Brust. Tonnen von Gewicht. Atmen. Atmen. Dein Atem wird ruhig. Dein Herz schlägt regelmäßig. Autogenes Training. Irgendwann hast du es gelernt. Wie war das genau? Ich kralle mich an den Schreibtisch und rede mir ein, dass der Krampf nachlässt. Du hast auf dem Weg in die Redaktion eine Leberkäsesemmel gegessen. Es ist nur der Krampf im linken Arm. Und dein Magen, der drückt. Das haben schon viele geglaubt. Dabei waren es die klassischen Herzinfarktvorzeichen. Und außerdem: So eine Leberkäsesemmel ist auch nicht eben gut für das Herz. Zu viel Fett. Vielleicht hat sie mir den Rest gegeben. Irgendwann einmal ist es so weit. Ruhig, Mira, ganz ruhig. Ich lockere meinen Griff am Schreibtisch. Es wird nicht passieren. Gar nichts wird passieren. Wird schon besser. Schau genau hin. Philodendronblätter.

Ganz ruhig durchatmen. Regelmäßig. Gelassen. Der Blutdruck sinkt. Das Herz arbeitet regelmäßig. Der Blutdruck sinkt weiter. Der Druck in der Brust – oder ist es doch der Magen? – lässt nach. Ich stehe schweißüberströmt neben meinem Arbeitsplatz. Ich schüttle den linken Arm vorsichtig aus. Nichts passiert. Es war gar nichts. Nur die verdammte Fantasie. Sicher.

Langsamer als sonst schlendere ich durch die Innenstadt. Da hat keiner davor Angst, dass ich im nächsten Moment eine Bombe zücke und schreie: „Freiheit für …" – für wen eigentlich? Vesna trainiert heute Nachmittag wieder einmal für den Marathon. Ich sollte ins nächste Sportgeschäft gehen und mir eine passende Laufausrüstung kaufen. Mira, du weißt, wie so etwas endet. Du kaufst sie, du willst die Sachen auch wirklich verwenden, du hast keine Zeit, du siehst sie immer wieder mit schlechtem Gewissen an und irgendwann vergisst du sie. Wenn ich es mir recht überlege, stehen irgendwo daheim ohnehin noch nie gebrauchte Laufschuhe herum. Mit meinem angeschlagenen Herz sollte ich ohne medizinischen Check sowieso nicht laufen gehen. Du hast kein angeschlagenes Herz, du hast zu viel Fantasie. Oder sollte ich doch zum Arzt gehen? Ich schüttle den Kopf. So weit ist es auch wieder nicht. Zum Psychologen? Vielleicht eher. In erster Linie brauche ich aber ein paar Stunden Ruhe. Erholung. Andere Gedanken.

Ich nehme die U-Bahn und fahre zum Tiergarten Schönbrunn. Ich sehe den Pinguinen beim Tauchen zu, freue mich über die Giraffen. Im Dschungelhaus beobachte ich fliegende Hunde, die kopfüber von der Decke hängen und ab und zu mit den Augen zwinkern. Die hohe Luftfeuchtigkeit macht meinem Herzen gar nichts aus. Ich gehe gemeinsam mit Touristen und Frauen und Männern mit Kindern die Wege zwischen den Gehegen entlang. Die Schakale lassen sich leider nicht blicken. Oder bin ich zu kurzsichtig? Zwei junge Eisbären balgen sich, die Mutter versucht eines der beiden Jungen mit ihrer Fellpranke wegzuschieben, aber schon wieder sind die zwei ein plüschiger weißer, brummender Knäuel. Nicht nur ich bin begeistert. Und keine Sekunde denke ich daran, dass so ein Eisbär zu den gefährlichsten Raubtieren überhaupt gehört. Erst als ich mich nahe beim Ausgang noch einmal umsehe, quasi um Danke zu sagen für diesen schönen Nachmittag, erinnere ich mich wieder daran, dass nicht alles auf dieser Welt freundlich und geordnet besichtigbar ist. Die Frau dort hinten mit der roten Schirmkappe. Sie hat mich eindeutig angestarrt. Und sofort weggesehen, nachdem ich mich umgedreht hatte. Jetzt liest sie verdächtig interessiert ein Plakat mit Verhaltensregeln im Tiergarten. Warum? Ich gehe weiter. Werde ich beobachtet? Von wem? Von der Polizei? Von denen, die gedroht haben, das Rathaus zu sprengen? Ich bleibe stehen. Beuge mich hinunter und tue so, als würde ich mir den Schuh binden. Ich trage Slipper. Aber das wird die Frau wohl nicht so genau sehen. Ich spähe zurück. Sie ist noch da. Momentan schaut sie allerdings nicht in meine Richtung. Mira. Hör auf zu spinnen. Denk an die schlafenden fliegenden Hunde und an die weißen Plüschbären. Selbst wenn die Frau dich verfolgt: was könnte sie tun? In der U-Bahn blicke ich mich trotzdem ein paarmal vorsichtig um. Die Frau aber ist nicht da.

Ich bin in der Nacht immer wieder aufgewacht. Ich bin es nicht mehr gewohnt, allein im großen Bett zu liegen. Erst gegen Morgen bin ich fest eingeschlafen. Aber da läutet auch schon mein Mobiltelefon. Ich fahre wie zerschlagen hoch, bin für meine Verhältnisse ausgesprochen rasch wach und drücke die Empfangstaste.

Diplomingenieur Doktor Halbleiter Dasch setzt alles in Bewegung, damit mein Artikel nicht gedruckt wird. Am Apparat ist unser Chefredakteur. Ich sehe auf die Uhr. Halb sieben. Dasch muss ihn aus dem Schlaf gerissen haben. „Woher weiß Dasch denn etwas über meinen …“, fange ich verwirrt an. Die neue Ausgabe des „Magazin“ erscheint ja erst heute am späten Nachmittag.

Der Chefredakteur seufzt.

Woher wohl? Eine undichte Stelle in der Redaktion. Üblicherweise kümmert sich keiner darum, was die Kollegen machen, aber wenn jemand wirklich will, kommt er ziemlich leicht zu allem, was im Computer abgespeichert ist und in der nächsten Ausgabe des „Magazin“ erscheinen soll. Der Chronikchef. Wer sonst? Natürlich, wir haben quasi an zwei Teilen derselben Story gearbeitet. Er hat meine Reportage gelesen. „Was will der Typ eigentlich? Dass ich gar nichts mehr schreiben kann? Diese verdammten Chronikleute …“

„Keine voreiligen Anschuldigungen, ja? Keiner weiß, wer Dasch informiert hat.“

„Na ich selbst werde es ihm wohl nicht erzählt haben“, fauche ich.

Der Chefredakteur hüstelt. „Und was, wenn doch? Wenn du ihn

damit provozieren wolltest? Um ihn aus der Reserve zu locken? Könnte es nicht sein, dass es dir mehr um den Fall geht als um das ‚Magazin'?"

„So ein Unsinn!" Ich knalle das Mobiltelefon ins Eck, krieche quer über das Bett, hebe es auf. Der Chefredakteur hat schon aufgelegt. Bisher hat er mir vertraut. Bisher haben wir uns gut verstanden. Meine Geschichte ist wasserdicht. Ich habe eine Zeugin. Vesna. Ich habe einen Mitschnitt. Der zumindest teilweise verständlich ist. Ich habe Fotos. Die sind zwar sehr unscharf, aber ... Ja, genau das werde ich tun. Ich werde doch noch eines der Fotos von meinem Mobiltelefon zur Reportage über das Treffen zwischen Weis und Dasch stellen. Das hat er jetzt davon. Bin gespannt, ob sich Weis auch noch beschwert. Ist vielleicht nicht die Publicity, die er brauchen kann.

In zehn Minuten bin ich geduscht, nach fünfzehn Minuten hetze ich zur Wohnungstür. Gismo starrt mich erstaunt aus kreisrunden Augen an. Aktivitätsschub am frühen Morgen. So etwas hat sie bei mir noch selten erlebt. Es ist die Wut, die mich antreibt. Eine meiner besten Antriebsfedern neben der Neugier.

Und dann läuft mir im Foyer des „Magazin" ausgerechnet der Chronikchef über den Weg. Was tut der so früh da? Kontrollieren, ob seine Intrige aufgegangen ist?

„Herzlichen Dank auch", fauche ich ihn an.

„Wie bitte?" Er sieht mich betont verwundert an.

Nicht mit mir. Mit mir nicht. „Was kriegen Sie dafür? Einen netten Halbleiter?"

„Ich weiß nicht, wovon Sie reden. Offenbar tut Ihnen der Frühling nicht gut. Oder sind es die Hormone? In den Wechseljahren können Sie ja noch nicht sein. Oder doch?"

Wäre ich ein Mann, ich würde mich auf ihn stürzen und ihn verprügeln. Wäre ich ein Mann, würde er mir allerdings auch den Mist mit den Hormonen nicht erzählen. Wer hat vor Kurzem ähnlichen Blödsinn gequatscht? Dasch. „Schade nur, dass ich Beweise habe. Dasch kann sich auf den Kopf stellen, das Treffen mit Weis hat genau so stattgefunden, wie ich es beschreibe. Reicht es Ihnen nicht, dass Sie die dämliche Terrorgeschichte schreiben dürfen? Gleich hinter dem ‚Blatt' her?"

„Mira, bremst du dich bitte ein?"

Ich fahre herum. Hinter mir steht der Chefredakteur. Der Chronikchef lächelt spöttisch. „Ich nehme sie einfach nicht so ernst, Klaus. Das ist das Beste, was ich für sie tun kann."

Wusste gar nicht, dass die beiden per Du sind. Seit wann? Haben sich alle gegen mich verschworen?

„Komm mit", sagt der Chefredakteur und nimmt mich am rechten Unterarm. Ich schüttle seine Hand ab.

„Ich will sofort wissen, wie Dasch erfahren hat, was ich über ihn geschrieben habe."

„Ich weiß nicht, was sie meint", sagt der Chronikchef und geht Richtung Ausgang. „Ich hole mir Frühstück. Will sonst noch wer was?" Er erwartet keine Antwort.

Klaus sieht mich verärgert an. „Musst du dir mehr Feinde machen als notwendig?"

„Nein, nur so viele wie notwendig. Die Story ist hieb- und stichfest. Und das gilt auch, wenn sie für einen Unternehmer mit guten Beziehungen lästig ist."

Wir fahren im Lift nach oben.

„Das glaube ich dir", sagt Klaus. „Aber: Du hast sie nicht befragt. Wo bleibt deine journalistische Sorgfalt? Wir sind keine Spione, sondern Journalisten. Und zur Recherche gehört es eben auch, dass die Betroffenen gehört werden."

„Die?", fauche ich. Aber ich weiß leider, dass er eigentlich recht hat. „Und wie sorgfältig ist diese ganze Terrorangstmacherei recherchiert?"

„Du kannst ganz sicher sein, dass ich darauf achte. Wir können nicht am Markt vorbei. Aber von gewissen Grundsätzen gehe ich auch beim ‚Magazin' nicht ab."

„Und hast du das auch dem Chronikchef gesagt?"

„Ja!" Jetzt schreit er.

„Okay, dann versuche ich die beiden eben zu erreichen", murmle ich.

Ich sitze am Schreibtisch und weiß nicht weiter. Weis habe ich auf seine Mobilbox gesprochen. Keine Ahnung, ob auch er schon von meinem Artikel weiß. Eher nicht. Aber er will sowieso nichts mehr mit mir zu tun haben. Daschs Sekretärin hat mir lediglich ausgerichtet, dass ich mich auf Klagen und ein gerichtliches Nachspiel gefasst machen solle.

„Natascha", habe ich dann gesagt. „Vielleicht will er doch mit mir reden. Über Natascha."

Die Sekretärin hat einfach aufgelegt.

Die Fotoredaktion hat versucht, das beste Foto von den beiden im

Weingarten druckreif zu machen. Es bleibt eine äußerst verschwommene Angelegenheit. Weis kann man dank der Glatze ganz gut erkennen. Aber Dasch könnte irgendjemand sein. Es könnte sich sogar um einen eigenartig verformten Weinstock handeln. Sie wollen versuchen, Daschs Konturen noch etwas besser herauszuarbeiten.

Ich freue mich, zwischen den großen Blättern meines Grünpflanzendschungels Drochs Gesicht hervorkommen zu sehen. Bei ihm bin ich mir jedenfalls sicher. Er hat mich nicht verraten. Und würde ich ihm etwas von meinen angeblichen Terrorkontakten erzählen, er würde bloß spotten und meinen, so etwas hätte er bei mir und Vesna schon immer vermutet. Was sagt er da? Ich habe nicht aufgepasst.

„Sei vorsichtig."

Warum soll ich schon wieder vorsichtig sein?

„Du darfst ihn nicht in Schwierigkeiten bringen. Der arme Junge hat sich ... wie sagt man da jetzt ... ein wenig in dich verknallt." Droch lächelt mit schiefem Mund. „Kann man ja auch verstehen, in gewisser Weise. Aber du solltest nicht seine Karriere aufs Spiel setzen."

„Wer? Was?" Ich kann ihm im Moment nicht folgen.

„Tu nicht so. Verhofen. Du bringst ihn in ernsthafte Schwierigkeiten. Bei der Sondereinheit ... "

„Das tue ich nicht ..."

Droch schüttelt den Kopf. „Woher hast du wohl die Information mit der recycelten Handtasche?"

„Kann es sein, dass du mit Zuckerbrot doch hin und wieder über aktuelle Fälle redest?", will ich wissen.

„Nur wenn wir uns Sorgen machen."

„Es weiß keiner, von wem ich die Information habe. Bei der Spurensicherung gibt es eine ganze Reihe von Leuten, die ..."

„... die du alle nicht oder nicht gut kennst. Der, den du gut kennst, ist Verhofen."

„So gut kenne ich ihn auch wieder nicht", murmle ich.

Droch tätschelt mir den Arm. „Das will ich hoffen. Das wäre noch eine Verwicklung mehr, die wir gar nicht brauchen könnten." Und damit rollt er wieder davon. Er hat ja recht. Aber was soll ich jetzt tun? Dasch hat sich trotz des Lockwortes „Natascha" nicht gemeldet. Was mich allerdings auf die Idee bringt, dass es ja auch etwas gibt, mit dem ich Weis unter Druck setzen könnte. Bei ihm brauche ich da wirklich gar kein schlechtes Gewissen zu haben. Ich rufe noch einmal auf seiner Mobilnummer an und sage: „Dr. Klein glaubt nicht mehr, dass Emma Mandelbauer überfallen worden ist. Ich weiß, warum. Rufen Sie mich an. Bitte."

Zwei Stunden noch bis zur absoluten Deadline. Wenn ich bis dahin keine Reaktionen habe, kann ich die Story vergessen. An sich kein großes Problem. Aber mich vom Chronikchef unterkriegen zu lassen ... Oder war doch nicht er es, der den Artikel vorab an Dasch geschickt hat? Wer sonst sollte es gewesen sein?

Ich telefoniere mit Oskar und lüge, dass alles in bester Ordnung sei. Warum sollte ich ihn beunruhigen? Wahrscheinlich muss er einen Tag länger in Frankfurt bleiben. Auch das noch. Ich will ihn da bei mir haben.

„Weis", sagt die Stimme im Telefon. Sieh an, hat es doch funktioniert? „Was meinen Sie mit Dr. Klein und dieser Frau Mandelbauer? Haben Sie sich verwählt?"

„Habe ich nicht. Ich dachte bloß, das würde Sie interessieren. Ich schreibe in unserer neuen Ausgabe übrigens über ein interessantes Treffen zwischen Ihnen und Herrn Dasch in einem Weingarten. Sie haben einander beschuldigt, Franziska Dasch ermordet zu haben."

„Dann müssen Sie etwas an den Ohren haben", antwortet Weis ganz unsanft.

„Aber mein Aufnahmegerät, das ist in Ordnung", säusle ich. „Warum haben Sie sich mit Dasch getroffen?"

„Das ist nicht von mir ausgegangen. Wenn er etwas mit dem Tod seiner armen Frau zu tun hat, dann wird das die Polizei klären. Hoffe ich."

„Sie glauben also, dass Franziska Dasch tot ist. Interessant."

„Legen Sie mir nichts in den Mund. Und damit das klar ist: Das war auch kein Streit. Dasch wollte lediglich wissen, ob seine Frau mir gegenüber irgendwelche Andeutungen gemacht hat."

„Und: Hat sie?"

„Hat sie nicht. Das habe ich dem Gatten meiner sehr geschätzten Jüngerin auch gesagt."

„In ziemlicher Lautstärke", ergänze ich.

„Nicht zu viel Fantasie, Frau Redakteurin", sagt der Guru. „Das könnte Ihnen schaden." Damit legt er auf. Was war das jetzt? Ein guter Rat? Ich würde es für eine Drohung halten.

Natascha. Wer könnte wissen, wo Natascha ist? Klingt nach einer jungen Russin. Nur noch eine halbe Stunde bis zur Deadline. Ich arbeite das ein, was mir Weis gesagt hat. Kein Problem, ich schreibe, was ich gehört habe, und er darf sagen, wie es aus seiner Sicht gewesen ist. Ein ruhiges Gespräch. Aber sicher doch.

Wortgefecht im Großraumbüro, dort, wo unsere Empfangssekretärin sitzt. Am Tag nach dem offiziellen Redaktionsschluss sind nicht viele Schreibtische besetzt, durchatmen bis zur nächsten Story. Ich spähe nach vorne. Die Sekretärin deutet zu mir. Ich sehe, wie sie nach unten greift. Wir haben einen Alarmknopf. Für alle Fälle. Aber keine Sirene geht los, sondern mein Festnetzapparat läutet.

„Mira", sagt die Sekretärin. „Da ist ein Herr Dasch. Er will mit dir reden, aber er weigert sich, mit dir allein zu reden. Kennst du ihn?"

„Ich kenne ihn." „Natascha" hat in letzter Sekunde doch noch gewirkt. „Ist Droch da? Den wird Dasch wohl akzeptieren."

Einige Minuten später sitzen wir uns in Drochs Büro gegenüber. Droch im Rollstuhl. Dasch und ich auf unbequemen Bürostühlen. Droch hat die unbequemsten Bürostühle der ganzen Redaktion. Wahrscheinlich, weil er selbst nie darauf sitzen muss. Dasch redet nicht mit mir, nur mit Droch. Und er wiederholt, dass er mich klagen werde.

„Das Gespräch hat stattgefunden, da dürfte es schwer sein mit einer Klage", sagt Droch so liebenswürdig wie möglich. Wer ihn kennt, weiß allerdings trotzdem, dass ihm dieser Schmalspurindustriekapitän auf die Nerven geht.

„Es ist also nicht mehr möglich, privat mit dem ... mit einem Berater meiner Frau zu sprechen? Was ist das? Ein Überwachungsstaat?"

„Es gibt einen kleinen Schönheitsfehler, nur falls Sie ihn vergessen haben", mische ich mich ein. „Ihre Frau ist verschwunden. Und im Zentrum ihres Gurus haben wir einen seltsamen Zettel gefunden."

Dasch sieht mich wütend an und sagt dann wieder zu Droch: „Ich mache mir selbstverständlich große Sorgen um meine Frau. Sonst hätte ich auch kaum die hohe Belohnung ausgesetzt. Ich wollte von diesem Weis wissen, wohin sie verschwunden sein kann. Immerhin hatte er ... engen Kontakt zu ihr."

„Und: Hat er es Ihnen gesagt?", fragt Droch.

„Er hat mich beschimpft und mir unterstellt, ich hätte etwas mit dem Verschwinden meiner Frau zu tun. Ich werde ihn klagen ..."

„Wen jetzt?", werfe ich ein.

Dasch sieht mich an, als wäre ich ein widerliches Insekt.

Droch grinst ein wenig, gerade so, dass ich es sehen kann. „Wir können also schreiben, dass Sie sich mit Weis getroffen haben, um mehr über das Verschwinden Ihrer Frau herauszufinden. Und dieses Gespräch ist dann eben ... auf einen gewissen höheren Geräuschpegel eskaliert. Oder?"

„Was wirklich nicht an mir gelegen ist. Können Sie sich vorstellen, dass Ihnen jemand vorwirft, die eigene Frau auf dem Gewissen zu haben?"

Ich nicke, als ob ich mir das vorstellen könnte. Schön langsam geht es mir auf die Nerven, dass die beiden an mir vorbeireden, als wäre ich Luft. Ich sage: „Ich hoffe, Natascha kann Sie trösten."

Für einen Moment habe ich das Gefühl, Dasch springt mich an. Aber dann lockern sich seine geballten Fäuste wieder und er lächelt. „In gewisser Weise kann sie mich sicher trösten."

Jetzt sehe ich ihn irritiert an. Und Droch weiß ohnehin nicht, wovon die Rede ist. Dasch erklärt Droch: „‚Natascha' ist ein neues Halbleitermodell. Wir geben allen unseren wichtigen Versuchsanordnungen Namen. ‚Natascha' könnte uns ausgezeichnete Aufträge bringen. Es kann schneller und kostengünstiger produziert werden. Aber bis es so weit ist, braucht es noch etwas Entwicklungszeit. Und diese Zeit ist heute kostbarer denn je. Sie verstehen? Sie werden dafür sorgen, dass diese Redakteurin schreibt, was ich über mein Treffen mit diesem ... Schaumschläger gesagt habe? Und übrigens: Ich weiß nicht, wie sie von ‚Natascha' erfahren hat. Fällt eigentlich unter Betriebsspionage. Sollte ich davon etwas lesen, wird das ‚Magazin' gewaltige Probleme haben. Da geht es um einen Vermögenswert von mehreren Millionen Euro."

Ich nicke. „Da ist Ihnen ‚Natascha' im Vergleich zu Ihrer verschwundenen Frau ja wirklich wertvoll."

Droch sieht mich genervt an.

Ich hake nach. „Soviel ich weiß, hat die Firma den Eltern Ihrer Frau gehört. Kann es sein, dass sie für ihre Spielereien mit ‚Natascha' nicht viel übrig hatte? Kann es sein, dass sie die Entwicklung für zu kostspielig gehalten hat?"

„Zuerst halten Sie ‚Natascha' für meine Freundin, dann fantasieren Sie etwas über ein Veto meiner Frau. Machen Sie sich nicht lächerlich." Daschs Mund ist nur noch ein Strich.

Sieh an, jetzt spricht er doch mit mir. Ich provoziere: „Bei wichtigen Entscheidungen muss sie zustimmen. Nicht unpraktisch, wenn sie im richtigen Moment verschwindet."

Der Halbleitermacher starrt mich wütend an. Ich habe blind gezielt und den Nagel auf den Kopf getroffen.

„Ich bin es, der die Firma leitet. Franziska ist Hausfrau", sagt er mit Wut in der Stimme. Und wieder zu Droch gewandt: „Ich verlasse mich darauf, dass die Redakteurin nichts Falsches schreibt." Dann geht er, ohne mich auch nur anzusehen.

„Du hast noch eine Viertelstunde", erinnert mich Droch. „Ich gebe dem Chefredakteur Bescheid, dass die Story im Heft bleibt."

„Willst du sie nicht lieber selbst umschreiben?", ätze ich.

„Du spinnst." Was, wenn er damit recht hat? Keine Zeit. Schreiben. Meine Version. Die doch stark voneinander abweichenden Versionen von Dasch und Weis. Das Foto von den beiden im Weingarten sieht jetzt doch etwas besser aus. Ich erkenne Dasch. Zumindest bilde ich es mir ein. Ich hab im ursprünglichen Text schon einige Zeilen gekürzt und dadurch Platz gewonnen. Weis, Dasch, verbindende Sätze. Fertig. Ich schicke die Reportage per E-Mail an Droch und den Chefredakteur. Ich bin erschöpft. Aber ich habe das gute Gefühl, dass die Story an Kraft gewonnen hat. Und wer oder was ‚Natascha' wirklich ist und was Franziska Dasch von ihr gehalten hat, werde ich auch noch herausfinden.

[11.]

Ich habe eine Praktikantin von der Außenpolitik vor einigen Tagen gebeten, mir Material von Zerwolf zu den Anschlägen auf das World Trade Center und den Terrorakten in den Jahren danach zusammenzusuchen. Sofern er dazu etwas gesagt hat. Ich hatte schon darauf vergessen. Aber jetzt liegt in meinem Posteingang eine Klarsichtmappe mit einer beachtlichen Anzahl an kopierten Blättern. Darauf ein Notizzettel: „Sie waren leider nicht am Schreibtisch. Ich muss weg, bin am Nachmittag wieder in der Redaktion. Herzliche Grüße, Heidi."

Wenn ich mir die Artikel über den Terroranschlag ansehe, kann daraus wohl keiner ableiten, dass ich selbst etwas mit Terror zu tun habe, oder? Mira, du fängst an, das zu tun, was das „Blatt" möchte. Menschen, die dieses Schmierblatt nicht mag, sollen mundtot gemacht werden. Verhofen hat es nur gut gemeint, aber ich darf nicht den Fehler machen, aus Angst vor möglichen Gerüchten meine Recherchen sein zu lassen. Ich seufze. Ich will nicht, dass Valentin Freytag in die Sache hineingezogen wird. Das ist alles so absurd. Ach was, der kann sich ganz gut wehren. Und Vesna wird lachen, wenn ich ihr davon erzähle. Aber übers Telefon riskiere ich es doch nicht.

Ich lese ein Interview, das Zerwolf der „Zeit" gegeben hat, nur eine Woche nach den Anschlägen vom 11. September 2001. Böswillige Menschen könnten es auch so interpretieren, dass Zerwolf meint, die USA seien selbst schuld gewesen. Die Aktion der Terroristen versteht er als Re-Aktion auf die Politik der USA. Auf die Frage, ob er darin eine „legitime Reaktion" sehe, antwortet er: „Ich bin kein Moralist. Ich sage nur, wir definieren uns durch unser Handeln." Und eigentlich sei ein Akt wie diese Anschläge eine sehr typische Antwort von Fanatikern, die alles, was ihnen heilig sei, von einem, der sich für stärker und besser halte, in den Schmutz gezogen sehen. Terror sei keine Aktion der Starken, sondern eine Reaktion von denen, die sich schwach, unterdrückt und unverstanden fühlten. „Und wie lässt sich das lösen?“, fragt der Redakteur. Schon wenn man die Muster erkenne, sei ein Anfang gemacht. Letztlich aber helfe wohl nur eines: eine gerechtere Verteilung von Kapital und Ressourcen. Also doch die Weltrevolution, überlege ich.

Ich habe endlich mein Auto, das seit Tagen in der Tiefgarage des „Magazin“ gestanden ist, geholt und fahre heim. Der Grundtenor war in allen Interviews, die Zerwolf gegeben hat, in allen Artikeln, die er geschrieben hat, gleich: keine philosophische, sondern eine politische Sicht auf die Dinge. Menschen sind nicht so, weil sie so sind, sondern die Welt ist so, weil niemand bereit ist, sich zu ändern. Oder ist das doch eine Fortschreibung eines gewissen Existenzialismus?

Ich habe nicht aufgepasst. Ich bin automatisch in die Richtung meiner alten Wohnung abgebogen. Wäre vielleicht gar nicht schlecht, nachzusehen, was Carmen so macht. Sie hat sich schon wieder seit zwei Tagen nicht bei uns gemeldet. Oder sind es schon drei? Besonders wichtig sind wir ihr wohl nicht. Nein. Ich habe keine Lust, sie zu sehen. Ich muss nachdenken. Ich kann sie anrufen. Ich fahre zu Oskars Wohnung. Kann es sein, dass ein Philosoph zum Terroristen wird? Die Serben hatten einen Psychiater als Massenmörder. Warum auch nicht? Ich biege ums Eck. Wenn Zerwolf … Nein. Verdammt. Ein Auto. Ich schreie auf, ich trete auf die Bremse, ich kralle mich am Lenkrad fest, ich schlingere, Verkehrszeichen und Straße und ein rotes Auto und Himmel und mein Armaturenbrett und eine Frau mit schreckgeweiteten Augen, sie springt weg und ein Knall, ein Prall, der Geruch nach Gummi und heißem Metall und nichts. Stille. Ich atme. Gut. Es tut weh. Macht nichts. Vorsichtig atmen. Das ist kein Herzinfarkt. Gut. Mir tut die Brust weh. Das ist der Gurt. Ich versuche den Kopf zu bewegen. Es geht. Gut. Ich sehe nach draußen. Münder und Augen. Da muss ein anderes Auto sein. Ich drehe den Kopf weiter. Das geht. Nur meine Brust schmerzt. Da ist kein anderes Auto. Die Straße ist seltsam leer. Da ist überhaupt kein Auto, nur meines. Und die Münder und die Augen. Zwei Augen jetzt ganz dicht an meiner Scheibe. Der Mund sagt etwas. Ich kann es nicht verstehen. Ich versuche die Scheibe hinunterzulassen. Geht nicht. Natürlich nicht. Der Motor läuft ja nicht mehr. Ich muss ihn starten. Ich drehe den Zündschlüssel. Heulen. Dann wieder Stille. Kaputt. Da reißt einer an meiner Tür. Wie in Zeitlupe öffne ich den Gurt. Das geht. Ganz normal. Als wäre nichts gewesen. Er soll aufhören zu rütteln. Ich klettere auf den Beifahrersitz, dort kann ich vielleicht hinaus. Ich zerre am Türgriff. Ohrenbetäubendes Heulen. Die Alarmanlage. Ich schnelle vor Schreck mit dem Kopf gegen die Autodecke, reiße die Beifahrertür auf und stehe draußen. Auf der Straße. Neben mir mein heulendes Auto. Die Alarmanlage funktioniert noch. Mein Auto mag es nicht, wenn fremde Menschen an seinen Türen rütteln.

„Sind Sie in Ordnung?“, sagt jemand. Mann. Die Augen von jenseits der Scheibe, jetzt ohne Scheibe zwischen uns. Mittelgroß. Gegen sechzig. Braune Cordjacke. Kurze Haare, braunweißgrau.

Wann hört das Auto wieder auf zu heulen? Ich muss zum Schlüssel. Zusperren. Aufsperren. Dann hört es auf. Ich klettere zurück ins Auto. Irgendjemand will mich festhalten. „Nein“, sage ich dumpf. Schlüssel aus dem Zündschloss. Ich und Schlüssel raus aus dem Auto. Zusperren. Aufsperren. Ruhe.

„Wo ist das andere Auto?“, frage ich und wundere mich, dass ich mich ganz normal anhöre.

„Davongefahren“, sagt der Mann. „Einfach davongefahren.“

Hupen. Ich schrecke zusammen, drehe mich um. Knapp hinter meinem Auto steht ein beiger Mercedes, der Mann am Steuer ist sichtlich ungehalten. Ist ihm nicht aufgefallen, dass da ein Unfall war? Er will nichts weiter als weiter.

„Ich habe die Autonummer“, sagt der ältere Mann neben mir und ich denke für einen Moment an die Nummer dieses Mercedes mit dem ungeduldigen Fahrer. „Ich habe sie mir natürlich sofort aufgeschrieben“, ergänzt er und hält mir die Rückseite eines Arztrezepts hin. Wiener Kennzeichen. „Es gibt noch ein paar andere Zeugen. Ich habe die Polizei schon verständigt.“ Er wartet auf Lob. Vielleicht hat er schon Jahre auf eine Situation wie diese gewartet. Buchhalter. Sachbearbeiter. Unter Umständen Beamter.

Ich versuche ein Lächeln. „Danke“, sage ich.

„Keine Ursache“, erwidert er. „Sind Sie in Ordnung?“

Ich nicke.

„Ich habe natürlich einen Krankenwagen bestellt.“

Ich bin zu erledigt, um zu protestieren. Ich versuche mich zu konzentrieren. Ich bin um die Ecke gebogen. Bin ich zu weit in die Fahrbahnmitte gekommen? Nein. Sicher nicht. Oder doch? Mein Wagen. Der, den ich so mag. Der zuverlässige Honda. Der Allradantrieb hat mich nicht vor dem Zusammenprall bewahrt. Wie auch? Jedenfalls bin ich relativ unversehrt ausgestiegen. Fahrerflucht. Ist doch widersinnig in dieser belebten Straße. Viel zu viele Zeugen. Vielleicht eine Panikreaktion. Dann hat er sich wohl schon gestellt. Ich war nicht aufmerksam genug. Woran habe ich gedacht? Ich kann mich nicht erinnern. Polizeisirene. Noch eine Sirene. Der ältliche Buchhaltertyp und ich stehen inzwischen am Straßenrand, ein Grüppchen Menschen beobachtet uns aufmerksam, es scheint sich seit dem Unfall nicht vom Fleck gerührt zu haben. Augen und Münder. Inzwischen kurven die Autos an meinem Honda vorbei. Polizeiwagen. Rettungswagen. Der blonde Sanitäter ist etwas schneller als der Polizeibeamte.

„Das ist sie“, sagt mein Beschützer stolz, als wäre ich ein interessantes Stück Beute.

„Kommen Sie mit“, sagt der Sanitäter. „Wie geht es Ihnen? Wir machen ein paar kleine Checks.“

„Wir brauchen eine Unfallaufnahme“, sagt der Polizist bestimmt.

Für einen Moment sieht es so aus, als würden sich die beiden in die Haare kriegen. Nett, so wichtig zu sein.

„Haben Sie schwerwiegende Verletzungen?“, fragt mich der Polizist.

Wenn es so wäre, würde ich wohl kaum stehen. Ich sage es nicht, sondern schüttle bloß den Kopf.

„Um das festzustellen, bin ich da“, erwidert der Sanitäter.

Sie sollen reden, was sie wollen. Ich kann mich an das Gesicht des Mannes im roten Auto nicht erinnern. Außerdem sehe ich auf die Entfernung nicht so gut. Sollte ich lieber nicht der Polizei sagen. Ein Mann war es. Er hat eine Mütze getragen. Dabei ist es Mai. Und überdurchschnittlich warm.

Die beiden Freunde und Helfer starren mich an. Offenbar ist meine Entscheidung gefragt.

„Mir fehlt nichts“, sage ich zum Sanitäter.

„Ich warte trotzdem“, erwidert er.

Ich sitze auf dem Beifahrersitz des Polizeiwagens. Es fällt mir schwer, mich zum Polizeibeamten zu drehen. Mein Brustkorb schmerzt immer stärker. Außerdem pocht etwas in meiner rechten Schläfe. Ich greife hinauf. Kein Blut. Aber das Ganze ist äußerst druckempfindlich. Ach ja, ich bin an die Autodecke gekracht, als die Alarmanlage losging. Kollateralschaden eines Unfalls. Ich habe alles erzählt, was ich weiß. Der Lenker des anderen Autos hat sich noch nicht gemeldet.

„Sie stehen etwas weit in der Straßenmitte", sagt der Polizeibeamte. „Wir werden das natürlich vermessen."

„Er ist direkt auf mich zugekommen. Und viel zu schnell", murmle ich. Ich kann mich erinnern. Unausweichlich. Plötzlich da.

„Und Sie haben ihn nicht erkennen können?"

Ich schüttle den Kopf. Sollte ich nicht tun, das Gehirn scheint aus der Verankerung gerissen zu sein und schwingt mit jeder Bewegung mit. „Verständigen Sie mich, wenn der Mann gefunden wurde?"

Der Polizist nickt. „Und natürlich auch die Versicherung. Sie bekommen meine Protokolle vom Unfall. Ich werde noch einige Zeugen befragen."

„Ich glaube nicht, dass ich zu weit in der Mitte war", sage ich.

Der Polizist scheint zu überlegen. „Fahrerflucht wiegt jedenfalls schwer. Und er scheint tatsächlich sehr schnell unterwegs gewesen zu sein, wenn man nach den Bremsspuren geht. Er dürfte Sie regelrecht abgeschossen haben."

Und was, wenn das Ganze kein Unfall war? Ich bedanke mich und steige vorsichtig aus.

„Sie sollten doch zum Sanitäter", ruft mir der Polizist nach.

Wichtiger ist mir, mit denen, die den Unfall beobachtet haben, zu reden. Drei sind brav stehen geblieben und warten. Ich gehe auf sie zu. Ich sehe zum Polizeiwagen zurück. Neben dem Fahrzeug steht der Mann mit der braunen Cordjacke. Erwartungsvoll. Bereit. Der Beamte schreibt etwas auf einen Block. Ich sehe mir die restlichen drei Zeugen an. Eine Frau mit Einkaufstasche. Tasche kariert. Frau geblümt und über sechzig. Ein Mann mit Stock. Deutlich älter. Mann um die vierzig, leicht übergewichtig, Jeans. Ich entscheide mich für ihn. „Woher ist das Auto gekommen? Hat es Gas gegeben? Hat jemand den Fahrer gesehen?"

Der Mann schaut mich ratlos an und zuckt mit den Schultern. „Es ging alles so schnell."

Die geblümte Frau nickt. „Es war so: Ich habe das rote Auto nicht gesehen, ich war in die andere Richtung unterwegs, aber es ist ganz klar, dass es Vollgas gegeben hat. Die Reifen sind sogar durchgedreht, wie im Film. Und Sie sind ums Eck gekommen und zack."

„Sie war schon ums Eck, mindestens fünf Meter", berichtigt der alte Mann mit dem Stock. „Und trotzdem ist der BMW in das Auto gekracht."

War ich schon um die Ecke? Der Aufprall hat mein Fahrzeug verschoben. Ich kann es nicht sagen. Das hieße, der Lenker müsste mich gesehen haben. „Hat er gebremst?", frage ich.

„Im letzten Moment", erklärt der alte Mann.

„Aber viel zu spät", ergänzt die geblümte Frau. „Wir werden für Sie aussagen. Geht es Ihnen gut?"

„Danke", sage ich höflich und denke: Ein Attentat? Eine Drohung? Von wem? Roter BMW. Kenne ich jemand, der einen roten BMW fährt?

Der Sanitäter klopft an mir herum. Er bewegt mich wie eine Gliederpuppe, sagt nicht viel, stößt nur immer wieder zweifelnde Laute aus. So als sei ich doch reichlich ramponiert und daher nicht von besonderem Wert. Der Rettungsfahrer und ein Beifahrer sitzen vorne und debattieren über ein Fußballmatch, von dem ich nichts mitbekommen habe. Offenbar hat Rapid gegen Famagusta verloren. Ja und?

„Sie müssen zum Röntgen", sagt der Sanitäter dann.

„Ist doch nichts gebrochen", verteidige ich meinen Körper. Er ist vielleicht nicht mehr neu, aber ganz gut beieinander. Also bitte.

„Da wäre ich mir bei den Rippen nicht so sicher. Stellen Sie sich vor, sie rutschen aus. Eine gesplitterte Rippe biegt sich nach innen und spießt sich in die Lunge."

„Wäre aber ein dummer Zufall", versuche ich zu spotten.

„Das Leben ist voller solcher Zufälle", erwidert der Rettungsfahrer ernst.

Im Versicherungsbüro scheint allen egal zu sein, wie ich mich fühle. Ich will die ganze Sache so schnell wie möglich erledigt haben und bin mit dem Taxi hergefahren. Den, der mir vor Jahren meine Versicherung verkauft hat, gibt es hier schon lange nicht mehr. Eine Frau in meinem Alter mit einer gewagten Hochsteckfrisur hat mich schließlich zu ihrem Schreibtisch mitgenommen. Großraumbüro, sehr ähnlich dem im „Magazin". Nur dass hier eben nicht Neuigkeiten, sondern Versicherungen verkauft werden. Irgendwann wird vom Gipfel auf ihrem Hinterkopf eine Lawine abgehen, überlege ich, während sie mir etwas über Klauseln erzählt und darüber, dass ich vielleicht für das Abschleppen meines Wagens selber aufkommen müsse – komme davon, dass ich bei keinem Verkehrsklub sei. Vielleicht verkauft sie in ihrer Privatzeit Verkehrsklubmitgliedschaften? Aber man werde alles tun, damit die gegnerische Versicherung zahle. Da sehe es übrigens ganz gut aus. Sie schaut auf ihren Computerbildschirm, sie lächelt, als hätte sie ein Supersonderangebot für mich entdeckt.

Ich will heim. Nein, ich will zu Vesna. – Was hat die Versicherungsfrau gesagt? Ich muss mich konzentrieren.

„Der gegnerische Wagen wurde soeben als gestohlen gemeldet. Der Besitzer ist ein Gymnasialprofessor für Deutsch, Geschichte und Philosophie. Der war es nicht."

Sind Lehrer von vornherein unverdächtig?

„Er hatte Unterricht. Nach dem Autodieb wird gefahndet. Eine Klage wegen Schmerzensgeld macht das natürlich schwieriger. Wenn man ihn nicht findet ..."

Das ist mein geringstes Problem.

Ich liege auf Oskars breitem Bett auf dem Rücken, neben mir Gismo und auf dem Nachttisch ein Glas Whiskey. Es ist noch hell draußen. Ich war dann doch noch beim Röntgen. Rippe ist keine gebrochen, sie sind nur geprellt. Die Beule am Kopf wird anschwellen und wieder abschwellen. Eine leichte Gehirnerschütterung wurde diagnostiziert. Aber das sagen sie immer, wenn sich jemand den Kopf anschlägt. Ich habe eine Menge Glück gehabt. Wenn das kein Unfall, sondern ein gezielter Anschlag war? Wie konnte der Mensch, wer immer es war, sicher sein, dass er es schaffen würde, weiterzufahren? Ein ehemaliger Stuntman? Ein Rallyefahrer? Der BMW war groß und wohl auch ziemlich sicher. Mein Honda ist allerdings auch gut gebaut. Vesna ist beim Lauftraining im Wienerwald. Dreißig Kilometer stehen heute auf dem Programm. Wenn sie beim Laufen ist, hat sie ihr Mobiltelefon ausgeschaltet. Ihre Cousine, die für sie Dienst im Büro tut, hat mich auf morgen vertröstet. Wenn mich jemand mit dem Unfall gezielt außer Gefecht setzen oder zumindest einschüchtern wollte, dann kann es gut sein, dass ich bald eine entsprechende Botschaft bekomme. So etwas in der Art: „Das war die erste Warnung!" Ähnliches habe ich ja schon erlebt. Ich quäle mich aus dem Bett, sehe meine E-Mails durch, schaue nach neuen SMS oder einer Nachricht auf der Mobilbox. Nichts.

Ich schenke mir reichlich Whiskey nach, nehme einen großen Schluck, stelle das Glas aufs Nachtkästchen, lege mich wieder vorsichtig auf den Rücken. Sie haben mir Tabletten mitgegeben. Ein leichtes Schmerzmittel. Wer weiß, wie das bei mir wirkt? Ich nehme so Zeug sonst nie. Vielleicht höre ich gar nicht, wenn jemand einbricht und … Mira, Oskar hat eine super sichere Sicherheitstür. Und mit dem Hubschrauber wird schon keiner auf der Dachterrasse landen. Du bist hier so gut aufgehoben wie nirgendwo. Ich taste nach dem Schmerzmittel, drehe mich zur Seite, stöhne auf. Wie mag es erst sein, wenn eine Rippe tatsächlich gebrochen ist? Ich nehme das Schmerzmittel mit einem weiteren Schluck Whiskey und bette mich wieder so sanft wie möglich. Ich muss nachdenken. Was, wenn die Nachricht nicht in Oskars Wohnung, sondern in meiner gelandet ist? Ich sollte Carmen anrufen. In jedem Fall. Schon so lange nichts von ihr gehört. Ob sie an Weis und unserem Fall das Interesse verloren hat? Oder ist sie allzu ehrgeizig und will sich erst dann melden, wenn sie interessante Neuigkeiten hat? Ich sollte zum Telefon. Gleich.

Ich fühle mich wie durch eine Recyclinganlage geschossen. Nur dass nicht viel Wiederverwertbares herausgekommen ist. Es ist neun Uhr früh. Ich habe so in etwa vierzehn Stunden geschlafen. Traumlos. Zumindest kann ich mich an keinen Traum erinnern. Ist wohl auch besser so. Ich rapple mich auf, jede einzelne Rippe scheint in meine Lunge zu stechen. Dafür sind die dumpfen Kopfschmerzen vergangen. Wird ja schon wieder. Ich muss nachsehen, ob inzwischen irgendeine Mitteilung gekommen ist, die etwas mit meinem Unfall zu tun haben könnte. Computer. Mailbox. Mobiltelefon. Anrufbeantworter. Nichts. Oskar hat zweimal versucht, mich zu erreichen. Ich habe kein Telefon gehört. Er kommt heute zurück. Oje. Er wird nicht erfreut sein über meinen Zustand. Unsinn, er wird mich pflegen. Oje. Wenn mir schon nach Pflege ist … Natürlich freue ich mich auf Oskar. Ich rufe ihn zurück. Von meinem Autounfall erzähle ich ihm vorläufig aber nichts. Muss ihn ja nicht früher als notwendig beunruhigen. Er soll sich auf seinen Klienten mit dem deutsch-österreichischen Waschmittelunternehmen konzentrieren. Gewaschen wird zum Glück immer, auch in Zeiten der Krise.

Badezimmer. Ich schaue so vorsichtig in den Spiegel, als könnte schon das wehtun. Ein blau-grünes Band geht quer über meinen Brustkorb. Da hat mich der Gurt gehalten. Ich dusche vorsichtig, als könnte mir auch noch die Haut abgehen. Ich ziehe mich vorsichtig an und fühle mich schon ein wenig besser. Vesna. Vielleicht kann sie parallel zu den Versicherungsleuten ein wenig nachforschen, was gestern wirklich geschehen ist?

„Warum du hast mich nicht am Abend angerufen?“, fragt Vesna besorgt.

„Da hab ich geschlafen.“

„Ist sowieso das Beste wahrscheinlich. Und du hast den Mann nicht gesehen?“

Ich seufze. Ich bin mir inzwischen gar nicht mehr so sicher, ob es überhaupt ein Mann war.

„Wir werden auf den Tatort fahren und rekonstruieren. Vielleicht fallt dir dann wieder etwas ein. Und ich besorge Zeugenaussagen, das ist kein Problem.“

Ich sollte in der Redaktion anrufen und mich krank melden.

„Hat du übrigens Carmen gesprochen?“, fährt Vesna fort.

„Ich bin eingeschlafen“, murmle ich. „Wenn der Autounfall kein Zufall war: Vielleicht hat jemand eine Drohung oder so zu meiner alten Wohnung geschickt.“

„Das ist möglich“, überlegt Vesna. „Ich mache mir Sorgen um Carmen. Wir haben vorgestern zum letzten Mal etwas gehört von ihr. Sie wollte uns laufend Bericht geben.“

„Sie ist ziemlich eigenständig, haben wir ja schon festgestellt“, meine ich. Aber es stimmt schon. Es ist seltsam, ich hab es ja einige Male probiert, sie ist nie ans Telefon gegangen. Kann sie es verloren haben?

„Sie ist nicht erreichbar“, sagt Vesna, als könnte sie meine Gedanken lesen. „Nicht am Mobiltelefon und nicht in der Wohnung.“

„Vielleicht will sie nicht an mein Festnetztelefon gehen“, überlege ich. Ich wollte den Anschluss längst abmelden, habe aber immer wieder darauf vergessen.

„Ich habe sogar in der Nacht angerufen“, erzählt Vesna.

„Vielleicht hat sie einen Freund“, überlege ich. Sie ist jung, sie ist hübsch, das geht oft rasch. Solange es nicht Weis ist …

„Und wenn es Weis ist?“, fragt Vesna in dieser Sekunde.

„Sicher nicht“, antworte ich erschrocken.

„Wir treffen uns in deiner Wohnung. Für alle Fälle“, sagt Vesna. „Vorausgesetzt, du schaffst das in deinem Zustand.“

„Geht schon.“ Besser, etwas zu tun, als herumzuliegen und die eigenen Rippen zu bedauern.

Ich nehme ein Taxi, die U-Bahn will ich meinem Brustkorb nicht zumuten. Vesna steht vor der Eingangstür und wartet auf mich.

„Bei Gegensprechanlage hat sich niemand gemeldet“, sagt sie und runzelt die Stirn.

Aufstieg zu meiner Wohnung mit Serienrippenprellung. Ich gehe es langsamer an als sonst.

„Bist aber nicht ganz fit, oder?“, meint Vesna mit dem forschenden Blick einer zweifachen Mutter.

„Geht schon“, keuche ich. Ob meine Lunge doch etwas abbekommen hat?

Wir stehen vor der Tür. Wir haben beide einen Schlüssel, ich fingere meinen aus der Tasche, sperre auf und öffne die Tür. Irgendetwas ist seltsam. Dann atme ich erleichtert, wenn auch vorsichtig, auf. Gismo. Es ist Gismo, die fehlt. So viele Jahre lang war ich es gewohnt, dass mir meine Katze entgegengelaufen kam. Hungrig. Neugierig. Dankbar, dass ich wieder da war. Beleidigt, weil ich zu lange weg gewesen war. Wir gehen nach drinnen, Vesna schließt die Tür. Am Vorzimmerständer hängt nicht nur eine Jacke, da hängen auch Plastiktüten, ein Pullover, Strumpfhosen, ein Büstenhalter. Wie das aussieht. Am Boden die Reisetasche, die Carmen mitgebracht hat. Offen. Hat hier jemand etwas gesucht? Unsinn. Carmen dürfte nur nicht besonders ordentlich sein. Was hast du, Mira? Bist ja selbst keine Ordnungsfanatikerin. Aber ein bisschen Ordnung, noch dazu, wo man auf Besuch ist … Warum konnte sie die Tasche nicht wenigstens aus dem Vorzimmer räumen? Vesna hat die Schlafzimmertüre geöffnet. Das Bett ist ungemacht, auf dem Boden liegen Jeans. In ihrem Nobelinternat hatten sie wohl Bedienstete, die ihnen solche Alltagsarbeiten abgenommen haben. Vesna sieht sich das ungemachte Bett genauer an. Was will sie hier finden? Kampfspuren sind da keine. Nicht einmal gegen ihre eigene Faulheit scheint Carmen gekämpft zu haben.

„Sie hat hier nicht geschlafen“, sagt Vesna.

„Sieht aber schon so aus“, widerspreche ich.

Vesna kniet nieder und starrt auf das Leintuch. Sonnenlicht durchflutet das Zimmer. Sie kramt in ihrer Tasche.

„Was ist?“, frage ich doch etwas beunruhigt.

Lupe. Sie hat tatsächlich eine Lupe mit und untersucht damit ein Stück Leintuch.

„Blut?“, frage ich, und es sollte lustig klingen. Ein Scherz. Funktioniert aber nicht. Quatsch. Und außerdem: Blut bei einer jungen Frau muss nichts mit einer Gewalttat zu tun haben.

„Staub“, erwidert Vesna. „Zu viel Staub.“

Du liebe Güte, wo kommen wir hin, wenn Putzunternehmerinnen den Staub schon mit der Lupe suchen?

Vesna sieht mich an und seufzt. „Der Staub hat sich auf das Leintuch gelegt. Es ist sicher, dass die Bettwäsche schon länger nicht berührt wurde. Ich würde sagen, zwei Tage mindestens.“

„Du meinst: Sie hat seitdem nicht hier übernachtet?“

„Jedenfalls nicht in diesem Bett.“

Wir gehen in die Küche. Meine Idee: Kühlschrankcheck. Carmen hatte nicht vor, zu kochen. Die paar Blätter Schinken sind eingedörrt. Und die Milch in der Packung ist vorgestern abgelaufen. Ich starre noch immer in meinen Kühlschrank, als Vesna aus dem Bad ruft: „Da ist alles staubtrocken. Sie war schon längere Zeit nicht in der Wohnung, da kannst du sicher sein.“

Ich wähle Carmens Mobilnummer. Gleich wird sie drangehen.

„Der von Ihnen gewünschte Teilnehmer ist vorübergehend nicht erreichbar“, sagt eine Stimme, die das völlig kalt lässt.

Wir stehen in meinem Wohnzimmer. Alles kommt mir mit einem Mal fremd vor. So als hätte es längst aufgehört zu existieren. Man lebt. Man hat gelebt. Man ist tot. Warum fällt mir das ausgerechnet jetzt ein?

„Carmen wollte sich mit Zerwolf treffen“, murmle ich.

„Na der ist wenigstens gut bewacht. Von Journalisten und von Polizei“, kontert Vesna.

„Jetzt schon …“ Unsinn, was soll das Verschwinden von Carmen mit Zerwolf zu tun haben? Etwas anderes ist jedenfalls kein Unsinn: Carmen ist verschwunden. So wie vor ihr Franziska Dasch verschwunden ist. „Und wenn sie Heimweh hatte?“, frage ich trotzdem.

Vesna schüttelt den Kopf. „Hat nicht nach Heimweh ausgesehen, diese Carmen.“

Oskars Tochter. Verschwunden. Und wir haben daran Schuld. Wir haben sie auf die Spur einer anderen gehetzt, die verschwunden ist. Ich habe mir die Nummer von Carmens Mutter notiert. Für alle Fälle. Jetzt wähle ich die Nummer von Denise Stiller. Meine Hand zittert. Mein Brustkorb schmerzt, aber das sollte mir jetzt wirklich egal sein.

„Bei Stiller.“ Stimme mit Schweizer Akzent. Zum Glück Deutsch und nicht Französisch.

„Könnte ich bitte Frau Denise Stiller sprechen?“

„Wie ist bitte Ihr Name?“

„Mira Valensky. Ich bin eine Studienfreundin ihrer Tochter.“

„Frau Stiller weilt im Ausland und ist leider nicht erreichbar.“

„Es ist wichtig.“

„Ich kann ihr eine Nachricht zukommen lassen, aber das wird einige Zeit dauern und es liegt an ihr, ob sie darauf reagiert.“

Was ist da los? Eine Geschäftsfrau, die einfach ein paar Wochen lang verschwinden kann? Schon wieder eine Verschwundene? Oder führen die Geschäfte ganz andere? „Kann ich ihre Tochter, Carmen Stiller, sprechen?“ Wer weiß, eine halbe Minute, und sie ist am Telefon und ich sage ihr dann ...

„Tut mir leid. Ich dachte, Sie seien mit ihr befreundet. Fräulein Stiller studiert. Im Ausland.“

Interessant. Hat sie etwa daheim schon erzählt, dass sie in Wien bleiben möchte? Darum geht es jetzt nicht, Mira. „Wenn sich irgendeine der beiden meldet, richten Sie bitte aus, sie soll mich anrufen. Es ist dringend.“ Ich gebe der Frau meine Mobilnummer.

„Wir müssen zum Weis.Zentrum“, sagt Vesna. „Da hilft jetzt nicht mehr viel Taktik. Wir müssen wissen, wann sie zum letzten Mal gewesen ist dort. Und mit wem.“

„Weis wird nicht mit uns reden ...“, fürchte ich.

„Er wird“, sagt Vesna so bestimmt, dass ich ihr nicht widerspreche. Hoffentlich wird er. Ein Druckmittel haben wir. Seine Fotos. Vielleicht waren sie der Grund, warum Carmen verschwinden musste. Wer weiß, auf welche Alleingänge sie sich eingelassen hat, um uns zu imponieren.

Vesna fährt, als wäre der Teufel hinter ihr drein. Dabei ist der Teufel meist anderswo. Jedenfalls nicht hinten. In jeder Kurve schneidet der Gurt in meinen Brustkorb. Ich schnalle mich ab und versuche meinen Oberkörper trotz rasanter Fahrt so ruhig wie möglich zu halten.

Auf dem Parkplatz des Weis.Zentrums stehen heute mehr Autos als sonst, ich zähle neun. Darunter der Lieferwagen einer Cateringfirma. Das weiße Mercedes-Cabrio von Weis ist nicht dabei, aber vielleicht hat er mehr als ein Auto. Wird er sich leisten können. Wir gehen eilig den Weg hinauf zum Zentrum. Im Vorraum stehen Berger und eine Gruppe von Menschen.

„Die Idee war es, völlige Transparenz zu schaffen. Alles soll ans Licht dürfen, nichts geheim oder peinlich sein, offen für Sonne und Mond und das, was im Kosmos existiert."

Die Leute hören ihm mit Andacht zu. Es scheint sich um so etwas wie eine Führung zu handeln.

„Und wann sehen wir den Guru?", fragt eine zierliche Frau mit einem zu langen Seidenrock.

Berger versucht ein salbungsvolles weisartiges Lächeln. „Ihm geht es darum, dass Sie die besondere Stärke dieses Ortes erleben können. Ohne durch sein persönliches Kraftfeld abgelenkt zu sein." Dann, weniger weihevoll: „Er wird später kommen."

Unruhe. Unmut. Man will den Guru, den man aus dem Fernsehen kennt, und nicht seinen Helfer.

„Zur Erfrischung freut sich Herr Weis ..."

„Guru Weis", sagt eine ältere Frau streng. Sie sieht aus wie meine ehemalige Handarbeitslehrerin. So eine Dürre, Blasse, sie hatte auch Sinn für Esoterik. Wenn sie nicht erkennen konnte, was aus dem Stricklappen in meiner Hand werden sollte, hat sie das Universum angerufen.

Berger lächelt bemüht. „Zur Erfrischung freut sich Guru Weis Ihnen einen ganz besonders wohltuenden Drink anbieten zu dürfen."

Aufs Stichwort erscheinen zwei weiß gekleidete junge Frauen mit Tabletts mit Gläsern. Sie müssen irgendwo im Büro oder dahinter beim WC gewartet haben.

„Litschi, Lotosblüten, biologischer Kokossaft, dazu Weis-Molke aus bester einheimischer Milch, angereichert mit speziellen probiotischen Substanzen."

Wusste gar nicht, dass Weis auch Molke verkauft. Passt irgendwie. Ich mag keine Molke, schmeckt für mich nach eingeschlafenen Füßen. Aber was viel wichtiger ist: Warum ist Weis nicht hier?

Die Guru-Fans nehmen die hohen Gläser mit der weißen Flüssigkeit und trinken ohne jedes Misstrauen. Jetzt oder nie. Ich eile auf Berger zu,

Vesna dicht hinter mir. Berger scheint unangenehm berührt, uns zu sehen. Kann ich auch irgendwie verstehen. Wir passen nicht zu den Weis-Fans.

„Wo ist Weis?“, frage ich.

„Sie sollten nicht hier sein. Sie wissen doch, er will mit Ihnen nichts mehr zu tun haben“, antwortet der Psychologe.

„Und Sie tun alles, was Weis Ihnen anschafft?“

„Wir brauchen Ruhe hier im Zentrum, Frieden“, erklärt er.

So ein Weichei.

„Wann war Carmen Stiller zum letzten Mal da?“, will Vesna wissen.

Berger runzelt die Stirn. „Carmen Stiller ... Sagt mir jetzt nichts ... Ich ...“

„Sie war mehr als einmal da“, falle ich ihm ins Wort. „Eine neue Jüngerin. Jung, blonde kurze Haare. Schweizerin. Sie haben sie gesehen. Sicher.“

„Ach die. Bei uns gehen so viele Menschen ein und aus ... Ja, die habe ich schon gesehen.“

„Wann?“, sagt Vesna laut.

„Ist irgendetwas mit ihr?“, fragt Berger.

„Wir wollen nur wissen, wann Sie Carmen zum letzten Mal gesehen haben“, präzisiere ich. Man muss ihm nicht alles auf die Nase binden. Gut möglich, dass er es Weis weitererzählt.

„Das ist wohl schon etwas her ...“, überlegt er dann. „Zwei, drei Tage ... Aber ich kann natürlich nicht sagen, ob sie zu einem Zeitpunkt da war, an dem ich nicht da war.“

Vesna verdreht die Augen. „Logisch. Hat es Streit zwischen ihr und Weis gegeben? Irgendetwas Besonderes?“

„Nein, nicht dass ich wüsste ... Oder ...“

„Oder was?“, frage ich ungeduldig.

„Sie waren im Garten ... Ich bin mir nicht sicher ... Es könnte sein, dass da eine Auseinandersetzung war ... Aber ich kann es nicht wirklich sagen ...“

„Gibt es sonst jemand, der vielleicht etwas mitbekommen hat?“, fragt Vesna.

Berger schüttelt langsam den Kopf. Nein. Leider. Tue ihm leid. Worum es denn eigentlich gehe.

Ich überlege. Vielleicht kann Berger uns helfen, vielleicht ist es ganz gut, wenn er Bescheid weiß. „Carmen ist seit einigen Tagen verschwunden. So wie Franziska Dasch vor ihr.“

Jetzt starrt uns Berger an. „Und woher kennen Sie Carmen eigentlich?"

Das klingt so, als würde er doch wissen, um wen es sich handelt.

„Zufall", sage ich. Und irgendwie ist es ja auch Zufall.

„Sie wird schon wieder auftauchen", versucht uns Berger zu beruhigen.

„Hoffentlich nicht recycelt", antwortet Vesna.

Ich versuche, nicht an die braunen, grauen, schwarzen, spitzen, kieselsteingroß zermahlenen Asphaltbrocken zu denken, und tue es dennoch.

Eine halbe Stunde später sind wir bei der Autobahnbaustelle. Inzwischen fände auch ich den Weg schon ohne Navigationsgerät. Vesna parkt wie beim letzten Mal am Rand der kleinen Zufahrtsstraße. Wir halten Ausschau nach Slobo. Einige Arbeiter sind bei der Anlage unterwegs, ein Lkw lädt gerade Asphaltbrocken ab. Ein übergroßer gelber Bagger versorgt das ewighungrige Recyclingmonster mit neuer Nahrung. Wenn Carmen da irgendwo drin ist ... Man muss die Mördermaschine sofort stoppen. Lärm. Staub. Hitze. Die Kaltfront lässt immer noch auf sich warten. Ein großer, schwerer Mann kommt aus der Halle. Slobo.

„Du bleibst hier, ist weniger auffällig", sagt Vesna und geht eilig auf ihn zu. Sie reden, Slobo schüttelt immer wieder den Kopf. Dann kommen beide her zu mir und Vesna sagt: „Slobo hat nichts Besonderes gesehen."

Slobo nickt. „Sind schon immer wieder Fetzen und Holzstücke und andere Teile im Material, aber das ist normal, sagen Kollegen."

„Er glaubt nicht, dass hier noch etwas passieren kann. Alle passen auf. Und die Nachtwachen auch", ergänzt Vesna.

„Was, wenn die Leiche in einem der Lkw mit Asphalt steckt? Schaut doch keiner so genau hin", frage ich Slobo.

„Ich schaue hin", sagt Slobo etwas gekränkt.

„Und wenn du zum Beispiel gerade in der Halle bist?", rede ich weiter.

Slobo nickt. „Was soll ich tun?"

„Du redest mit deinen zwei Freunden und mit den anderen Arbeitern hier, fragst sie, ob sie in den letzten Tagen etwas Besonderes bemerkt haben", sagt Vesna.

Nach dem Verschwinden von Franziska Dasch ist es allerdings unwahrscheinlich, dass etwas Außergewöhnliches nicht sofort besprochen würde, denke ich mir. Aber man darf nichts unversucht lassen. Wir gehen zum Förderband und starren auf die vielen Asphaltbröckchen.

Vollkommene Auslöschung der physischen Existenz, denke ich verzweifelt. Zumindest sieht es so aus. Dabei ist alles noch da, nur fein verteilt. Mira, hör auf mit so etwas. Das bringt jetzt nichts. Ich muss nachdenken. Nachdenken.

Vesna packt mich an der Schulter. „Wir können auf Material schauen, wir können herumgehen, wir können mit Slobo reden, und niemand von der Anlage hat etwas dagegen. Sie scheinen es gar nicht zu bemerken. Da ist alles möglich. Immer noch."

Ich weiß nicht mehr weiter. Wo ist Carmen? Wo kann ich sie finden? Kann ich sie finden? Ist sie ausgelöscht, nur noch Partikel zwischen Steinen? Die schöne, junge Carmen, Oskars Tochter. Und ich daran schuld. Polizei. Ich starre in Vesnas Gesicht.

Ich wähle Zuckerbrots Nummer.

„Und? Was für ein Spielchen wird das jetzt wieder?", sagt Zuckerbrot anstelle einer Begrüßung. Wenigstens hat er abgehoben.

„Ich muss etwas melden ...", beginne ich.

„Glauben Sie wirklich, dass Sie alle um den Finger wickeln können?"

„Wie bitte?"

„Bei Verhofen ist Ihnen das ja gelungen. Ich bin kein Idiot, ich weiß, woher Sie das mit der Handtasche von Franziska Dasch haben. Ich hab ihm schon den Kopf gewaschen."

„Ich habe meine eigenen Kontaktleute", erwidere ich kraftlos. Darum geht es doch nicht, nicht jetzt. Nicht mehr.

„Kann gut sein, dass der arme Junge versetzt wird. Und das, wo er gerade erst zurückgekommen ist. Und wirklich hervorragende Karrierechancen hatte."

„Wir sind auf der Baustelle", sage ich.

„Daher der Lärm. Was für eine Baustelle? Was ist das für ein Trick?"

„Bei der Recyclinganlage. Carmen ist verschwunden."

Stille in der Leitung.

„Carmen Stiller. Oskars Tochter. Und eine Jüngerin von Weis. Seit Kurzem", brülle ich dann gegen den Lärm an.

Ich höre Zuckerbrot fluchen.

Wir warten auf der Zufahrtsstraße. Plötzlich hat sich etwas verändert. Für einen Moment weiß ich nicht, was es ist.

„Sie haben Anlage abgeschaltet“, flüstert Vesna.

Eine der lautesten Stimmen im Baustellenchor fehlt. Wir starren hinüber. Die Anlage ist gute hundert Meter von unserem Platz entfernt. „Vielleicht haben sie etwas gefunden“, sage ich beinahe tonlos.

Vesna schüttelt den Kopf. „Zuckerbrot wird Befehl gegeben haben.“

Ich probiere noch einmal, Carmen zu erreichen. Ich lande wieder bei der Tonbandstimme. „Der von Ihnen gewünschte Teilnehmer ist vorübergehend nicht erreichbar.“ Vorübergehend. Das ist das Einzige, woran ich mich im Moment klammern kann.

Wir erzählen Zuckerbrot, was wir wissen und was wir vermuten. Jetzt geht es nicht mehr darum, einen möglichst guten Ausgangspunkt für die nächste Reportage zu haben. Jetzt geht es um das Leben von Carmen. Ich habe gehofft, Zuckerbrot würde Verhofen mitbringen. Warum? Damit er mich trösten kann, weil ich womöglich die Tochter meines Mannes in den Tod gehetzt habe? Denke so etwas nicht, du darfst so etwas gar nicht denken, Mira. Du musst klaren Kopf bewahren. Carmen wird wieder auftauchen. Vielleicht hat sie jemanden kennengelernt. Dann werde ich ihr aber meine Meinung sagen. Da ist Erziehungsarbeit …

„Und wo ist Oskar Kellerfreund?“, fragt Zuckerbrot. Ich schrecke auf. „Im Flugzeug. Er kommt in eineinhalb Stunden am Flughafen an. Er … weiß von nichts.“

Zuckerbrot schüttelt den Kopf. Seit er mit seinem Trupp gekommen ist, hat er mir keine Vorhaltungen gemacht. Nur ernst geschaut und eine Menge Fragen gestellt. Auch zu meinem Unfall. Auch dazu, was Carmen über Weis erzählt hat. Auch zum Treffen zwischen Weis und Dasch. Auch zu „Natascha“. Es ist kein gutes Zeichen, gar kein gutes Zeichen.

Der Trupp der Spurensicherung arbeitet sich durch die Recyclinganlage. Eine Polizeibeamtin mit blondem Pferdeschwanz befragt gemeinsam mit einem Kollegen die Arbeiter. Einen nach dem anderen. Sie scheint kaum älter als Carmen zu sein.

„Okay“, sagt Zuckerbrot dann. Der Beamte neben ihm dreht das Aufnahmegerät ab. „Ich komme gleich nach“, sagt er zu ihm. Der nickt, steht auf und geht zur Anlage.

Zuckerbrot sieht hinüber zum Eisenmonster, dann fragt er uns: „Gibt es irgendetwas, das ich ohne Aufnahmegerät und Zeugen wissen sollte?“

Ich habe alles gesagt. Ich sehe Vesna an. Sie sieht mich an. Sie schüttelt den Kopf. Da gibt es nichts mehr. Diesmal haben wir alles erzählt. Und dann fällt mir doch noch etwas ein. Es hat nicht unmittelbar mit dem Fall zu tun. Aber von Anwalt Klein und seinem Versuch, Zerwolf zu belasten, weiß er noch nichts. Ich erzähle es Zuckerbrot und frage dann, ob es möglich sei, das vertraulich zu behandeln. Immerhin gehe es um die Zulassung des Anwalts. Immerhin habe Weis den Anwalt unter Druck gesetzt.

Zuckerbrot schüttelt bloß den Kopf. Und er trägt uns auf, von der Baustelle zu verschwinden. Und uns aus allen Ermittlungen rauszuhalten. Er meine das ganz ernst, sonst lasse er uns in Gewahrsam nehmen. Ich nicke müde.

„Und bleiben Sie die nächste Zeit über zusammen. Besser, keine von Ihnen ist allein unterwegs, verstanden?“

Wir nicken beide und steigen in Vesnas Auto. Ich sehe zurück zum Trupp der Spurensicherung in den weißen Plastikanzügen. Was werden sie finden?

Vesna fährt los Richtung Wien. Nach einigen hundert Metern biegt sie scharf nach links ab. „Dort oben müsste Platz sein, wo wir mit Fernglas auf Anlage sehen können“, sagt sie.

„Was sollen wir sehen?“, frage ich und mir schaudert. Ich muss Oskar informieren. Bevor es jemand von der Polizei tut.

„Man darf nicht aufgeben“, knurrt Vesna. „Wir müssen uns zusammenreißen. Gemeinsam nachdenken. Zum Glück weiß Zuckerbrot nicht, dass Slobo einer von uns ist.“

Daran habe ich gar nicht gedacht. „Und was, wenn es ihm der Besitzer von Alspha erzählt?“

„Dann haben wir das eben vergessen, außerdem du hast nicht zugehört: Der ist okay. Und auf einem Recyclingkongress in Kopenhagen.“

Lärm hinter uns, eine Sirene. Ist irgendetwas auf der Baustelle passiert? Leichenalarm? Ich drehe mich abrupt um und stöhne auf. Mein Brustkorb will so etwas noch nicht. Polizeiwagen. Die blonde Polizistin am Steuer. Sie winkt. Vesna seufzt und bleibt stehen. Die Polizistin steigt aus, lächelt ein wenig und sagt durch Vesnas offenes Seitenfenster: „Zuckerbrot hat gesagt, ich soll Ihnen den Weg nach Wien zeigen. Nur falls Sie ihn nicht finden.“

Zuckerbrot hat aber nicht gesagt, dass wir nicht zum Flughafen dürfen. Und was, wenn Oskar dort schon von der Polizei erwartet wird? Er ist Carmens Vater. Aber Carmen ist volljährig. Und er war nie ihr Erziehungsberechtigter. Ich habe Zuckerbrot die Nummer von Carmens Mutter gegeben. Ihn wird sie ja wohl zurückrufen. Mir ist übel, ich kann nicht mehr, ich darf nicht daran denken, was wäre, wenn …

Vesna stellt ihren Wagen in der Kurzparkzone des Flughafens ab. Sie sieht mich an. „Soll ich mit hineingehen?“, fragt sie.

Ich nicke und versuche ein Lächeln. „Hat Zuckerbrot nicht gesagt, wir sollen zusammenbleiben?“ Vielleicht hab ich ja bald ohnehin nur noch dich, füge ich in Gedanken hinzu.

Das Flugzeug ist fünfzehn Minuten zu früh gelandet. Auch das kommt vor. Mein Herz rast. Ich krame in der Tasche und schlucke noch eine Schmerztablette. Geht nicht anders. Vielleicht beruhigt sie mich auch sonst. Nein. Mich soll nichts beruhigen. Ich brauche einen ganz klaren Kopf. Zu spät. Wozu ist es sonst noch zu spät?

Oskar kommt durch den Ausgang. Einer der vielen, die auf einem Businesstrip in Frankfurt waren. Anzug, offenes Hemd, Koffertrolley. In Gedanken irgendwo anders, Geschäftsabschlüsse, Besprechungen, Abendessen. Oskar entdeckt uns erst, als er beinahe schon an uns vorbei ist, er sieht uns erstaunt an, dann strahlt er auf.

„Mira!“, er umarmt und küsst mich. „Was für eine wunderbare Überraschung!“

Ich würde am liebsten einfach „Ja“ sagen und sonst gar nichts und dann mit ihm ins Auto steigen. Vielleicht hat es Carmen gar nie gegeben?

Er küsst Vesna auf beide Wangen und sieht mich aufmerksam an. „Irgendetwas ist los, nicht wahr?“

„Carmen ist verschwunden“, sage ich.

„Was soll das heißen? Verschwunden. Hast du sie hinausgeworfen? Ist sie endgültig zurück in die Schweiz? Sie wollte schon damals, als du …“

Ich schüttle den Kopf. „Sie ist nicht auffindbar.“

Oskar starrt von mir zu Vesna und wieder zurück. „Ich habe sie auch nicht erreicht“, sagt er langsam. „Aber ich habe mir keine Sorgen gemacht … Gibt es Grund zur Sorge? Sie ist Mitte zwanzig …“

Ich nicke. „Carmen war bei Weis, dem Guru. Sie hat sich selbst angeboten. Sie wollte recherchieren, wie er mit seinen Jüngerinnen umgeht, was sich abspielt …"

Oskar nimmt mich bei den Schultern. Ich zucke zusammen. Meine Rippen. Aber die sind jetzt egal. „Ihr habt sie hineingezogen in den Fall. Die verschwundene Frau. Der Bombenalarm." Er keucht. „Das glaube ich nicht. Das kann ich einfach nicht glauben."

„Sie selbst wollte es", versucht Vesna ihn zu beschwichtigen.

„Sie selbst?", brüllt er und es ist ihm ganz egal, dass sich die Leute nach uns umdrehen. „Sie selbst wäre doch nie auf die Idee gekommen! Ihr habt einen Spitzel gebraucht! Es war euch total egal, dass sie sich da nicht auskennt. Dass sie so naiv ist, wie zwanzigjährige Studentinnen es eben sind. Und du …", er packt meinen Arm, wütend, nahe dran, mich zu schlagen, er soll mich schlagen, vielleicht gehe ich dann zu Boden, vielleicht muss ich dann nichts mehr hören, vielleicht bin ich dann nicht mehr schuld, „… du warst von Anfang an eifersüchtig auf sie. Glaubst du, dass ich das nicht gemerkt habe? Sogar mit diesem Polizisten bist du ausgegangen, um mir zu beweisen, dass ich achtgeben muss auf dich. Dir kann es ja nur recht sein, wenn sie jetzt verschwunden ist."

Ich beginne zu weinen.

„Und jetzt Punkt", faucht Vesna. „Wir haben ganz schweren Fehler gemacht. Aber wir haben sie nicht auf Gewissen. Sie ist erwachsen. Und naiv, dass kann ich dir sagen, Herr Anwalt, naiv ist die nicht. Wir brauchen jetzt nicht Krieg, wir brauchen Idee. Keiner weiß, ob ihr Verschwinden wirklich mit dem von Franziska Dasch zu tun hat."

„Sie ist meine Tochter, ist euch das klar?", brüllt Oskar. „Wenn meine Tochter tot ist …" Er starrt mich an und geht dann mit großen Schritten davon. Ich renne hinterdrein. „Oskar!" Er schüttelt mich ab. Vesna ist neben mir.

„Brauchen Sie Hilfe?", fragt eine Frau in unserem Alter. Jetzt erst bemerke ich, wie viele Menschen neugierig zugesehen haben.

„Gehen Sie zum Teufel", faucht Vesna.

Die Frau sieht sie entsetzt an. Da schaut man nicht bloß zu, sondern kümmert sich um Mitmenschen in Not, und dann so etwas.

„Danke", sage ich matt und versuche ein Lächeln. „Wissen Sie, er hat recht."

Sie schüttelt den Kopf über so viel Unterordnung und Leidensbereitschaft. Wenn sie wüsste, was wir getan haben. Was ich getan habe.

Vesna telefoniert. Mit wem telefoniert sie jetzt? Was kann so wichtig sein? Sie stopft das Mobiltelefon in die Jackentasche.

„Das war Slobo."

Mein Herz macht einen fürchterlichen Sprung und ich wünschte, es würde zerspringen.

„Er glaubt, sie haben ihr Mobiltelefon gefunden. Nicht direkt bei der Anlage, aber in der Nähe. Er weiß nicht genau, ob es wirklich ihres ist, er konnte nicht so nah hin, aber so wie sie herumgetan haben ... Er ist ziemlich sicher."

Ich starre Vesna an. Ihr ist wohl klar, was das bedeutet.

„Wir müssen wissen, was auf diesem Handy drauf ist. Du musst Oskar hinterher. Vielleicht gibt es irgendetwas ... Er ist ihr Vater", sagt Vesna.

Ich denke gar nicht lange nach. Ich renne. Durch die Ankunftshalle, hinaus, zum Taxistand. Oskar ist gerade dabei, in ein schwarzes Taxi zu steigen. Er wirkt wie in Trance. Oder in Trauer? Ich renne, packe ihn an der Schulter, keuche: „Sie haben ihr Telefon gefunden. Wir müssen sofort zur Polizei. Wir müssen wissen, was da drauf ..."

Oskar starrt mich an. „Damit du es ausschlachten kannst?"

Er braucht mich nicht abzuschütteln, ich weiche von alleine zurück, stehe einen Meter neben dem Wagen und sehe, wie die Tür zugeht, wie Oskar etwas zum Fahrer sagt, wie sie abfahren.

„Was war los?", fragt Vesna, und dann umarmt sie mich, ohne weiterzureden.

„Wir haben nur eine Chance, wir müssen herausfinden, was passiert ist", sagt Vesna, als wir in ihrem Auto längst die Stadtgrenze passiert haben. Ich bin nicht fähig zu denken, ich nicke bloß.

„Wir fahren zu deiner Wohnung. Mit Glück ist Polizei noch nicht dort. Vielleicht finden wir Hinweis."

„Wir dürfen Zuckerbrots Arbeit nicht behindern", sage ich dumpf.

„Wir werden Arbeit nicht behindern. Wer kennt Wohnung besser als du? Also!"

Ich nicke.

Wir fahren durch die mir so vertrauten Gassen. Das nette chinesische Restaurant am Eck. Es hat vor zwei Jahren geschlossen. Das Bastelgeschäft ist einem Mobiltelefon-Shop gewichen. Die Bio-Greißlerei gibt es noch, allerdings verkauft die Besitzerin jetzt vor allem

Heilkräuter, vedische Medizin, Bücher, wie sie der Yom-Verlag herausbringt, Gesundheitsmatten und Nahrungsmittel, die aussehen, als würden sie wie Matten schmecken. Wir biegen in meine Gasse ein. Vesna flucht auf Bosnisch. Vor meinem Haus stehen zwei Streifenwagen mit Blaulicht. Wir sind zu spät dran.

Wie sich Oskar jetzt fühlen muss? Ich habe seine Tochter auf dem Gewissen. Für eine Story. Das kann er nicht denken. Aber ist es nicht so? Ich wollte herausfinden, was hinter dem Verschwinden von Franziska Dasch, was hinter der Bombendrohung steckt. Ich wollte wieder einmal allen beweisen, dass ich es besser kann. Aber ... ich wollte doch einfach die Wahrheit. Nichts anderes. Nicht die Story. Zumindest nicht in erster Linie. Es ist uns entglitten. Verhofen hatte mich gewarnt. Alle haben mich gewarnt. Wie hätte ich wissen können ... Ich habe einen schrecklichen Fehler gemacht. Ich darf nicht auch noch Oskar verlieren. Was hat er gesagt? Damit ich es ausschlachten kann? Nein, Oskar. So bin ich nicht. Es ist nur ... passiert. Nein, das ist auch falsch. Ich habe gehandelt, also bin ich dafür verantwortlich, was geschehen ist. Man lebt. Man hat gelebt. Man ist tot. Die Frage aber ist: Warum lebt man? Ich weigere mich zu glauben, dass alles ohne Sinn ist. Man lebt, um zu leben. Scheiße, Mira. Schlechte Philosophie hilft dir auch nicht weiter.

„Ich muss zu Oskar", sage ich.

Vesna schaut mich an. „Du bist dir sicher?"

„Ich muss versuchen, mit ihm zu reden."

Vesna nickt. „Er wird bei Polizei sein. Er soll nicht glauben, du schnüffelst bei ihm herum."

„Das glaubt er nie", fahre ich auf.

„Momentan glaubt er alles", seufzt Vesna.

[12.]

Wir kurven durch die Stadt. Wir haben alles hundertmal durchgesprochen. Wir kommen zu keinem neuen Ergebnis. Oskar hat sich nicht gemeldet. Ich erwarte keine Entschuldigung. Ich verstehe ihn. Ich hoffe nur, dass er mir zuhört. Vielleicht hat Carmen irgendetwas zu ihm gesagt, das uns weiterhelfen kann. Vesna bremst abrupt ab. Ich stöhne auf. Die Schmerztablette wirkt, aber Druck auf den Brustkorb ... Eine Frau überquert, ohne zu schauen, die Straße. Sie ist nicht alt, sie wirkt verloren. Man hat den Typ im roten BMW noch nicht gefasst. Sonst hätte mir die Versicherung Bescheid gegeben. Die Versicherungsangestellte hat es mir jedenfalls versprochen.

„Wenn wir nur wüssten, was Carmen sonst getan hat, ob sie Freunde in Wien hat. Haben uns irgendwie nicht sehr gekümmert um sie“, sagt Vesna und fährt wieder los.

Stimmt. Ich habe kaum mit ihr gesprochen. Zuerst war ich eifersüchtig. Natürlich hat Oskar recht, ich war eifersüchtig. Und dann ... hat sie uns gut ins Konzept gepasst. Wer Oskars Tochter wirklich war, hat mich offenbar nicht interessiert. War. Nein. Ist. Die Polizei wird ihre Mutter verständigt haben. Sie wird kommen. Oskar wird seine alte Flamme wieder treffen. Und ich habe ihr Kind auf dem Gewissen. Stopp, Mira. Das ist zu melodramatisch. Ich habe einen schweren Fehler gemacht. Aber es war Carmen selbst, die zu Weis wollte. Noch ist nicht klar, was mit ihr geschehen ist.

„Carmen hat einmal von einem netten Lokal gesprochen, ich kenne es nicht, es gibt so viele neue Lokale in Wien. Es heißt Krokodil“, überlege ich laut.

„Ja, hat sie gesagt, als wir bei mir in Küche gesessen sind. Ich kenne es auch nicht. Wir werden nachsehen, wo es ist.“

Vesna telefoniert mit ihrer Cousine, die im Büro der Reinigungsfirma sitzt, und erklärt ihr ungeduldig, wie einfach es ist, die Adresse eines Lokals herauszufinden.

„Fran hat ihr Computerkurs gegeben, aber sie ist so langsam", stöhnt Vesna.

Es dauert trotzdem nicht lange und wir wissen: Das „Krokodil" ist im 5. Bezirk, gar nicht weit entfernt von meiner Wohnung. Ich sitze apathisch neben Vesna, die irgendwelche Straßen, irgendwelche Gassen abfährt, als würden wir Carmen finden, wenn wir nur lange genug unterwegs sind.

„Ich finde verdammte Gasse nicht", sagt Vesna wenig später.

„Ich weiß auch nur ungefähr, wo das ist", sage ich. Wien kommt mir heute ohnehin anders vor. Größer. Unüberschaubar. Ein Labyrinth. Mein Navi wäre jetzt gut. Aber das ist in meinem kaputten Auto. Wahrscheinlich auch kaputt. Doch das ist im Augenblick mein geringstes Problem. „Hier abbiegen", sage ich dann. Wir sind in der richtigen Gasse und stellen fest, dass das „Krokodil" erst um neunzehn Uhr aufsperrt.

„Bring mich zu Oskar", wiederhole ich. „Wenn er nicht da ist, dann warte ich auf ihn."

Ich läute an der Gegensprechanlage. Ich sperre auf und fahre mit dem Lift nach oben. Vielleicht zum letzten Mal. Ich mag diesen Lift. Ich hab mich an ihn gewöhnt wie an das großzügige Treppenhaus, die hohen Fenster, die seltsame Hausvertrauensfrau mit ihren zwei Königspudeln mitten im 1. Bezirk. Alle drei scheinen denselben Friseur zu haben. Oft genug habe ich mich nach meiner eigenen Wohnung gesehnt und jetzt: Ich will nicht weg von hier. Ich brauche das beruhigende Gefühl, mit dem Lift nach oben zu fahren, und in der Dachgeschosswohnung ist jemand. Oder kommt heim. Später. Wenn ich vor dem Laptop oder vor dem Fernseher sitze. Wenn ich koche oder auf dem Sofa liege und lese. Ich brauche das Geräusch, das er macht, wenn er in der Früh die Terrassentüre aufschiebt. Es ist, als würde er den neuen Tag hereinlassen. Brauche die Terrasse und die viele Luft um mich, den Blick über die Innenstadt von Wien, nicht weil es luxuriös ist, sondern weil es mir den Kopf frei macht, wenn ich über die vielen Häuser schaue, über die vielen Wohnungen, wenn ich an die Menschen denke, die hier die Jahrhunderte hindurch gelebt und geliebt und Geschäfte gemacht haben, und jedem waren so viele Kleinigkeiten wichtig, es galt Entscheidungen zu treffen, man hatte viel oder auch nichts zu essen, man hatte Angst, dass am nächsten Tag das Haus nicht mehr stehen würde, oder hatte Ärger, weil die Nachbarin schon wieder auf den Boden gespuckt hat. Ich will nicht weg von hier. Ich würde es überleben. Ich bin gut im Überleben. Aber es muss mehr drin sein als bloßes Überleben. Es kann nicht sein, dass Carmen nicht mehr lebt. Es ist nicht so. Mit einem Mal habe ich das sichere Gefühl, dass es nicht so ist. Die Zeit drängt. Sie ist nicht freiwillig verschwunden. Aber sie lebt. Noch.

Ich läute an der Wohnungstür und sperre auf. Zuerst glaube ich, dass Oskar nicht da ist. Kein Geräusch. Damals, als er mit Carmen am Esstisch gesessen ist, haben sie gelacht und ich dachte … Oskar sitzt am Esstisch. Gebeugt. Er wendet den Blick nicht. Ich gehe auf ihn zu. Lege meine rechte Hand ganz vorsichtig auf seinen Rücken. Vor ihm steht eine halb leere Cognacflasche. Für gewöhnlich lachen wir darüber, dass für mich Flaschen immer halb voll und für ihn immer halb leer sind. Diese ist halb leer. Neben ihm steht ein Cognacschwenker. Aus irgendeinem Grund beruhigt es mich, dass er nicht aus einem Wasserglas getrunken hat. Stilsicher bis zuletzt. – Als ob es darauf ankäme.

„Oskar“, sage ich leise.

Er schläft nicht. Er dreht den Kopf ganz langsam weiter weg von mir.

„Es tut mir so leid.“ Es klingt hohl, aber was soll ich denn sonst sagen?

Gismo kommt und streicht um meine Füße. Ohne zu maunzen. Ohne zu schnurren.

„Sie versuchen, Denise zu erreichen. Wenn es klappt, kann sie die Frühmaschine nehmen“, sagt er in den Tisch hinein.

Kein Platz mehr für mich bei den Eltern von Carmen.

„Haben sie dir ihr Mobiltelefon gezeigt?“, frage ich leise. Es darf nicht klingen, als wollte ich ihn aushorchen. Aber welche andere Chance habe ich denn, als sie zu finden?

„Ja.“

„Was war der letzte Anruf?“, frage ich.

„Der kam von dir“, sagt Oskar leise. „Du hast einige Male versucht, sie anzurufen. Auch Vesna. Auch ich.“

„Und die letzte SMS?“

Er lacht und es klingt wie Husten. „Du lässt nie locker, was? Die letzte SMS war an Weis. Sie hat geschrieben: ‚Okay, ich komme.‘“

Ist ihm klar, was das bedeutet? Zuckerbrot ist es sicher klar. „Es sieht so aus, als wäre nichts gelöscht worden, oder?“, frage ich.

„Ja, es sieht so aus. Es sieht so aus, als ob sie es in der Eile verloren hätte. Oder in der Panik. Bevor man sie wegen einer Story fürs ‚Magazin‘ ... beseitigt hat.“

Ich nehme die Hand von seinem Rücken.

„Haben sie sie schon ge...“

„Nein!“, schreit Oskar und richtet sich plötzlich auf. „Du willst wohl dabei sein! Vergiss den Fotoapparat nicht!“

„Es tut mir leid“, flüstere ich. Dann gehe ich durch den großen Wohnraum, durch das Vorzimmer, wo am Kleiderhaken mein Lieblingsmantel und Oskars Jacke hängen, durch die Tür, die Stufen hinunter, Treppe um Treppe zum Abschied, und nichts, was mich zurückholt.

Ich muss wohl durch die Innenstadt gegangen sein, ich finde mich am Donaukanal wieder. Ich setze mich auf eine Bank und starre ins Wasser. Schwarz ist es jetzt. Es könnte mich mitnehmen. Aber ich bin keine, die sich umbringt. Ich hasse mich manchmal für meine Lebenskraft. Kann man nicht irgendwann einfach genug haben und Schluss machen? Und dann? Was ist dann? Tot. Eben. Ich stehe auf und gehe weiter. Zwei Frauen gehen an mir vorbei, ins Gespräch vertieft. Ich habe mein Mobiltelefon ausgeschaltet. Ich will nicht vergeblich darauf warten, dass Oskar mich anruft. Ich will einfach gehen. Ich gehe, bis ich beim Fernwärmezentrum bin. Behübscht von Hundertwasser mit goldenen Kügelchen und Türmchen und bunter Malerei, es kann nicht darüber hinwegtäuschen, dass hier Abfall verbrannt wird, damit wir es warm haben. Und dass hier Abgase in die Luft strömen. Was ist schon Wirklichkeit? Warum den Schmutz nicht kaschieren? Müssen wir der Wahrheit wirklich immer ins Auge sehen? Ich habe genug von ihr. Es gibt sie gar nicht. Sie ist ein Trugbild, ich bin ihm eitel hinterhergerannt. Was will ich? Gar nichts. Gehen. Heute Nacht gehe ich einfach. Nicht essen. Nicht trinken. Einfach gehen und so wenig wie möglich denken. 9. Bezirk. Hier ist das Freud Museum. Ich hätte mich mehr mit Freud beschäftigen sollen. Eine Schulfreundin arbeitet hier. Oder hat sie da gearbeitet? Ich habe sie aus den Augen verloren wie so viele. Wofür verwendest du deine Zeit, Mira? Ich gehe die Berggasse hinauf und erinnere mich erst, als ich ganz oben angekommen bin, an die junge tote Frau mit ihrem kleinen Rucksack. Sie ist in Freuds historischem Vorzimmer gesessen. Auf seinem Überseekoffer. Und das Licht, das durch die bunte Glasscheibe gefallen ist, hat mit ihren Haaren gespielt. Der Verkehr wird weniger. Die Menschen auf der Straße werden weniger. In Wien geht man nicht so spät schlafen wie in anderen Metropolen. Wie in richtigen Metropolen. Dass ich meine Lunge bei jedem Atemzug spüre, ist ganz normal. Mehr als das. Es ist beruhigend. Ich lebe. Warum? Warum ich? Ich gehe Gassen und Straßen entlang, ohne mich in der nächsten Minute an sie zu erinnern. Ich wandere Richtung Gürtel, vielleicht werde ich nach Süden gehen, immer weiter, weiter, weiter, bis ich das Meer sehen kann. Menschen vor einem Hauseingang. Sie lachen. Ich gönne es ihnen, es ist, als käme ich von einem anderen Stern und schaute nur kurz vorbei in diesen Gassen mit ihren hohen alten Häusern, den geparkten Autos, den Menschen, die lachen können, auch wenn sie morgen vielleicht schon weinen, im Land, in dem wenige hungern, immer mehr Angst haben und einige nie genug kriegen können. Wieder biege ich um eine Ecke. Ein grünes Schild. Da war ich schon einmal. Da war ich vor Kurzem schon einmal. „Krokodil", lese ich, und ein knallgrünes Krokodil blinkt im Sekundentakt. Heute Nachmittag war es geschlossen. Carmen hat uns von dem Lokal erzählt. Ich gehe hinein. Menschen. Viele Menschen, dicht gedrängt stehen sie beinahe bis zur Tür. Jazz, irgendeiner der alten Standardsongs. Eine gebrochene Frauenstimme. Ich sollte sie kennen. Billy Holiday. Sicher. Ich dränge mich vor zur Theke. Vielleicht ist Carmen hier irgendjemandem begegnet. Wem? Und: Ist es wichtig? Hinter der Theke eine junge Frau mit langen, dunklen Zöpfen. Sie stellt Weingläser ab, Menschen greifen danach.

„Carmen Stiller, sie war hier ein paarmal zu Gast. Kennen Sie sie?", frage ich die junge Frau.

Sie sieht mich forschend und ein wenig mitleidig an. Ich räuspere mich und fahre mir durch die Haare. Ich sehe wahrscheinlich furchterregend aus. „Sie ist cirka eins achtzig groß, hat kurze blonde Haare, schlank, sechsundzwanzig Jahre alt, kommt aus der Schweiz, aber ohne besonderen Dialekt."

Die Serviererin schüttelt den Kopf. „Die war hier nicht zu Gast."

Ich drehe mich um, ich hab keine Kraft mehr, weiterzufragen. Nur für einen Moment habe ich gedacht, meine Energie sei zurückgekommen.

„He", schreit die Serviererin. „Die war hier nicht zu Gast, die hat hier serviert! Seit letzter Woche, wir haben uns gefragt, wo sie geblieben ist."

„Seit wann ist sie nicht mehr gekommen?“, frage ich scharf.

Nach einem großen Whiskey weiß ich, dass Carmen zum letzten Mal an dem Abend gearbeitet hat, an dem sie zu Vesna in die Wohnung gekommen ist.

„Es war wenig los, sie ist um zehn gegangen“, erklärt Renata mit den langen Zöpfen. „Was ist mit ihr? Sie sollte bloß aushelfen, wenn viel los war, sie war nicht angemeldet, aber dass sie, so ohne was zu sagen, gleich wieder verschwindet …“

„Genau das ist mit ihr. Sie ist verschwunden. Ich suche sie.“

Um eins in der Nacht sperrt das Lokal zu. Anrainerschutz. Ich habe alle befragt, die im „Krokodil“ waren und jemals auf Carmen gestoßen sind. Sie hat allen die gleiche Geschichte erzählt. Sie sei aus der Schweiz, sie habe genug von der Schweiz und wolle jetzt in Wien studieren. Und dafür brauche sie Geld. Deswegen arbeite sie eben als Kellnerin. Nichts von einem Vater. Nichts von reichen Eltern. Nichts von einem Nobelinternat. Nichts davon, dass sie bei Weis war.

„Was? Bei dem schrägen Typen aus dem Fernsehen?“, hat Renata mit großen Augen gefragt.

Ich bedanke mich. Sieht so aus, als hätten wir lange nicht alles gewusst von Carmen. Ob sie womöglich doch nicht Oskars Tochter ist? Aber warum sollte sie ihren Kolleginnen auch auf die Nase binden, dass sie ihren Vater kennenlernen will? Und dass sie aus einem reichen Haus kommt? Um gleich im Abseits zu landen? Carmen hat gesagt, sie habe Geld genug. Sie ist aus dem Hotel ausgezogen. Ein nettes Hotel in mittlerer Preislage. Schweizer sind nicht verschwenderisch, sagt man. Als wir ihr Gepäck geholt haben, hat das Hotel nicht gewirkt, als wäre es voll. Aber die Reisegruppe hat vielleicht bloß Verspätung gehabt.

Ich gehe weiter durch die Straßen. Jetzt überlege ich fieberhaft. Carmen war anders, als wir dachten. Vielleicht ist das eine kleine Chance. Was, wenn sie einfach weitergezogen ist? Das glaubst du doch selbst nicht, Mira. Erinnere dich, wie sie zu dir gesagt hat: „Oskar ist total nett, nur dass er mein Vater sein soll … das muss irgendwie erst rein in mich …“ Kann so etwas gelogen sein? Carmens letzte SMS an Weis. „Okay, ich komme.“ Wer weiß, wohin er sie bestellt hat? Weit fort. Wie weit fort? Ida Moylen. Die kosovarische Putzfrau ist überzeugt davon, dass Moylen tierisch eifersüchtig ist. Was, wenn sie vom Kontakt zwischen Carmen und Weis erfahren hat? Wenn sie … Nein. Anders denken. Obwohl Moylen zumindest ahnen muss, dass Weis ihr nicht treu ist, hält sie zu ihm. Nur weil sie sein Buch braucht? Weil der Verlag ohne „Weis.heiten“ Pleite machen könnte?

Südbahnhof. Ein paar Sandler stehen bei der großen Uhr und laden mich ein mitzutrinken. Ich zögere. Warum eigentlich nicht? Dann winke ich ihnen und gehe weiter. Moylen ist eifersüchtig. Wenn ich ihr erzähle, was auf der Waldlichtung passiert, wenn wir ihr die Bilder zeigen: vielleicht wiegt das dann mehr als das Buch? Mehr als Weis? Ich habe ja selbst erlebt, wie emotional sie reagieren kann. Wir haben nicht viele Chancen. Wir müssen jede kleine Möglichkeit nützen. Ich setze mich auf eine Bank vor einem Seiteneingang des Belvedere. Der Himmel, so scheint es mir, wird etwas heller. Ich will auf die Zeitanzeige meines Mobiltelefons sehen. Ich habe es ausgeschaltet. Gut so. Ich lehne mich zurück. Ich starre nach oben. Kann es wirklich sein, dass er heller wird?

„He“, sagt jemand und rüttelt mich so, dass ich aufschreie. Der Jemand trägt eine knallorange Jacke. Der Jemand ist von der Müllabfuhr. Ich bin kein Müll. Noch nicht.

„Du kannst da nicht schlafen“, sagt er mit türkischem Akzent. „So jung und auf Straße.“

Ich lächle und mag ihn für das „Jung“. „Das ist eine Ausnahme“, sage ich und er schaut mich misstrauisch an. Ich greife nach der Tasche, sie liegt immer noch neben mir. Ich gehe zurück zum Südbahnhof und steige in das erste der wartenden Taxis. Ich muss zu Vesna. Wie wir über den Gürtel fahren, sehe ich, dass die Sonne orangerot aufgeht.

„Nein“, sage ich zu Vesna, „schlafen kann ich auch später. Es geht mir gut.“ Vor mir steht der zweite extrastarke Kaffee, ich habe geduscht, ich fühle mich wach. Selbst der Brustkorb schmerzt nicht mehr so stark.

Vesna schüttelt den Kopf. „Ich muss zu Gericht. Du erinnerst dich, bin ich Zeugin im Verfahren gegen Medikamentendiebe. Das ist Pflicht. Dann kümmere ich mich um Moylen. Sie redet nicht mit dir. Vielleicht mit mir.“

„Ich weiß, mit wem Moylen redet!“, rufe ich überdreht. „Berger! Sie hatte einmal etwas mit Berger, sie haben sich jedenfalls geküsst, leidenschaftlich, hat deine Nurie gesagt.“

„Nicht gerade ein Grund, dass sie mit ihm redet, wo sie mit Weis zusammen ist“, widerspricht Vesna.

„Ich fahre zu Berger, ich überrede ihn, mit mir gemeinsam zu Moylen zu fahren. Wir erzählen ihr, was Weis so treibt, und dann …"

„Richtig", sagt Vesna. „Und dann? Was ist dann?"

„Es ist gut möglich, dass sie etwas mitbekommen hat. Sie deckt ihn. Ob sie das dann auch noch tut? Es ist einen Versuch wert."

Vesna seufzt. „Du hast nicht geschlafen. Ich mache mir Sorgen um dich, Mira Valensky."

„Ich mache mir Sorgen um Carmen, Vesna Krajner."

Zum Glück hat Vesna schon vor einigen Tagen Bergers Privatadresse recherchiert. Wäre nicht gut, im Weis.Zentrum mit dem Guru zusammenzutreffen. Ich weiß nicht, wozu ich fähig wäre. Mira, es ist nicht bewiesen, dass er etwas mit dem Verschwinden der beiden Frauen zu tun hat. Und nachdem Carmens letzte SMS an Weis ging, steht er in Zuckerbrots Verdächtigenliste sicher ganz weit oben. Sicher? Was ist schon sicher.

Wohnhaus aus den Achtziger-, vielleicht auch Neunzigerjahren. Modernes Gebäude, glatte Fassade, jede Wohnung mit Terrasse, große Fenster, gute Lage. Ruhige Gasse und trotzdem in Innenstadtnähe. „Topwohnung in Toplage" würde so etwas in einem Maklerinserat wohl heißen. Soll ich läuten? Oder ist es besser, ich passe Berger hier vor der Eingangstüre ab? Wer weiß, wann er kommt? Ob er überhaupt daheim ist? Sicher wird auch er von Zuckerbrots Leuten befragt. Eine Frau um die vierzig mit einem Kinderwagen. Kind oder Enkelkind? Die Generationen verschieben sich, schieben sich ineinander. Zwei Burschen mit schwerer Umhängetasche. Schüler oder schon Studenten? Das Tor zur Tiefgarage geht auf. Daran habe ich nicht gedacht. Berger hat ein Auto. Er könnte aus der Tiefgarage fahren, an mir vorbei. Ich starre auf den Wagen, der da langsam die steile Rampe heraufkommt. Es ist tatsächlich Berger. Ich stelle mich ihm in den Weg und winke. Berger blickt mich irritiert an, bleibt stehen, lässt die Scheibe herunter. „Was ist?"

Wenn ich aus dem Weg gehe und er rast plötzlich an mir vorbei …

Ich bleibe stehen und sage laut: „Ich muss mit Ihnen reden. Sie müssen mir helfen."

Ich sitze in seinem Auto. Irgend so ein mittelgroßer Mazda. Unauffällig, praktisch. Ich erzähle ihm vom Verschwinden von Carmen, und dass man ihr Mobiltelefon gefunden hat. Sie muss es verloren haben. Die letzte SMS sei an Weis gegangen. „Okay, ich komme."

Berger ist sichtlich beunruhigt. „Es fällt mir schwer, es einzugestehen, aber ich muss zugeben, dass ich in der letzten Zeit ein paarmal an Weis gedacht habe ..."

„Wissen Sie etwas? Haben Sie etwas gesehen? Gibt es eine Vermutung?", falle ich ihm ins Wort.

„Nein, es ist nichts Konkretes. Gar nichts."

Ich sehe Berger an. „Ich weiß, dass Sie und Ida Moylen einander ... gut leiden konnten. Frau Moylen könnte etwas mitbekommen haben. Mir glaubt sie nicht. Aber Ihnen ... Wenn wir ihr das eine oder andere über Weis erzählen ..."

Berger sieht mich für einen Moment scharf an: „Woher wissen Sie, dass wir ...?"

Ich lächle beruhigend. „Ein Zufall, ein blanker Zufall. Glauben Sie, dass Frau Moylen Ihnen zuhört?"

„Ich weiß es nicht ... Vielleicht."

„Versuchen wir es. Fahren wir zu ihr." Ich bettle fast.

„Wenn es so wäre, wie Sie sagen ... Wenn Ida etwas mitbekommen hätte ... dann könnte es sein, dass auch sie in Gefahr ist", sagt Berger langsam. „Wir fahren. Sie ist um diese Zeit üblicherweise schon im Verlag."

Ein heftig schwitzender übergewichtiger Mann im Joggingdress sperrt gerade die Haustüre auf, er lässt uns mit hinein. Wir gehen die Stufen nach oben in den ersten Stock. Meine Rippen tun noch weh, aber das bösartige Stechen im Brustkorb hat sich gelegt.

„Sie bleiben hier. Besser, sie sieht Sie nicht gleich", sagt Berger. „Ich muss kurz mit ihr allein sprechen. Ich hole Sie dann." Er läutet an der Verlagstür. Ich stehe einen Treppenabsatz weiter unten und lausche.

Die Tür geht auf. Ida Moylen. „Du?", fragt sie erstaunt.

„Ida. Wir müssen reden. Es ist schon wieder jemand verschwunden. Eine junge Frau. Ich mache mir Sorgen." Und noch bevor sie etwas antwortet, fällt die Tür ins Schloss. Meine Rippen schmerzen wieder stärker. Wie lange stehe ich da schon? Ich sehe auf die Uhr. Kaum zu glauben, es sind erst drei Minuten. Dann höre ich, wie die Tür wieder aufgeht. Berger winkt mir. Ich eile die Treppen hinauf, hinein ins Verlagsvorzimmer. Ida Moylen sieht mich misstrauisch an.

Ich hebe beschwichtigend die Hände. „Jetzt geht es nicht um eine Geschichte für das ‚Magazin'. Die Tochter meines Mannes ist verschwunden. Wir haben sie als Jüngerin zu Weis geschickt. Sie sollte nachsehen …"

Moylen sieht mich böse an. „Sie wollten spionieren."

„Wir wollten die Wahrheit."

Berger sieht die Verlegerin bittend an. „Jedenfalls ist die junge Frau verschwunden. Und die letzte Nachricht auf ihrem Mobiltelefon ging an Weis: ‚Okay, ich komme.'"

Ida Moylen geht beunruhigt auf und ab, während wir ihr Details erzählen.

„Ich glaube es nicht. Ich glaube es nicht." Sie sagt es einige Male.

Ich sehe sie an. „Sie haben einen Verdacht. Sie haben etwas gesehen. Bitte. Reden Sie."

Ida Moylen schüttelt den Kopf.

„Du darfst Weis nicht länger decken. Ich habe mich zurückgezogen, ich habe respektiert, dass du dich ihm zugewandt hast. Aber jetzt geht es auch um dich: Du musst erkennen, dass Weis auch andere Seiten hat. Ich sage es nicht gern. Aber: Er könnte gefährlich sein. Auch für dich. Niemand weiß, was mit Carmen und was mit Franziska Dasch passiert ist."

„Es geht um Menschenleben", flehe ich sie an.

Ida Moylen starrt aus dem Fenster. „Wenn es so wäre, dann hätte das die Polizei herausgefunden."

„Sie haben sich getäuscht in Weis", fahre ich fort. „Was ich Ihnen jetzt sage, lässt sich nachprüfen: Er ist gar nicht fähig zu einer richtigen Beziehung. Neue Jüngerinnen nimmt er gerne zu ‚Exerzitien' mit, sie sollen ‚sich öffnen' und dann gibt es Sex. Auch Carmen hatte Sex mit ihm. Eine andere Jüngerin hat Carmen gegenüber damit geprahlt, dass ihr eine rein spirituelle Verbindung eben zu wenig sei."

Ida Moylen schüttelt den Kopf, immer wieder, ganz mechanisch.

Berger murmelt: „Es ist wahr. Ich konnte es dir nicht sagen. Ich habe es ja versucht. Du hast mir nicht geglaubt."

Moylen starrt ihn an, dann starrt sie mich an. „Ich weiß, was das ist. Das ist ein Komplott gegen ihn. Raus. Raus mit euch!"

Ich ziehe drei Blätter Papier aus der Tasche, ich habe sie nur für den Notfall mitgenommen. Computerausdrucke von Weis' Fotosammlung. Ich strecke sie der Verlegerin entgegen. „Sehen Sie sich das an. Weis hat von allen Jüngerinnen Aufnahmen gemacht. Damit er sie bei Bedarf unter Druck setzen kann. Viele von ihnen sind nackt. Sie übrigens auch."

Moylen starrt auf die Blätter. „Die sind nicht von ..."

„Sie kennen einige der Leute. Sie erkennen das, was im Hintergrund zu sehen ist. Er hat sie gemacht. Es gibt keinen, der das sonst getan haben könnte."

Berger schaut auf Moylen. Offenbar ist ihm ihre Reaktion wichtiger als das, was auf dem Computerausdruck zu sehen ist.

„Dieses Schwein", sagt Moylen dann. „Diese dreckige Sau. Spirituelle Verbindung. Die Einzige, die mit ihm auf allen Ebenen mitschwingt. Sein Berg. Seine Zuflucht, der allein er sich öffnen kann. Die einzige weiße Liebe. So ein Dreckschwein."

„Sie haben schon früher vermutet, dass er Sie betrügt", sage ich leise.

„Ja. Habe ich. Ich bin ja nicht dumm. Aber er hat es mir erklärt, sie seien alle in ihn verliebt, sie würden übertreiben und schließlich sei er auch nur ein Mann. Es sei ein Ausnahmefall gewesen. Sie habe sich ihm hingeben wollen, er könne sie nicht zurückweisen. Alles Lüge."

„Was ist geschehen?", frage ich. „Wo sind Franziska Dasch und Carmen Stiller?"

Ida Moylen atmet heftig. Sie starrt mich an. „Was? Wer? Die beiden? Ich weiß es nicht."

„Franziska Dasch könnte etwas gesehen haben. Auf der Gala", murmle ich sanft.

„Ja, das ist wahr", sagt die Verlegerin plötzlich. „Und ich habe auch etwas gesehen. Er hat es sich selbst zuzuschreiben. Ende. Aus. Es war tatsächlich auf der Literaturgala. Er war schon einmal kurz weg gewesen. Ich hatte den Verdacht, er trifft sich mit einer anderen Frau. Er ist wieder aufgestanden. Ich bin ihm vorsichtig hinterher. Er ist aus dem Saal, einen Gang entlang, dann hat er sich umgesehen, er hat mich aber nicht entdeckt, er hat eine Türe geöffnet und ist verschwunden. Mir war es egal, ich bin ihm nachgeschlichen. Da war ein kleiner Saal. Er ist am anderen Ende gestanden. Allein. Er hat an einem Mobiltelefon gefingert und an noch einem Gerät. Er will irgendeine Frau anrufen, habe ich mir gedacht, aber er hat das Gerät an sein Telefon gehalten."

„Die ...", sage ich.

Ida Moylen nickt. „... Drohung."

„Hat er Sie gesehen?"

„Nein, ich bin zurück in den Saal."

„Hat Sie sonst jemand gesehen?"

„Ja. Einige Leute. Unter ihnen Franziska Dasch. Sie dürfte auf der Toilette gewesen sein. Die WC-Anlage ist nicht weit entfernt."

„Und er weiß, dass Sie wissen …", fahre ich fort.

Ida Moylen nickt. „Im ersten Moment war mir nicht klar, was das sollte. Ich dachte, das könnte auch irgendein Scherz gewesen sein, irgendein Experiment, kein echter Anruf. Ich habe auch nicht alles verstanden."

„Man muss es sprengen. In einer halben Stunde geht die ganze Literatur in die Luft", sage ich langsam. Berger nehme ich erst jetzt wieder wahr, er starrt uns an, nicht fähig, zu sprechen.

„Als sie dann begonnen haben das Rathaus zu räumen, war mir alles klar", fährt die Verlegerin fort. „Ich habe ihn noch am selben Abend damit konfrontiert. Er hat gemeint, das werde nie aufgedeckt. Die Leute seien ja selbst schuld, wenn sie in Panik geraten. Er habe wissen müssen, welche Auswirkungen so ein Alarm habe, und ich könne nichts dagegen haben, dass unser Buch um ein zugkräftiges Kapitel reicher werde."

„Sie haben es akzeptiert?", frage ich fassungslos.

„Ich habe ihn angefleht, sich zu stellen. Er hat gemeint, wenn ich ihn verrate, dann würden sie mir nie glauben. Er werde sein Buch woanders herausbringen. Einige Verlage wollten sein Buch, das wusste ich. Ich habe mir eingeredet, dass ja nichts passiert sei. Und ohne das Buch …"

„… hätte der Verlag zusperren können", ergänze ich.

Sie nickt.

Nichts passiert. Es hat neun Verletzte gegeben. Zwei Frauen sind verschwunden.

„Weißt du irgendetwas über Franziska Dasch und Carmen?", fragt Berger.

Ida Moylen schüttelt verzweifelt den Kopf. „Ich würde es sagen, jetzt würde ich es sagen. Ich hab ihn in letzter Zeit kaum gesehen."

„Irgendeine Idee? Irgendein Hinweis?", flehe ich. „Er war bei Ihnen, als wir den Schuh von Franziska Dasch gefunden haben."

Die Verlegerin schüttelt den Kopf. „Wir haben damals tatsächlich am letzten Kapitel gearbeitet." Berger geht langsam zu ihr und nimmt sie in den Arm.

„Sie werden aussagen müssen", sage ich. „Es wird auch gegen Sie ein Verfahren geben."

Ida Moylen sieht zu Boden. „Sie haben gar keine Ahnung, wie egal mir das ist. Es ist Zeit, dass dieser Betrüger drankommt. Ich rufe die Polizei selbst an. Sofort."

Ich schüttle den Kopf. „Ich will zuerst mit Weis reden. Das Wichtigste ist, dass wir erfahren, was mit den zwei Frauen geschehen ist. Geben Sie mir eine Stunde Zeit."

„Eine Stunde? Was spielt das noch für eine Rolle", antwortet Ida Moylen.

„Ich bleibe da", sagt Berger zu ihr. Und zu mir: „Sie rufen an, wenn Sie mit Weis gesprochen haben. Ich glaube nicht, dass er irgendetwas zugeben wird. Aber versuchen Sie es. Ich weiß, dass er um elf einen Termin im Zentrum hat. Vorher könnte er allein sein. Seien Sie vorsichtig."

Ich nicke. Raus aus dem Verlagsbüro, raus aus dem Gebäude. Ich habe etwas anderes erfahren, als ich eigentlich wissen wollte. Vielleicht kann ich dafür sorgen, dass Moylen zuerst mit Verhofen redet. Quasi als Dankeschön von mir an ihn. Und um seinen Ruf bei der Polizei wieder aufzumöbeln. Außerdem ist er ja bei der Sondereinheit Bombenalarm. Ich muss Weis überraschen. Zwei Frauen sind schon verschwunden, sei vernünftig, Mira. Berger hatte offenbar kein großes Problem damit, dass ich allein ins Weis.Zentrum fahre. Er muss erst verkraften, was er da gehört hat. Er ist mit Ida Moylen beschäftigt. Ob die beiden wieder zusammenkommen? Sie haben gewirkt, als gehörten sie zusammen. Keine Zeit für romantische Gedanken, Mira. Ich könnte Verhofen verständigen. Er könnte uns aus dem Verborgenen beobachten. Und wenn Weis dahinterkommt und mich als Geisel ... Nein. Alles Unsinn. Vesna. Sie muss mitkommen. Sie ist beim Strafgericht. Ich renne zum nächsten Taxistandplatz, ich rufe Vesna an und habe Glück. Ihre Zeugenaussage hat sie bereits gemacht.

Wir werden Weis in die Enge treiben, er wird keine Chance haben. – Keine Alleingänge mehr. Ich habe schon zu viele Fehler gemacht. Was ist, wenn er entkommt? Was, wenn er uns angreift? Was allerdings ein zusätzlicher Beweis wäre. Wir werden den Guru herausfordern. Kompromiss. Ich schicke Verhofen eine SMS. Ich sehe auf die Uhr. Er soll in einer halben Stunde beim Weis.Zentrum sein. Wir haben fünfzehn Minuten. Was da nicht geschieht, wird nie geschehen.

Carmen. Bald wissen wir mehr.

[13.]

Weis lacht. Er lacht bloß, er steht vor uns in weißer Designerjeans und blütenweißem Hemd und lacht. „Ist euch noch nicht aufgefallen, wie krankhaft eifersüchtig und neidisch Berger ist? In jeder Beziehung. Ein perfektes Paar, Ida und er. Sie werden einander nicht aus den Augen lassen. Meinen Segen haben sie. Mich hat sie schon lange nicht mehr interessiert."

„Sie waren es, der mit Bombe gedroht hat. Frau Moylen wird aussagen", sagt Vesna.

„Oh, wirklich? Und ihr glaubt das? Wo sind die Beweise? Vielleicht hat unsere Liaison ja nur dem Zweck gedient, mich fertigzumachen." Weis schiebt sein Gesicht ganz nahe an meines. Ich muss mich beherrschen, um nicht zurückzuweichen. „Ich sage Ihnen jetzt etwas, liebe Frau Redakteurin: Er hält es nicht aus, dass ich Erfolg habe. Dass er in meinem Schatten steht."

„Ida Moylen hat das Buch gebraucht, sonst hätte sie längst geredet. Und sie hat sich gefürchtet", sage ich in dieses haarlose Gesicht hinein.

„Vor mir etwa? Lächerlich! Das glaubt keiner! Gut möglich, dass auch da dieser Zerwolf dahintersteckt."

Ich strecke ihm die Computerausdrucke seiner Fotosammlung entgegen. „Ziemlich interessant. Sie haben andere unter Druck gesetzt."

Für einen Moment wird sein Blick starr. Zumindest bilde ich mir das ein. „Habt ihr euch schon einmal gefragt, wovon Zerwolf eigentlich lebt?", fährt er dann fort. Er zieht eine dünne Mappe aus dem weißen Schrank hinter seinem Schreibtisch. „Schaut euch das an! Er hat Geld genommen von seinen wirren Verehrern. Politische Spinner. Ich bin ihm auf die Spur gekommen durch eine Jüngerin, die bei ihm war." Er blättert in der Mappe. „Der ach so Bedürfnislose hat ein dickes Sparbuch."

Ich werfe einen Blick drauf. Sieht so aus, als hätte er recht. Aber darum geht es jetzt nicht. „Sie sind damals im Festsaal nicht mit den anderen zum Ausgang gerannt. Sie wollten die Reaktion der Menschen in Panik beobachten. Es war kein Problem, stehen zu bleiben, Sie wussten ja, dass es keine Bombe gab. Das hätte mir viel früher klar sein müssen“, sage ich dann.

„Ich bin stehen geblieben, weil ich Weis bin!“

„Wo ist Carmen?“, fauche ich.

„Welche Carmen?“

„Ach, Sie erinnern sich nicht? Carmen, eine junge Frau, eine neue Jüngerin. Blond, groß, schlank“, ergänzt Vesna.

„Ach so, die. Wieso?“

„Sie ist verschwunden“, sagt Vesna. Es klingt wie ein Schuss. „Sie wissen das ganz genau. Polizei hat schon mit Ihnen geredet.“

Weis sieht uns spöttisch an. „Sie scheinen ja ziemlich gute Kontakte zu Polizeikreisen zu haben.“

„Carmen ist verschwunden. Franziska Dasch ist verschwunden“, ergänze ich.

„Das wollen Sie mir auch noch in die Schuhe schieben? Das schaue ich mir an. Keine Ahnung, wo die sind.“

Vesna ist selten wütend. Jetzt habe ich das Gefühl, sie springt den Guru gleich an. „Recycelt. Wie Sie es empfohlen haben.“

Weis lächelt großmütig. „Ist euch nicht spätestens jetzt klar, dass man meine Ideen missbraucht, um mich fertigzumachen? Warum hätte ich ihnen etwas tun sollen?“

„Weil Franziska Dasch im Rathaus etwas gesehen hat, das sie nicht hätte sehen dürfen. Weil Carmen Stiller zu viel gefragt hat“, erkläre ich.

„Und wie erklären Sie die SMS von Carmen?“, ruft Vesna.

„Welche SMS?“

„Stellen Sie sich nicht so dumm. Die Polizei hat Sie das sicher gefragt. Die letzte SMS von Carmen. ‚Okay, ich komme‘“, sage ich.

„Ach die. Wir hatten keinen Termin.“

„Und was haben Sie gedacht, als Sie die SMS von Carmen bekommen haben?“, fragt Vesna böse.

„Es reicht jetzt. Raus. Ich habe mir gedacht, dass sie die falsche Nummer erwischt hat, das dumme Ding.“

„Sie haben sie gelöscht“, sage ich.

„Natürlich habe ich sie gelöscht. Ich hebe mir doch nicht jeden Irrläufer auf."

„Nur dumm, dass Carmens Telefon gefunden wurde."

Bewegung hinter unserem Rücken. Ich drehe mich um. Stich in den Rippen. Verhofen ist gekommen. Und mit ihm drei weitere Beamte in Zivil. Dahinter Zuckerbrot. Wie lange haben sie schon gelauscht? Es ist schwer, in diesem Glashaus zu lauschen. Verhofen sieht mich fragend an. Sie sind zu früh gekommen. Irgendwann hätte auch Weis aufgeben müssen.

Hätte er?

Ich schreie: „Was haben Sie mit Carmen gemacht?"

Ich sitze an meinem Redaktionsschreibtisch. Berger hat mir das letzte Kapitel von „Weis.heiten" gemailt. Weis hat es nun bloß „Die Bedrohung" genannt. Eingängiger Titel. Er beschreibt die Panik im Rathaus genau, die schreienden Menschen, diejenigen, die niedergetrampelt wurden, und jene, die über sie drübergetrampelt sind. In Todesangst ist jeder sich selbst der Nächste. Und er tut so, als hätte er die einzige Antwort: Innere Stärke. Weis.heiten. Rein werden. Der Gefahr widerstehen und sie damit gar nicht entstehen lassen. Wären alle ruhig geblieben, niemandem wäre etwas geschehen. Sehr witzig. Er hat als Einziger gewusst, dass keine Bombe hochgehen würde. Ich versuche mich zu erinnern. Ida Moylen ist mit den anderen geflohen. Hat sie Weis zugetraut, tatsächlich eine Bombe gelegt zu haben? Hat sie zu diesem Zeitpunkt noch nicht ganz realisiert, wobei sie Weis beobachtet hatte? Sie ist mit den anderen zu einem der Ausgänge gelaufen, sie hat sich noch einmal zu Weis umgedreht. Die Arme in seine Richtung gestreckt. Sie wollte, dass er zu ihr kommt. Oder hat sie ihm gedroht?

Weis schreibt in seinem letzten Kapitel auch über Entführungsopfer. Und dass niemand „aus sich selbst" entführt werden könne. Als ob eine Entführung nichts anderes als eine Ortsveränderung wäre. Hat er auch da praktische Experimente angestellt? Hält er Franziska Dasch und Carmen Stiller als Versuchsobjekte gefangen? Und was, wenn er sie ausreichend studiert hat? Das Buch wird sich gut verkaufen. Jetzt sicher noch besser. Der Guru, der droht, das Wiener Rathaus in die Luft zu jagen, um die Reaktion von fünfhundert Festgästen zu beobachten. Ich hätte wohl doch eine prozentuelle Beteiligung aushandeln sollen. – Wie kann ich nur an so etwas denken? Was hat Weis mit Carmen gemacht?

Diese Ungewissheit, sie ist vielleicht das Schlimmste. Gut möglich, dass ihre Mutter schon bei Oskar ist. Was kann man einer Mutter in dieser Situation sagen? Oskar wird sie umarmen. Oskar hasst mich. Carmen hat einiges getan, von dem sie uns nicht erzählt hat. Er sollte es wissen. Er wird mir nicht zuhören. Mein Mobiltelefon läutet. Oskar? Ich fingere es aufgeregt aus der Tasche.

„Frau Valensky?“, sagt eine Frauenstimme.

„Am Apparat.“

„Hier ist das Büro von Denise Stiller.“

Ich packe den Hörer fester.

„Ich soll Ihnen von Frau Stiller ausrichten, dass alles eine große Verwechslung war. Sie ist nicht die Mutter von dieser Carmen, die auch Sie gesucht haben. Wir konnten unter Mithilfe der Polizei alles aufklären.“

„Wer ist Carmen dann?“, rufe ich.

„Tut mir leid. Ich hoffe, ich konnte Ihnen helfen. Auf Wiederhören.“

Aufgelegt. Ich starre auf mein Telefon. Oskar wird schon davon wissen. Ich habe einen großen Fehler gemacht. Ich darf nicht noch einen Fehler machen. Ich muss zu Oskar. Ich muss versuchen, ihn um Vergebung zu bitten. Ob er mir eher verzeiht, wenn Carmen nicht seine Tochter ist? Ich muss ihm vom Geständnis der Verlegerin erzählen. Ich habe vieles, was ich ihm erzählen kann. Nur dumm, dass gestern Redaktionsschluss war. – Mira, bist du noch zu retten? Ich werde weiter nach Carmen suchen. Oskars Tochter oder nicht, eigentlich macht es nicht viel Unterschied. Wir haben diese junge Frau in die Sache hineingehetzt.

Ich stehe vor der Tür zu Oskars Kanzlei. Ich habe beschlossen, es einfach zu probieren. Ich läute. Die schwere, hohe Eichentür geht mit einem Summen auf. So oft bin ich schon durch den holzgetäfelten Gang gegangen. Ist es ein gutes Zeichen, dass man mich hereingelassen hat? Die Eingangstür hat Videoüberwachung. Ich gehe ins großzügige Empfangszimmer. Hohe Fenster, warme Farben, bequeme Sitzgruppe. Und Oskars Drachen, auch Sekretärin genannt.

„Herr Doktor Kellerfreund ist besetzt“, sagt sie denn auch und starrt mich neugierig an. Wie viel weiß sie?

„Ich werde warten.“

„Es kann länger dauern."
„Das macht nichts."
„Weiß er, dass Sie hier sind?"
„Es ist eine Überraschung."
„Herr Doktor Kellerfreund mag keine Überraschungen."
Ich zucke mit den Schultern und setze mich auf die Lederbank. Mit einem Mal bin ich unendlich müde. Ich habe nicht geschlafen. Oder nur wenig. Auf einer Parkbank vor dem Belvedere. Ich muss durchhalten. Ich darf mich da jetzt nicht niederlegen. Das gönne ich dieser Schreckschraube nicht.

Irgendwann kommt Oskar mit einer Frau aus seinem Zimmer. Eine Klientin? Sie ist einfach gekleidet. Cirka in meinem Alter, groß, knochig, halblange blond gefärbte Haare. Keine Wirtschaftsmagnatin. Oskar hat nicht nur Reiche als Klienten. Die Frau wirkt, als hätte sie geweint. Oskar hält ihren Arm. Besorgt. Ich stehe auf und die beiden starren mich an. Ich bringe kein Wort heraus, dann sage ich zu Oskar: „Entschuldigung." Oskar schaut mich an. Falten, ich hab diese Falten um seinen Mund noch nie gesehen.

„Das ist Carmens Mutter", sagt er.

Wie bitte? Was? Das ist nicht Denise Stiller. Aber ihr Büro hat mir ja auch mitgeteilt, dass sie nicht die Mutter von Carmen ist. Wer ist dann diese Frau? „Sie sind nicht Denise Stiller", sage ich langsam.

Die Frau schüttelt den Kopf. „Ich bin Denise Waldner. Sieht so aus, als hätte sich Carmen für mich geschämt."

„Das darfst du nicht denken", sagt Oskar und tätschelt ihr fürsorglich die Hand. Hat er mit dieser Denise vor siebenundzwanzig Jahren …

Oskar sieht mich an. „Carmen hat eine Freundin, sie haben immer darüber gelacht, dass sie beide Carmen heißen und ihre Mütter beide Denise. Nur dass die Denise von Carmens Freundin die Besitzerin der Werkzeugfabrik Stiller ist. Und …"

„… und ich nur Servierkraft", ergänzt Carmens Mutter. „Carmen muss bei mir Unterlagen über ihren Vater gefunden haben, viel gibt es nicht, ich wollte ihr nie davon erzählen, wozu auch? Sie hat mir nicht gesagt, was sie herausgefunden hat. Sie wollte wohl auf eigene Faust ihren Vater kennenlernen und ist nach Wien gefahren. So ist sie."

Ich kapier es nicht ganz. „Warum hat sie sich als die andere Carmen ausgegeben?"

Ihre Mutter schüttelt den Kopf. „Ich weiß es nicht. Ich kann mir nur vorstellen, dass sie sich für mich geniert hat. Mir ist es nicht immer gut gegangen im Leben."

Oskar drückt sie fester an sich. „Du hättest immer zu mir kommen können."

Sie schüttelt den Kopf und sieht mich an. „Ich war es doch, die ihn verlassen hat. Ich war, was Männer angeht, immer eine Idiotin."

„Gibt es irgendetwas Neues im Zusammenhang mit Carmen?", frage ich.

Die beiden schütteln den Kopf.

„Kann ich kurz mit dir reden? Unter vier Augen?" Ich sehe Oskar bittend an. Oskar. Bitte.

„Kann ich dich alleine lassen?", fragt er Denise.

Sie nickt.

„Ich kümmere mich um sie", sagt Oskars Drachen.

Und jetzt erst wird uns bewusst, dass jemand alles mitgehört hat.

Ich erzähle Oskar, so schnell es geht, von dem Geständnis der Verlegerin. Und dass Weis leugnet. Dass er abstreitet, etwas mit dem Verschwinden der beiden Frauen zu tun zu haben. Und dass Carmen in einem Lokal als Kellnerin gejobbt hat. „Ich hätte ihr die zwei abgeschlossenen Studien zugetraut. Sie war so intelligent, aufgeschlossen ..."

„War?", antwortet Oskar und schüttelt den Kopf. „Sie hat die zwei Studien abgeschlossen. Und sie war tatsächlich in dieser Internatsschule bei St. Moritz. Es gibt Stipendien für begabte Kinder aus sozial schwachen Familien. Dort hat sie auch die andere Carmen kennengelernt."

Ich nicke. „Sie hat eigentlich die Wahrheit gesagt. Bis auf ein unwichtiges Detail."

Oskar sieht aus, als würde er gleich zu weinen beginnen. Wir stehen einander bei seinem schweren Schreibtisch gegenüber. „Du hast von Anfang an das Gefühl gehabt, dass etwas nicht stimmt", sagt er.

„Ich war bloß eifersüchtig."

Geht Oskar auf mich zu oder gehe ich auf Oskar zu? Wir halten uns in den Armen und jetzt weiß ich, es ist nicht die Wohnung, die ich nicht verlieren möchte, nicht das Leben, das ich in den letzten Jahren geführt habe, sondern es ist einfach Oskar, ohne den ich nicht sein will. Seine Arme um mich. Sein Kopf an meinem. Meine Arme um ihn.

„Verzeih mir, was ich gesagt ...", murmelt er an meinem Ohr.

Ich mache mich los, sehe ihn an. „Ich bitte dich um Vergebung. Auch wenn das eigentlich nicht zu vergeben ist."

„Die Umstände. Die Zufälle. – Ist das Schicksal?", murmelt Oskar.

„Wir können etwas tun", erwidere ich. „Vielleicht hilft uns das weiter, was auf Carmens Mobiltelefon gespeichert ist."

„Das kontrollieren Zuckerbrots Leute doch längst."

Ich will mich an jeden Strohhalm klammern. Und ich weiß, dass Oskar ein verdammt gutes Gedächtnis hat. „Bitte", sage ich.

„Wenn du meinst ..." Dann sieht er mich mit einem Mal fragend an. „Oder willst du darüber schreiben?"

„Nein", rufe ich, viel lauter, als ich es wollte.

„Entschuldige. Lass mich überlegen. Da war einmal die letzte SMS an Weis, von der du ja weißt. Keine von Weis. Dann noch zwei an einen Michael, eine von ihm, keine Ahnung, wer er ist. Viele Anrufe von dir und einige von Vesna. Drei Anrufe von mir. Ein paar Anrufe zu dir und Vesna und mir. Zwei Anrufe zu jemand, den sie als ‚Krokodil' eingetragen hat."

„Das ist das Lokal, in dem sie serviert hat."

„Drei Anrufe von diesem ‚Krokodil'. SMS des Mobilnetzbetreibers, nachdem sie über die österreichische Grenze gekommen ist. Mit dem üblichen Text. Ich glaube, ich habe nichts vergessen. Sie hatte nicht so viel Geld, sie wollte nicht zu viel telefonieren. Sieht so aus, als hätte sie seit ihrer Ankunft in Wien nichts gelöscht."

„Du hast die Kontakte zu Berger vergessen", fällt mir ein. Carmen hat uns doch erzählt, dass sie mit Berger eine Therapiestunde vereinbaren wollte. Sie hat ihn angerufen und ihm eine SMS geschickt.

„An wen? Berger? Sicher nicht."

„Vielleicht hat sie ihn mit dem Vornamen eingetragen. Wäre allerdings eigenartig. Wie heißt Berger bloß? Irgendwie nordisch. Jan. Sie hat ihm eine SMS geschrieben, sie wollte sich mit ihm einen Termin ausmachen. Berger ist der Psychologe im Weis.Zentrum."

Oskar schüttelt den Kopf. „Da war keine SMS."

„Und auch kein Anruf? Eine Nummer, der vielleicht kein Name zugeordnet war?"

„Nein, ich bin mir ganz sicher."

Seltsam. Warum hätte Carmen behaupten sollen mit Berger Kontakt zu haben, wenn es gar nicht stimmte?

Ich gehe Richtung Redaktion. Oskar wird sich um Carmens Mutter kümmern. Ich spüre keine Eifersucht. Nur Mitleid. Kann das damit zu tun haben, dass es sich nicht um die attraktive, erfolgreiche Fabrikantin handelt? Nein. Sicher nicht. Warum hat sich Carmen als eine andere ausgegeben? Gibt es dafür einen Grund, der mit ihrem Verschwinden zu tun hat? Ich muss Berger anrufen und fragen, ob Carmen tatsächlich bei ihm eine Therapiestunde nehmen wollte. Und ob sie ihm eine SMS geschickt hat.

Zeitungsstand. Abendausgabe des „Blatt". Ich sehe schon Dinge, die es nicht geben kann. Ich habe zu wenig geschlafen. Es steht trotzdem da:

„Terror-Philosoph richtet sich selbst!"

Ich lasse mir die Zeitung geben, ich merke erst beim Zahlen, dass meine Finger zittern. Ich schlage die Zeitung auf. Der Artikel füllt die ganze dritte Seite. Zerwolf hat sich die Pulsadern aufgeschnitten. Man lebt. Man hat gelebt. Man ist tot.

Das „Blatt" wertet das als Schuldeingeständnis. Ich schüttle den Kopf. Er war auch nur ein Mensch. Er hat den Druck nicht mehr ausgehalten. Ich hätte seine Botschaft richtig deuten müssen. Sie war so etwas wie ein letzter Aufschrei. Er hat geschrien, dass das Leben doch sinnlos sei. Er hat darum gebettelt, vom Gegenteil überzeugt zu werden. Ich hätte mich durchsetzen müssen, ich hätte zu ihm vordringen müssen. Stopp, Mira. Du hast es versucht. Er hat nicht aufgemacht. Wie hätte er denn wissen sollen, dass du es bist? Warum glaubst du denn, dass du wichtig gewesen wärst für ihn? Immerhin. Er hat mit mir geredet. Eine halbe Nacht lang. Ich hätte ihm eine E-Mail schicken können. Aber ich habe mich ja einschüchtern lassen. Angst gehabt, dass man mir eine Verbindung zu angeblichen Terrorkreisen nachsagen könnte. Er war es nicht. Das weiß ich. Wie erreiche ich seine Assistentin? Es ist das Einzige, was ich noch für ihn tun kann. Für den großen Philosophen, der lieber geschwiegen hat. Weis war es, der gedroht hat, das Rathaus zu sprengen. Aus Neugier. Nein, aus Gier. Sein Buch sollte erfolgreich werden, erfolgreicher als ohne dieses letzte Kapitel. Er ist verrückt. Carmen wollte Zerwolf treffen. Hat sie ihn getroffen? Wir werden es wohl nicht mehr erfahren. Und was, wenn alles doch ganz anders war? Zerwolf war Philosoph. Er war intelligent genug, um mit uns zu spielen. Nicht nur Weis ist im Rathaussaal stehen geblieben. Auch Zerwolf ist nicht geflohen. Weil er Angst vor zu vielen Menschen auf engem Raum hatte. Als Carmen verschwunden ist, war er noch nicht von Journalisten belagert. Am selben Abend hat er die Botschaft ins Internet gestellt. Man lebt. Man hat gelebt. Man ist tot. Hat er damit generell gemeint, das Leben sei unwichtig, sinnlos, wertlos, jedenfalls bald Vergangenheit? Oder hat er damit Carmens Leben gemeint? Das „Blatt" weiß, dass noch jemand verschwunden ist. Wer es ist, wissen sie noch nicht.

[14.]

Ich bin Zerwolf etwas schuldig. Ich nehme die U-Bahn, ich muss zum Schuhgeschäft von Emma Mandelbauer. Ich hätte die Sache mit den angeblichen Übergriffen klären können. Ich habe mich ablenken lassen. Ablenken? Es gab so vieles, was auf einmal passiert ist.

Ich stoße die Türe auf, eine Glocke bimmelt. Niemand zu sehen. Nur Regale voll mit Schuhen, Preistafeln, Hinweisen auf Sonderangebote. Gleich ist Geschäftsschluss. Emma Mandelbauer kommt mit verkaufsförderndem Lächeln aus einem Nebenraum. Als sie mich sieht, wird das Lächeln deutlich flacher.

„Ich weiß, dass Sie falsch ausgesagt haben. Zerwolf hat Sie gar nicht belästigt." Keine Zeit für Höflichkeiten, keine Lust auf Höflichkeiten.

Ihr Lächeln ist verschwunden. „Lesen Sie die Polizeiprotokolle. Da steht etwas anderes."

„Sie sind zur Polizei gegangen und haben Zerwolf angeschwärzt, weil Dr. Klein sie darum gebeten hat. Dafür verlangt er kein Honorar in der Erbschaftssache. Sie hätten sich keinen Anwalt leisten können. Er selbst hat es mir erzählt. Was Sie vielleicht nicht wissen: Auch Klein wurde unter Druck gesetzt."

Die Schuhgeschäftsbesitzerin sieht mich ohne Freundlichkeit an. „Der hat Frauen belästigt, nur haben sie sich nicht getraut, etwas zu sagen. Ich habe es für sie übernommen, na und? Nur weil er ein berühmter Philosoph ist, kann er auch nicht tun, was er will."

Ich schüttle den Kopf. „Es gab bloß eine Frau. Und die war sich schon bald nicht mehr sicher."

„Das ist doch Quatsch. Sie haben dieser Gabriele Ploiner sogar ein Foto von ihm gezeigt, sonst hätte sie ihn ja gar nicht erkannt. Er ist ja wirklich in der Nacht herumgerannt. Ich hab ihn selbst gesehen."

„Sie haben gezielt auf ihn gewartet, darauf, dass Sie ihn sehen. Und dann sind Sie zur Polizei. Und haben getan, als hätte er sie angegriffen. Sie wussten ja, dass er nicht sprechen würde."

„Er war verdächtig."

„Er war verdächtig, weil er in der Nacht mit einer Mütze joggen war? So schnell geht das bei uns!" Ich sehe sie wütend an. „Er hat sich umgebracht."

Emma Mandelbauer starrt mich an. „Das hat aber nichts mit mir zu tun."

Ich renne aus dem Geschäft. Von hier zu Zerwolfs Wohnung ist es nicht weit. Mit wem hat es denn zu tun, dass sich der Philosoph umgebracht hat? Mira, du kannst ihr nicht die Schuld geben. Das wäre zu einfach. Wahrscheinlich geht es gar nicht um Schuld. Worum dann? Ist jeder für sich selber und sein Tun verantwortlich? Darüber hätte ich mit Zerwolf gerne diskutiert.

Seltsamerweise steht keiner vor seinem Haus. Keine Journalisten. Keine Polizei. Keine Anhänger. Die Eingangstür ist offen. Ich gehe die Treppen nach oben. Läute. Die Assistentin öffnet mir. Auf dem Vorzimmerboden sind zwei große graue Schachteln, halb voll mit Büchern.

Sie sieht mich an. „Ich packe nur ein, was mir gehört. Es ist nicht viel, was bleibt", sagt sie.

„Warum?", frage ich.

„Er hat nichts gesagt." Sie räumt einige Bücher vom Vorzimmerkasten in einen der Kartons.

„Einmal hat er mit mir gesprochen", sage ich.

„Das ist seltsam." Sie lächelt traurig.

„Warum hat er sich umgebracht? Wegen der Sudelgeschichten im ‚Blatt'? Wegen der Vorwürfe, er habe Frauen belästigt? Wegen der Terrorsache?"

Sie schüttelt den Kopf. „Das glaube ich nicht. Vielleicht hat ihn das Nichts eingeholt. Das Gefühl, dass nichts mehr Sinn macht, was er tut, weil niemand den Sinn seines Schweigens verstanden hat. Ich hab ihn ja selbst nicht ganz verstanden."

„Sie haben doch alle auf ihn gewartet", murmle ich. „Sogar das Fernsehen wollte ihn."

„Eben. Wenn er gesprochen hätte."

„Sie haben ihn sehr gut gekannt?", frage ich die junge Frau.

„Nein. Vielleicht hätte er auch bloß das gebraucht, was wir alle brauchen. Einen Freund. Ich war nur die Assistentin."

Sie geht Richtung Arbeitszimmer. Eine weiße Tür, sie ist mit einem polizeilichen Absperrband versiegelt. Das Badezimmer. „Ich muss weitertun", sagt Angelika. „Vielleicht können wir später telefonieren."

Ich gebe ihr meine Telefonnummer und notiere mir ihre.

Warum hat Carmen gelogen? Warum sind ihre Kontakte mit Berger nicht auf dem Mobiltelefon? Und was, wenn er etwas mit ihrem Verschwinden zu tun hat? Wer sagt, dass Weis auch ein Mörder sein muss, nur weil er hinter der Bombendrohung steckt? Aber warum Berger? Er war bloß der im Hintergrund. Vielleicht ist es genau das. Vielleicht sollte man darüber genauer nachdenken. Weis hat so etwas gesagt. Unsinn, Mira. Lass dich nicht manipulieren. Berger hat mir geholfen. Ohne ihn hätte Ida Moylen nie gesagt, was sie wusste. Verhofen. Ich muss ihm das mit Carmens Mobiltelefon jedenfalls erzählen. Und was passiert dann? Weis wurde schon einvernommen. Berger wird einvernommen. Zerwolf lässt sich nicht mehr einvernehmen. Ich will nicht glauben, dass er tot ist. Dass die beiden Frauen tot sind. Ich muss herausfinden, ob das mit der verschwundenen SMS ein dummer Zufall war oder ob mehr dahintersteckt. Kann es ein Zufall sein, dass sowohl ein Anruf als auch eine SMS gelöscht wurden? Wobei ich natürlich nicht weiß, ob nicht auch andere Kontakte gelöscht worden sind. Was hast du schon zu verlieren, Mira? Ich muss mir etwas ausdenken. Berger weiß, dass Carmens Mobiltelefon gefunden wurde. Vielleicht hat er es selbst zu diesem Zweck bereitgelegt. Vielleicht hat er die letzte Nachricht selbst getippt. Das passt nicht zu ihm, so etwas würde zu Weis passen. Aber warum sollte der nicht die SMS an ihn, sondern die Kontakte zu Berger löschen? Zu viele wirre Gedanken.

Wer immer es war: Ich könnte versuchen, ihn zur Recyclinganlage zu locken. Slobo ist vor Ort. Ob er mich beschützen kann? Egal. Ich habe zugelassen, dass Carmen, Oskars Tochter, in die Sache hineingezogen wurde. Einer Reportage wegen. Bei ihr habe ich nicht gefragt, ob das nicht viel zu gefährlich sei. Carmen musste dran glauben, weil sie neugierig war. Einen anderen Grund gibt es nicht. Wollte man mich durch den Unfall aus dem Verkehr ziehen? Quatsch. Es gibt auch Zufälle.

Ich gehe Richtung Taxistandplatz. Was wäre, wenn ich Weis und Berger wissen ließe, dass ich die vollständigen Daten von Carmens

Mobiltelefon habe? Carmen könnte sie ja auf Oskars Computer kopiert haben. Zur Sicherheit. Mir gehe es um meine Story fürs „Magazin". Glaubt mir das jemand? Oh doch, sogar Oskar hat es geglaubt. Ich habe so vieles wiedergutzumachen. Ob ich es noch gutmachen kann? Ich muss zumindest alles tun, was in meiner Macht steht.

Ich lasse mich mit dem Taxi zur Baustelle fahren. Kein Auto zu haben, geht ganz schön ins Geld. Du musst richtig rechnen, Mira. Alles. Fixkosten, Stehzeiten. Und was, wenn ich mich gewaltig verrechne? Dann ab mit mir ins Recycling. Ich habe einen Vorteil. Ich bin gewarnt. Und wenn Weis glaubt unter polizeilicher Beobachtung zu stehen? Dann wird er eben nicht reagieren. Wenn er mit der Sache zu tun hat, wird er es jedenfalls versuchen, auch er hat nichts mehr zu verlieren. Berger könnte etwas ahnen. Er könnte mir helfen. Er hat ja auch bei Ida Moylen geholfen. Ist er stark genug? Egal. Nichts zu tun, halte ich nicht aus.

Das Taxi passiert die Stadtgrenze. Flaches Industriegebiet, Autohändler, Fliesenhändler, Imbissbuden, Tankstellen, geduckte Häuser, lieblose Verkaufshallen. Wir könnten auch irgendwo im Mittelwesten der USA sein. SMS an Weis, an Berger, an Moylen: „Ich habe die VOLLSTÄNDIGEN Telefondaten von Carmen. Sie ist die Tochter meines Mannes. Mira Valensky. Alspha Recycling."

Es dauert, bis ich bei der Baustelle ankomme. Ich bin an der umgeleiteten Brünner Straße ausgestiegen und gehe den Schotterweg Richtung Recyclinganlage. Telefon. Ruft mich einer der drei an? Ich reiße das Telefon nahezu aus der Tasche. Es ist die Frau von der Versicherung. Sie teilt mir mit, dass man den Fahrerflüchtigen gefasst hat. Ein Frühpensionist der Post und Telekom aus Wien, Simmering. Einschlägig vorbestraft. Ich bedanke mich. Wohl tatsächlich ein Zufall, dass er mich abgeschossen hat. Wo sehe ich sonst noch Zusammenhänge, die es gar nicht gibt? Ich gehe weiter. Noch bin ich ein schönes Stück von ihr entfernt, aber die Recyclinganlage scheint nicht zu laufen. Nichts zu hören von dem hungrigen, malmenden Mahlen. Ich weiß nicht, ob mich das beruhigt. Ich höre ein paar Arbeiter lachen. Ich sehe zu ihnen hinüber. Sie stehen vor Containern und rauchen. Feierabend. Ob sie über mich lachen? Nein. Sie haben mich gar nicht gesehen. Eine sorgfältig aufgefädelte Kette roter Lkw wartet auf den morgigen Einsatz. Überdimensionales Baustellenschmuckstück. Bei der Anlage ist keiner mehr. Auch Slobo dürfte schon gegangen sein. Er wusste ja nicht, dass ich komme. Die Sonne geht gleich unter. Irgendwo muss ein Wächter sein. Wo? Nicht da. Besser so. Ich will wissen, was es mit den fehlenden Daten von Carmens Telefon auf sich hat. Ich will wissen, wer für das Verschwinden der beiden Frauen verantwortlich ist. Mira, das ist Wahnsinn. Ja, der einzig mögliche.

Telefon. Schon wieder. Ich bin zu nahe an der Anlage. Falls noch jemand da ist, falls da schon jemand auf mich wartet: ich will auf keinen Fall vorzeitig bemerkt werden, ich will das Überraschungsmoment. Ich fingere mit meiner Hand in der Tasche, es dauert, bis ich den Klingelton abstellen kann. Ich lausche. Zwischen mir und den Arbeitern liegt nun einer der aufgeschütteten Erdhügel, sie können mich nicht sehen, wohl auch nicht hören. Ich nehme das Telefon vorsichtig heraus, sehe auf das Display, gebe das Telefon wieder in die Tasche. Meine Verbindung zum Rest der Welt. Es war Vesna. Steine und Erde und Steppe und Silos und Lastautoketten und Zerkleinerungsanlagen. Da ist kein Wächter. Ich sehe keinen, also ist keiner da. Ein Auto startet, weit weg.

Ich werde Vesna anrufen. Das hier ist nicht „Allein gegen die Mafia". Es wird sowieso niemand kommen. Trotzdem. Vesna soll Bescheid wissen. Für alle Fälle. Ich greife in meine Tasche, suche das Telefon. Da ist etwas hinter mir. Sicher ein Hase, wie damals. Ich fahre dennoch herum. Ich starre die Gestalt vor mir fassungslos an, zu keiner Reaktion fähig. Vor mir steht ein weißes Gespenst, etwas in einer weißen Kutte, nur dass die Kutte auch den Kopf zur Gänze bedeckt. Weiße Totalverschleierung, lediglich zwei Sehschlitze. Ich starre auf das vermummte Gesicht. Was sind das für Augen? Ich sollte lachen. Da will mir jemand mit dieser Ku-Klux-Klan-Maskerade Angst einjagen. Lache die Angst weg, Mira. Ich öffne den Mund, da ist eine Hand, weißer Handschuh, ein Tuch presst sich mir auf Mund und Nase. Ich würge, ich höre die weiße Gestalt keuchen, ich darf nicht atmen, muss kämpfen und dann nachlassen, aber ohne zu atmen. Sie muss glauben, dass ich ohnmächtig werde. Und dann … Das Tuch bleibt fest an meinem Mund, ich kann das Gespenst nicht abschütteln, ich tue so, als würde ich zusammensacken, das Tuch bleibt. Ich kann den Atem nicht länger anhalten. Ich ziehe Luft ein, durch die Nase, gierig, das geht, aber auch da ist das Tuch davor, ich lasse mich fallen. Wollte ich es oder bin ich zusammengesackt? Meine Knie werden groß wie Luftballons und ganz weich. Es zieht mir etwas über den Kopf und bindet es am Hals zu. Will es mich erwürgen? Nein. Ein dickes Klebeband um meinen Hals. Ein Sack über meinem Kopf. Ich will sehen, ob auch der weiß ist, aber ich sehe nichts mehr. Ich rieche Erde. Ich versuche mich in der Erde festzukrallen, aber meine Hände schließen und öffnen sich nur ganz langsam, sie sind zu Seeanemonen geworden. Du darfst nicht tauchen, Mira. Es ist gefährlich, so lange mit dem Kopf unter Wasser. Es keucht. Es wirft mich in eine Art Truhe, meine Rippen, jetzt ist eine Rippe gebrochen, sie wird mir in die Lunge stechen, aber die Lunge ist sowieso leer. Ich muss raus aus der Kiste, aber ich kann meine Beine nicht bewegen, es ist, als wären sie nicht mit in der Kiste. Hat es meine Beine mitgenommen? Nein, sie hängen irgendwo. Mira. Versuche zu denken. Das ist keine Kiste, sondern eine Schubkarre oder so etwas. Es keucht. Es fährt mit mir über die Baustelle. Ich kann nicht aufstehen. Oder will ich nicht aufstehen? Habe ich die Nummer von Vesna gewählt? Ich hab noch auf eine Taste gedrückt. In der Tasche. Vesna hat mich angerufen. Ich habe sie zurückgerufen. Oder es war eine andere Taste? Es wird mich hinauffahren zur Recyclinganlage. Aber die läuft ja nicht. Es wird sie einschalten. Ich muss da raus. Ich probiere es. Zu viel Watte im Hirn. Nur nicht ohnmächtig werden. Jetzt fährt es mich schon stundenlang über das Baustellengeröll. Ich höre sein Keuchen. Selbst schuld. Ich wiege fünfundsiebzig Kilo. Vielleicht auch nur noch vierundsiebzig, ich kann mich nicht erinnern, wann ich zum letzten Mal gegessen habe. Carmen. Weis? Zerwolf? Nein, der ist tot. Man lebt. Man hat gelebt. Nein! Ich sauge die Lungen voll Luft, dreimal, ich schreie und bäume mich gleichzeitig auf. Ein Schlag. Ein Knüppel. Eine Stange. Aber es hat nicht getroffen, der harte Gegenstand knallt auf die Schubkarre. Ich werfe mich zur Seite, die Schubkarre kippt. Ich muss auf die Beine, ich sehe nicht, wo oben und unten ist. Kann man das fühlen? Watte im Hirn. Sack vorm Gesicht. Er muss runter. Es hat ein Klebeband herumgetan. Mein Hals schmerzt. Es hat es viel zu eng um meinen Hals getan. Wieder ein Schlag. Wieder nicht getroffen. Oben. Unten. Konzentriere dich, Mira. Du kannst auch mit einem Sack vor dem Gesicht rennen.

Ein dumpfer Knall. Wieder daneben. Oder hat es auf mich geschossen? Schalldämpfer. Aber kein Schmerz. Kein zusätzlicher Schmerz. Vielleicht macht das dieses Mittel, das die Knie zu Ballongröße aufbläst. Ein Stöhnen. Das kann nur ich gewesen sein. Ich höre mich stöhnen, als wäre ich jemand anderer. Sagt man nicht, dass man vor dem Tod neben sich selbst steht? Wo bist du, Mira? Wo bin ich? Jemand reißt am Klebeband, ich wehre mich, so gut es geht. Es ist stärker, ich trete um mich.

„Hören Sie endlich auf damit", keucht jemand.

Ich kenne die Stimme. Es ist die Stimme von Weis. Ich hab mich nicht getäuscht. Aber jetzt ist es zu spät. Nie ist es zu spät. Er zieht mir den Sack vom Kopf. Ich blinzle. Es ist Nacht geworden. Aber alles ist hell gegen das Dunkel im Sack. Ich überlege fieberhaft. Es geht noch viel zu langsam. Weis scheint sich sicher zu fühlen. Ich muss mich konzentrieren. Alle Energie zusammennehmen. Ich versuche ihn mit all meiner Kraft wegzustoßen, wegstoßen und dann rennen. Weg von der Recyclinganlage. Er taumelt, er hält mich fest.

„Begreifen Sie nicht? Verdammt, ich hab Sie gerettet", keucht er.

Manipulativ bis zum Letzten. Ich versuche ihn abzuschütteln, er lässt mich so abrupt los, dass ich falle. Und im Fallen sehe ich, dass noch jemand gefallen sein muss. Eine Halluzination. Oder bin ich es, die dort liegt? Nur ein paar Schritte entfernt von mir? Bin ich schon drüben? Die Gestalt sieht anders aus. Die Gestalt trägt eine weiße Ganzkörperverschleierung. Ich hole vorsichtig Luft und sehe auf. Weis steht über mir. Er atmet immer noch schwer. „Es war Berger", sagt er.

Ich schüttle den Kopf. Ich rapple mich wieder auf. Aber ich greife nicht wieder an. Ich renne auch nicht davon. Es geht nicht, irgendwie. Weis steht über dem von Erde und Asphaltstaub graubraun gewordenen Gespenst und zieht ihm sein Gewand über den Kopf. Weis hat Berger ermordet. Weis wollte mich ... Oder hat Berger mich ...? Ich schleppe mich die paar Meter zu den beiden. Berger. Er liegt am Boden und atmet schwer. Seine Augenlider flattern. Er scheint aufzuwachen. Statt irgendetwas Vernünftiges zu sagen, krächze ich bloß: „Was?"

Und plötzlich Lärm. Jemand hat die Anlage angemacht. Motoren, Geräusche – und Stimmen. Berger? Weis? Die sind da bei mir. Ich versuche zu schreien, es wird ein Röcheln. Hör hin, Mira. Das ist nicht das Recyclingmonster. Befehle. Jemand schreit Befehle. Es sind mehrere Stimmen. Ich schüttle mich, ich renne. Sie dürfen mich nicht einholen. Es ist wie im Albtraum, ich setze Schritt nach Schritt wie auf einem Planeten mit viel zu viel Schwerkraft, ich höre sie näher kommen, und dann jemand, der meinen Arm festhält. Ich versuche ihn abzuschütteln, ich trete um mich. „Bist du verrückt, Mira Valensky?" Ich kenne das, was da schreit. Die. Vesna. Ich röchle irgendetwas. Ich sacke zusammen.

„Hab ich dich angerufen?“, frage ich dumpf. Vesna hockt neben mir. „Du hast angerufen und nichts gesagt und da war Lärm, ein Poltern, Steine, ich habe gedacht: Recyclinganlage und bin los und habe alle verständigt.“

Ich war es, die auf die Steine gepoltert ist. Aber so leicht bin ich nicht zu zerkleinern.

Ich blinzle. Die Recyclinganlage steht ein ganzes Stück von mir entfernt, dort sind auch große Taschenlampen, Polizeifahrzeuge mit Blaulicht, erstaunlich viele Menschen. Wir hocken auf der anderen Seite des Gebüschs, vor dem wir vor so kurzer Zeit mit Slobo und seinen neuen Kollegen gesessen sind. Ich versuche aufzustehen. Die Ballonknie sind immerhin zu Tennisballknien geschrumpft. Es geht. Vesna stützt mich.

„Ist so weit alles okay?“, fragt sie besorgt.

„Habt ihr ihn?“ Ich starre zur Menschenansammlung hinüber. Zwei Polizisten in Uniform halten jemanden fest. Wenn ich nur besser sehen würde. Flutlichttaschenlampe. Er hat jedenfalls keine Glatze.

„Es war Berger“, sagt Vesna.

Berger? Wo ist Weis? Sagt nicht, dass er mich gerettet hat. Das kann nicht sein, will ich schon sagen. Was kann nicht sein? Alles, was ich nicht sehen will? Denke an Näherliegendes. Es, nein er hat mich nicht zur Recyclinganlage gekarrt, sondern weg von ihr. Warum? Wo wollte er hin mit mir? Oder wollte er mich anderswo ermorden und dann ... Warum der Aufwand? Es dauert länger, mich zu betäuben und in eine Schubkarre zu verfrachten, als mich umzubringen. Ich denke noch viel zu langsam. Ich wende meinen Blick zwischen dem Recyclingmonster und dem, was hier hinter dem Gebüsch liegt, hin und her. Aber da ist nichts. Nur ein verrosteter Container, zwanzig, dreißig Meter entfernt. Von denen gibt es hier viele. Oder aber ... Auch Vesna starrt den Container an.

„Wer weiß“, sage ich.

Vesna lässt mich los und sprintet hin, ich torkle ihr hinterher und höre, wie jemand „Nein!“ brüllt. Berger.

Vesna hat eine Eisenstange in der Hand. Der rostrote Container ist verschlossen. Wir tasten im Dunkeln nach einem Schloss, nach irgendeiner Vorrichtung, die sich öffnen lässt. Vesna schlägt mit der Eisenstange gegen die Containerwand. Sie soll ruhig sein. Wir müssen hören, ob von drinnen Geräusche kommen. Ich packe Vesna am Arm und drücke meinen Zeigefinger an die Lippen. Vesna nickt. Wir stehen still. Ist da jemand? Wir hören in der Ferne Befehle, es scheinen weitere Autos zu kommen. Hört man etwas von da drin? Ich höre nichts. Aber jetzt sehe ich einen Längsbalken, an dem ein Schloss hängt. Ich deute hin. Vesna nimmt ihre Eisenstange als Hebel, reißt an. Nichts. Ich packe die Stange. Wir probieren es noch einmal, gemeinsam. Was werden wir finden? Das Schloss springt zur gleichen Zeit auf, wie Verhofen, Zuckerbrot und zwei andere Beamte keuchend neben uns zu stehen kommen. Die Containertüre schwingt mit einem Knarren auf. Ich kneife die Augen zusammen. Drinnen ist es stockfinster. Oder haben meine Augen etwas abbekommen? Vesna ist im Container. Sie schreit auf. Es klingt dumpf, wie aus einem Grab. Die Beamten stürmen hinein. Taschenlampe im Container, Irrlicht. Ich kann nur draußen stehen und aufpassen, dass ich nicht umfalle. Und zuschauen.

Sie haben jemanden mit. Da ist jemand, der nach draußen taumelt. Gestützt von Vesna. Carmen. Meine Beine knicken ein. Giraffenbeine. Aber ganz ohne Knie. Noch mehr Menschen, die von der Recyclinganlage her auf uns zurennen. Ich drehe den Kopf. Zwei übergroße Gestalten. Irgendwie haben sie etwas Urzeitmäßiges. Bisons. Büffel. Die Tiere halten an. Slobo und Oskar. Und Oskar streckt mir die Arme entgegen, ich rapple mich an ihm hoch. „Carmen", sage ich und versuche ein Lächeln. Er schaut zur Polizeigruppe und zu Vesna. Vesna ist einen Kopf kleiner als Carmen, aber sie hält sie noch immer fest. Carmen taumelt. „Geh zu ihr", flüstere ich Oskar zu. Vielleicht wird ja doch noch alles gut. Nein, alles wohl nicht. Aber etwas. Er geht zu ihr und nimmt sie in die Arme.

„Scheiße", sagt Carmen, „ich war einfach zu blöd." Dann fällt sie in Ohnmacht. Und in den nächsten Minuten registriere ich wie von weit weg, dass Notarzt und Polizei und Oskar und Vesna herumeilen, ballettartig, bis auch mich einer von den Rettungsleuten entdeckt und zu einem Auto führt. Plötzlich ist Verhofen neben mir. Er sieht mich besorgt aus seinen guten Polizeihundeaugen an.

„Was ist mit Weis?", frage ich ihn.

„Er hat Sie gerettet", flüstert er und räuspert sich dann. „Er hat uns fast gleichzeitig mit Vesna angerufen. Er hat über das nachgedacht, was Sie ihm gesagt hatten."

„Er war der Anrufer im Rathaus." Ich sollte mich um Carmen kümmern. Lebt sie? Oskar ist bei ihr und ein Arzt.

Verhofen schüttelt den Kopf. „Es war Ida Moylen. Gemeinsam mit Berger. Sie haben Satzteile aus alten Interviews und Vorträgen von Weis zusammengeschnitten. Weis selbst ist dahintergekommen. Er hat alle Interviews als Computerdateien gespeichert. Es gibt einige Dateien, die kurz vor der Literaturgala geöffnet und kopiert worden sind."

„Ihr glaubt ihm?"

Bewegung bei Carmen. Sie setzt sich auf. Sie schüttelt den Arzt ab. Sie sieht sich um. Oskar streichelt ihr die Wange. Ich gehe wie in Zeitlupe hinüber zu ihnen. Der Guru soll mich gerettet haben? Ich will es nicht glauben. Ida Moylen – warum?

„Es geht schon", sagt Carmen. „Ich muss erzählen. Ich hab Berger ein wenig über Franziska Dasch ausgefragt." Carmen hustet. „Wasser", sagt sie, und als ihr ein Polizeibeamter eine Wasserflasche reicht, sehe ich, dass ihre Finger voller Blut sind. Auch Oskar starrt auf ihre Hände. Carmen sieht ihn an. „Ich hatte nichts als meine Hände. Ich wollte raus. Ich hab versucht, die Verkleidung abzukratzen. Er hätte mich verdursten lassen."

„Berger", ergänzt Zuckerbrot. „Man sollte später über alles reden. Sie gehören in ein Krankenhaus."

Carmen schüttelt den Kopf. „Ich will reden. Gleich. Ich hab so darauf gewartet. Gehofft ..."

„Später", sagt Oskar und hält sie fest, und ich empfinde keine Eifersucht, sondern bin voll Mitleid und voller Schuldgefühle.

Carmen redet weiter. „Er hat gesagt, er mache sich Sorgen wegen Weis, und dass er bei der Recyclinganlage auf etwas Seltsames gestoßen sei, das er mir zeigen wolle. Ich dumme Kuh bin einfach mit. Ich hatte null Verdacht. Er war doch immer der Nette. Beim Container hat er dann gesagt, ich soll hier warten, er müsste nur schnell etwas überprüfen. Ich habe gewartet und mich etwas umgesehen, und plötzlich war da eine Hand mit einem Tuch. Er hat mich betäubt. Als ich wieder erwacht bin, war ich im Container und an Armen und Beinen gefesselt. Ich hatte keine Chance, nach Hilfe zu schreien. Knebel vor dem Mund. Und der ganze Container war ausgepolstert mit Matten."

„Wo ist Franziska Dasch?", frage ich Carmen.

Carmen schüttelt den Kopf. „Ich hab keine Ahnung." Sie sieht Oskar an, sie flüstert es fast: „Ich wollte auch so gut sein wie Mira."

Ich. Gut. Ich habe beinahe alles zerstört. „Verzeih mir", sage ich zu Carmen.

„Wenn ich nur wüsste, wo sie ist. Ich bin so durstig. Ich hab nur etwas Wasser durch meinen Knebel schütten können. Ich habe einen Verdacht. Vielleicht spinn ich, aber vielleicht ist sie doch freiwillig abgehauen. Berger hat eine Bemerkung gemacht ... Ich weiß nicht mehr ... Man denkt idiotisch im Kreis, so eingesperrt."

„Ich hole Ihnen etwas zu trinken", sagt Verhofen zu Carmen und sieht dann mich an. Besorgt. „Soll ich Ihnen auch etwas bringen?"

Oskar sieht mich an. Dann wieder zu Carmen.

„Alles okay", sage ich und es klingt annähernd normal. Sie hieven Carmen gegen ihren Willen auf eine Tragbahre. Ich würde auch gerne getragen. Mira, was ist das? Ein neuer Eifersuchtsschub? Nein, nur Müdigkeit. So viel Müdigkeit. Dass ich auf Moylen und ihr Theater reingefallen bin. Es hat so viele Anzeichen gegeben. Die Putzfrau, die Moylen und Berger in inniger Umarmung gesehen hat. Den Zettel auf dem Schreibtisch von Weis, warum hätte er ihn hinlegen sollen? Moylen, die darauf geachtet hat, dass Weis an diesem Abend bei ihr und nicht im Weis.Zentrum war. Moylen, die so getan hat, als hätte sie Weis bei der Bombendrohung ertappt und aus Sorge um Buch und Verlag darüber geschwiegen. Berger, der einige Minuten mit Moylen allein sein wollte, bevor sie ihre Show abgezogen hat. Dass ich nie klar überlegt habe, nur weil ich den manipulativen Guru nicht leiden kann. Der jetzt mein Lebensretter ist. Daran will ich gar nicht denken.

Wir gehen Richtung Recyclinganlage, Oskar hält Carmens Hand, sieht sich nach mir um, nimmt mit seiner anderen Hand meine. Ich werde Carmen also doch noch fragen können, warum sie sich als Kind der Stiller-Dynastie ausgegeben hat. Sehr gut. Wir müssen ihre Mutter verständigen.

Berger steht in Handschellen zwischen zwei Polizeibeamten in Uniform. Es würde die Handschellen nicht brauchen, da bin ich mir sicher. Mira, du bist dir sicher! Das ist der Witz des Tages, bei alledem, was du falsch verstanden und falsch interpretiert hast.

„Ich hab mir einfach nicht gedacht, dass Sie hinter allem stecken könnten", sagt Carmen zu Berger und sieht ihn an wie ein kleines Mädchen, das erkennen muss, dass manchmal auch der Kasperl kein Guter ist.

„Weis ist es", sagt Berger. „Ich wollte euch bloß vor ihm retten."

„Vielen Dank auch", erwidert Carmen. „Sie wollten mich verhungern lassen."

„Nie!“, schreit Berger.

„Wo ist Franziska Dasch?“ Das ist die Stimme von Verhofen.

Berger lacht. Er lacht. Alle starren ihn an. „Sie ist in Südamerika. Genauer gesagt in einem kleinen Urlaubsort am Meer, in Brasilien. Sie hatte genug. Sie musste dringend weg. Sie hatte genug von Weis und sie hatte genug von ihrem Mann.“

„Und Sie haben es inszeniert“, sagt Zuckerbrot.

„Weis hat damit gedroht, das Rathaus zu sprengen. Er hat es einfach getan, um zu sehen, wie die Menschen auf eine Bombendrohung reagieren. Und um ein Kapitel mehr für sein lächerliches Buch zu haben. Franziska Dasch hat sich gewundert, was Weis so weit weg vom Saal gesucht hat. Sie hat ihn gefragt. Und er hat gesagt, sie solle lieber den Mund halten, sonst zeige er ihrem Mann ein interessantes Bild von ihr. Franziska Dasch war am Boden. Er hat sie nackt fotografiert. Sie war in ihn verliebt, zumindest hat sie das bis zu diesem Augenblick geglaubt. Das haben sie alle geglaubt. Sie hat ihm vertraut. Nur dass Weis in einer Hinsicht Pech hatte: Sie hat ihren Mann nicht mehr ertragen, jetzt hatte sie Gelegenheit, beiden eins auszuwischen. Ich habe sie bloß dabei unterstützt.“

„Und alles so gedreht, dass Weis in Verdacht kommt“, sage ich. Da fällt mir etwas ein. „Wenn Sie tatsächlich geglaubt hätten, dass Weis hinter der Bombendrohung steckt, hätten Sie Franziska Dasch beschworen, zur Polizei zu gehen. Dann wären Sie Weis los gewesen.“

Berger starrt mich böse an. „Wer hätte ihr denn geglaubt? Einer überspannten Fabrikantengattin? Wer hätte denn mir geglaubt? Dem Hausdiener im Schatten des Fernsehguru?“

„Es war Ida Moylen. Ihr Plan war, Weis für die Bombendrohung und für das Verschwinden von Franziska Dasch vor Gericht zu bringen. Ida Moylen hat ihn gehasst, weil er ihr Vertrauen missbraucht hatte. Sie haben ihn gehasst …“, erwidere ich.

Ich habe ihn bis jetzt nicht wahrgenommen. Weis. Er steht neben einer Polizeibeamtin. Er hebt die Hände, ich glaube es nicht, will dieser Vollidiot uns segnen? Er lässt sie wieder fallen. Wirkt mit einem Mal hinreichend hilflos. Nur seine Glatze spiegelt im Mondlicht. „Es kann schon sein, dass ich Franziska Dasch das Foto gezeigt habe“, sagt er dann mit leiser Stimme. „Ida hat sie aufgehetzt. Ich konnte nicht zulassen, dass Franziska falsche Gerüchte verbreitet. Aber sie hat auch Ida gesehen, draußen vor dem Saal. Ich habe viel zu spät begriffen, was das bedeuten kann. Franziska war wütend auf mich und wütend auf ihren Mann. Und sie hätte für Ida und Berger zum Risiko werden können. Ich weiß nicht, ob sie wirklich in Südamerika ist."

Berger schüttelt spöttisch den Kopf. „Ich habe gemeinsam mit Franziska die Schuhe zu den Asphaltbrocken geworfen. Und etwas später ihre Handtasche. Sie braucht sie nicht mehr."

„Wer sagt uns, dass Frau Dasch in Brasilien ist?", fragt Verhofen.

„Rufen Sie sie an. Sie wird aber nicht gerne zurückkommen. Sie braucht Abstand von ihrem Mann. Und von Weis."

„Weis. Sie waren sein Partner", sage ich. Leer. Watte im Hirn.

„Sein Partner? Sein Fußabstreifer! Ich habe alles in das Zentrum gesteckt, was ich hatte. Ich konnte nicht einfach weg. Ich musste mittun. Aber ich habe es gewusst: Irgendwann einmal geht Weis zu weit."

Carmen starrt Berger böse an. „Wenn Sie so ein toller Mensch sind: warum hätten Sie mich dann verhungern lassen? Oder wäre ich verdurstet? Da waren nur zwei Wasserflaschen."

Berger schüttelt langsam den Kopf. Er spricht, als wäre er im Container gefangen gewesen, noch immer gefangen. „Ich bin doch kein Mörder. Das Ganze ... ist eskaliert. Ich wäre wiedergekommen. Ich hätte zu essen gebracht. Zu trinken. Ich musste nur eine Zeit lang vorsichtig sein. Sie hat zu viel gefragt. Sie musste eine Zeit lang weg. Es ist schon zu viel auf dem Spiel gestanden." Er sieht zu Zuckerbrot. „Es war ein spontaner Entschluss. Ich wusste, dass dort hinten ein Container war. Ich wollte doch nicht, dass sie alles zerstört. So kurz, bevor Weis enttarnt wird."

„Da spricht was dagegen", sagt Carmen. „Der ganze Container ist ausgepolstert. Irgendwelche Matten. Muss eine ziemliche Arbeit gewesen sein, das geht nicht ‚spontan'."

Ich sehe sie verblüfft an. Die kann denken. Viel schneller als ich. Na gut. Momentan schneller als ich. Aber sie hat ja auch kein Betäubungsmittel abbekommen. Zumindest nicht in den letzten Stunden.

„Die hatte ich aus unserem Entspannungsraum. Weis wollte sie entsorgen, ich habe ihm die Arbeit abgenommen. Ich habe mir seinen Helm geborgt, mit dem er bei der Recyclinganlage herumstolziert ist. Ich weiß, wie man Gummizellen polstert. Da gibt es einen Spezialkleber, es ging alles ganz schnell, hat keine Stunde gedauert. Ich bin keiner, der jemanden umbringt", sagt Berger in die Richtung von Zuckerbrot. Es klingt, als würde er es selbst glauben.

„Sie hätten sie sterben lassen“, erwidert der Leiter der Mordkommission.

„Lassen.“ Irgendetwas klingelt bei mir. Wie war das? „Der Unterschied zwischen leben und leben lassen ist lassen.“ Kann Zerwolf davon gewusst haben? War das eine versteckte Botschaft? Es gibt Täter, die nichts tun, sondern nur etwas lassen.

[15.]

Der Sturm geht los, als wir bei den Autos angelangt sind. Kaltfront. Man hat sie prognostiziert. Vielleicht ist die Wetterprognose inzwischen das Sicherste, was es auf der Welt gibt. Eine Stunde später sind in Wien so viele Einsatzfahrzeuge unterwegs, dass niemand mehr auf die Idee kommt, sie könnten mit einer bestimmten Person zu tun haben. Das, was da niedergeht, ist kein Regen, sondern ein Wasserfall. Tausende Keller sind überschwemmt.

Wir sitzen zu viert an Oskars Tisch und trinken Grappa. Carmen mag keinen Whiskey.

„Ich wollte doch nicht, dass du glaubst, ich komme wegen Geld", sagt sie. Ihre Freundin studiere in Paris. Und deren Mutter sei einmal im Jahr für drei Wochen in einer Schönheitsklinik, und dort dürfe sie nicht gestört werden. Sie wäre während dieser Zeit auch nicht repräsentabel. „Also habe ich mich als die reiche Carmen ausgegeben, damit du mich kennenlernst und nicht eine, die nichts hat und trotzdem nichts will. Zumindest kein Geld."

Ihre Mutter versucht ein Lächeln.

„Wenn du hier weiterstudieren willst: du kannst in meiner Wohnung bleiben", murmle ich. Noch immer Watte im Hirn. Nein, Grappa im Blut.

„Ich weiß nicht", sagt Carmen. Ihre Hände sind dick verbunden. Eigentlich hätte sie im Krankenhaus bleiben sollen, aber irgendwie hat sie die Zuständigen beschwatzt, sodass sie doch heimgehen durfte. Heim. Wo ist sie daheim?

Einige Tage später ist zumindest das klar. Carmen hat zahlreiche Interviews gegeben und ist dann mit ihrer Mutter zurück in die Schweiz.

Sie will überlegen, was sie weiter tun möchte. Sie denkt daran, Journalistin zu werden. Auch mein Foto ist in allen Zeitungen. Die ersten Kollegen sind leider aufgetaucht, bevor wir die Recyclinganlage verlassen konnten. Auf dem Bild einer Tageszeitung habe ich schreckgeweitete Augen wie ein Flughund, den man blendet. Struppige Haare. Die nächste Ausgabe des „Magazin“ erscheint erst in drei Tagen. Ich habe nur eine Chance, dass meine verspätete Reportage jemanden interessiert: Ich muss sie so authentisch wie möglich schreiben. Meine Kollegen waren nicht dabei, als alles passiert ist. Auch wenn sie so tun. Für den Titel des nächsten Blattaufmachers kann ich nichts. Da hat sich der Chefredakteur durchgesetzt. Ich habe den Verdacht, dass ihn der Chronikchef beraten hat. Droch hat dazu jedenfalls nur gegrinst.

„MAGAZIN überführt Psycho-Täter“.

Und darunter: „Chefreporterin Mira Valensky berichtet.“

Vielleicht sollte auch ich ein Buch schreiben? Das von Weis wird jedenfalls wie verrückt vorbestellt. Alle wollen das Buch des Gurus, der sich als Opfer seines Partners und seiner Geliebten entpuppt hat. Im Erfinden gut klingender Erklärungen ist er jedenfalls großartig. Er glaube an das Gute im Menschen, er sei rein und weiß und habe daher nicht hinter die schwarzen Pläne der beiden kommen können. Zu meinem Ärger schildert er auch in allen Details, wie er mich vor Berger gerettet hat. „Ich verzeihe ihr, ich habe ihr spätestens in dem Moment ihre falschen Anschuldigungen verziehen, als ich sie liegen sah mit einem Sack über dem Kopf.“ Was er Zerwolf angetan hat, wird nirgendwo erwähnt. Dass er Anwalt Klein unter Druck gesetzt hat und wie er Franziska Dasch zum Schweigen bringen wollte, weiß bisher nur ich.

Ida Moylen wird wegen der Bombendrohung vor Gericht kommen. Man hat bei ihr zwar weder das Wertkartentelefon noch das Diktiergerät gefunden, über das die Drohung abgespielt wurde, dafür konnten Kriminaltechniker jedoch sehr schnell auf ihrem Computer ein gelöschtes Audioprogramm rekonstruieren. Samt dem Audiofile, das sie aus Weis’ Interviews zusammengebastelt hatte. Gemeingefährdung, schwere Körperverletzung in mehreren Fällen. Dass sie von der Entführung Carmens gewusst hätte, leugnet Ida Moylen. Ihr Verlag ist wohl endgültig pleite. Weis ist mit seinem Buch in letzter Minute zu einem großen Verlag gewechselt. Er behauptet, dass der Vertrag mit dem Yom-Verlag das Ergebnis einer Täuschung gewesen sei. Oskar meint, er werde letztlich wohl recht bekommen. Auch Ida Moylen hat Weis einst vertraut. Mehr noch, sie hat geglaubt ihn zu lieben. Berger hatte die Fotosammlung von Weis schon vor einiger Zeit entdeckt. Und er hat sie Ida Moylen gezeigt. Aus Rache? Weil er sie zurückgewinnen wollte? Weil er sie geliebt hat? Ich weiß es nicht. Jedenfalls hat Weis ihr Vertrauen missbraucht. Und sie hat sich gerächt. Das rechtfertigt natürlich nichts. Und trotzdem.

Es wird übrigens noch ein Buch geben, das sich mit dem Bombenalarm beschäftigt. Ich werde auch dieses Buch nicht mögen. Hans Glück hat bekanntgegeben, dass er an einem Schlüsselroman arbeite. Die Hauptfigur soll ein Terrorist aus der Literaturszene sein. Ich habe den Verdacht, sie wird wieder einmal verdammt an den Autor erinnern.

In einer Stunde kommen die ersten Hefte des „Magazin" in den Straßenverkauf. Ich habe Weis nicht geschont, Lebensretter hin oder her. Vesna ist ohnehin nur wenige Minuten später zur Recyclinganlage gekommen. Und die Polizei auch. Ich schreibe über seine Fotosammlung, darüber, wie er Menschen manipuliert und, wenn es ihm nötig schien, auch unter Druck gesetzt hat. Der Anwalt Klein kommt in meiner Story allerdings nicht vor. Und auch nicht, auf welche Art Weis versucht hat Zerwolfs Ruf zu zerstören. Was würde das jetzt noch bringen? Außer neuen Gerüchten und Spekulationen.

Franziska Dasch ist übrigens tatsächlich in Brasilien. Sie sieht nicht ein, dass sie sich hätte melden sollen. Sie wäre doch nie auf die Idee gekommen, dass man tatsächlich glauben könnte, sie sei recycelt worden. Jedenfalls nicht in diesem wörtlichen Sinn. Und wo sie bitte ihre Schuhe und ihre Handtasche entsorge, sei wirklich ihre Sache. Und dafür, dass Berger und Ida Moylen sie verwendet hätten, um mit Weis abzurechnen, könne sie nichts. Ob sie tatsächlich geglaubt hat, dass Weis der Bombendroher war? Weis sei ein Schwein, hat ihre kurze Antwort gelautet. Und dass auch Ida Moylen vor dem Saal unterwegs gewesen sei, habe ihr nicht zu denken gegeben. Verhofen hat mir – ganz inoffiziell – die Vernehmungsprotokolle aus Brasilien zu lesen gegeben. Er hat mir auch erzählt, dass ihr Mann nicht über die Maßen glücklich gewirkt habe, als er erfuhr, dass seine Frau lebend gefunden worden sei. Und er hat mir geraten, Anspruch auf die hunderttausend Euro zu erheben. Eigentlich hat er recht. Geht mich ja nichts an, dass Dasch es mit der Prämie bei Auffindung seiner Frau vielleicht gar nicht so ernst gemeint hat. Ich habe mir heute noch nicht einmal angesehen, was in meinem Redaktionspostfach liegt. Ich blättere die Briefe und Einladungen und Zeitschriften durch.

Ein handbeschriebenes Kuvert. Ich drehe es um. „Wolfgang Zermatt“. Ich reiße es auf. Es ist nur ein Zettel drin. Von einem karierten Block abgerissen. Einen karierten Block habe ich bei Zerwolf damals in der Nacht gesehen. Auf seinem Schreibtisch. Schrift, sehr gut leserlich: „Das ist das Letzte, was ich sagen will:“

Darunter, in Blockbuchstaben, wie langsam und sorgfältig gemalt:

„DIE UNENDLICHKEIT, DAS IST DER REST ZUM GLÜCK.“

Ich drehe den Brief hin und her. Sonst nichts. Warum hat er ihn an mich geschickt? Wem hat er den Brief gegeben, damit er einige Tage nach seinem Tod bei mir ankommt?

Ich wähle die Nummer seiner Assistentin. „Wir werden das ins Netz stellen“, sagt sie. Und die Botschaft, die sei doch eigentlich ziemlich positiv.

[Nachtrag]

Die beschriebene Buchgala hat selbstverständlich nichts mit irgendeiner realen Buchgala im Wiener Rathaus zu tun, auch wenn auf einer solchen mein Krimi „Russen kommen“ zum Buchliebling 2009 gekürt wurde. Aufgrund einer Lesung in Leoben habe ich das vergnügliche Festprogramm ohnehin versäumt und bin erst beim Buffet-Teil dazugekommen. Ich habe für meinen Roman einfach aus dem geschöpft, was mir bei einschlägigen Veranstaltungen, lange nicht nur im Literaturbetrieb, untergekommen ist. Und ich gebe zu, wenn nach zweiundzwanzig Uhr auf der Bühne immer noch geredet wurde, kam mir bisweilen der Gedanke: Was wäre, wenn da jetzt eine Bombe … oder eine Drohung …?

Im Übrigen möchte ich den Leserinnen und Lesern nicht vorenthalten, wie das automatische Übersetzungsprogramm meines Internet-Browsers den Begriff „Existenzialismus“ vom Englischen ins Deutsche übersetzt:

„Existenzialismus ist eine philosophische Bewegung, die postuliert, dass der Einzelne die Bedeutung und die Essenz ihres Lebens, als gegen sie gerichtet sei geschaffen für sie von Gottheiten oder Behörden oder für sie definiert durch philosophische oder theologische Doktrinen.“

Ich habe mir das immer schon gedacht.

[Danke!]

An Manfred Binder, Eigentümer der Recyclingfirma „ContraCon". Er hat mir sein eindrucksvolles Asphaltzerkleinerungsmonster vorgeführt und genau erklärt. Ich hoffe, wir werden noch viele Achtl Weinviertel DAC miteinander trinken!

An liebe Freundinnen, die mich in die Welt der „Gurus" und der diversen Heilslehren blicken ließen. Mein Zugang zu Esoterischem aller Art ist eher praktischer Natur: Wenn es hilft (und keinem schadet), warum nicht? Man verzeihe mir allerdings, dass ich nicht daran glaube.

An Manfred Buchinger vom Gasthaus „Zur Alten Schule", der mir auch bei diesem Roman – lange nicht nur bei den Rezepten – mit seinem unkonventionellen Zugang zu vielen Dingen weitergeholfen hat. Ich bin stolz, bei ihm nach wie vor kochen zu dürfen! www.buchingers.at

An Eva Maria Widmair, meine großartige Lektorin, ohne die dieses Buch nicht das wäre, was es ist. Wenn bei uns das eine oder andere vom Duden abweicht, dann ist das nicht passiert, sondern Ergebnis eines Diskussionsprozesses zwischen der Expertin und mir. – Und ein ganz spezielles DANKE für deine mit Bleistift geschriebenen liebevollen Randbemerkungen! Tut schon sehr gut, wenn man in der zähen Phase der letzten Überarbeitungen immer wieder Lob bekommt und lesen darf, dass du beim Lesen gelacht hast. www.widmair-lektorat.at

An das FOLIO-Team mit herzlichem Glückwunsch zum fünfzehnjährigen Verlagsjubiläum! Ich durfte vom allerersten Jahr an dabei sein … www.folioverlag.com

An Claudia Müller, meine Lektorin bei Lübbe, für ihre Kompetenz, liebevolle Betreuung und Zuneigung zu meinen Büchern. Mit ganz besonderem Gruß an Herrn Lübbe (ja, das ist kein Verlag, der irgendwelchen anonymen Shareholdern gehört), der auf einer Wiener Buchgala versprochen hat, mich gemeinsam mit seinem Team im Weinviertel zu besuchen! www.luebbe.de

An Rotraut Schöberl von der großartigen Buchhandlung (eigentlich sind es inzwischen drei, auch das ist in Zeiten wie diesen durch Engagement möglich) „Leporello“ für ihre freundschaftliche Begleitung über so viele Jahre hinweg. Für mich ist Rotraut der Prototyp des leidenschaftlichen Buchmenschen. www.leporello.at

An Gerda und Joschi Döllinger, unsere Winzerfreunde, deren hervorragende Weine mich ebenso inspiriert haben wie die vielen gemeinsam verbrachten Abende. www.doellinger.at

An meine Schwester Elisabeth dafür, dass es sie gibt und dass sie mir als Psychologin und angehende Psychotherapeutin Einblick in diesen höchst spannenden und vielschichtigen Bereich gegeben hat.

An Romana für ihre unverbrüchliche Freundschaft, auch wenn wir es manchmal monatelang nicht schaffen, einander zu sehen.

Last but not least: An Ernest, meinen Mann.

Die Mira-Valensky-Krimis

Wahlkampf
Gebunden mit Schutzumschlag, 252 S., ISBN 978-3-85256-332-9

„Der Krimi ‚Wahlkampf' liest sich spannend, amüsant und sinnlich." *ORF*

Ausgejodelt
Gebunden mit Schutzumschlag, 228 S., ISBN 978-3-85256-139-4

„Rossmann schlägt die US-Tante mit ihrem venezianischen Kieberer um Längen." *Die Presse*

Freudsche Verbrechen
Gebunden mit Schutzumschlag, 283 S., ISBN 978-3-85256-163-9

„Aufregend bis zur letzten Seite!" *Brigitte*

Kaltes Fleisch
Gebunden mit Schutzumschlag, 283 S., ISBN 978-3-85256-220-9

Die Mira-Valensky-Romane von Eva Rossmann gehören zur Subspezies der Unbefugten-Krimis. Darin pfuscht eine Frau, eben Mira Valensky, der Polizei ins Ermittlungshandwerk, sehr zu deren Groll ..." *Sigrid Löffler, Literaturen*

Ausgekocht
Gebunden mit Schutzumschlag, 262 S., ISBN 978-3-85256-251-3

„In dem Küchenkrimi um die Lifestyle-Journalistin Mira Valensky kocht die Spannung." *Essen und Trinken*

Karibik all inclusive
Gebunden mit Schutzumschlag, 247 S., ISBN 978-3-85256-283-4

„Ein wahrer Leckerbissen für eingefleischte Krimi-Gourmets." *Brigitte*

Wein & Tod
Gebunden mit Schutzumschlag, 385 S., ISBN 978-3-85256-311-4

„Rossmanns Krimis sind sehr heutig und lesen sich extrem süffig." *Profil*

EVA ROSSMANN

Folio Verlag

Verschieden
Gebunden mit Schutzumschlag, 244 S., ISBN 978-3-85256-345-9

„Spannende Unterhaltung und eine strategisch eingesetzte Prise Gesellschaftskritik ergeben eine bekömmliche Mischung.“ *Die Presse*

MillionenKochen
Gebunden mit Schutzumschlag, 262 S., ISBN 978-3-85256-378-7

„In *MillionenKochen* kommt Mira Valensky rezeptausdenkend, zwiebelhackend und champagnertrinkend einem Verbrecher in einer Fernsehshow auf die Spur. Macht durchaus Appetit.“ *Essen & Trinken*

„Ein genussreicher Krimi voller Schalk.“ *St. Galler Tagblatt*

Russen kommen
Gebunden mit Schutzumschlag, 277 S., ISBN 978-3-85256-444-9

„Eva Rossmann hat mit ihrer nebenberuflich als Detektivin agierenden Zeitgeistjournalistin Mira Valensky nicht nur eine überzeugende Krimiheldin kreiert, sondern zugleich auch ein Vehikel für die Darstellung aktueller, meist bedenklicher Entwicklungen.“ *Die Presse*

„Die Abenteuer ihrer Heldin Mira Valensky sind mittlerweile Kult.“ *Wien live*

Das Kochbuch zu den Krimis:

Mira kocht. Ein Mira-Valensky-Kochbuch
Gebunden mit Schutzumschlag, 189 S., ISBN 978-3-85256-358-9

„Das Kochbuch gehört zu den fundiertesten Rezeptsammlungen der vereinigten Schnüfflerlandschaft.“ *Profil*